멀고도   가까운

멀고도 가까운

읽기,
쓰기,
고독,
연대에 관하여

The
Faraway
Nearby

리베카 솔닛 지음
김현우 옮김

by
Rebecca
Solnit

반비

어떤 이야기는 사는 내내 힘들 때마다 아련한 희망의 등대가 되어 준다. 어떤 이야기는 영원히 등짝에 달라붙어 떨어지지 않는 혹처럼, 상처받은 사람의 등에 올라탄 채 그를 불운한 이야기의 주인공으로 만든다. 작가 리베카 솔닛은 불행한 어머니가 자아내는 끈적진 이야기의 실타래에 파묻혀 질식할 뻔했지만, 자신이 읽고 감동받고 사랑한 더 희망적인 이야기의 불꽃으로 그 불행의 도미노게임을 끝장내 버린다. 딸의 눈부신 금발과 글쓰기 재능까지 질투하는 어머니, 알츠하이머병에 걸려 자신이 숭배해 온 모든 이야기마저 하나둘씩 잊어 가는 어머니를 솔닛은 끝내 아름다운 이야기의 포대기에 감싸 안는다. 나는 나쁜 이야기의 독소를 정화시켜 끝내 아름다운 이야기의 강물로 흘러가게 만드는 더 큰 이야기의 힘을 믿는다. 솔닛은 더 강력한 이야기를 창조함으로써 자신에게 강요된 나쁜 이야기의 마법과 싸워 마침내 승리하는 이야기의 전사다. —정여울

제가 읽은 가장 구체적인 '잠언'이에요. 허공에 뜬 구절이 하나도 없습니다. 이런 글은 노동하는 여성만이 쓸 수 있어요. 지성과 통찰은 약자가 가질 수 있는 힘입니다. 읽기가 사는 고통을 덜어 준다는 말은 사실이에요. 외로움도, 죽고 싶은 마음도 진정시켜 줍니다. 잠시의 위로가 아니라 곁에 있어 줍니다. 읽기만으로 연대할 수 있다고 믿어요. 가지고 다니고 싶은 책. '맨스플레인'은 잠시 잊기를. 저는 이 책을 읽고 더 이상 인터넷에 '엄마'라는 검색어를 치지 않게 되었어요. —정희진

장르를 뛰어넘는 놀라운 책이다. 솔닛의 이전 책들과 마찬가지로 이 책의 강력한 힘은 서사의 미세한 신경세포들을 병치하고 그것들을 배치하는 데에서 나온다. 솔닛은 거리를 파괴하는 산책자이다. —샌프란시스코크로니클

이 회고록은, 우리가 다른 사람들을 이해하기 위해 '스토리텔링'을 사용하는 방식을 탐구하는 다양한 이야기들로 이루어져 있다. 이 이야기들은 그녀의 삶 안에서 서로 교차한다. 서정적인 산문의 대가 솔닛은 자신의 삶에 대해, 자신의 가족에 대해, 그리고 자신의 책 읽기에 대해 써내려 간다. 그러면서 자신의 세계를 만들어 낸 신화들과 사유들을 다시 음미한다. —뉴요커

솔닛은 이야기 안에 들어 있는 이야기들의 미로로 향하는 문을 열어 젖힌다. 동화, 문화 비평, 역사, 철학, 아포리즘으로 구성된 이 회고록을 읽으

면 마치 꿈을 꾸는 듯한 기분이 든다. 훌륭한 정신이 부단히 노동한 결과
다. 독자들은 하나의 이야기 안으로 엄청나게 많은 가닥들을 짜 넣을 수
있으며, 그로써 우리의 이야기들이 얼마나 서로 잘 연결되어 있는지 알 수
있다. ―북포럼

우리가 왜 창작을 하는지, 우리가 왜 이야기를 만드는지에 대한 심오하고
감동적인 설명이다. 솔닛은 우리에게 회고록의 미래를 보여 준다. 자기 자
신에 대한 이야기가 아니라 자신의 이야기가 다른 이야기들을 열어 보여
주는 방식이다. 이보다 더 아름답고 흡인력 있는 문학적 논픽션을 본 적
이 없다. ―아메리칸스콜라

에세이 모음집, 회고록, 명상 이 세 가지 성격을 모두 가진 이 책은 이야기
들이 우리 삶에서 기능하는 바에 대해 사려 깊고 신선한 해석을 제시한
다. 솔닛은 우리 자신이 누구이고 무엇을 원하는지에 대해 재정의할 수
있다는 생각을 포기하지 않는다. 가장 힘들고 가장 운명적인 시기에도 마
찬가지다. ―오프라.com

솔닛은 우리가 더 대담하고 창조적인 사상가가 될 것을 요구한다. 겉보기
에 전혀 연결될 것 같지 않은 주제들 사이의 연결고리들을 직관적으로 지
적해 내고, 독자들로 하여금 자신의 길을 따라오도록 격려한다.
―데일리비스트

대작이다. 우리가 그 안에서 매일을 살아가고 있는 집인 '이야기(신화, 전설, 민담 등)'에 관한 책이다. 또 우리 자신, 혹은 우리가 꿈꿨던 모습으로 존재하기 위해 어떻게 그 이야기를 박차고 나왔는가에 관한 이야기이다. "자아 역시 창조물이다. 이는 당신의 삶에서 가장 중요한 과업이기도 하다. 모든 사람들은 이 지점에서 자기 작품을 만드는 예술가가 된다." 솔닛은 이 "영원히 끝나지 않는 되기의 과업"에서 우리를 인도할 수 있는 몇 안 되는 작가들 중 한 명이다. 이 책은 선물이다. 이 책은 당신의 삶을 더 크게 만들어 줄 것이다. ―닉 플린

셰에라자드는 하나의 이야기를 다른 이야기 안에 넣어 자신의 삶을 구한다. 리베카 솔닛은 자신의 복잡다단한 이야기들을 활용해 겉보기엔 무관하지만 깊은 층위에서 연결되어 있는 삶의 요소들을 추적해 낸다. 살구 100파운드, 어머니가 치매에 걸려 기억을 잃어버리는 과정, 얼음의 유혹, 우리가 이야기를 함으로써 세계 속에 우리 스스로의 자리를 만드는 방식, 침묵의 자아에 목소리를 찾아 주는 일……. 솔닛의 책을 들고 자리에 앉으면 변화가 일어난다. 세상이 조금 더 명확하면서 동시에 조금 더 신비로워지는 것이다. 여기 우리가 아는 가장 진실한 목소리가 있다. 리베카 솔닛이 내는 책 한 권 한 권은 세계를 보는 새로운 지도가 된다.

―마크 도티

차례

1 ——————————————————— 살구

당신의 이야기는 무엇인가? 이야기란, 말하는 행위 안에 있는 모든 것이다. 이야기는 나침반이고 건축이다. 우리는 이야기로 길을 찾고, 성전과 감옥을 지어 올린다. 이야기 없이 지내는 건 북극의 툰드라나 얼음뿐인 바다처럼 사방으로 펼쳐진 세상에서 길을 잃어버리는 것과 같다. 누군가를 사랑하는 것은 그의 입장이 되어 보는 것이라고 흔히들 말한다. 이는 당신이 그의 이야기 속으로 들어가는 것 혹은 그의 이야기를 스스로에게 어떻게 말하면 좋을지 가늠해 보는 것이다.

하나의 장소가 곧 하나의 이야기이며, 이야기는 지형을 이루고, 감정이입은 그 안에서 상상하는 행위이다. 감정이입은 이야기꾼의 재능이며, 이곳에서 저곳으로 건너가는 방법이다. 심장마비로 말을 잃어버린 노인, 처형인 앞에 선 젊은이, 국경을 넘는 여인, 롤러코스터를 타는 어린이처럼, 오직 책에서만 접해 본 사람이 되어 보는 것 혹은 나와 침대에 나란히 누운 옆 사람이 되어 본다는 것은 어떤 일일까?

우리는 우리 자신에게 이야기한다. 살아가기 위해. 폭력이나 무감각으로 누군가의 삶을 앗아 가는 것을 정당화하고 삶의 실패를 변명하기 위해. 그것은 우리를 구원해 주는 이야기이자 무너뜨리는 이야기, 익사시킨 이야기, 정당화하는 이야기, 고발하는 이야기, 행운의 이야기, 이루어질 수 없었던 사랑의 이야기 혹은 냉소로 뒤덮인 이야기이다. 이때 냉소는 꽤나 우아해 보이기도 한다. 가끔씩 이야기는 무너지고, 우리가 패배했음을, 끔찍한 상황에 처했거나, 우습게 되어 버렸거나, 길을 잃었음을 인정할 것을 우리에게 요구하기도 한다. 또 가끔은 구급차나 하늘에서 떨어진 보급품처럼 변화가 찾아오기도 한다. 적지 않은 이야기가 침몰하는 배를 닮았다. 그리고 우리 중 많은 사람이 그 배와 함께 가라앉는다. 주위에 온통 구명보트가 떠 있는 상황에서도.

『아라비안 나이트』라고 알려진 『천일야화』속 셰에라자드는 술탄이 매일 밤 흥미를 잃지 않고, 그래서 자신을 죽이지 않게 하기 위해 이야기를 한다. 그 배경에는, 노예의 품에 안겨 있는 왕비를 목격한 술탄이 매일 밤 숫처녀와 잠자리를 가진 후, 다시 배신당하는 일을 막기 위해 아침이면 그 처녀를 죽여 버린다는 이야기가 있다. 셰에라자드는 살육을 멈추기 위해 자진해서 술탄을 찾아가, 그에게 이야기를 해준다. 이야기는 끊임없이 다음날 밤으로 이어지고, 그렇게 몇 년이 흐른다.

셰에라자드가 풀어 놓은 이야기는 기대로 가득한 고치처럼 술탄을 감싸고, 결국 그 안에서 그는 조금은 덜 잔혹한 사람이 되어 나온다. 그 모든 이야기를 하는 동안 그녀는 아들 셋을 낳고, 이야기 안에 또 다른 이야기의 미로를 펼쳐 놓는다. 그 안에는 욕망에 대한, 속임수와 마법에 대한, 변신과 시험에 대한 이야기들이 있다.

다른 이야기꾼이 입을 떼면서 이전 이야기 속의 행동이 멈춘다. 그것은 다른 이야기를 품고 있는 이야기이자 죽음을 유예하는 이야기이다.

우리는 우리가 이야기한다고 생각하지만, 종종 이야기가 우리에게 말을 걸기도 한다. 사랑하라고, 미워하라고, 두 눈으로 보라고 혹은 눈을 감으라고. 종종, 아니 매우 자주, 이야기가 우리를 올라탄다. 그렇게 올라타서, 앞으로 나아가라고 채찍질을 하고, 우리가 해야 할 일을 알려 주면, 우리는 아무 의심 없이 그걸 따른다. 자유로운 상태가 되기 위해서는, 이야기를 듣는 법을 배워야 한다. 그 이야기에 질문을 던지고, 잠시 멈추고, 침묵에 귀 기울이고, 이야기에 이름을 지어 주고, 그런 다음 이야기꾼이 되어야 한다. 술탄에게 죽임당한 숫처녀들은 술탄의 이야기 안에 있었다. 셰에라자드는 노동자들의 영웅처럼, 생산수단의 통제권을 쟁취한 다음, 이야기를 통해 자신의 길을 열었다.

종종 열쇠가 자물쇠보다 먼저 도착하기도 한다. 종종 이야기가 당신의 무릎 앞에 떨어진다. 언젠가 약 100파운드(약 45킬로그램)의 살구 더미가 내 앞에 떨어졌다. 세 개의 커다란 상자에 담겨 온 그것들이 무게에 짓눌리거나 좁은 곳에서 썩는 것을 막기 위해, 침실의 평평한 바닥에 종이를 펼치고 넓게 깔아 놓았다. 그곳에 살구가 며칠 동안 자리를 차지하고 있었다. 말해야 할 이야기, 풀어야 할 수수께끼, 그리고 계속되어야 할 추수처럼, 꽤 인상적인 광경이었다. 산처럼 쌓인 살구들은 녹색의 단단한 녀석부터 갈색의 말랑한 녀석까지 다양한 단계에 있었지만, 대부분은 우리가 살구라고 부르는 과일의 빛깔을 띠고 있었다. 창백한 오렌지색 바탕 곳곳에 장밋빛이나 금빛이 도는 부분이 있고, 부드러운 벨벳 같은 껍질은 보풀이 많은 복숭아 껍질이나 매끄러운 자두 껍질과는 다르다. 오직 잘 익은 살구에서만 그 과일 특유의 고유하고 달콤한 향이 희미하게 난다.

살구 더미는 매우 풍성해 보이리라 기대했지만, 사실은 늘 불안을 던져 주었다. 그 자리를 지날 때마다 썩어 버린 것들을 적게는 열 개에서 많게는 20~30개까지 골라내야 했기 때문에, 그 앞에서는 존경의 마음 대신 신중한 눈길이 필요했다. 그 살구 더미는 이제는 더이상 어머니가 살지 않는 그 집에 있던 어머니의 나무에서, 새로운 소란이 한바탕 시작되려던 여름에 따온 것이었다.

살구가 오기 두 해 전 여름, 어머니가 정신을 잃기 시작했다. 길을 잃고, 본인의 집 안에서 갇히고, 여러 차례 응급 상황에 빠져 내게 구해 달라거나 문제를 해결해 달라고 전화하는 일들이 생겼다. 어머니는 10여 년 전부터 내 전화번호를 외우고 있었다. 형제 셋도 멀지 않은 곳에 있었지만, 모두 지역번호가 다른 곳에 살거나 그사이에 전화번호가 바뀌었고, 어머니는 아들들에게는 당신의 문제를 늘 숨겨 왔다. 그들은 어머니의 가장 좋은 모습만 상영하는 극장의 관객이었고, 어머니도 그걸 바라셨다. 나는 늘 무대 뒤에, 상황이 훨씬 더 지저분한 곳에 머물렀다.

둘째인 동생과 막냇동생에게 이건 다 함께 노력해야 하는 일이라고 말했다. 만약 이 대혼란이, 여태까지 어머니의 병이나 불평이 그랬던 것처럼 어머니와 나 사이의 비밀로만 남게 된다면, 내가 남아나지 않을 것 같았다. 형제들은 나와는 다른 방식으로 어머니를 위해 많은 일을 했다. 그들이 각자 부담을 나누어 가졌지만, 응급 상황이 닥쳤을 때 어머니가 전화를 거는 대상은 언제나 나였다. 한번은 왜 다른 형제들에게는 전화를 하지 않고 늘 나만 찾느냐고 어머니에게 물어보았다. 어머니는 이렇게 대답했다. "음, 너는 딸이잖아." 그러고는 덧붙였다. "너는 온종일 집 안에만 있으면서 아무것도 안 하잖아." 작가의 삶은 그렇게 묘사될 수도 있었다.

어머니가 차를 잃어버렸을 때, 나는 내 차로 집 주위를 돌며 끝까지 찾아다녔다. 다시는 그런 일이 없기를 바랐는데, 다음에는 아예 면허증을 잃어버렸다. 한번은 가방을 잃어버렸다고 해서 내가 집을 이 잡듯이 뒤졌는데, 찾기를 포기한 며칠 후에야 책상 밑으로 밀어 넣어 둔 의자에 얌전히 놓여 있는 것을 발견했다. 어머니가 열쇠나 지갑을 잃어버렸다고 하면 우리는 가지고 있던 열쇠로 문을 열어 주었고, 열쇠를 몇 개 더 복사한 다음 그중 하나는 근처에 계시는 어머니 친구분에게 맡겼고, 하나는 집 밖 어딘가에 숨겨 두었고, 그다음엔 열쇠를 교체하고 또 교체했다. 언제 응급 상황을 알리는 전화가 올지 알 수 없었다. 전화가 오지 않을 때는 어머니가 전화를 걸 수도 없을 정도로 위급한 건 아닌지, 전화 사용법도 잊어버린 건 아닌지 걱정이 되었다. 나는 늘 벼랑 끝에 선 것처럼 불안한 마음으로, 다음 위기를 기다렸다.

우리는 어머니가 집에서 제대로 지낼 수 있도록 끊임없이 애를 썼다. 손가방을 잃어버리는 일이 없게 현관문 뒤에 가방을 걸 수 있는 고리를 달았지만, 어머니는 그걸 쓰지 않았다. 대신 아홉 갠가 되는 손가방 중 하나만 쓰라는 나의 통사정은 받아들였다. 현관문 열쇠에 붙여 준 커다랗고 빨간 꼬리표도, 잃어버리기 전까지는 마음에 들어 했고, 이어서 붙여 준 눈에 확 띄는 다른 꼬리표들도 마찬가지였다. 꼭 필요한 전화번호를 추려서 벽에 붙여준 것도 고마워했다. 하지만 다른 물건들 사이에 있어도 쉽게 눈에 띌 수 있게, 그리고 가구에 걸 수도 있게 빨간색 표지를 씌우고 리본까지 달아서 더 큰 전화번호부를 만들어 드리기 위해 그 전화번호부를 빌려 왔을 때는 내게 전화를 걸어 욕을 했다.

나는 복사본이 없어질 경우를 대비해 복사본의 복사본을 만들었다. 그 복사본도 결국엔 사라져 버렸지만, 그렇게 자주 있는 일은 아니었다. 물론 아직 어머니가 글을 읽고, 전화를 사용하고, 친구들과의 관계를 유지하고 있을 때의 이야기다. 그 무렵, 무선 전화기와 달리 잃어버릴 일도 없고 배터리가 방전될 일도 없는 유선 전화기를 새로 사드렸지만, 수화기가 잘못 놓여 있는 일까지 막을 수는 없었다. 그리고 신형 전자레인지의 버튼식 타이머를 사용할 수 없는 어머니를 위해 구형인 다이얼식을 구해 드렸다. 집에 있던 전자레인지는 어머니가 분 대신 시간 타이머를 맞추는 바람에 불태우고 말았다. 예쁜 안경 줄을 하나 구해 드리고, 하나 더 구해 드리고, 다음엔 여벌의 안경을 맞추는 걸 도와 드렸다.

　다른 노인들과 마찬가지로, 어머니도 자신이 물건을 잃어버리는 게 아니라 누가 훔쳐 가는 거라고 확신했고, 당신의 진짜 문제를 숨기는 데 도움이 되는 그 가상의 인물이 도둑질을 할 수 없게 물건들을 숨겨 놓았다가, 그대로 잃어버리곤 했다. 도심으로부터 북쪽으로 20마일(약 32킬로미터)정도 떨어진 곳에서 착한 이웃에 둘러싸여 지내는 어머니가 실제로 범죄의 피해를 본 적은 없었지만, 당신의 상상 속 세상에는 강도와 좀도둑이 가득했다. 창틈으로 집 안을 엿보는 사람들이 무섭다며 창문을 모두 가려 버리는 바람에, 하늘이 눈부시게 파랗고 햇살이 금빛으로 반짝이는 칠월에도 실내에서 등을 켜고 지냈다.

　어머니는 생일을 맞은 친구를 만나러 버스를 타고 가다가 엉뚱한 곳에서 내린 적이 있다. 내가 알기로 어머니는, 두 마을 사이에 있는 작은 산등성이를 넘는 등산로를 지나, 지나가는 차를 얻어 탔는데, 운전자들은 아무도 어머니에게 말을 걸지 않았고, 결국 그렇게 집으로 돌아왔다. 어머니는 신이 나서, 마치 모험담이라도 되는 것처럼 그 이야기를 전했다. 몇 해 전에 당신의 친구이기도 했던 할머니 자매 두 분이 어머니가 살고 있는 지역의 등산로에서 길을 잃는 일이 있었다. 사망한 채 발견된 사람이 두 분 중 한 분이었는지, 두 분 모두였는지는 기억나지 않는다. 우리가 이런저런 장치로 어머니가 제대로 지낼 수 있게 도와주려 하던 무렵에, 둘째인 동생이 연락처가 적힌 치매 환자용 팔찌를 사서 개 인식표처럼 채워 주기도 했다. 하지만 그런 노력은 대부분 결국엔 실패하고 말았다.

이 모든 위기를 겪던 와중에 머릿속으로 '암흑대륙에서의 난파'라는 제목의 에세이를 구상하기도 했지만, 제대로 쓸 시간이 없었다. 노인을 돌보는 일에 대해서는, 낭만적 사랑이나 아이를 낳는 일 같은 다른 종류의 헌신에 비해, 조언이나 독려가 될 만한 분량의 글이 없다. 그 일은 마치 예정에 없던 어떤 일처럼 슬그머니, 마치 한 번도 경고를 받지 못했고 지도에도 없던 암반으로 가득한 해변처럼, 갑자기 당신 앞에 닥친다. 사람들이 기대하는 이야기에서 삶의 말년은 그 모든 세월이 지혜가 되는 황금빛 시기이지, 엉망진창인 어린 시절로 혹은 그 너머로 퇴행하고, 정신병처럼 보이는 질병으로 썩어 가는 시기가 아니다. 어머니는 항상 내가 당신을 돌봐 주기를 기대했지만, 당신이 바라던 그림 속의 본인은 이처럼 꺾인 모습이 아니라 여전히 위풍당당한 모습이었다.

어머니를 병원에 데리고 가면 의사들은 어머니를 혼자 지내게 내버려 둔 우리가 마치 직무를 유기한 부모라도 되는 것처럼 대했지만, 그것은 우리의 책임이 아니었고, 우리는 상황을 개선해 보려고 노력도 했다. 의사들은 처방전을 써주었지만, 오늘이 무슨 요일인지, 본인이 10분 전에 뭘 했는지도 기억 못하는 어머니가 하루에 두 번씩 약을 챙겨 먹게 하려면 어떻게 해야 하는지는 알려 주지 않았다. 큰 달력에 그날의 약을 담은 봉투를 붙여 놓기도 했지만, 어머니는 절대 달력을 보지 않았다. 그때는, 가라앉고 있는 배에서 여기저기 구멍을 막고 물을 퍼내던 시기였다.

진이 빠질 것 같은 이 위기의 몇 해 동안, 나는 어머니가 30년을 보낸 교외의 그 집에서 나오는 게 큰 도움이 될 거라고 은근하면서도 끈질기게 주장했다. 관리인이 있는 건물에서 지내게 되면 다른 지역에 사는 자식이 차를 몰고 와서 문을 열어 줄 때까지 기다릴 필요도 없고, 사람들을 만나는 데도 훨씬 나을 거라고 했다. 어머니는 외롭기도 했을 것이다. 운전면허증은 취소됐고, 오래된 친구들은 병상에 있거나 너무 먼 곳에 살았다. 전화를 해보려 해도 전화기를 어디 두었는지 모르거나 잃어버릴 때가 많았고, 필요한 전화번호를 적어 둔 전화번호부는 보이지 않았다.

살구를 땄던 여름이 시작될 무렵, 마침내 우리는 두 형제가 사는 곳에서 가깝고, 내가 있는 집에서도 다리 하나만 건너면 갈 수 있는, 독립적인 생활이 가능한 근사한 노인 전용 아파트로 어머니의 거처를 옮길 수 있었다. 하지만 그때부터 모든 것이 진짜로 무너지기 시작했다. 어둡고 엉망이 된 집에서 어머니를 데리고 나온 일이, 사실은 익숙했던 일상과 사물의 배치로부터, 습관의 힘으로 버틸 수 있던 그곳으로부터 당신을 떼어 낸 셈이 되었다. 아니면 어머니가 감당할 수 있는 일이 어느 정도인지 우리가 파악을 못 했던 것인지도 모른다.

어머니가 살던 집을 정리하는 동안, 어두운 선반 위에서 썩고 있는 과일과 옷장 서랍에 양말과 함께 들어 있는 뜨거운 음식을 놓는 삼발이와 다른 서랍 속 가족사진 및 어머니의 결혼사진과 숨길 만한 곳이면 어김없이 숨겨 놓았을 뿐 아니라 옷장 뒤에도 떨어져 있는 돈다발, 그리고 온갖 곳에 정신없이 흩어진 서류와 먼지 뭉치를 발견했다. 이사한 아파트는 방 하나짜리였기 때문에 소지품은 꼭 필요한 것만 챙겨야 했다. 어머니는 그곳이 임시 거처나 호텔이 아니고, 잠시만 머물다 옛날 집으로 돌아갈 수 있는 게 아니라고 생각되자 자신의 물건들을 빼앗겼다고 여겼다.

어머니는 새로운 지도를 익히지 못했다. 어머니는 길을 건너 반 블록만 가면 나오는 식료품점에 가는 길도 익히지 못했고, 건물의 생김새는 물론 본인의 방도 익히지 못했다. 그랬다. 길을 건너는 일도 위험했다. 어머니는 차를 전혀 살피지 않았고, 일단 길을 건너고 나면 당신이 어떻게 그곳에 왔는지, 또 그곳이 어딘지 전혀 기억하지 못했기 때문이다. 남동생은 어머니가 품위와 자립심을 지키는 것이 아주 중요하다고 믿고 있었는데, 차에 치이는 건 전혀 품위가 없는 일이었다. 그러다가 우리 중 한 명이 깨어 있는 내내 어머니 옆에 붙어 있어야만 하는 새로운 단계의 위기 상황에 봉착했다. 우리는 도우미를 구해 가며 겨우겨우 버티다가, 어머니가 제대로 보살핌을 받고 안전하게 지낼 수 있는, 목가적인 이름의 노인 돌봄 시설로 어머니를 옮겼다.

시설에서는 자기네 능력을 과장해서 알려 주었고, 우리가 낸 많은 돈은 돌려주지 않았으며, 일이 매끄럽게 풀리지 않을 때마다 그 짐을 우리에게 넘겼다. 우리는 다시 어머니와 함께 긴 시간을 보내는 일상으로 돌아왔고, 개인 도우미를 고용해야 했다. 어머니는 나이 든 비행 청소년이 되어 걸핏하면 밖으로 나가거나 도망가려 했다. 어머니가 혼자 나가는 걸 막기 위해 우리가 먼저 아침마다 어머니를 데리고 마당에 꽃들이 가득 피어 있는 예쁜 주택 단지로 긴 산책을 나서곤 했다. 어머니와 할 대화라는 게 혼란스럽고 위험한 것밖에 남지 않았기에, 나는 지나치는 집의 색깔과 붓꽃, 인동, 금련화, 시계꽃, 해바라기, 나팔꽃처럼 산책길에 마주친 꽃에 대해서만 주로 이야기했다.

알츠하이머병은 해마 부분이 먼저 영향을 받는다. 뇌의 중심부에 돌돌 감겨 있는 이 작은 부분은 기억을 형성한다. 바다에 사는 해마와 라틴어 어원이 같을 뿐만 아니라 실제로 생긴 것도 해마와 비슷하다. 이 해마가 파괴되면서 환자는 새로운 기억을 형성하는 능력을 잃어버리고, 처음부터 있던 기억에만 매달린다. 그다음에는 신피질, 즉 우리의 지적 능력의 대부분을 관장하는 대뇌피질의 상당한 부분이 손상되기 시작한다. 여러 동물의 신피질은 상대적으로 부드럽고 단순하지만, 인간의 신피질은 두개골이라는 한정된 공간에서 최대한의 표면적을 확보하기 위해 복잡하게 주름이 잡혀 있다.

우리의 뇌가 해마를 둘러싸고 있으며, 협곡과 좁은 해협, 만, 터널, 작은 만과 벼랑이 펼쳐진 복잡한 풍경이라고 생각해 보자. 과학자들은 이를 '뉴런 숲'이라고 부른다. 어머니의 뇌에 생긴 병은 이 신경세포들을 뒤엉키게 한다. 말하자면 나무를 타고 올라가 결국 그 나무를 말려 죽이는 덩굴이 온 숲을 뒤덮어 버린 상황과 비슷하다. 다른 부분은 비워진다. 나무들이 말라 죽고, 뇌를 가로지르는 빈 공간들은 개울물이 운하가 되듯 확대된다. 사람의 성격이나 능력의 바탕이 되는 풍경은 심각하게 변형되고, 회복은 불가능하다. 결국엔 그 부분이 침식되고, 실제로 뇌의 부피도 줄어든다.

사람들은 알츠하이머병이 어린 시절로 되돌아가는 것과 비슷하다고 말하지만, 어린 시절에는 왕성한 정신으로 지식을 쌓아 가는 반면, 인생의 반대쪽 끝에 있는 이 단계에서는 그 지식들이 해체된다. 얻는 것과 잃는 것인 만큼, 두 단계는 다르다. 나는 어머니가 뜯어지는 책 같다고 생각했다. 책장이 날아가고, 문단이 뭉개지고, 단어가 흘러내려 흩어지고, 종이는 순수한 흰색으로 되돌아간다. 가까운 기억이 먼저 사라지고 새로운 것은 더해지지는 않는, 뒤에서부터 지워지는 책. 어머니의 말에서 단어가 사라지기 시작하며, 텅 빈 자리만 남았다.

이런 위기의 한가운데서, 어머니가 살던 집을 팔 수 있는 상태로 정리하는 일을 맡았던 남동생이, 살구나무의 열매를 다 따 버리기로 결정했다. 그건 구원의 행동이자 불안함, 관대함의 행동이었다. 수십 년 전에 어머니가 직접 심은 살구나무는 무성하게 자라났다. 20대 때 그 나무 위에서 찍은 사진이 한 장 있기는 하지만, 어마어마한 살구 더미가 내 앞에 놓이기 전까지 나는 그 나무에서 딴 살구를 먹어 본 기억이 없었다. 커다란 가위를 들고 나뭇가지에 올라선 사진 속의 나는 편안해 보였다.

이렇게 쓰고 나서 상자 안의 빛바랜 폴라로이드 사진을 꺼내 봤더니, 실제로 나는 나무 옆의 사다리에 올라서서 알아볼 수 없는 뭔가를 손에 들고 있었다. 다른 사진을 보니 전지가위를 들고 직접 살구나무에 올라간 사람은 남동생이었다. 어머니의 기억뿐 아니라 우리의 기억도 부분적으로 변형되고 희미해졌다. 기억이란 지나가는 물고기를 모두 잡는 일은 결코 없으면서, 종종 있지도 않은 나비를 잡아 버리는 그물 같은 것이었다. 이 사진을 떠올리려 애쓰는 동안, 나는 결국 나 자신과 동생을 바꿔치기 했던 것이다. 20년 후, 남동생은 다시 한 번 사다리를 타고 올라가 나무에 달린 살구를 마지막 하나까지 땄다. 그렇게 수확한 살구를 다른 사람들에게 나누어 주기도 했지만, 대부분은 나에게 가지고 왔다.

살구 더미를 볼 때마다 썩어 버린 것이 몇 개씩 보였고, 멀쩡한 것까지 썩는 걸 막기 위해서는 그것들을 솎아 내야 했다. 그럴 때면 살구 더미 자체가 하나의 유기체, 몸집이 사람만 하고 생명을 지닌 침실의 주둔군처럼 보이기도 했다. 마치 바닥에 시체라도 놓여 있는 것처럼 살구 더미에서 진물이 흘러나오기도 했지만, 나머지는 내가 그것들을 처리할 짬을 내지 못하는 동안 빠른 속도로 달콤하게 익어 갔다.

침실 바닥에 놓인 그 과일 덕분에 다시 동화를 읽기 시작했다. 동화 속에는, 가난한 소녀 '룸펠슈틸츠헨'이 하룻밤에 황금으로 바꿔야 하는 방 안 가득한 건초 더미나, 막내아들이 공주를 얻기 위해 모두 주워 담아야 하는 숲 속에 흩뿌려진 천 개의 진주, 찻숟가락으로 옮겨야 하는 산더미 같은 모래처럼, 붙잡고 씨름해야 할 거대한 더미들이 가득했다. 그 무더기는 세상의 반대편에 사는 불새의 꼬리 깃털을 가져오는 일이라든가, 수수께끼나 감당할 수 없는 역경처럼, 불가능한 임무라는 범주의 변종에 불과했다.

잔인한 요정 마고틴은 감옥에 갇힌 왕비에게 거미줄로 천을 짜게 하고, 목에 표석을 매단 채 산을 오르게 하고, 구멍이 숭숭 뚫린 물병에 결정의 물을 담게 한다. 왕비는 초록 뱀이 되어 버린 남편을 다시 인간으로 되돌리기 위해 여러 임무를 완수해야만 한다. 이런 임무는 모두 무언가 되게 하는 일, 자유로운 상태가 되는 일 혹은 사랑을 찾는 일에 장애물로 작용한다. 임무를 완수함으로써 저주는 풀린다. 이런 이야기에서 마법에 걸린 상태는 동물의 몸에 갇히거나 다른 사람이 되어 버린 상태처럼 변장한 상태다. 반면에 마법을 푸는 것은 자기 자신으로 돌아가는 일이자 축복이다.

불안한 상태의 그 살구 더미는 내게 떨어진 임무인 동시에, 어린 시절부터 내게는 거의 아무것도 주지 않았던 어머니가 남긴 나의 상속권, 동화 속의 유산처럼 보였다. 그건 가족 나무에서 따낸 과일 더미이자 마지막 수확이었고, 동화에 등장하는 마법의 씨앗, 알 수 없는 방의 문을 여는 열쇠, 귀신을 불러내는 주문처럼 수수께끼 같은 선물이었다. 살구를 병이나 깡통에 담거나, 퇴비로 만들거나, 얼리거나, 그냥 먹어 버리거나, 술을 담그는 일은 동화에서 요구하는 임무와 거리가 멀긴 했다. 살구는 내가 풀어야 할 수수께끼, 거의 모든 일이 잘못 풀려나가던 이후의 열두 달 동안 내가 그 의미를 찾아야 할 이야기였다.

동화는 문제에 관한 이야기, 문제에 휘말렸다가 그것에서 나오는 이야기다. 문제 상황은 무언가 되어 가는 여정에서 꼭 거쳐야만 하는 단계인 듯하다. 온갖 마법과 유리로 만든 산, 집채만 한 진주, 한낮처럼 아름다운 미녀, 말하는 새, 잠시 뱀이 되어 버린 왕은 부수적인 것일 뿐이다. 대부분의 이야기에 담긴 핵심은 역경에서 살아남는 일, 세상 속에서 자신의 자리를 찾는 일, 자기 자신이 되는 일이다. 어려움은 늘 필수 사항이지만, 거기서 무언가를 배우는 건 선택 사항이다.

대부분의 동화는 힘없는 자들의 이야기다. 그들은 막내아들,

버림받은 아이, 고아, 새나 짐승이 되어 버렸거나 아니면 자신의 원래 모습에서, 자신의 삶에서 멀어져 버린 사람들이다. 심지어 공주라고 해도 아버지에게 버림받고 팔려 가거나, 계모의 구박을 받거나, 그저 왕사의 소유물 성도로 여겨진다. 하지만 그들은 만화로 만들어진 동화에서 그려지는 것처럼 수동적이지만은 않고, 그 와중에 스스로의 존재를 증명한다. 동화가 아이들의 이야기인 이유는, 아이들을 위해 쓰인 것이라서가 아니라, 이야기 자체가 인생의 초반기, 다른 사람들은 내게 힘을 행사하지만 정작 나에게는 아무런 힘이 없는 그 시기에 집중하고 있기 때문이다.

그러나 동화에서 '힘' 자체가 살아남기에 적합한 수단이 되는 경우는 드물다. 그보다는 힘없는 이들이 연합하여 성공을 이룰 때가 많은데, 이는 종종 서로에 대한 친절한 행위에서 비롯된다. 망가뜨리지 않은 벌집, 죽이지 않고 풀어 준 새, 존경의 마음으로 맞아 준 노파 같은 존재들이 그 행위를 되갚아 준다. 미약한 존재에게 씨앗처럼 뿌렸던 친절이, 동화에서 그리고 가끔은 현실에서도, 위기의 순간에 결실을 맺는다. 지인 중 어떤 이가 갑자기 전 재산을 잃어버리고, 무일푼의 상태에서 아이들과 함께 법정 싸움을 해야 할 처지가 되었다. 그제야 그는 그동안 쌓아 두었던 애정과 존경의 인연이 이룬 또 다른 재산, 그런 상황이 되지 않았더라면 절대 보지 못했을 재산이 있음을 알았다. 변호사가 무료로 변론을 해주고, 식료품점에서 외상을 늘려 주고, 학교에서 아이들 장학금을 주면서, 그는 돈이 말라 버리기 전에는 보이지 않던 그런 재산 덕에 위기를 넘길 수 있었다.

한스 크리스티안 안데르센이 북유럽에서 구전되던 이야기를 정리한 동화집에는 계모가 등장하는 '백조 왕자' 이야기가 있다. 이 이야기에 등장하는 계모는 열한 명의 의붓아들들에게 낮에는 백조의 모습을 하고 밤에만 사람이 되는 마법을 걸어 추방해 버린다. 그리고 의붓딸인 주인공도 누명을 씌워 내쫓는다. 그녀는 오빠들의 마법을 풀기 위해 교회 공동묘지의 쐐기풀을 맨손으로 모아서 천을 만들고, 그걸로 윗도리 열한 개를 지어야 한다. 모두 완성할 때까지 말은 할 수가 없다. 말을 하면 오빠들이 영원히 백조로 지내야 한다. 말을 할 수 없는 그녀는 마녀로 몰려 거의 화형을 당할 뻔한 상황에서도 항변할 수가 없다.

그녀는 화형대로 끌려가기 직전에 윗도리를 완성하고, 그 마지막 순간에 백조들이 그녀를 구하기 위해 날아온다. 그녀가 다가오는 백조들을 향해 윗도리를 던지고, 오빠들은 모두 사람의 모습을 되찾는다. 하지만 막내 오빠는 아직 한쪽 팔이 완성되지 않은 윗도리를 입는 바람에, 한쪽 팔은 여전히 백조의 날개인 채로, 그렇게 영원히 백조 인간으로 살게 된다. 계모의 미움을 받아 새가 되어 버린 남자들의 마법을 푸는 데 무덤가에서 손에 피를 묻혀 가며 모은 쐐기풀과 침묵으로 지은 윗도리가 왜 있어야 하는가 하는 질문에 대해, 이 이야기는 대답할 필요가 없다. 이야기는 그저 추방과 외로움, 애정과 변신에 대한 이미지, 자신의 이야기를 입 밖에 낼 수 없어 거의 죽음 직전까지 갔던 여주인공의 이미지를 설득력 있게 전해 줄 뿐이다.

그 시기에 어머니의 상태는 어떤 것으로도 풀 수 없는, 그저 받아들일 수밖에 없는 동화 속의 저주처럼 느껴졌다. 그렇지만 살구는 어떻게 해 볼 수 있는 대상이었다. 과일 자체를 처리하는 일이 어렵지는 않았지만, 그것은 무언가 오래된 유산과 임무를 떠올리게 하는 하나의 비유 같았다. 하지만 무엇에 대한 비유였을까?

나방이 잠든 새의 눈물을 마신다. 2006년에 나온 짧은 과학 기사의 제목인데, 여기서 말하는 나방은 마다가스카르 섬에 사는 '헤미헤라토이데스 히에로글리피아'라는 종이다. 기사 제목은 하나의 문장이고, 이 문장은 마치 한 줄짜리 시, 혹은 가장 원초적인 본질로 축약된 하나의 역사처럼 읽힌다. 그 안에는 두 명의 주인공이 있다. 잠든 이와 마시는 이, 주는 이와 받는 이. 전자의 눈물이 후자의 양식이 된다. 이 이야기는 우리가 이야기에서 듣고 싶어 하는 모든 것을 말해 주고 있다. 이 안에는 차이가 있고, 마주침이 있다. 당신은 슬픔을 먹고 지낼수도 있다. 당신의 눈물은 달콤하다. 나방이 잠든 새의 눈물을 마신다. 이 문장이 당신을 싣고 어디론가 데려간다. 당신이 과학을, 또 새의 눈물에는 슬픔이 없다는 사실을 잊어버릴 때까지. 그리고 당신은 자신의 눈물과, 잠든 이와 깨어 있는 이, 굴복하는 이와 성취하는 이의 비대칭적인 관계를 떠올린다. 누군가는 가만히 있고 다른 누군가는 무언가를 한다. 나방은 깨어 있고, 자기 일을 하고, 눈물을 훔치고, 밤을 가로지르며 날아간다.

2 ——————————————— 거울

커다란 살구 더미에는 덜 익은 열매와 익어 가는 열매, 썩어 가는 열매가 섞여 있었다. 어머니에 대해 내가 하려는 말도 그렇게 다양한 단계의 이야기가 섞여 있다. 좀 더 일찍 어머니에 관해 썼다면 그건 법정 이야기의 분위기를 풍겼을지도 모른다. 나는 논쟁과 사실만 있는 환경에서 옳은 행동을 해야 한다는 말을 들으며 자랐고, 그것을 넘어선 사랑이라고 부를 만한 감정은 전혀 찾아볼 수 없었기 때문이다. 나는 아마 피고의 입장에서, 그렇게 오랫동안 나의 행동에 대해 우회적으로 비난했던 어머니에게 맞서 나 자신을 정당화하는 이야기를 했을 것이다. 나의 존재를 정당화하고 살아남으려는 절박함은 이제 희미해졌지만, 이야기는 감정이 지나간 후에 생긴 단단한 웅덩이처럼 남았다.

아직 익지 않은, 좀 더 두고 보다가 나중에 할 수도 있는 다른 이야기도 있다. 살구가 도착하고 동화에 대한 생각을 처음 할 무렵, 『백설공주』에 나오는 "거울아 거울아, 벽에 걸린 거울아"라는 구절이 떠올라 스스로 놀란 적이 있다. 어머니와 거울이라는 조합을 생각하고, 어머니의 분노가 얼마나 잔인한 것이었는지 알게 되었기 때문이다. 어머니는 수십 년 동안 시기심에 시달렸다. 어머니의 이야기는 당신 스스로에게 반복했던 시기심의 이야기, 끊임없이 비교만 하는 이야기였다.

어머니는 공정함을 맹신했다. 상태가 좋을 때는 억압받는 이의 권리를 위해 싸웠고, 상태가 안 좋을 때는 자신에게 없는 것을 지니고 있다는 이유로 나를 못살게 굴었다. 시기심은 하나의 감정이었고, 어머니는 자신의 감정을 이성적 명분으로 바꾸어 버렸다. 그런 다음에는, 명분을 사실로 바꾸었고, 당신 본인의 감정이 수시로 바뀌는 와중에도 그 사실이란 확고할뿐더러 바꿀 수 없는 것이라고 믿었다. 그런 감정은 이야기로 형태가 바뀌었고, 어머니가 스스로에게 했던 그 이야기는, 문제의 사건들이 한참 지난 후에도 그때의 감정을 다시 불러일으키곤 했다.

이야기가 그녀를 올라타고, 그녀는 이야기에 끌려다녔다. 당신이 몇몇 행복을 누리지 못했던 건 아름답지 않았기 때문이라는 이야기, 당신이 받아 마땅했던 어떤 것들, 이를테면 외할머니의 사랑이나, 나의 금발 같은 것을 받지 못했다는 이야기. 이야기들은 어머니를 이리저리 휘두르는 폭풍우였지만, 어머니는 그 이야기들이 진실이며 영원할 거라고 믿었다. 어머니는 늘 비참했고 늘 행복했으며, 삶은 줄곧 좋았고 또 줄곧 끔찍했다. 어머니는 그런 이야기를 한 번도 하지 않았고, 그렇게 느낀 적도 없었다. 그리고 수십 년 동안 자신이 냉대를 받고 있다고 생각했으면서도, 정작 바로 전날 본인이 느꼈던 분노는 기억하지 못했다.

나의 이야기는 오랫동안 여러 여인에게서 들어 왔던 이야기의 또 하나의 변주이다. 그 이야기는, 세상의 모든 어머니들이 그렇 듯, 모든 이에게 혹은 누군가에게 자신을 내어 준 다음, 딸에게서 자신을 되찾으려 노력했던 어머니에 대한 이야기였다. 어머니는 아 장아장 걷는 나를 보며 나중에 키가 157센티미터 정도, 그러니까 당신보다 7인치만큼 작을 거라고 주장했다. 내가 자란 후에는, 내 머리카락 색에 관여하기 시작했다. 어린 시절 밝은 금발이었던 내 머리카락 색은 레몬빛과 꿀빛을 거쳐, 햇빛을 받으면 금빛 줄무늬 가 지는 지저분한 금발이 되었다. 하지만 어머니는 내 머리칼이 언 제든 갈색으로 바뀔 수 있다고 주장했다.

그렇게 어머니 마음대로 결정한 키가 작고 머리칼이 갈색인 딸 은 두려운 대상이 아니었다. 어머니는 그런 딸의 소박한 미래를 그 려 보았고, 종종 나에게도 그런 모습을 각인시키려고 노력했다. 어 머니의 허리가 구부러지기 시작할 때까지도 나는 어머니보다 몇 센티미터나 작았고, 어머니는 늘 우리 둘의 키 차이에 집착했다. 가족 식사를 위해 내가 찾아가면 당신은 현관 앞에서부터 나를 잡 고는 거울 앞으로 끌고 가서, 아직도 자신이 키가 더 크다는 것을 확인했다. 어머니는 알츠하이머병에 걸리고 나서도 한참 동안 나 를 "땅꼬마"라고 불렀다. 하지만 나의 머리카락 색은 당신에게 큰 슬픔이었다.

어머니의 갈색 머리칼은 젊었을 때는 사랑스러운 황갈색으로 빛났고, 조금 일찍 세기 시작했다. 어머니는 내가 그냥 두라고 설득할 때까지 20년 동안 머리를 염색하고 다녔다. 처음으로 새하얀 어머니의 머리를 봤을 때 어머니의 나이는 예순쯤 됐었는데, 나는 어머니가 너무 아름다워서 깜짝 놀랐다. 눈부시게 파란 눈빛의 대리석 조각 같았다. 내 머리보다 더 밝은 머리칼을 가지게 되었다고 해서 달라지는 건 없었다. 어머니는 금발이 거의 초자연적인 선물이라고 여겼다. 당신이 금발이 아니므로 나 역시 금발이라는 선물을 받을 자격이 없다고 생각했던 어머니는 오랫동안 셀 수 없을 정도로 다양하고 불행한 방식으로 나의 머리를 길들이려 했다.

어머니가 보기에 내 머리는 염색한 것이었다. 내 머리칼은 갈색이고 밝지 않은 색인데, 뭔가 잘못돼 있다는 이야기였다. 중간에 몇 년 동안은 머리 대신 내 눈썹을 두고 트집을 잡은 적도 있다. 어느 날 아침 식사를 대접하려고 갔을 때 난데없이 "네가 그런 눈썹을 지닌 건 불공평한 거야."라고 쏘아붙였던 것이 시작이었다. 아침 식사를 대접하는 것 따위는 아무 효과도 없었다. 나는 활처럼 둥근 내 눈썹을 어머니에게 줄 수는 없었고, 그 눈썹을 바꿀 수도 없었을뿐더러, 당신의 곧은 눈썹도 보기 좋다고 어머니를 설득할 수도 없었다.

어떤 어머니에게, 내 어머니에게, 딸은 나눗셈이지만, 아들은 곱셈이다. 딸은 어머니를 줄어들게 하고, 쪼개고, 무언가를 떼어 가지만, 아들은 뭔가 덧붙여 주고 늘려 주는 존재인 것이다. 모든 어머니들이 그렇다는 말은 아니다. 바로 나의 어머니에게는 그랬다. 우리 어머니는 당신의 아들이 잘생겼다는 생각에 금방 기분이 좋아지곤 했지만, 내가 봐줄 만한 여자일 수도 있다는 생각에는 얼굴을 찌푸렸다. 백설공주에 대한 왕비의 시기심은 치명적이다. 그것은 자신이 세상에서 가장 아름다운 사람이고 싶다는 욕망에 기반을 둔 것이며, 다음과 같은 질문을 떠올리게 한다. 왕비는 누구의 칭송을 필요로 하는가? 본인의 아름다움 때문에 고난을 겪어야 하는 백설공주는 무엇을 놓고 왕비와 경쟁하는가? 여성들이 펼치는 이 드라마 이면에 남성들이 있다. 왕비는 남성에게 아름다워 보이고 싶은 것이며, 가치의 유무를 결정하는 것은 그런 남성의 관심이다. 내가 할 수 있는 일이 하나도 없었던 이유는, 내가 한 일이 하나도 없었기 때문이다. 어머니의 분노를 불러일으킨 건 나의 어떤 행동이 아니라, 그냥 나라는 존재, 나의 성별과 외모, 그리고 내가 어머니를 완성시켜 줄 기적이 되지 못하고, 그녀를 분열시키는 존재가 되었다는 사실이었다.

철학자 찰스 그리스월드는 자신의 책 『용서』에서 말했다. "후회는 이야기를 하려는 열망이다." 그런 이야기가 얼마나 설득력이 있는지, 오래된 상처를 어떻게 불멸의 것으로 만들어 주는지 나는 잘 안다. 이야기를 하는 이는 물 긷는 장치에 묶인 낙타처럼 계속 원을 그리고 돌면서 부지런하게 비극을 길어 올리고, 매번 다시 이야기할 때마다 그때의 감정도 되살아난다. 서사가 없었더라면 희미해졌을 감정이 생생하게 유지되고, 과거에 있었던 일과 거의 관련이 없고 지금과는 더욱더 관련이 없는 감정이 서사 때문에 만들어지기도 한다. 나는 어머니에게서 이 기술을 배웠다. 비록 어머니의 이야기 중 일부는 나에 관한 것이었고, 나의 영원한 고전도 어머니에 관한 것이기는 하지만 말이다. 나의 아버지 역시 조금 덜 복잡한 방식으로 파괴적이긴 했지만, 그건 별개의 이야기다. 어쩌면 아버지가 어머니의 행동에 깊이 뿌리박힌 비극이었을지도 모른다. 아버지가 어머니를 힘들게 한 것은 사실이지만, 아버지 행동의 뿌리에도 다른 인물이나 역사의 힘이 작용했을 테고, 그런 식의 논리적 연결은 끝이 없기 마련이다.

단지 시기심 때문만은 아니었다. 당신 가슴에서 혹이 발견되었다고, 어머니가 말씀하셨다. 내가 열세 살 때였다. 어머니는 아버지에게 가장 먼저 이야기를 했지만, 아버지는 그 이야기에 대해 아무런 반응을 보이지 않았다. 두 분이 별거에 들어가고, 시간만 질질 끌다가 결국 이혼을 하게 된 것이, 부분적으로는 그때의 일 때문이었다는 사실을 나는 몇 십 년 후에야 알게 되었다. 나 역시 그 이야기를 처음 들었을 때 별다른 생각이 들지 않았다. 일부러 그랬다기보다는, 그 당시 나는 아직 그런 일을 마주할 준비가 전혀 되어 있지 않은 상태였다. 아마도 내가 그런 일을 거의 겪어 보지 못했던 탓일 것이다.

내게 병원 소식을 전했던 날, 당신이 원하던 반응을 얻지 못한 어머니는 불같이 분노했고, 아마 정확하진 않겠지만, 내 기억엔 그 순간이 내가 아닌 어떤 모습 혹은 본인이 가지지 못한 어떤 것에 대한 어머니의 기나긴 분노가 시작된 기점이었다. 지금도 황갈색 페인트가 칠해진 끔찍한 집 앞에 선 우리 두 사람의 모습이 또렷이 기억난다. 단 한 번도 제대로 마른 적이 없었던 그 페인트는 몇 년 동안 작은 날벌레들이 들러붙어 있었다. 지금은 의지할 만한 인정 많은 사람 하나 찾지 못한 어머니의 불안감이 어땠을지 느낄 수 있게 되었지만, 당시의 나는 부당하게 야단을 맞고 있다는 느낌밖에 없었다. 나중에 문제의 그 혹이 양성이었음이 밝혀졌지만, 우리 둘의 관계는 그때부터 계속 악화되기만 했다.

그날 이후로, 어머니는 종종 다른 사람에게 분노를 표출했고, 내 삶에 분노를 쏟아 냈다. 그녀는 나만 빼고 다른 사람들에게, 그것도 내가 있는 자리에서 무언가를 나누어 주는 일에서 기쁨을 찾았고, 모임에서 나를 따돌릴 수 있는 방법을 찾는 일에 몰두했다. 그런 행동을 통해 당신 본인이 뭔가를 얻는다고 생각했고, 어쩌면 순간적으로는 승리감이나 권력을, 평소엔 좀처럼 당신의 것일 수 없었던 그런 감정을 느꼈을지도 모르겠다. 하지만 그런 전략으로 인해 무언가를 잃어 가고 있다는 사실은 모르는 것 같았다. 이어진 몇 십 년 동안, 나는 어머니가 다른 사람들에게는 밝히지 않은 병이나 작은 부상으로 고생할 때마다 어머니를 간호했다. 하지만 알츠하이머병이 덮치기 오래전, 우리 사이가 최악이었을 때, 어머니는 당신을 돌보는 나의 태도에서 진심이 느껴지지 않는다며 나를 질책한 적도 있었다.

성인이 되어 얻은 자원과 통찰을 지닌 채 어린 시절의 상황으로 되돌아가 보는 것은 종종 효과가 있다. 그 당시에 나는 아무것도 느낄 수가 없었다는 것을 알게 되었다. 어머니에 대해서도 나에 대해서도 아무런 감정도 들지 않고 그저 멀고 먼 곳에서 전해지는 듯한 희미한 두려움만 있었다. 나는 어린 시절을 보내던 그 상태, 얼어붙은 채로 그렇게 동작을 멈추고 몸이 녹기를, 잠에서 깨어나 다시 살아가기를 기다리는 상태로 돌아갔다. 어머니의 불행은 내가 끌고 가야 할 썰매라고 생각했다. 나 자신을 자유롭게 하기 위해, 그리고 어쩌면 어머니를 자유롭게 해 주기 위해, 그 썰매를 끌면서 곰곰이 살폈다.

어머니는 나를 당신의 거울로 생각했지만, 거기에 비친 모습이 마음에 들지 않는다며 거울을 탓했다. 서른 살 때, 종종 분노에 차서 쓰기는 했지만 거의 보내지는 않았던 편지 중 하나에 나는 이렇게 적었다. "엄마는 내가 일종의 거울이 되기를 바라셨죠. 엄마가 보고 싶은 자신의 이미지, 완벽하고 온전히 사랑받고 언제나 옳은 모습을 비춰 주는 그런 거울 말이에요. 하지만 나는 거울이 아니고, 엄마 눈에 결점으로 보이는 것들도 내 잘못은 아니잖아요. 엄마가 계속 그렇게 나한테서 기적을 바라는 한 나는 절대 그것에 맞출 수가 없어요."

나의 첫 책을 한 부 갖다 드렸을 때도 어머니는 그동안 당신을 찾아오지 않았다며 야단을 쳤다. 늦은 시간이었고, 그런 시간에는 환영을 받지 못할 것이라고 이미 예상했던 터였다. 더 이른 시간에 찾아갔더라도 아마 함께 있는 동안 나의 행동에서 어떻게든 트집을 잡았을 것이다. 그렇다고 책을 아예 안 드렸다면, 또 하나의 잘못이 목록에 추가되었을 것이 틀림없었다. 내가 이기는 일은 절대 없었고, 그저 어떻게 질 것인가, 어떻게 하면 시합 자체를 하지 않을 수 있을까 정도만 결정할 수 있었다. 권위적이거나 매력적인 부모를 둔 사람이 그런 부모의 인정을, 부모님이 자신을 알아봐 주기를 애타게 바라는 것을 본 적이 있지만, 나는 그런 걸 기다린 것이 아니었다. 나는 그저 전쟁이 끝나기만을 기다렸다.

한참 후에, 나는 알츠하이머병 환자 가족이 받게 되는 가장 흔하고 가장 짜증 나는 질문, 즉 어머니가 나를 알아보느냐는 질문을 수없이 받게 되었다. 알아본다는 말에는 다양한 뜻이 있고, 어떤 의미에서 어머니는 나를 단 한 번도 알아보지 못했다. 나중에는 어머니가 내 이름을 기억하지 못하고, 우리 관계를 제대로 설명하지 못하게 되었지만, 나는 신경 쓰지 않았다. 어머니가 나를 알아본다는 게 그렇게 중요하고 대단한 일은 아니었으니까. 그 무렵엔, 내 목소리나 다른 특징이 어머니에게 익숙한 무엇이 되어서 당신을 편안하게 해 주는 것 같았다. 어쩌면 어머니는 나를 더 진실하게 알게 되었을 것이다. 나 역시 어머니를 더 진실하게 알게 되었던 것인지도 모른다. 피상적인 것이 많이 벗겨져 나가자, 어머니라는 인간성의 핵심, 그리고 그 연약함이 날것 그대로 드러났기 때문이다.

그 모든 세월 동안 나는 누구였을까? 나는 없었다. 거울은 모든 것을 보여 준다. 오로지 거울 자신만 빼고. 거울이 되는 일은 에코와 나르키소스의 신화에 나오는 에코 같은 존재가 되는 것이다. 당신 자신에 대한 것은 어떤 것도 들리지 않는 상태. 나르키소스의 이야기에서 자주 언급되는 것은 그가 산속 연못에 비친 자신의 이미지와 사랑에 빠졌다는 사실이지만, 더 중요한 사실은 그렇게 자신의 반영에만 빠진 그가 타인과의 관계를 잃어버리고 결국 굶어 죽고 말았다는 점이다.

얼음이라는 뜻의 프랑스어 Glace에는, 거울이라는 뜻도 담겨 있다. 얼음, 거울, 유리. 백설공주가 잠든 채 갇혀 있었던 유리관은 얼음으로 만들어졌어도 이상할 것이 없었다. 냉동 보관소에 얼어붙은 채 보관되고 있는, 치유법이 발견되어 다시 녹기를 기다리는 환자의 몸처럼, 혹은 산 위의 얼음 속에 얼어 있는 산악인처럼 말이다. 어린 시절의 당신은 얼어붙고, 말을 잃은 상태였다고 할 수 있다. 어린 시절에는 스스로 환경을 바꿀 수 없기 때문이며, 그 감정과 그 감정을 낳은 잔인한 이유를 알아보고, 거기에 이름을 붙이고, 그것을 느끼는 일을 견딜 수 없기 때문이다. 그래서 당신은 기다린다.

얼음, 유리, 거울. 나는 얼어붙었거나, 녹는 중이었다. 나는 거울이었지만, 어머니는 거기에 비친 모습을 마음에 들어 하지 않았다. 나는 인간의 정신이 풍경과 비슷하다고 생각한다.

어머니가 행복했는가 아니면 불행했는가라는 질문 앞에서, 다른 사람들은 아주 잘 다듬어진, 꽃들이 만개한 평원에서 어머니를 만났던 반면(이것이 가짜라고는 할 수 없다), 나는 어머니의 불행이라는 진짜 늪에 머물렀던 것이라 생각한다. 어머니의 정신이라는 풍경의 또 다른 부분에 아주 멀찍이 자리 잡고 있던, 어머니 본인도 애써 알려 하지 않던 그 불행의 늪에 말이다.

어머니에게 당신의 동화를 골라 보게 했다면, 아마도 『신데렐라』를 골랐을 것이다. 관심받지 못하고, 과소평가되었던 여자아이, 섬세했지만 집에 틀어박혀 일만 해야 했던 아이의 이야기. 어머니의 큰언니는 자신이 원하는 것을 직접 찾아 나서는 활달한 여자아이였다. 반면 어머니의 쌍둥이 여동생은, 본인의 설명에 따르면, 응석받이로 자랐다. 크면서 점점 쌍둥이 언니와 닮아갔지만, 사람들은, 적어도 어머니는 동생 쪽이 더 예쁘다고 생각했다. 자신감이 가득했던 동생은 눈썹을 그리고, 예쁜 드레스를 골라 입었던 반면, 쌍둥이 언니는 사람들 앞에 나서기를 꺼리게 되었다. 그럼에도 둘은 매우 가까웠고, 서로를 아꼈다.

내가 어릴 때부터, 어머니는 아무 생각 없이 나를 당신의 동생 이름으로 부르곤 했고, 결과적으로 나는 나보다 사반세기 전에 태어난 질투와 애착을 덮어써야만 했다. 당신 본인의 이야기 안에서 어머니는 주근깨투성이에 깡마른 소녀, 외할머니가 무척이나 의존하는 딸이었다. 외할머니는 어머니가 아프다는 이유로, 아니면 그저 데리고 있고 싶어서 혹은 동생을 돌보게 하려고 어머니를 학교에 보내지 않을 때도 있었다. 어머니가 열 살 때, 외할아버지가 공사 현장에서 사고로 돌아가셨고, 외할머니가 일을 해야만 했다. 어머니는 두 분 모두에게 또 한 번 버림받은 셈이었다.

어머니가 신데렐라라면, 그녀는 영원히 어린 시절에 뿌리박힌 채로, 도움을 기다리고 변신을 기다리며, 이미 반세기 전에 끝나 버린 상황에 머물러 있는 신데렐라였을 것이다. 본인의 아들들, 직접 만들어 낸 그 왕자들을 제외하면 아무 왕자도 와 주지 않았던 신데렐라. 어머니는 치수가 290밀리미터인 자신의 발과 자신의 키를 스스로도 의식하고 있었고, 키에 대해서는 안타까움과 자부심이 교차하는 감정을 품고 있었다. 어머니의 얼굴은 놀랄 만큼 아름다웠지만, 아름다움이란 신체적 특징만큼이나 스스로를 대하는 태도의 문제이기도 했다. 어머니는 피부가 약하고 새침하며 스스로에게 확신이 없고 까다로우며 결벽증이 있고 불안하며 성마른 사람이라는 것을, 심지어 내가 어릴 때도 이야기를 통해 알 수 있었다.

세상에서 편안함을 느낄 때 찾아오는 어떤 직감, 보호받는 느낌, 즉 스스로를 북돋워 주는 어떤 대상에 자연스럽게 이끌리는 그 느낌을 어머니는 한 번도 가져 보지 못했다. 대신 어머니는 원칙과 두려움 사이에서 끊임없이 시달렸다. 어머니는 당위가 실재가 되어야 한다고 여겼고, 본인이 그렇게 되어야만 하는 어떤 모습, 주변의 대상이 그렇게 되어야만 하는 어떤 모습에 집착했다. 마치 잘못된 지도를 들고 길을 나선 여행객처럼 벽에 부딪히고, 차가 진창에 빠지고, 목적지를 잃어버리는 일이 있었지만, 절대 멈추지 않았고 지도를 버리지도 않았다. 어머니는 단 한 번도 신데렐라이기를 멈추지 않았다. 어머니가 자신의 이야기를 할 때면 그건 대부분 자신이 한 일이 아니라, 자신에게 일어난 일이었다.

얼마 전에, 화가 아나 테레사 페르난데스가 얼음을 깎아 만든 하이힐을 신고 한밤중에 도심의 차도와 인도 사이에 있는 배수구에서 얼음이 녹아 맨발이 될 때까지 서 있는 퍼포먼스를 했다. 그것은 그녀 몸의 온기와 신발의 냉기가 벌이는 대결이자, 본인의 맹렬한 의지와 신데렐라 이야기라는 감옥이 벌이는 대결이었다. 신발은 깜짝 놀랄 만큼 아름답고, 낯설고, 충격적이었다. 당신의 발을 죽이려는 신발. 신고 걷기엔 너무 부서지기 쉬운 신발. 정말로 사람을 찔러 죽일 수 있을 정도로 뾰족해서 '단검'이라고 불리기도 하는 신발. 고문과 같았던 두 시간을 단 40분으로 압축해 놓은 비디오를 보면, 신발은 천천히 형태를 잃어 간다. 흩어진 이야기처럼, 희미해진 믿음처럼, 녹아 사라지는 두려움처럼.

추위로 손발의 감각이 없어지고 나면, 아무것도 느낄 수가 없다. 다시 따뜻해진 후에야 비로소 고통이 느껴지기 시작한다. 혈액

순환이 멈추고 잠이 들어 버릴 때가 아니라, 다시 혈액이 깨어나고 팔다리가 아플 때와 비슷하다. 큰 키에 운동선수 같은 몸을 지닌 아나의 말에 따르면, 꽁꽁 언 발이 녹기 시작하면서 고통이 시작되었다. 그녀는 『신데렐라』라는 해로운 이야기를 상징적으로 극복하기 위해, 또한 자신의 열정적인 페미니즘과 빛나는 상상력을 표현하는 예술 작품을 만들기 위해 고통을 견뎠다. 『신데렐라』에서 여성은 신발에 맞추기 위해 자신의 몸을 변형시킨다. 반면 아나는 신발을 부수고, 맨살과 얼음 사이의 투쟁을 통해, 그리고 현실에 맞지 않는 동화와 그녀 자신이 가진 굴복하지 않는 온기 사이의 투쟁을 통해 아름다운 무언가를 만들어 냈다. 하지만 모든 사람이 그런 의지나 온기를 지닌 것은 아니다.

이야기는 어디서 시작하는가? 허구란, 시작이 있고 끝도 있지만, 바다에서 퍼 올렸다가 다시 부어 넣을 수 있는 물 한 잔처럼 덩어리가 있지는 않다. 어디선가 우리 부모님의 이야기를 하게 된다면, 나는 나의 두 할머니 이야기부터 시작할 것이다. 두 분은 어머니 없이 자랐다. 그분들이 자라던 시절의 이야기는 내가 태어나기 한두 세대 전에 이미 잊혔지만, 남아 있었다면 나의 뿌리인 유럽의 어느 끄트머리에서 주변으로 밀려난 가난한 사람들의 이야기였을 것이다. 나의 부모님은 두 분 모두 가난을 깊이 절감하며 자랐다. 가난은 대부분 감정적으로 다가왔지만, 두 분은 중산층이 되고 나서도 그 가난이 물질적인 것이라고 상상했고, 결국 자식을 자신의 확장된 자아이자 희망으로 여기는 부모의 모습을 보이진 않았다. 그보다는 나이가 들어서도 서로 경쟁만 하는 남매처럼 지냈다. 두 분은 그렇게 철저하게 따로 놀았다.

　나중에 독립을 하고, 모든 부모가 법원 판결이 나자마자 곧장 그렇게 경제적으로 떨어져 나가는 것은 아님을 알기 전까지는, 나도 이상하다는 생각을 하지 않고 지냈다. 열넷, 열다섯, 열여섯 살 때도 집을 나오려고 시도했지만 모두 실패했고, 열일곱 살이 되어서야 성공할 수 있었다. 가능한 한 멀리 가고 싶었고, 일단 그곳에 도착하고 나니, 기대했던 것보다 훨씬 더 철저히 혼자임을 깨달았다. 그때부터 나를 책임질 사람은 온전히 나 자신밖에 없었고, 그렇게 몇 년 동안 이어졌던 가난한 시절이 시작되었다. 그 방랑을 시작할 때도 어머니는 다락에 처박혀 있던 쓸 만한 여행 가방들 대신 크기만 큰 허름한 가방을 내주었고, 그 안에서 나의 옷과 책들은 컵 안에 든 주사위처럼 이리저리 흔들렸다. 아버지는 고장 난 여행용 시계를 주었다. 수리만 잘하면 쓸 수 있는 거라고 말씀했지만, 몇 년을 가지고 다닌 결과, 수리를 해도 방법이 없다는 것만 알게 되었다. 내가 세상으로 나갈 때 당신들이 준 선물이란 그런 것들이었다. 그러니 어머니의 나무에서 따온 살구가 그렇게 충격적으로 다가온 것은 당연한 일일지도 모른다.

　변호사와 마찬가지로, 작가도 일관성을 추구한다. 그들은 자신이 취한 관점이 어떻게 나오게 되었는지를 설명하는데, 그 과정에서 몇몇 증거를 일부러 빠뜨리기도 한다. 하지만 나는 초등학교에 다닐 때 어머니가 싸 주었던 수백 개의 샌드위치 이야기는 꼭 하고 싶다. 운동장의 벤치에서 혼자 먹었던 땅콩버터 샌드위치의 빵 조각을 하늘에 던지면, 땅에 떨어지기도 전에 갈매기가 낚아채곤 했다. 친구들이 아이를 가지기 시작하고, 어떤 생명을 계속 지켜 주기 위해 들이는 그 영웅적인 노력, 아무것도 하지 않으면서 모든 것을 요구하기만 하는 어떤 존재를 돌봐야 하는 그 끝없이 소모적인 일을 이해한 후에는, 나의 어머니도 내가 기억하지 못하는 어떤 시기에 그 모든 일을 했음을 깨달았다. 어머니는 나를 먹여 주었고, 씻겨 주었고, 입혀 주었다. 나는 어머니에게 말하는 법을 배우고, 그 밖에 수천 가지 도움을 받았다. 매시간, 매일, 매년 그런 일이 반복됐다. 어머니는 모든 것을 내게 주었던 것이다.

내가 어머니를 돌본 이유는 그 기억나지 않는 과거의 시간을 기리기 위해서였다. 또한 원칙과 공감, 형제들과의 연대감 때문이기도 했다. 어떻게 그러지 않을 수 있단 말인가. 어머니가 내게 극지방으로 가는 여정 같은 것이었다면, 나는 끝까지 한번 가 볼 생각이었다. 하지만 땅콩버터 샌드위치의 시기가 끝나고 뇌 질환이 닥치기 전까지의 시간 동안은, 어머니가 다정한 모습을 보일 때도, 반대의 모습이 언제 튀어나올지 몰라 제대로 받아들일 수 없었고, 어머니는 그런 내가 멀게 느껴진다며 불평을 늘어놓았다.

나는 멀리 있었다. 나는 어머니를 연구하고, 파악하려 했다. 어머니의 풍경을 그려 보고 그곳에서 빠져나올 길을 찾는 일에 나의 생존이 달려 있었다. 우리는 모두 자신의 이야기에서는 영웅이다. 다른 이야기라는 무대에 우리를 세워 놓고 그렇게 작아진 스스로를 보는 것, 당신과 관련이 없는 세상의 광활함을 보는 것도 바라보기의 기술이라고 할 수 있다. 스스로의 능력을 보고, 스스로의 삶을 만들어 나가고, 다른 사람의 삶을 만들고 혹은 그것을 부수기도 하며, 다른 사람에 의해 이야기되기보다는 우리가 이야기를 해 나가는 것이다.

다른 딸이라면 싸워서 협상을 얻어 내거나 아니면 완전히 파괴되었을지 모른다. 강심장을 가진 또 다른 딸이라면 그냥 웃어넘기며, 감정의 물결에 휩쓸리기는커녕 그런 감정을 느낄 수조차 없었을 수도 있다. 하지만 그렇게 어린 나이에 그런 환경에서 진정한 평화를 얻어 낼 수 있을 만큼의 지혜를 지니고 있는 사람이 있을 거라고는 상상하기 어렵다. 나는 물러나는 방식을 선택했고, 어쩌면 정말 거울 역할을 했을 수도 있다. 반짝반짝 광이 나는 거울 표면에는 그 아래에 놓인 것들이 하나도 비치지 않았다.

우리의 거울 나라에서는 나의 어린 시절에 대해 어머니가 아는 것보다, 어머니의 어린 시절에 대해 내가 아는 것이 더 많았다. 내가 성인이 된 후에, 우리 두 사람은 나의 어린 시절에 대해 이야기하지 않았다. 만일 내 삶의 어딘가가 잘못되었다고 내가 말했다면, 어머니는 내 실수만 집중적으로 이야기하거나 화를 내며 나 때문에 당신의 두려움만 다시 확인했을 뿐이라고 말했을 것이다. 내 인생에서 기념될 만한 어떤 일을 이야기하면, 어머니는 늘 대답의 첫머리에서부터 화제를 다른 쪽으로 돌려 버렸다. 그래서 결국은 당신에 관해, 대부분은 당신의 두려움과 불평거리에 관해 이야기했다. 최악의 상태에서는 나 역시 어머니처럼 과소평가된 느낌, 희생자가 된 느낌이 들었지만, 어머니처럼 되지 않는 것이 언제나 나의 목표이기도 했다. 그런 점에서, 나중에는 자신까지 함께 사라지기를 바라고 있는 나 스스로를 발견하곤 했다.

살구 더미와 함께한 가을이 지나고, 모든 것이 최악의 상황이던 그때, 아름다운 바닷가 계곡에 있는 대학의 학부생을 대상으로 강연을 해달라는 요청을 받았다. 나는 장소에 대해 이야기했다. 우리가 어떤 장소에 대한 애정을 이야기하는 방식에 대해 이야기했다. 사람들은 어떤 장소에 대한 본인의 애정을 이야기하지만, 장소가 되돌려 주는 사랑, 장소가 우리에게 주는 것에 대해서는 좀처럼 이야기하지 않는다는 내용이었다. 장소는 우리에게 우리가 되돌아갈 어딘가, 즉 연속성을 제공한다. 그리고 그 장소는 우리 삶의 일부분을 서로 연결하고 일관성을 유지하게 함으로써 우리에게 친숙함을 준다. 장소가 제공하는 커다란 눈금 안에서 우리의 문제는 어떤 맥락을 얻고, 광활한 세상은 상실이나 문제 혹은 추함을 해결하고 치유해 준다. 그리고 멀리 떨어진 장소들은 그곳에 우리 자신의 역사가 깊이 새겨져 있지 않다는 이유로, 그곳이 우리로 하여금 다른 이야기 또는 다른 자아를 상상하게 해 준다는 이유로, 혹은 그곳에서는 술을 잔뜩 마시고 휴식을 취할 수 있다는 단순한 이유로 안식처가 되어 준다.

세상이 크다는 사실이 구원이 된다. 절망은 사람을 좁은 공간에 몰아넣고, 우울함은 말 그대로 푹 꺼진 웅덩이다. 자아를 깊이 파고들어 가는 일, 그렇게 땅 밑으로 들어가는 일도 가끔은 필요하지만, 자신에게서 빠져나오는 일, 자신만의 이야기나 문제를 가슴에 꼭 붙들고 있을 필요가 없는 탁 트인 곳으로, 더 큰 세상 속으로 나가는 반대 방향의 움직임도 마찬가지로 필요하다. 양쪽 방향 모두로 떠날 수 있는 능력이 중요하며, 가끔은 밖으로 혹은 경계 너머로 나가는 일을 통해 붙잡고 있던 문제의 핵심으로 들어가는 일이 시작되기도 한다. 이것이야말로 말 그대로 풍경 안으로 들어온 광활함, 이야기로부터 당신을 끄집어내는 광활함이다.

나는 종종 오션비치에 가곤 했다. 도시 끝자락의 출렁이는 태평양을 마주하고 있는 그 긴 모래 해변에서 나는 다시 힘을 얻었고, 사물을 바라보는 관점을 얻을 수 있었다. 여기서 관점이란 말 그대로의 의미이기도 하다. 도시가 모래로 바뀌고, 모래는 파도로 바뀌고, 파도는 대양으로 바뀐다. 그 풍경을 바라보며 대양이 수천 마일이나 이어지고 있음을 아는 것만으로도 나의 이야기, 아니 사람들의 이야기를 둘러싸고 있는 어떤 경계가 있음을, 그 너머에는 다른 어떤 것이 활발히 움직이고 있음을 알게 된다. 미지의 끄트머리가 그렇게 익숙한 모습으로, 영원히 해변을 적시고 있다.

학생들에게 본인을 계속 지탱해 줄 장소를 찾기 시작해야 할 나이라고 이야기했다. 장소가 사람보다 더 믿을 만하고, 가끔은 사람보다 더 오래 관계가 유지되기도 한다고 말이다. 그리고 본인이 편안함을 느끼는 장소가 어디인지 물었다. 학생들이 대답했다. 한명 한명, 뒷줄 끝에 앉은 학생까지, 한 시간 동안이나 이야기를 나누었다. 어디에서도 오래 머무른 적이 없고, 정든 곳을 남겨 두고 떠날 수밖에 없었던 이민자, 평생을 지낸 집을 처음으로 떠나야 했던 10대, 익숙한 풍경을 사랑했고 또 그리워하는 학생도 있었고, 아직 그런 풍경을 찾지 못한 학생도 있었다.

나는 친구나 스승을 발견하기 전에 책과 장소를 먼저 발견했고, 사람이 주는 것과 똑같다고 할 수는 없겠지만, 그것들은 내게 많은 것을 주었다. 어린 시절에 나는 문제가 있을 때면 밖으로 튀어나오곤 했다. 그렇게 안과 밖이 뒤집힌 세상에서는 집만 아니면 어디든 안전했기 때문이다. 행복하게도 그곳엔 참나무들이 있었고, 언덕, 시내, 작은 숲, 새, 오래된 목장과 마구간, 툭 튀어나온 바위가 있었다. 그렇게 열린 공간이 나에게 개인적인 것에서 튀어나와 인간이 없는 세상을 껴안으라고 부추겼다.

20대 후반에는 친구 소피와 함께 뉴멕시코까지 차를 몰고 간 적이 있었다. 열정적이고, 재주가 많으며, 머리가 새카맣고 눈은 녹색이었던, 회오리바람 같던 그 친구는 아직 삶의 방향을 정하지 못하고 있었다. 뉴멕시코까지 가려면 각각 이틀을 꼬박 운전해야 했지만, 우리 둘 다 그곳이 가 볼 만하다는 데는 이견이 없었다. 그곳에 우리가 계획 중이던 프로젝트를 위해 찍은 사진을 현상할 수 있는 작업실이 있기 때문이었다. 당시 우리는 나중에 무슨 일을 할 수 있을지 탐색하는 중이었다. 그리고 그때는 정확히 몰랐지만, 그런 방랑이 우리의 진짜 일이었던 셈이다.

나는 그보다 몇 해 전, 사랑에 빠진 것처럼 열정적으로 서부의 사막에 빠져들었고 덕분에 사막으로 들어가는 법과 그 안에서 이동하는 법을 익혔다. 어디를 가든 그 광활함에 나를 던져 버렸다. 나는 친구가 된 사막 사람들과 함께, 그 장소에서, 마치 마음을 열고 더 큰 사람이 되어 보라고 말하는 것 같은 친밀한 하늘 아래서 새로운 삶을 시작했다.

그 무렵 나는 나만의 목소리와 천직을 찾는 중이었고, 목소리와 할 일은 넘쳐 났다. 하지만 아직 무언가에 미친 듯이 빠져들거나 압박을 받는 상태는 아니었고, 대륙의 비어 있는 구석구석을 돌아다니며 캠핑을 하고, 사람을 찾아다니고, 원주민 활동가와 함께 일하고, 새로운 감각을 깨워 주고 야생의 선물을 제공하는 세상을 발견하며 자유롭게 돌아다녔다. 마블캐니언으로 바로 가는 길은 없었기 때문에, 우리는 경치가 가장 좋은 길을 택했다. 마블캐니언은 그랜드캐니언 꼭대기에 있는 글렌캐니언 댐 아래 처음 나오는 협곡이다. 우리는 모하비 사막의 평지와 산악 지역을 지나, 애리조나 사막 지대의 고지대와 저지대를 통과했고, 건조 지대의 메사와 붉은 암석으로 된 벼랑을 지났다. 그날 밤은 강이 우물거리는 것 같은 물소리가 들리는 모래 위에 천막을 치고 잤고, 다음 날 아침에는 강의 북쪽 도롯가에 있는 허름한 식당에서 아침을 먹었다.

우리 옆의 기다란 테이블에서는 한창 신이 난 여행객들이 큰 소리로 이야기하며 잔뜩 쌓인 음식을 먹고 있었다. 그들이 래프팅을 하러 온 모임이라는 것을 알게 되었고, 나는 생각했던 것보다 훨씬 큰 목소리로 그랜드캐니언을 따라 보트를 타고 내려가는 일을 해 보고 싶다고 말해 버렸다. 그러자 래프팅 안내인 중 한 명이 우리 쪽으로 다가와 사람이 몇 명 빠졌다며, 자리와 장비가 남으니 우리도 함께 가겠냐고 물었다. 어떤 바람이 갑자기 이루어져 버렸을 때 당신은 어떻게 하겠는가.

래프팅 일행에게 언제 출발하는지 물어보니, 안내인이 한 시간 정도 후라고 했다. 언제까지 대답을 줘야 하냐고 다시 물어보니, 30분이라고 했다. 확인해야 할 것들이 있었다. 필요한 장비는 다 있는지, 차를 그곳에 두고 가도 괜찮을지, 다시 돌아올 방법은 있는지, 우리가 사라진 것을 아쉬워할 사람은 없는지, 중간에 팬텀랜치에서 하이킹을 할 수 있는지, 이 사람들을 믿어도 좋을지 등등. 밤새 귓전에서 노래를 부르던 그 강에 들어가고 싶다는 것은 분명했다. 물살을 타고 대지의 깊은 주름 속으로, 창조의 시간까지 거슬러 올라가고 싶었다. 안내인에게 "네, 갈게요."라고 대답했더니, 그는 놀라는 것 같았다. 고작 20분 정도의 설명만 듣고 1~2주 동안의 여정을 결정해 버린 것이다. 이제 무리로 돌아가 상황을 정리하는 것은 그의 몫이었다. 잠시 후 돌아온 그는 우리가 보험에 들어 있지 않아 함께 갈 수 없다는 안전요원의 말을 전했다. 우리는 그에게 고맙다는 인사를 하고 다시 사막으로 길을 나섰다.

"네"라는 대답이 내 인생의 커다란 이정표가 되었고, 그것은 하나의 분기점이었다. 나는 내 안에 있던 어머니의 목소리와 힘겹게 싸우고 있었다. 경계심과 의무감의 목소리, 미지의 것에 대한 두려움이 내는, 세상은 위험하고 언제나 안전이 최우선이라고 말하는 목소리, 즐거움과 위험을 종종 혼동하는 목소리. 내가 처음 도시로 이사를 하자 그 도시에서 강간, 살해당한 젊은 여성들의 기사를 오려서 보내 주었던 어머니의 목소리, 본인에게 평생 한 번도 일어나지 않은 막연한 시련과 손해를 늘 생각하던 어머니, 아무리 하찮은 것이라 해도 실수 자체를 두려워했던 어머니의 목소리. 그 목소리는 이렇게 말했다. "아직 설거지를 마치지도 못했는데 어떻게 천국으로 가니? 지저분한 접시가 부딪히는 소리가 천국의 소리보다 더 크게 들리면 어떡하니?"

하지만 어머니 본인도 모험이 가득한 삶을 살았다. 젊었을 때는 동생을 설득해서 함께 버스로 전국 일주를 했고, 당신 세대의

미혼 여성이 일반적으로 그랬던 것처럼 부모님 집에 머무르지 않고, 혼자 플로리다로 떠났다. 결혼을 하자마자 군인이었던 유대인 남편을 따라 독일에 갔고, 그다음에는 서부와 남미에서 살기도 했다. 한편 어머니는 많은 모험을 거부하며 오랫동안 안전이나 절약만을 위한 선택을 했던 적도 있었다. 안정감과 상상 속의 미래를 위해 현재를 희생하고 또 희생하고 나서는, '될 수도 있었을 것들'을 아쉬워했다. 두려움 때문에, 의무감 때문에 너무 자주 "안 돼"라고 말했고, 나에게도 그래야 한다고 가르쳤다.

사람들이 '어머니'나 '아버지'라고 말할 때, 그건 서로 다른 세 가지 현상을 일컫는다. 우선 당신을 만들고 어린 시절 늘 당신 위에 있는 거인이 있다. 그다음, 나이가 들어가면서 감지하게 되는, 때때로 친구처럼 대할 수 있는 어떤 인간적인 모습이 있다. 마지막으로 당신이 스스로 내면화한 부모님의 모습이 있다. 그것은 당신 자신이 되기 위해 투쟁하고, 달래고, 도망치고, 이해하고, 이해시켜야 하는 대상이다. 이 세 모습이 한데 뒤섞여 혼란스럽고 서로 모순되는 삼위일체를 만들어 낸다. 강물 앞에서 "네"라고 대답함으로써 나는 내 안에 있던 어머니의 모습, 의무감과 경계심이 반영되어 있던 그 모습을 극복해 낸 것이다.

그 작은 모험 이후로, 내게는 줄곧 나를 든든하게 지지해 준 좌우명 '정말 좋은 이유가 없다면 절대로 모험을 거절하지 말자'가 생겼고, 그때까지 본능적으로 물리쳤던 초대나 가능성을 다시 생각하게 되었다. 그렇게 "네"라고 대답하고 12년이 지난 후에, 소피는 미국 반대편에 있는 남자와 사랑에 빠졌다. 연애 초기에, 지긋지긋하던 직장을 그만두고 그와 함께 떠나겠다고 마음을 먹은 소피에게, 그녀의 부모님은 차근차근 안정적인 직장의 단계를 밟아가기를 그만두고, 알 수 없는 세계로 자신을 던지는 것은 큰 실수라고 적어 보내셨다.

소피가 애인에게 돌아가는 비행기를 타러 공항으로 갈 때 내가 차로 데려다주었다. 차 안에서 우리는 미지의 세계를 선택했던 때에 관해 이야기했다. 그때 "안 갈래요."라고 대답했더라면, 우리는 무슨 일이 벌어졌을지 영원히 궁금해했을 것이다. 우리의 것이 될 수도 있었을 보물을 거절한 듯한 느낌, 삶을 제대로 살 수 있는 기회를 거절한 것 같은 느낌을 계속 지닌 채 살아야 했을 것이다. 중요한 것은 우리가 모험에 대해, 미지의 것과 가능성에 대해 "네"라고 대답했다는 점이다. 나는 소피에게 말했다. 지금 가지 않으면 이 남자가 계속 궁금하기만 할 것이라고, 가서 일이 제대로 풀리지 않더라도 노력했으니 최소한 무언가를 알게 될 거라고, 그리고 만약 일이 제대로 풀려도 마찬가지일 거라고.

두 사람의 결혼식에서 나는 그때 강에서 있었던 일을 이야기했다. 지금 두 사람에게는 아이가 둘이나 있고, 회오리바람은 잠잠해졌으며, 그녀는 자신의 자리와 가야 할 방향을 찾았다. 물론 그녀의 부모님도 딸의 갑작스런 도발을 말리려 했던 일을 오래전에 잊어버리셨다. 나는 다른 모험에 대해서도 "네"라고 대답했다. 그리고 갑자기 살구 더미가 떨어졌던 그해에, 예상도 못 했던 시점에 아이슬란드를 방문하지 않겠냐는 초대를 받았다. 나는 그 자리에서 "네"라고 대답했다.

멀고도 가까운

이 문장 안에는 밤이 있고, 두 종류의 날개도 있다. 마치 두 등장인물이 각각 낮과 밤 자체인 것 같다. 꿈꾸는 이의 눈물을 마시는 것은 보이지 않는 태양의 빛을 반사하는 달을 떠올리게 한다. 잠든 새의 눈물을 마시는 나방은 많은 것의 원형이 된다. 그 안에서 익숙한 것은 낯선 것이 되고, 슬픔은 양분이 된다. 마치 묘하게 설득력 있는 신화처럼, 자연 세계에서나 볼 수 있는 수많은 이야기들이 그 속에 담겨 있다. 고대 그리스어 '프시케(Psyche)'는 숨, 생명, 삶의 본질적인 활기, 영혼을 뜻하고, 때로는 영혼의 상징인 나비를 뜻하기도 한다. 나방 역시 하나의 영혼이라고 생각하는 나는, 이 그리스어가 나방이라는 뜻도 포함하고 있는 것은 아닌지 의문이 들기도 한다. '에로스와 프시케' 이야기에서 프시케는 방랑자이다. 자신을 태워 죽일 장작더미 앞에 버려진 후, 그녀의 기나긴 여정이 시작된다. 이 이야기에는 무언가를 찾아 나선 여성이 등장하는 고전 동화의 전형적인 특징들이 모두 들어 있다. 그녀는 홀로 궁전에서 깨어난다. 정체를 알 수 없고, 눈에 보이지도 않는 연인은 밤에만 그녀를 찾아온다. 종종 그림에서, 그녀의 연인 에로스에게는 새의 날개가, 프시케에게는 나비 날개가 달려 있는 경우가 있다. 그럼에도 밤에만 찾아와 그녀가 제공하는 양분을 취하고, 어둠 속에서 그녀를 강탈하고 낮에는 모습을 감추는 에로스는 나방이다.

3 ——————————————————————— 얼음

부드러운 눈과 톱니 모양의 얼음이 만든 작은 봉우리가 끝없이 펼쳐져 있는 장면이 보였다. 그 안에서 서로를 찾으려 애쓰는 두 사람은 한없이 작아 보였고, 마치 풍경이 그들을 삼켜 버리겠다고 협박하거나 약속하는 것처럼 보였다. 두 사람은 아무것도 없는 백지 위에 찍힌, 흰색에 압도된 두 개의 작은 글자 같았다. 두 사람은 마치 하나의 단어를 만들려는 듯 서로에게 다가갔다. 그 단어는 절대 들리지 않을 침묵의 세계로 흩어질 테지만, 풍경은 그들에게 어떤 불멸을 약속했다. 그 안에선 아무것도 부패하지 않는 냉기가 지닌 불멸을.

영화나 텔레비전 속 거친 화면에서 본 장면이지만, 10대 초반에 그 장면을 처음 보았을 때, 나는 매료되었다. 그것이 내가 처음 본 북극 혹은 극지방의 광경이었고, 그 후로 줄곧 그곳에 가 보고 싶은 욕망이 있었다. 그곳은 절대적인 곳, 가장 먼 곳, 경계 너머에 있는 곳, 지구의 끝이자 하얗게 꺼져 버린 세상이었다. 거기에는 차가운 물과 바람, 냉기가 가진 원초적인 위력과 광활함이 있었다. 그건 아마도 메리 셸리의 『프랑켄슈타인』을 영화화한 열 편이 넘는 작품 중 한 편의 시작 장면이거나 마지막 장면이었을 것이다.

살구가 우리 집에 오기 일주일 전, 극지방을 주제로 한 몇몇 화가의 전시회에 쓸 에세이를 청탁받았다. 북쪽은 현대의 지도를 제작하는 기준이 되었고, 나의 방향감각도 마찬가지였다. 적도 어느 편에 있든 상관없이 나의 현재 위치를 확인하고 싶을 때면, 나의 몸과 상상력은 마치 나침반의 바늘처럼 북쪽을 바라보았다. 바늘은 북쪽을 가리켰고, 나도 마찬가지였다. 온대 기후의 한여름에 나는 내가 아는 북극이나 그 근처에 대한 지식을 떠올렸고, 한밤의 태양 아래서 잠시나마 지내 볼 수 있는 극지방의 삶을 욕망했고, 어린 시절 꿈꾸었던 얼음 세상에 대해, 『프랑켄슈타인』에 대해 생각했다.

『프랑켄슈타인』을 다룬 대부분의 영화는 미친 과학자와 복수심에 불타 비틀거리며 걷는 괴물을 보여 주는 데 급급하면서, 진지한 심리 소설인 원작에서 멀어진다. 그 결과 원작의 시작과 끝이 극지방을 배경으로 하고 있다는 것을 기억하는 사람은 거의 없다. 빅터 프랑켄슈타인은 자신이 만들어 낸 창조물을 찾아 나섰다가 거의 죽음 직전의 상태에서, 얼음에 갇힌 배를 만나 구조된다. 고집 세고, 외롭고, 야망 있는 젊은 선장과 함께 잠시 생명을 연장한 그는, 북극을 찾아 나선 선장에게 자신의 이야기를 들려준다.

『프랑켄슈타인』은 러시아 인형 같은 구조로 되어 있다. 시작과 끝에 극지방 탐험가인 로버트 월턴이 등장하고, 나머지 부분은 모두 그가 선실에서 회상하는 내용이다. 독자는 먼저 월턴 선장이

누이에게 보내는 편지를 읽게 되는데, 아직 인간의 발이 닿지 않은 북구의 천국을 찾고 있다는 이야기에 이어, 그가 프랑켄슈타인에게서 들은 이야기가 등장한다. 그것은 프랑켄슈타인이 자신이 생명을 불어넣은 창조물에게서 들은 이야기이다. 말하자면, 그 피조물이 자신이 몰래 엿보다가 이내 사랑하게 된 가족에 대한 극적인 이야기를 자신의 창조자에게 들려준 것이다. 그들의 이야기는 얼음으로 둘러싸인 선장의 이야기 안의 이야기 안의 이야기 안의 이야기가 된다.

얼음과 냉기는 이 책의 주요 상징이다. 월턴은 자신이 멋진 나라를 발견할 것이라고 상상한다. 그리고 자성을 띤 바늘이 북쪽을 가리키는 이유를 발견하고, 북서부 항로를 개척해 교역의 속도를 높이고, 자신의 집념에 찬 노력이 인류에게 혜택을 줄 것이라고 상상한다. 그는 야심과 감정이입 사이에서, 자신의 목표를 극한까지 좇는 일과, 동료를 구하기 위해 그 목표를 접는 일 사이에서 갈등한다. 프랑켄슈타인을 발견했을 때 그의 배는 "얼음에 완전히 둘러싸인 채, 사방에서 좁혀 오는 얼음 때문에 조금도 움직일 수 없었다. 2시쯤 안개가 걷히자 눈앞에 펼쳐진 것은 커다랗고 불규칙적인, 끝없는 얼음 평원뿐이었다."

얼음은 파괴자다. 또한 냉기는 모든 것을 늦춘다. 영하의 환경에서는 액체가 굳고, 심지어 무생물마저 대부분 그 자리에 고정되어 버린다. 그리고 도달 불가능한 절대 영도에 이르면 원자와 분자,

엔트로피마저도 멈춰 버리고, 당연히 생명은 그보다 훨씬 전에 사라지고 없을 것이다. 몇몇 단순한 생명체는 단단히 굳었다가 다시 녹는다. 생명이 멈췄다가 다시 시작되는 것이다. 북극곰이나 펭귄 같은 생명체의 경우 몹시 차가운 물에서 헤엄을 치고 얼음 위에서 잠을 자면서도 별다른 해를 입지 않을 정도로 적응을 했지만, 대부분의 생명체에게 혹독한 냉기는 위협으로 다가온다.

얼음은 수호자이기도 하다. 그린란드의 빙상에서 추출한 원통형 얼음 표본에는, 이미 지나가 버린 수천 년 동안의 대기를 담은 기포가 있고, 극지방의 봉우리에서는 얼어 버린 과거의 흔적이 발견된다. 고지대에서 사망한 산악인은, 죽음의 순간에 그대로 멈춘 채 영원히 그곳에 보존된다. 색이 조금 바래고 건조해지기는 하겠지만 썩지는 않는다. 로버트 맥팔레인은 산악인이었던 아버지를 히말라야에서 잃어버린 유럽의 어느 여성 이야기를 했다. 당시에 어린아이였던 그녀가 스무 살이 되던 해에 아버지가 돌아가신 자리를 찾았을 때, 아버지의 사체가 무덤에서 미끄러져 나왔고, 그렇게 딸은 얼어 버린 채 보존된 아버지의 얼굴을 확인하고 길게 자란 머리카락을 잘라 드렸다고 한다.

그곳은 일종의 순수한 영역이다. 삶으로 어지럽혀지지 않고, 자식을 낳고 썩어 가는 유기체의 활동에 어지럽혀지지 않는, 흰색과 파란색, 회색, 검은색으로 이루어진 흑백에 가까운 영역이다. 극단적인 냉기 안에서는 아무것도 썩지 않는다. 1991년, 오스트리

멀고도 가까운

아와 이탈리아 경계의 빙하에서 5300년 전에 죽은 남자의 사체가 발견되었다. 손상되고 몸집 자체가 수축하기는 했지만, 피부의 문신, 차고 있던 무기, 그리고 얼어붙은 위장 안에 남아 있던 마지막 식사의 내용물까지 온전히 보존되어 있었다. 먼 과거로부터 살아남은 시베리아의 매머드도, 이제 녹기 시작한 얼음 세계에서 자주 발견되고 있다.

냉기는 거의 모든 것을 보존한다. '동결하다(freeze)'라는 단어가 현대 영어에서는 '시간을 멈추다, 진행을 멈추다, 영상을 멈추다'와 같은 뜻으로 쓰이고 있다. 시간이 강이라면 아마 그 물은 얼음이 되어 버릴 것이다. 이렇게 흐름을 멈추고 정지한 시간이 극지방의 완고한 안정감이다. 그리고 그곳엔, 해마다 얼었다 녹기를 반복하는 해안선의 극적인 불안정함이 있다. 얼음이 해안 마을을 둘러싸고 배는 봄이 될 때까지 그 자리에 얼어붙고, 땅에 균열이 생기고, 바다가 얼어붙으며, 걷거나 썰매를 타고 그 위를 지나다닐 수 있게 된다. 얼음이 녹으면 얼음덩이들이 함대처럼 서로 충돌하고, 뗏목에 타고 있던 사람이나 짐승은 그대로 갇히고 만다. 월턴이 유빙 사이에서 구조해 주기 전에 프랑켄슈타인이 바로 그런 상황에 처해 있었다.

열여덟 살 때 나는 당시 나의 집이었던 초라한 장기 투숙 호텔의 벽에 남극 지도를 붙여 놓고 지냈다. 그것은 고통과 열망, 사회와 개성, 친숙한 것과 일상적인 것 너머에 있는, 일종의 차가운 희망을 대변하는, 극단주의자의 풍경이었다. 그 순수한 극단의 세계는 여전히 나를 매혹시킨다. 북쪽 혹은 남쪽에 있는 그 세계에는 나무와 도시를 포함한 거의 모든 것이 들어 있다. 광활하게 펼쳐진 순백의 배경 속에는 창백하고 흐린 하늘 아래 역시 흰색 혹은 단조로운 색의 동물들이 이리저리 움직이고 있다. 마치 모든 색깔들이 사라져 버린 것 같다. 그곳은 근원의 땅이자 세상 끝에 있는 또 다른 세상이었다.

온대 기후에 사는 사람들은 신중하고 보수적인 느낌의 북구보다는 열대가 더 생동감 넘치고 풍요로울 거라고 생각한다. 하지만 북극이나 남극 지역에서 1년 동안 쏟아지는 빛의 양을 보면, 그런 생각이 사실과 매우 다르다는 것을 깨닫는다. 지구상의 어느 지역이든 1년 동안의 빛과 어둠의 양은 똑같지만, 그렇다고 모두 같은 기준을 따르는 것은 아니다. 적도 지역에서는 1년 동안 빛이 고르게 나누어 비치기 때문에, 1년 내내 낮과 밤의 길이가 동일하다. 석양이나 해돋이는 거의 볼 수 없고 대부분 태양이 머리 위에서 곧장 내리쬐는, 하루 분량의 빛이 꾸준히 예외 없이, 고르게 예정대로 비치는 나름 합리적인 배열을 보인다. 그런가 하면 여름에는 어둠을 거의 볼 수 없고, 겨울에는 빛이 거의 없는 극단적인 지역도 있다. 그곳에서는 마치 길게 이어지는 신나는 분위기에 취해 빛을 몽땅 탕진하거나 단숨에 들이켜 버린 후에, 긴 어둠을 맞이하는 것만 같다.

메리 셸리는 언젠가 일기에 시인인 남편과 함께 지내는 삶은 "이탈리아의 석양보다 빨리 지나간다."고 적었다. 그리고 새로 찾은 그 고요한 삶이 계속되기를 바라는 마음을 "극지방의 하루였으면 좋겠다. 하지만 그것 역시 끝이 있겠지."라고 표현했다. 그녀가 말한 극지방의 하루는 분명 여름날, 몇 달 동안 끊이지 않고 빛이 비치는 그런 시기였을 것이다. 『프랑켄슈타인』에서 월턴 선장의 광기는 극지방에 대한 다음과 같은 묘사에서도 부분적으로 드러난다. "아름다움과 즐거움이 있는 곳이다. 여기선 늘 해를 볼 수 있다. 수평선에 걸린 커다란 원반 같은 해가, 영원한 광채를 흩뿌리고 있다." 하지만 그는 밤이 없는 여름을 묘사할 뿐, 낮이 없는 겨울 이야기는 하지 않는다. 시간 자체가 그렇게 다르다는 점이 북극 지방을 낯선 곳으로 만들어 주는 요소다.

사람들은 성격이나 감정을 말할 때 온도와 관련한 표현을 쓰기도 한다. '따뜻하거나 냉담한' 마음, '차가운' 기질, '뜨거운' 열정처럼. 극지방의 태양에 관해 쓴 지 1년쯤 후, 그러니까 남편이 갑작스레 익사한 후에 메리 셸리는 이렇게 적고 있다. "내가 마음이 차가운 사람인 걸까? 누가 알겠는가? 하지만 이 마음 한가운데 있는 얼음같이 차가운 무언가를 부러워할 필요는 없겠지. 적어도 이 차가운 심장에서 나온 감정이 만들어 내는 눈물은 뜨거운 것임을." 내색하지 않는 성격이었던 그녀는 차가운 사람이라는 말을 자주 듣곤 했다.

『프랑켄슈타인』의 집필이 시작된 여름을 1년 앞두고, 그녀는 첫아이를 잃었다. 미숙아로 태어났던 딸은 2주 동안 버티다가 어느 날 밤 숨을 거두고 말았다. 너무 조용한 죽음이어서, 엄마인 메리도 그저 아이가 잠든 줄만 알고 아침이 될 때까지 깨우지 않았다. "이젠 더 이상 엄마가 아니야."라고 그녀는 친구에게 보낸 편지에 적었다. 그리고 1815년 3월 19일자 일기에는 이렇게 적었다. "우리 아기가 다시 살아나는 꿈을 꾸었다. 그저 감기를 앓은 것뿐이어서, 불 앞에서 쓰다듬어 주었더니 다시 살아났다. 하지만 잠에서 깨고 나니 아기는 없었다. 나는 하루 종일 아기 생각만 했다." 이후에도 줄곧 그녀는 아기 꿈을 꿨다.

그녀에게 온기는 곧 생명이었지만, 냉기가 그녀의 목숨을 구해 준 적도 한 번 있었다. 첫딸이 죽고 몇 년 후, 아이 셋을 더 낳고 그중 둘이 죽은 후에, 메리는 유산 때문에 목숨을 잃을 위기에 처했다. 그녀의 목숨을 구한 것은 그 어떤 의사도 아닌, 바로 그녀의 남편 퍼시 셸리였다. 그가 얼음을 가득 채운 물에 아내를 넣어 출혈을 눈에 띄게 늦춘 것이다. 하지만 그 일이 있고 얼마 지나지 않아 남편 퍼시가 바다에 빠져 죽고 말았다. 폭풍이 몰려오는 날 배를 타고 나갔다가, 아내와 하나뿐인 자식을 남기고 떠나 버렸다. 생명의 탄생과 죽음은 메리 셸리의 삶에서 결코 멀리 있는 것이 아니었다.

『프랑켄슈타인』은 종종 생명을 잉태하는 여성의 능력을 남성이 가로채는 이야기라는 평을 듣기도 한다. 그런 평은, 여성은 신이 될 수 있지만, 남성은 그럴 수 없다는 생각을 간접적으로 드러내는 것이다. 하지만 메리 셸리의 소설에 등장하는 남자 주인공은 기본적인 화학작용을 활용해 죽은 것으로부터 생명을 만들어 내는 일을 한다. 그는 이렇게 고백한다. "시체 안치소에서 뼈를 가져와 이 불경한 손으로 인간의 뼈대를 힘겹게 맞추었습니다." 월턴이 인류에게 혜택을 주겠다는 상상을 하며 실제로는 동료들을 위험에 빠뜨리는 것처럼, 프랑켄슈타인도 본인이 구원자라고 상상한다. 하지만 자신의 피조물에 생명을 주고 자유롭게 놓아 줄 때, 그는 자신의 아이를 버리는 부모이기도 하고, 동시에 막대한 혼란이 닥치려는 상황에서 슬그머니 발을 빼는 평범한 시민이기도 하다. 소설의 시작과 끝에 등장하는 극지방 그리고 절정 부분에 등장하는 알프스 산맥의 빙하 지대에서 느껴지는 차가움은, 그런 그의 차가운 마음을 보여 주는 것이다.

메리 셸리가 이 소설을 쓰기 시작했을 때 그녀는 열여덟 살이었고, 책이 출간되었을 때도 스무 살에 불과했다. 소설 탄생에 영감을 주었던 사건은 이제 많이 알려져 있다. 1815년, 지금은 인도네시아에 편입된 자바 군도의 탐보라 화산이 폭발했다. 1600년 만의 가장 큰 화산 폭발로 알려진 그 사건으로 수천 명이 그 자리에서 사망했고, 화산재와 화산 폭발에 이은 이상기후 때문에 수십만 명의 사람이 기근으로 사망했다. 유럽과 북미에서 1816년은 여름이 없던 해로 기억된다.

　봄은 평년과 다름없었지만, 날씨는 더 더워지는 대신 점점 더 추워졌다. 마치 시계를 거꾸로 돌린 것 같았다. 마른 안개가 미국 북동부 지역을 덮으면서 햇빛을 가려 맨눈으로도 해를 볼 수 있었다. 냉해를 입은 곡물은 점점 말라 갔고, 수확은 형편없었다. 6월에 눈이 내렸으며 7월과 8월에도 호수와 강에서 얼음을 볼 수 있었다. 이탈리아에서는 여름에 화산재가 섞인 붉은 눈이 내렸다. 그리고 기근이 닥쳤다. 그 냉기는 낯설고 무질서한 어떤 것, 비정상적이고 위협적으로 변한 자연을 드러내는 신호였다. 메리는 굶주림에 시달릴 만한 계급은 아니었지만, 당시 유럽에서 식량과 관련한 폭동이 가장 극심하게 일어났던 스위스에서 지내고 있었다.

　15년 후, 그녀는 당시를 이렇게 회상했다. "습하고, 호의적이지 않은 여름이었다. 끊임없이 비가 내려 며칠씩 집 안에만 갇혀 지내는 날이 많았다. 프랑스어로 번역된 독일의 유령 소설을 몇 권 구할 수 있었다. 이후로 그 이야기들을 다시 접한 적은 없지만, 사건이 너무 생생해서 마치 어제 읽은 것처럼 머릿속에 남아 있다. '우리도 각자 유령 이야기 하나씩 써 봅시다.'라고 바이런 경이 제안했고, 모두 좋다고 했다. 함께한 사람은 네 명이었다." 여기서 셸리를 제외한 나머지 세 명은, 소설은 아니지만, 악몽 같은 시을 쓴 시인 바이런과 흡혈귀 이야기의 시초로 여겨지는 고딕 소설 『뱀파이어』를 초고까지 썼던 그의 친구 폴리도리 박사, 그리고 결국은 그 계획에 참여하지 못한 시인 퍼시 비시 셸리였다.

그보다 두 해 전 여름, 열일곱 살 생일을 몇 달 앞둔 시점에 어머니의 무덤을 함께 찾은 후, 메리는 남편을 따라 집을 나섰다. 그건 위대한 예술적 동맹의 시작이자, 당시 위협받고 있던 여성적 가치를 다룬 소설에서 자주 등장하던 식상한 상황이기도 했다. 그녀는 예쁘지만 가난했고, 그는 무모하고 고집 센, 직위와 재산을 물려받을 예정인 귀족 집안의 후계자였다. 셸리는 메리가 어떤 사람인지 파악하기 전에, 이미 그녀가 상징하는 것들 때문에 어느 정도 사랑에 빠졌던 것 같다. 그녀는 명석하고 의지가 강한 젊은 여성으로, 그의 지적 동반자로 적합할 뿐 아니라, 열정적이고 헌신적인 동료가 될 것이었다. 하지만 그에게 그녀는 무엇보다 무정부주의자 윌리엄 고드윈과 페미니스트 메리 울스턴크래프트의 딸이었다.

울스턴크래프트는 첫아이를 나을 때는 아무 사고도 겪지 않았지만, 메리 고드윈 셸리를 낳다가 감염이 되었다. 몸 안에 퍼진 병균 때문에 극심한 고통에 시달리던 그녀는 메리를 낳고 열흘 후에 생을 마쳤다. 어머니가 자신을 낳다 죽었다는 사실 때문에, 메리 셸리는 처음 세상에 나올 때부터 살인자가 된 셈이었다. 비록 순수하고 아무 생각도 없는 상태였지만, 그리고 나중에 자신이 낳은 자식들을 단 한 명을 제외하고는 모두 잃게 되지만 말이다. 메리 셸리는 열여섯 살이 되던 해에 남편과 함께 런던 세인트판크라스 교회 묘지에 있는 어머니의 무덤을 찾음으로써, 그와의 관계를 본격적으로 시작 혹은 완결했다. 그런 다음 자신이 태어날 때의 일을 거꾸로 뒤집는 이야기, 한 남자가 죽음으로부터 생명을 만들어 내는 소설을 썼다.

울스턴크래프트 역시 극지방으로 모험을 떠난 적이 있었는데, 이런 점 또한 소설 『프랑켄슈타인』에 영향을 미쳤던 것으로 보인다. 그녀는 프랑스혁명을 목격하기 위해 1792년에 프랑스를 방문했고, 그곳에서 사기꾼이자 모험가이고 미국 혁명군의 군인이기도 했던 길버트 임레이와 사랑에 빠졌지만, 아이를 한 명 낳은 후에 곧장 버림받고 말았다. 울스턴크래프트가 쓴 편지들을 보면 그녀는 열정적이고, 헌신적이며, 조급하고, 자조적인 사람이었다. 그리고 임레이가 런던에서 그의 정부였던 여배우와 살림을 차리고 그녀를 쳐다보지도 않게 된 후에도, 달콤함보다는 쓸쓸함을 느끼는 일이 더 많았던 그 연애를 포기하지 못했다.

망연자실해서 자살을 할 것 같은 기분이었지만 딸 페니를 헌신적으로 돌보았던 울스턴크래프트는, 임레이의 사랑을 되찾으려는 마음으로 스칸디나비아로 향한다. 임레이가 영국 해군의 봉쇄선을 뚫고 프랑스에서 빼돌린 은을 실은 상선, 도둑맞은 그 상선을 찾기 위해서였다. 대담한 시도였다. 특히 아이가 딸린 여성이 영어를 쓰는 사람이 거의 없는 땅으로 떠나는 여정이었기에 더욱 그랬다. 노르웨이에서 거짓말쟁이 선장을 찾아 여기저기에 청원을 넣었지만, 잃어버린 은을 돌려받지도 못했고, 보상을 받아 낼 수도 없었다. 하지만 그곳에서 관찰하고 분석하고 느꼈던 것들이 훨씬 더 소중한 수확이었다. 그녀는 그것들을 처음에는 임레이에게 보낸 편지에 간략하게 적었고, 나중에 『스웨덴, 노르웨이, 덴마크에서 짧게 체류하는 동안 쓴 편지』라는 여행기로 묶어 냈다.

그 얇은 책에는 후회 가득한 개인적 감정과 함께, 그 지역을 떠올리게 하는 간결한 묘사가 담겨 있고, 상대적으로 더 민주적이지만 본인의 눈에는 뒤떨어져 보였던 그 지역 문화에 대한 과감한 사회적, 정치적 비판도 있다. 울스턴크래프트는 죽음과 우울, 버림받음, 부당함을 이야기했고, 떨어져 있는 연인이 저지른 잘못에 대해 자주 책망하기도 했지만, 이는 그를 되찾기는커녕 본인의 절박함만 더 확고하게 하는 결과로 이어졌다. 여행에서 돌아온 그녀는 템스 강에 투신하며 또 한 번 자살 시도를 했지만, 결국 다시 건져졌다. 그 와중에 그녀의 책은 대성공을 거두었다.

시인 로버트 사우디는 울스턴크래프트에 대해 "그녀 덕분에 추운 날씨, 서리와 눈, 북구의 달빛과 사랑에 빠졌다."라고 적었다. 아마도 울스턴크래프트 본인은 자신의 세련된 지성과 강렬한 감정을 드러내 보임으로써 임레이의 사랑을 되찾기 위해 책을 썼겠지만, 그 점에서는 실패했다. 대신 윌리엄 고드윈이라는 중년 남성이 이런 글을 남겼다. "독자가 책을 읽고 나서 저자와 사랑에 빠지게 만드는 책이 있다면, 바로 이 책일 것이다." 그는 실제로 사랑에 빠졌고 그렇게 메리 고드윈 셸리의 아버지가 된다. 그러니까 메리 셸리는, 어떤 의미에서는 극지방, 멀리 떨어진 곳, 그리고 슬픔에 관한 책이 맺어준 만남의 결실인 셈이다.

고드윈은 결혼 생활이 마음에 들었던지, 울스턴크래프트가 유산으로 사망한 후에 재혼을 시도했다. 이번 상대는 사납고, 지적이지 않은 여성이었고, 그녀가 키우고 있던 두 명의 사생아도 고드윈과 메리, 그리고 페니 임레이가 함께 지내던 집에 들어오게 되었다. 메리의 이복동생인 남자아이는 그녀가 여섯 살 때 태어났다. 엄마 아빠가 똑같은 아이는 단 한 명도 없었던 아이 다섯과 어른 두 명으로 이루어진 가정에서 식구들은 힘들게 생활을 꾸려 갔다. 그녀의 아버지는 서적상이면서, 필명으로 아동용 책도 썼다. 새엄마인 고드윈 부인은 특별히 사악하지는 않았지만 의붓딸에 대한 동정심은 없었고, 아마도 적대적이었을 것이다. 메리의 어린 시절 기억 중에, 거실 소파 밑에 숨어서 새뮤얼 테일러 콜리지가 자기 시「늙은 선원의 노래」를 직접 암송하는 것을 듣다가 새엄마에게 끌려 나왔다는 일화가 있다. 1806년, 그녀가 소설 쓰기를 시작하기 10년 전의 일이었다.

죄의식에 대한 시, 저주받은 방황, 그리고 바다에 떠다니는 빙하가 갈라지고 쪼개지는 인상적인 장면이 모두 그녀의 첫 소설에 영감을 주었고, 또한 워즈워스의 작품에 등장하는 땅에서 쫓겨난 농부나 방랑하는 유대인에 대한 소설 이후로, 방랑자나 추방당한 자가 당시 낭만주의 소설의 고정 요소이기도 했다. 하지만 이국적인 환경을 배경으로 하고 있음에도 불구하고『프랑켄슈타인』은 메리 본인의 삶에서 직접적으로 소재를 취한 것으로 보인다. 프랑켄슈타인이 만들어 낸 피조물이 인간의 신체 부위를 모아 만들었듯이 말이다. 또 그녀의 아버지는 자유연애를 옹호하는 입장이었지만 메리가 셸리와 함께 집을 나갔을 때는 그녀와 의절했다. 자식을 거부하는 이런 부모의 모습이야말로, 그녀가 창조해 낸 빅터 프랑켄슈타인의 다른 모습이기도 하다.

셸리 또한 영향을 주었다. 프랑켄슈타인은 그와 마찬가지로 장남이었고, 고전 연금술과 비술에 더해 신학문인 전기학과 의학까지 공부했다. 셸리의 의지력, 스스로의 운명을 개척하려는 노력, 어떤 대가를 치르더라고 쾌락을 추구하는 마음 등은 그대로 프랑켄슈타인이라는 인물의 특징이 되었다. 프랑켄슈타인 역시 가족을 사랑한다고 말하면서도 계속해서 가족과 거리를 두려 한다. 소설의 초반부에서 주인공은, 어떤 사람이든 자신이 원하는 것이 "내적 평안과 가정에 대한 애정을 방해하게 두어서는 안 된다."고 주장하고 있으며, 비슷한 주장이 책의 다른 곳에서도 자주 발견된다. 그럼에도 프랑켄슈타인은 그런 것을 팽개치고 자신의 목적을 위해 홀로 먼 여정을 나섰던 것이다.

여성이 거의 아무런 권력도 가지지 못했던 시절에 젊고 가난한 여성이었던 메리는, 자신의 작품 안에서 전지전능한 지위에 오른다. 자신의 용어로 세상을 묘사하고, 잘못돼 버린 세상에 대한 자신의 전망을 그리고, 집단적 상상력에 미친 직접적인 영향이라는 면에서 다른 낭만주의 시인 모두를 작아 보이게 만들어 버리는 걸작을 써 낸 것이다. 영화가 너무 유명해지는 바람에 '프랑켄슈타인'은 무모하고 무책임한 과학을 상징하는 대명사처럼 쓰이고 있으며, 1000여 편의 모방작도 쏟아져 나왔다. 『프랑켄슈타인』은 마치 전설이나 동화처럼, 상상력을 이야기할 때 꼭 떠오르는 어떤 원형이자, 인간 조건의 일면을 축약해 보여 주는 상징이 되어 버린, 예외적인 작품이다. 미친 과학자가 등장하는 책이나 영화 장르의 원전이자, 매우 섬세하고 감성적인 스페인 영화 「벌집의 정령」같은 다른 걸작에 영감을 제공하기도 했다.

1816년, 겨울 같았던 여름 동안 터질 듯한 영감으로 충만했던 메리 셸리는 바이런이나 남편과의 대화를 통해 생명의 원리나 전기, 그리고 당시 발전 중이던 과학적 지식을 얻었으며, 그들이 함께 이야기하고 또 읽었던 공포 소설과 셸리가 해 준 무시무시한 이야기, 그리고 두려움도 잊어버릴 정도로 야망에 불탔던 사람들의 이야기에서도 아이디어를 얻었다. 그런 분위기가 그녀의 정신을 넘칠 정도로 가득 채웠다. 물론 그녀는 거의 신화만큼이나 강력한 영향력을 지닌 이런 작품을 다시는 쓰지 못했다. 하지만 그 작품은 여전히 그녀의 창조물이며, 불멸의 자식이다. 프랑켄슈타인이 조각조각을 모아 만들어 낸 것은 초인적으로 힘이 세고 혐오스러운 존재였지만 메리 셸리가 구성해 낸 것은 죽지 않는 예술 작품이었다.

자신의 피조물에 생명을 불어넣는 과정에서, 의학도는 세 가지 존재가 되고, 이들 각각은 서로를 반영한다. 부모, 예술가, 신이라는 세 부류는 뭔가를 만든다는 공통점이 있다. 이 소설은 창조자가 자신의 피조물에 대해 가지는 책임이라는 매우 중요한 문제를 제시한다. 그것은 또한 인간들이 서로에 대해 가지는 책임이라는 문제이기도 하다. 타인의 감정이입과 참여가 있었다면 프랑켄슈타인의 고독한 실험과 고집스러운 개인주의는 막을 수 있었을지도 모른다. 이 소설은 사실 보수적인 작품인데, 관습적 규범을 옹호한다는 의미에서가 아니라, 개인적 목표의 추구보다는 의무감과 애정으로 묶인 유대감을 옹호한다는 점에서 그렇다. 또한 그 안에는 작가의 남편이자 고집 세고 활동적이며 종종 이기적이었던 시인을 향한 보이지 않는 원망도 담겨 있었다.

프랑켄슈타인은 생명체를 만들어 내는 일에 매혹되었고 헌신했지만, 그 생명체가 실제로 존재하게 되었을 때 벌어질 일에 대해서는 거의 생각하지 않았다. 그는 그저 생명체를 만들었고, 그다음엔 겁을 먹고 역겨워했으며, 결국 도망쳤다. 그의 도덕적 결함과 무책임함이 모든 것의 시작이었고, 그것과 나란히, 피조물의 깊은 인간적 감정이 있었다. 동료애와 사랑, 이해를 구했지만 거절당했던 피조물. 그 끔찍한 피조물은 너무나 인간적이었고, 미숙하기까지 했다. 그래서 미숙한 시기에 어울리는 불타는 정의감을 지니고 있었다. 이 소설은 과학의 책임에 대한 논의를 예견한 동시에, 나쁜 행동의 원인을 환경과 성장 과정에서 찾는 자유주의적 관점도 보여 준다. 피조물은 "내가 사악한 이유는 내가 비참하기 때문입니다. 당신, 나를 만든 이가, 나를 조각조각 찢어서 짓밟으려 하는군요."라며 자신의 죄를 두고 부모를 원망한다.

사람을 죽인 건 외로웠기 때문이라고, 괴물은 자신을 정당화한다. 이에 박사는 자신이 만들어 낸 피조물을 측은하게 여긴다. 이때까지만 해도 둘은 관계를 회복할 수 있었을지도 모른다. 하지만 그러는 대신 둘은 서로 복수하고, 괴물은 박사를 죽이는 것에 버금가는 일을 저지름으로써, 그 역시 비참함을 맛보게 한다. 결혼식 날 밤 괴물이 프랑켄슈타인의 신부를 죽여 버리고, 이제 상황은 완전히 뒤바뀌어, 만든 이가 자신의 피조물을 쫓아 썰매를 타고 극지방을 헤매다가, 월턴의 배에서 죽음을 맞이하는 것이다. 그는 예술가와 창조자, 부모와 신을 대변하지만, 좀 더 본질적으로는 자아와 그것의 한계를 대변하기도 한다. 깊은 차원에서 보면 괴물은 그의 피조물이면서 동시에, 스스로 마주하고 싶지 않은, 부인하고 싶고, 알지도 못하는 자신의 모습이기도 하기 때문이다.

19세기 말에 발표된 두 편의 소설 『지킬 박사와 하이드 씨』와 『도리언 그레이의 초상』은 어떤 사람 속에 숨은 괴물 같은 이면, 타인은 물론 본인 스스로도 보지 못하는 그 모습을 직접적으로 다룬다. 두 작가 모두 아름다움, 타인이 감정이입을 할 수 있는 아름다움과 그 반대되는 힘, 즉 역겨움을 소설 안에 함께 제시한다. 하이드 씨의 추함은 그의 범죄 행위의 증거이지만, 이는 지킬 박사의 어두운 면이 따로 떨어져 나와 고삐 풀린 듯 날뛰는 것이다. 도리언 그레이가 영혼을 팔고 얻은 아름다움은, 작품의 마지막 장면에서 부패한 초상화와 그레이 본인의 몸이 역할을 바꾸는 순간까지는, 그의 범죄와 냉정함에 상관없이 유지된다. 아름다움에 대한 불신은 와일드 쪽이 더 컸다.

자신을 모른다는 것은 위험하다. 본인과 다른 사람에게 모두 그러하다. 파괴하는 이, 큰 고통을 일으키는 이는 먼저 자신의 일부를 죽여 없애거나, 스스로의 행동을 자각하지 못하고 스스로의 감정을 볼 수 없게 된다. 그의 내적 풍경은 칸막이와 동굴, 지뢰밭과 공터, 함정 같은 것이 가득한, 스스로에게 등을 돌리는 풍경, 자신을 알지 못하는 풍경, 본인도 길을 잃어버리는 풍경이다. 이런 상황은 전쟁에서 종종 볼 수 있다. 그곳에서 죽음이라는 실재, 뜨끈하고 엉망이 된, 고통스럽게 절단된 인간의 몸과 피와 절규, 살아남은 자의 상실감 같은 것은 부수적 피해라는 말로 추상화되거나 완전히 무시된다. 그리고 그런 상황에서 적은 인간이 아닌 무엇으로 재규정된다.

이는 일상생활의 작은 행동에서도 찾아볼 수 있다. 본인이 완벽히 정당하다고 느끼는 사람, 자신이 해를 끼쳤음을 모르는 사람, 본인만 모르고 다른 사람은 다 아는 의도가 담긴 어떤 말을 하

는 사람, 늘 복잡한 이유를 들이대거나 그저 잘 까먹는 사람. 우리
는 모두 한때 그런 사람이었다. 극단적으로 말하면 그건 살인자의
정신 상태이며, 크게 보면 전쟁에 임하는 정신 상태다. 자신을 보
지 않는 방식은 정교하다. 분열, 투사, 기만, 망각, 정당화 등 많은
방식으로 사람은 견딜 수 없는 현실이라는 장애물을, 우리 자신
의 얼굴을 한 괴물이 숨어 있는 미궁을 피해 간다. 월턴이 상상하
는 북극은 언제나 빛이 비치는, 영원한 여름이다. 그는 어둠과 1년
의 나머지 계절을 피하고, 마찬가지로 프랑켄슈타인은 괴물 같은
자신의 분신을 피한다. 문명사회에서는 사고와 학대가 파괴적인
인물을 낳는다. 군대에서는, 반사적으로 혹은 자동적으로 살인을
저지르게 하고 적을 비현실적인 존재로 보게 하는 훈련 과정을 통
해, 의도적으로 그런 인물을 만들어 내기도 한다.

　　우리 시대의 많은 위대한 인도주의적 활동과 환경 운동이 알
려지지 않았던 것을 현실로 드러냈고, 보이지 않던 것을 보여 주었
으며, 멀리 있던 것을 가까이 끌어왔다. 덕분에 착취당하던 노동자
와 고문의 피해자, 매 맞는 아이의 고통, 심지어 다른 종이나 오지
를 파괴하는 행위까지도 사람들의 상상력에 영향을 미쳤고, 아마
도 실천을 위한 자극이 되었다. 또 이런 활동은 당신이 먹는 음식
이나, 당신이 입는 옷, 당신의 나라와, 눈에는 전혀 보이지 않지만
당신도 한몫하고 있는 고통 사이의 관계를 설명해 주는 서사 예술
이기도 하다. 가끔은 당신의 집이나 침대, 삶에서 벌어지는 눈앞의

고통을 보기가 더 어려울 수도 있다. 마치 나 자신의 자아를 보는 것이 더 어렵듯이 말이다.

자아라는 것 역시 만들어지는 것, 당신의 삶이 만들어 내는 작품이자, 모든 이로 하여금 예술가가 되게 하는 어떤 작업이다. 늘 무언가 되어 가는 이 끝없는 과정은 당신이 종말을 맞이할 때 비로소 끝나며, 심지어 그 후에도 그 과정의 결과는 계속 살아남는다. 우리는 스스로를 만들어 가고, 그 과정에서 우리는 자아라는 작은 우주와 그 자아가 반향을 일으키는 더 큰 세계의 작은 신이 된다. 『프랑켄슈타인』이 동화라고 생각하면, 그건 바보 같은 짓을 벌이던 와중에 죽어 가는 낯선 이를 구한, 혹은 그 낯선 이의 이야기 덕분에 구원을 얻은 월턴의 이야기가 될 것이다. 프랑켄슈타인의 허영심 가득한 고독, 그 실수에서 깨우침을 얻은 월턴은 죽음 같은 극지방과 영광을 쫓던 자신의 야망을 버리고, 온대 지역으로, 동료애와 생존이 있는 곳으로 되돌아올 준비를 한다. 월턴의 짧은 이야기가 마치 조개껍데기처럼 프랑켄슈타인의 이야기를 감싸고 있고, 그 책 전체에 메리 셸리의 이야기가 스며들어 있다.

자기가 낳은 아이들이 하나씩 죽어 가는 걸 지켜보면서, 메리 셸리는 지금까지도 살아 있는 걸작을 창조해 냈다. 그 책은 깊은 공포를 담고 있다는 점에서는 괴물과도 같은 작품이고, 1816년 당시에 막 시작된 현대사회를 묘사하는 통찰력과 예리함을 담고 있다는 점에서는 지극히 아름다운 작품이다. 작가가 홀로 들어가 자신이 마주친 미지의 영역을 기록으로 남긴 것이 책이라는 신기한 삶이다. 만약 작가가 그 여정을 성공적으로 마친다면, 훗날 다른 이들이 그 길을 따를 것이다. 한 번에 한 명씩, 그 역시 홀로 떠나는 여정이지만, 작가의 상상력과 교류하며, 작가가 닦아 놓은 길을 가로지른다. 책은 고독함, 그 안에서 우리가 만나는 고독함이다.

이 오래된 이야기의 나머지 부분은 익숙하다. 질투심에 사로잡힌 언니들의 의심과 호기심에 시달리다 못해, 나비의 날개를 단 아가씨는 연인을 보고 싶다는 욕망에 사로잡힌다. 그녀는 어둠 속에서 등을 밝힌다. 등에서 흘러내린 뜨거운 기름방울이 잠든 연인에게 떨어지고, 그는 뜨거움으로 고통스러워한다. 마치 그는 고통이라는 것을 처음 겪어 보는 사람처럼 반응한다. 어쩌면 정말 고통을 한번도 겪어 보지 않았던 것인지도 모른다. 어쩌면 신들은 유한한 인간이 신들을 우러러봐야 한다는 규칙을 어기고, 슬픔 가득한 시선으로 그들을 불태우기 전까지는 고통이라는 것을 모르는 것인지도 모른다. 슬픔은 인간에게 속한 것이지 신에게 속한 것이 아니다. 그래서 우리는 종종 이런 신화 속에서 불멸의, 고통에 둔감한 존재, 신이 되어 버린 인간의 이야기를 듣기도 한다. 하지만 신이 사랑을 위해 혹은 고통 때문에 인간이 되는 이야기처럼 반대 방향으로 나아가는 이야기도 있다. 불에 탄 연인은 이제야 그 모습을 드러내지만, 곧바로 날아가 버린다. 새의 날개를 단 연인을 되찾기 위해, 프시케는 하룻밤 만에 산더미처럼 쌓인 곡물 더미를 종류별로 가려 내야 했다. 불가능해 보이는 임무였지만, 개미들이 그녀를 도와준다. 이어지는 여정에서도 갈대와 독수리, 탑이 그녀를 도와준다. 그동안 눈에 띄지 않았던, 말이 없던 세상 전체가 그녀에게 말을 걸고, 그녀의 편이 된 것만 같다. '에로스와 프시케' 이야기는 160년경 북아프리카의 아풀레이우스가 라틴어로 쓴『황금 당나귀』에 나오는데, 책 속에서 이야기를 전하는 화자는 도둑들에게 잡힌 노파다. 『천일야화』와 마찬가지로,

───────────────────────────── 비행

중국의 3대 현자로 일컬어지기도 하는 당나라의 화가 우다오쯔 (吳道子, 680~760년 추정)에 관해서는 많은 이야기가 전해진다. 그 가 색을 무시하고 순전히 먹으로만 그림을 그렸다는 이야기. 붓다 의 몸에 자신의 얼굴을 그려 넣는 불경스러운 짓을 했다는 이야기. 컴퍼스를 쓰지 않고 붓질 한 번으로 완벽한 후광을 그렸다는 이야 기. 비를 내리게 하는 용을 너무 잘 그려서 그림 자체에서도 물이 스며 나왔다는 이야기. 아름다운 절경을 그려 오라는 황제의 명을 받고 해당 지역에 다녀왔지만, 빈손으로 온 그에게 황제가 화를 내 자 그 자리에서 수십 미터에 이르는 두루마리에 쉬지 않고 자신이 본 풍경을 똑같이 그려 냈다는 이야기. 폭풍 같은 붓놀림으로 모 든 그림을 머뭇거림 없이 대담하게 그려 냈기에 사람들이 그의 붓 아래에서 막 생겨나는 세상을 지켜보기를 즐겼다는 이야기.

　오래전에 읽었던 우다오쯔에 관한 이야기 하나를 나는 잊은 적 이 없다. 황궁의 벽에 그린 풍경화를 황제에게 보여 주던 중에, 그 가 그림 속의 작은 동굴 하나를 가리키고는 그 안으로 걸어 들어 가 그대로 사라져 버렸다는 이야기였다. 어떤 이야기에 따르면 그 그림도 함께 사라져 버렸다. 내가 기억하는 설명에 따르면, 당시 황제의 포로였던 그는 자신이 그린 그림을 통해 탈출한 것이었다. 훨씬 더 젊은 시절, 나는 이 신기한 이야기를 다른 버전으로 본 적이 있는데 그때도 똑같이 강한 인상을 받았다.

로드러너, 즉 달리는 새를 잡아먹으려는 코요테의 소동을 다룬 만화 「로드러너와 코요테」의 일화 중 하나였다. 길이 끝나는 낭떠러지 앞에서, 코요테는 캔버스를 놓고 계속 길이 이어지는 그림을 그린다. 한쪽에는 붉은 낭떠러지가, 다른 쪽에는 가드레일이 있는 그림. 그런데 달리던 새는 그림에 부딪히지도, 그림을 뚫고 뒤에 있는 낭떠러지로 떨어지지도 않고, 그림 안의 굽은 길을 따라 그대로 사라져 버린다. 코요테도 새를 쫓으려 하지만, 그림을 뚫고 그대로 낭떠러지로 떨어진다. 박살 난 코요테는 늘 그렇듯 다시 일어난다. 당신의 문이 나에겐 벽이고, 당신의 벽은 나에게 문이다.

한쪽은 품위를, 다른 한쪽은 어리석은 욕망을 상징한다. 마치 그 둘이, 육체로든 영혼으로든 절대 뒤섞일 수 없는 두 원칙이라도 된 것 같다. 척 존스의 윌리 E. 코요테는, 북미 대륙의 위대하고 성스러운 창조자 코요테를 표현한 것이다. 이 신의 눈이나 성기는 종종 그것만의 만족을 위해 몸에서 떨어지기도 한다. 몸이 잘리거나 죽임을 당하기도 하지만, 늘 다시 살아나며 절대 죽어 없어지지 않는 그는 생존이라는 원칙을 우스꽝스럽게 재현한다. 그리고 이 글을 쓰는 지금 나는 로드러너, 즉 달리는 새 역시 도교의 선인, 중국의 옛이야기에서 아무도 건드리지 못하는 차분한 대가를 상징함을 알았다. 그들은 불 속을 걸어가고, 바위를 뚫고 지나가고, 꼿꼿이 선 채 하늘을 날아간다.

그림으로 들어가는 로드러너와 우다오쯔의 행동은 문자 그대로 생각하거나, 특정 환경에 놓고 보면 역설적이고 불가능하다. 하지만 실제로 사람들은 늘 자신의 이야기 속으로 사라진다. 우리는 이야기와 이미지 속에서, 마치 그것들이 우다오쯔의 먹물이라도 되는 것처럼 거기에 흠뻑 젖어 지낸다. 우리는 이야기의 가정들을 들이켜고, 이어지는 이야기를 내뱉는다. 우리 서구인들은 예술은 모방이며 환상이라는 플라톤의 주장에 속아 왔다. 우리는 예술이란 별도의 영역이고, 예술이 우리 삶에 미치는 영향은 제한돼 있으며, 우리는 예술 안에서 살아가는 것이 아니라 믿는다.

"막대나 돌은 뼈를 부러뜨릴 수 있지만, 말은 절대 사람을 다치게 하지 않는다."라고 어머니는 자주 말했다. 하지만 정작 본인은 말 때문에, 그 뒤에 숨은 이야기 때문에 늘 다치고 있었다. 그건 세상은 어때야 하는지, 본인에게 부족한 것은 무엇인지에 대한 이야기였고, 그 이야기를 하는 사람들은 아버지, 사회, 교회, 그리고 광고에 등장하는 결점이 없는 여성들이었다. 우리는 모두 이미지와 이야기의 세계에 살고 있고, 대부분은 이런저런 이야기에 상처를 입으며 살아간다. 운이 좋으면, 우리를 받아 주고 축복해 주는 다른 이야기를 찾거나 더 나은 이야기를 만들어 간다.

이 글을 쓰는 동안 이스터 섬에서 라디오 대본 작업을 하던 친구 애니가 편지를 보내왔다. 그녀는 "압도적인 평원과 휴화산, 바다로 바로 이어지는 검은색 화산 절벽, 섬 전체에 흩어져 있는 모아이스톤이라는 거대한 머리 석상"에 대해 적었다. "라파누이의 원주민들이 무엇에 사로잡혀 이 석상들을 만들고 버드맨 의식[이스터 섬의 전통 의식—옮긴이]을 치렀는지 의문을 떨칠 수가 없어." 몇 백 년이 지나고, 석상을 만든 이들은 문화적인 의미에서 거의 멸종했지만, 그 석상들은 여전히 어떤 생각을 불러일으킨다. 그것들은 여전히 우리 머릿속에 있다. 애니의 편지 덕분에 버드맨 의식은 이제 내 안에도 자리 잡았다.

파멸로 이어졌던 유럽 세계와의 접촉, 1722년 부활절에 시작된 그 접촉 이후에 이스터 섬의 원주민이던 라파누이는, 위험하고 예측할 수 없는 그 의식을 좀 더 삶의 중심으로 끌어들였다. 예언자들은 의식에 참가할 사람들을 꿈에서 선정했다. 누군가의 꿈에 등장하는 것이 위험한 일이 된 것이다. 참가자들은 해변에서 조금 떨어진 작은 섬으로 헤엄쳐 간 후에, 그해 처음 낳은 검은등제비갈매기의 알을 찾아서, 다시 헤엄쳐 와서는, 알을 깨뜨리지 않고 절벽을 올라와야 했다. 익사하거나, 상어에게 잡아먹히거나, 절벽에서 떨어지는 참가자들도 종종 있었다. 우승자는 새로운 이름을 얻고 홀로 지내게 되지만, 1년 동안 사람들의 찬양을 받았다. 그뿐만 아니라 그가 속한 부족은 그가 가져온 검은등제비갈매기 알 덕분에

멀고도 가까운

그 섬의 모든 알을 독점할 수 있었다.

버드맨 의식은 어떤 작은 물건을 전리품으로, 영적이거나 사회적인 지위를 나타내는 상징으로, 혹은 삶을 바꾼 어떤 징표로 여기는 수많은 이야기 중 극단적인 예다. 이 낯선 버드맨 의식을 대할 때 우리는 그 예측 불가능성에 주목하게 된다. 우리 사회에서 사람들은 아무 실제적인 이유 없이 산을 오르다 죽기도 하고, 자신을 혹은 자신의 신을 모독하는 말을 했다고 사람을 죽이기도 한다. 변덕스러운 심사위원 덕으로, 아니면 이런저런 요인들에 의해 공을 그물 안이나 위로 넘겼다는 이유로 우승한 사람을 우러러보기도 하지 않는가.

우리는 꿈속에서 살고 있다. 그 꿈을 이루기 위해 상어가 득실거리는 바다에 뛰어들고, 중절모새라고도 불리는 검은등제비갈매기의 알 하나로 사회 전체를 조직화한다. 검은등제비갈매기 알은 점이 찍힌 작은 알일 뿐, 별다른 특징도 없다. 이 모든 것을 관장하는 신의 이름은 마케마케(makemake: '만들다'라는 뜻의 영어 'make'와 철자가 같지만, 라파누이 전통 언어임―옮긴이)다. "우리가 꿈에서 만들어 가는 세상은"이라고 애니는 적었다. 만드는 이가 된다는 것은, 다른 이를 위한 세상을 만드는 일, 그저 물질적 세상뿐 아니라 그 물질적 세상을 지배하는 이념의 세계, 우리가 희망하고 그 안에서 살아가는 꿈까지 만드는 것이다.

작가가 된 많은 이들이 그렇듯, 나 역시 어린 시절부터 책 속으로 사라지곤 했다. 마치 숲 속으로 달려 들어가듯 그 안으로 사라졌다. 나를 놀라게 했고, 지금까지도 놀라게 하는 것은 이야기의 숲과 고독 그 너머에 건너편이 있다는 것, 그리고 그 건너편으로 나가면 사람들을 만날 수 있다는 사실이다. 작가는 직업의 특성상 고립되며, 또 그래야 할 필요가 있다. 가끔 재능은 문제가 아니라는 생각이 든다. 작가의 재능이란 사람들이 생각하는 것만큼 희귀하지 않다. 오히려 그 재능은 많은 시간 동안의 고독을 견디고 계속 작업을 해 나갈 수 있는 능력에서 부분적으로 드러나기도 한다. 작가는 작가이기 전에 독자이며, 책 속에서, 책을 가로지르며 살아간다. 다른 사람의 삶 속에서, 또한 다른 사람의 머릿속에서, 매우 친밀하지만, 지극히 외롭기도 한 그 행위 안에서 살아가는 것이다.

이렇게 사라지는 행위가 어린이 책에서는 필수 요소다. 이런 책에서는 현실의 여러 차원, 아니면 아예 다른 종류의 현실로 건너가는 마법 같은 모험이 자주 등장하는데, 이런 횡단은 권력이나 책임감이 있는 세계로의 진입을 의미하는 경우가 많다. 이런 모험은 무엇보다도 책 읽기, 즉 상상의 세계로 들어가는 행위에 대한 비유이다. 그리고 그다음엔 우리가 실제로 지내고 있는 세상이 이야기와 이미지, 집단적 믿음 그리고 이데올로기 또는 문화라고 불리는 비물질적인 부속물로 이루어져 있음을 말하는 비유이다. 우리는 늘 그림 속을 드나들며 배회한다. 어린이 책에는 생명을 얻은 무생물이 있고, 말하는 동상, 권력을 지닌 반지와 주문, 부적이나 영물

멀고도 가까운

이 있으며, 무엇보다도 문이 있다. 특히 내가 다른 아이들과 마찬가지로 몇 해 동안 그 안에서 살다시피 했던 시리즈, '나니아 연대기'가 그랬다.

초등학교 4학년 때, 학교 도서관에서 잘 모르는 선생님에게서 그 책을 건네받고 처음 읽게 되었다. 선생님의 콧수염과 책으로 가득했던 벽이 아직도 생생하게 기억이 난다. 그 책을 읽고 또 읽은 후에는 용돈을 모아 일곱 권 전부를 한 번에 하나씩 사 모았다. 시내에 있던 근사한 서점에서 샀는데, 마지막 일곱 권째를 살 때는 친절한 서점 주인이 마치 부상이라도 되는 것처럼 일곱 권이 딱 맞게 들어가는 상자를 주기도 했다. 지금도 그 박스 세트를 가지고 있다. 조금 낡기는 했지만 나 이외에 다른 사람이 그걸 읽지는 않은 듯했다. 최근에 다시 꺼내 보니 책의 하얀 뒤표지에 어린 나의 지저분한 손때가 잔뜩 묻어 있었다.

기독교적인 주제를 다룬 이야기는 많고, 영국 기숙학교에 관한 글은 더 많다. '나니아 연대기'와 관련해서도 논쟁거리가 될 만한 이야기가 많이 있었지만, 문을 다루는 이야기는 거의 없었다. 물론 C. S. 루이스의 첫 책에 등장하는 옷장이 있기는 하다. 다른 세상에서 자라는 사과나무 씨를 심어서 자란 나무로 만든 옷장. 그래서 네 명의 아이들이 그 안에 들어가면, 다른 세상으로 이어지기도 하는 옷장. 다른 책 두 권에서도 문 이야기가 두드러진다. 주변에서 맴돌 때에는 그냥 나무 틀 세 짝이 덩그러니 서 있는 그런 출

입구다. 하지만 그 안으로 발을 디디면 그대로 다른 세상으로 끌려간다. 그림 안에 배가 한 척 있어서 아이들이 뛰어들면 그 배가 다른 세상인 바다로 나아간다는 이야기가 있고, 책이나 지도를 펼치면 거기 있는 다른 세상으로 들어간다는 이야기도 있다.

'나니아 연대기' 시리즈 중 나니아 왕국의 탄생과 관련한 이야기인 『마법사의 조카』에는 '세상들 사이의 숲'이 등장한다. 나는 그 숲에 대한 묘사에 크게 매혹되어 지금도 가끔 평화의 광경 하면 그 숲이 먼저 생각난다. 말을 하는 야수나 난쟁이, 마녀, 전투, 마법, 성 등 다양한 상징들이 정신없이 등장하는 시리즈의 다른 책들보다, 그 책이 엄숙하고 더 낯설게 느껴진다. 어린 주인공은 마법의 반지를 끼고 웅덩이를 지나 숲으로 들어간다.

"상상할 수 있는 가장 고요한 숲이었다. 새도, 벌레도, 동물도 없고 바람도 불지 않았다. 나무들이 자라는 걸 느낄 수 있을 것 같았다. 방금 디고리가 나온 웅덩이만 있는 게 아니었다. 수십 개의 웅덩이가 몇 미터 간격으로 시선이 닿는 곳까지 흩어져 있었다. 나무들이 뿌리로 그 물을 빨아들이는 것도 느낄 수 있을 것 같았다. 이 숲은 왕성하게 살아 있었다." 아무 일도 일어나지 않는 장소, 완벽한 평화가 있는 장소다. 그 자체로 다른 세상이라기보다는, 나무와 작은 연못이 끝없이 펼쳐져 있고, 거울 같은 연못 하나하나가 모두 다른 세상으로 가는 통로가 되는 곳. 그건 도서관의 모습이었다. 모든 마법의 문이 그 입구를 지나면 다른 세상으로 들어갈 수 있는 예술 작품을 상징하는 것과 같다.

도서관은 세상으로부터 벗어난 성지이며 세상을 통치하는 지휘소다. 이 고요한 방들에 크레이지 호스와 아웅산 수치의 삶이 있고, 백년전쟁과 아편전쟁을 포함한 추악한 전쟁이 있고, 시몬 베유와 노자의 사상이 있으며, 당신이 탈 배를 만드는 법과 결혼 생활을 잘 끝내는 법이 있고, 독자들이 다시 현실 세계로 돌아갈 수 있게 무장시켜 주는 허구의 세계와 책들이 있다. 도서관은 이상적으로는 아무 일도 일어나지 않는, 하지만 일어났던 모든 일이 저장되어 기억되고 삶을 되찾는 장소, 종이가 가득한 상자에 세상이 차곡차곡 담겨 있는 곳이다. 책 한 권 한 권이 다른 세상으로 이어지는 문이며, 어린이 책에서 말하는 마법이라는 것도 그에 대한 비유일지 모른다. 도서관은 세상으로 가득 찬 은하수다. 모든 독자는 우다오쓰이며, 상상력으로 마음을 사로잡는 모든 책은 독자가 그 안으로 들어가 사라지는 풍경이다.

우리가 책이라고 부르는 물건은 진짜 책이 아니라, 그 책이 지닌 가능성, 음악의 악보나 씨앗 같은 것이다. 책은 읽힐 때에만 온전히 존재하며, 책이 진짜 있어야 할 곳은 독자들의 머릿속, 관현악이 울리고 씨앗이 발아하는 그곳이다. 책은 다른 이의 몸 안에서만 박동하는 심장이다. 어린 시절의 나는 쉬지 않고 책을 읽으며 말은 거의 하지 않았다. 의사소통의 가치를 회의했고 무시당하거나 벌을 받을까 봐, 무언가를 들킬까 봐 늘 두려워했다. 이해를 받고, 용기를 얻고, 다른 사람에게 나를 알리고, 확신을 얻어야겠다는 생각은 좀처럼 들지 않았고, 내가 다른 사람에게 줄 만한 걸 가지고 있지도 않다고 생각했다. 그래서 책을 읽고, 많은 양의 글을 쓸어 담았다. 어린이용 이야기책을 읽고, 나중엔 소설을, 하루에 한 권씩 일주일에 일곱 권을 읽었다. 게걸스럽게 책을 파고들고, 말을 줄이고, 도서관에서 빌린 책 꾸러미를 집으로 날랐다.

글쓰기는 누구에게도 할 수 없는 말을 아무에게도 하지 않으면서 동시에 모두에게 하는 행위이다. 혹은 지금은 아무에게도 할 수 없는 이야기를, 훗날 독자가 될 수도 있는 누군가에게 하는 행위이다. 너무 민감하고 개인적이고 흐릿해서 평소에는 가장 가까운 사람에게 말하는 것조차 상상할 수 없는 이야기를. 가끔은 큰 소리로 말해 보려 노력해 보기도 하지만, 입안에서만 우물거리던 그것을, 다른 이의 귀에 닿지 못했던 그 말을 전혀 모르는 사람들에게는 적어서 보여 줄 수 있음을 알게 된다. 글쓰기는 전혀 모르는 사람에게 침묵으로 말을 걸고, 그 이야기는 고독한 독서를 통해 목소리를 되찾고 울려 퍼진다. 그건 글쓰기를 통해 공유되는 고독이 아닐까. 우리 모두는 눈앞의 인간관계보다는 깊은 어딘가에서 홀로 지내는 것 아닐까? 그것이 둘만으로 구성된 관계일지라도. 말이 전하기에 실패한 것을 글이, 아주 길고 섬세하게 전할 수 있는 것 아닐까?

나는 침묵에서 시작했다. 읽을 때만큼 조용하게 글을 썼고, 시간이 지나면서 사람들이 내가 쓴 것을 조금씩 읽었다. 몇몇 독자들이 나의 세상으로 들어오거나, 나를 그들의 세상으로 끌어들였다. 나는 침묵에서 시작했지만, 결국엔 긴 여정을 거쳐 아주 멀리서도 들리는 하나의 목소리를 내기에 이르렀다. 그 목소리는 처음엔 들리지 않을 정도로 작아서 읽을 수밖에 없었지만, 곧 큰 소리로, 더 큰 소리로 말해 달라는 요청을 받았다. 큰 소리로 읽기 시작하자, 내가 깨닫기도 전에 또 다른 목소리가 내 입에서 나왔다. 아마 그건 좀 더 편안한 소리였을 것이다. 왜냐하면, 글쓰기는 아무도 아닌 누군가에게 말하는 것이고 청중 앞에서 낭독할 때라도 여전히 부재하며 멀리 있는, 아직 모습을 드러내지 않은, 미지의, 이미 오래전에 사라진 사람들과 대화하는 것이기 때문이다. 책상 주위를 떠돌던 그 부재하는 청중과 대화하는 것이기 때문이다.

19세기 후반, 훗날 작가가 될 영국의 가난한 시골 소녀 한 명이 집시에게 이런 말을 들었다. "너는 지금까지 한 번도 본 적이 없는 사람들에게 사랑받을 거야." 이것이 당신의 이야기에 푹 빠져들 낯선 이와 맺는 특별한 계약이며, 작가와 글쓰기라는 행위를 이루는 고독에 대한 부분적인 보상이다. 당신은 멀리 있는 것에서 친밀함을 느끼고 눈앞에 가까이 있는 것으로부터는 거리를 둔다. 중국에서 땅을 파고 들어가면 지구 반대편으로 나오게 되는 것처럼, 읽기와 쓰기의 고독이 지닌 깊이가 나를 반대편에서, 예상치 못했던 방식으로 다른 사람들과 이어지게 했다. 한때 그렇게 가난했던 이에겐 깜짝 놀랄 만큼의 풍요로움이었다.

　나 자신의 이야기는 이제 내게 딱히 관심의 대상이 아니다. 이런저런 사건들은 먼지가 되어 버렸고, 그 먼지가 쌓인 곳에서 풀이 몇 포기 자랐다. 그 풀에서 피어난 꽃 무더기, 어쩌면 그 향기만이 허공에 떠다닐 뿐이지만, 거기서 생겨난 질문 혹은 생각은 여전히 의미가 있다. 적어도 나는 그렇게 생각한다. 하지만 살구가 있던 그 여름의 어떤 순간은 꼭 필요한 순간이었는지도 모르겠다. 우리 집에 살구를 가지고 온 때가 8월 초순이었는데, 그 순간부터 어머니와 관련된 모든 일이 급격히 악화되기 시작했다.
　어머니가 지내던 곳은 제대로 운영되지 않았고, 사람들의 조언은 도움이 되지 않았으며, 형제들과 나는 끊임없는 긴장 상태와 불안, 그리고 다음에는 뭘 하면 좋을지 모르는 상태에서 점점 지쳐 갔다. 매일 아침 우리는 안절부절못하는 어머니를 진정시키기 위해 긴 산책을 함께 나섰다. 내 차례가 되면 나는 어머니와 함께 어머니가 지내는 곳 근처의 예쁘게 치장한 돌담과 나무집 사이를 걸으며, 집의 색깔과 현관, 지붕 장식과 밖으로 나온 창, 나팔꽃, 백합, 해바라기, 접시꽃, 디기탈리스에 대해 이야기해 주었다.
　9월 초에, 어머니가 그 성의 없는 돌봄 시설의 2층 창에서 나와 1층 지붕으로 내려오는 사건이 있었다. 당신이 죄수라고 생각하며 탈옥을 시도한 것이다. 인부들이 창을 열어 놓고 수리 중이었는데, 인부들은 어머니를 지붕 가장자리로 오지 못하게 막으며 다시 방 안으로 돌려보내려 했다. 어머니는 그 인부들을 위협했다고 한다. 다음날, 짧은 소동 끝에 결국엔 정문 밖으로 뛰쳐나왔다 하니, 그 느슨한 시설에서 볼 수 있던 몇 안 되는 과격한 장면 중 하나였을 것이다. 하루 동안 사라진 어머니를 찾기 위해 지역 경찰은 마을 내 모든 게시판에 어머니를 찾는 전단을 붙였다. 다른 건 몰라도, 어머니로서는 훌륭한 체력만큼은 증명해 보인 셈이다.

형제들이 시내에 없어서 내가 상황을 확인하고 조치를 취하기 위해 하던 일을 멈추고 차를 몰고 갔다. 어머니가 나타날 것을 대비해 친구들이 일하고 있는 도서관부터 들렀는데, 정문에 이미 어머니를 찾는다는 전단이 붙어 있었다. 어머니에게는 무슨 일이든 일어날 수 있었다. 어머니는 차에 치일 수도 있었고, 거리의 부랑자들과 마주칠 수도 있었고, 완전히 길을 잃어서 몇 마일을 혼자 걸어가다 결국 경찰차를 타고 돌아올 수도 있었다. 오후 늦게 도착한 남동생이 어머니가 힘겹게 차를 얻어 타고, 버스를 갈아타 가면서 20마일 떨어진 당신의 집으로 가셨다는 사실을 알아냈다. 옛이야기에 나오는 충직한 동물처럼 말이다. 가슴이 미어졌다.

어머니가 원했던 건 당신에게 필요한 것이 아니었다. 어머니는 지난 몇 년 동안 당신의 집에서 있었던 수천 번의 무서운 위기를 잊어버렸고, 자신이 직접 요리를 할 수도 없으며, 열쇠를 어디 두었는지도 잊어버린다는 사실을 무시했다. 단지 이제는 잠겨 버린 진

녹색 단층집에서 보냈던 삶이 자신의 황금기였다는 듯, 뇌를 다치기 전의 삶을 떠올리듯 말했다. 그 집은 여전히 어머니 소유였지만 엉망이 되어 버린 무질서한 상태를 되돌릴 방법은 없었다. 우리 남매는 즉시 새로운 돌봄 시설을 찾아야 했고, 그사이에 전담으로 어머니를 돌볼 사람을 써야 했다. 성격과 능력이 천차만별인 다양한 피부색의 노동자 계층 여성들이 차례로 나타났고, 알선업체로부터 엄청난 금액의 청구서도 함께 날아왔다. 어머니가 복용할 약을 챙기는 건 내 담당이었다. 처음엔 항우울제만 복용했는데, 지붕 사건과 그에 이은 탈출 소동 이후로 그리고 어머니가 문에 달린 유리창을 깨 버린 직후에는 알츠하이머병 환자가 공격성과 폭력성을 띨 때 종종 처방하는 정신병 치료제도 사용했다.

당시 만나던 남자친구와 마지막으로 나누었던 긴 대화는 어머니의 약을 고르는 이야기였다. 어머니의 위기가 남자친구와의 관계에 부담으로 작용하기도 했지만, 사실 그 관계 역시 다른 모든 일들에 부담이 되었다. 다양한 이유로 문제가 끊이지 않던 관계였지만, 어머니의 건강 문제에서 비롯된 나의 위기, 그리고 남자친구 본인의 건강 문제에서 비롯된 그 자신의 혹은 우리의 위기 덕분에 몇 년간은 모든 것이 잠잠했다. 갑자기 몸에 이상이 닥칠 때마다 남자친구는 몸을 움직일 수 없을 정도로 고통스러워했고, 결국엔 장거리 달리기 선수 같았던 사람이 불 위나 바늘 위를 걷는 것처럼 조심조심 걸음을 옮겨야 하는 지경이 되었다. 살구를 받은 그 여름에, 나는 2년째 몸이 심각하게 아픈 두 사람 사이에 끼어 지냈다. 그 두 사람의 요구가 늘 나의 요구를 덮어 버렸다. 어머니에게서 뭔가를 요구할 수 없었던 건 분명하지만, 남자친구에게도 아무것도 요구할 수 없었는지는 모르겠다.

남자친구는 모든 일에 몸이 아프다는 핑계를 댔다. 통증은 사실이었지만, 핑계는 사실이 아니었다. 어머니와 관련한 위기가 극에 달하고, 1주일 후에 그가 전화로 이별을 통보했다. 나는 본인이 위기를 겪는 동안 함께해 주었는데, 정작 나에게 위기가 닥치자 그가 함께해 주지 않는 것에 몹시 화가 났다. 나중에 그가 생각을 바꾸기는 했지만, 관계는 이미 회복할 수 없을 만큼 손상된 상태였고, 나는 어머니 일을 처리하는 것만으로도 정신이 없었다. 이제 그런 세세한 것들은 중요하지 않았다. 씁쓸했지만 사실 이제 그가 본인의 삶과 나의 삶에 있어 더 좋은 결정을 내리도록 도와줘야 한다는 책임에서 벗어난 안도감도 찾아왔다.

내가 준비 중인 책에 들어갈 인터뷰 정리를 도와주던 젊은 친구의 어머니가 알고 보니 알츠하이머병 전문가였고, 게다가 매우 친절한 분이셨다. 그녀가 당시 어머니의 상태에 대해 조언을 해 주셨다. 어머니가 조금 진전을 보이자, 본인이 아버지를 모셨던 알츠하이머병 환자 전문 요양 시설도 추천해 주었다. 그녀의 말에 따르면 지역 내에서는 가장 좋은 곳이었다. 내가 전화를 걸었고, 형제들과 함께 찾아갔다. 빈방이 있다고 했다. 늘 아파하는 남자에게서 벗어난 지 1주일 만에, 나는 시설이 위치한 도시의 호수 주변을 어머니와 함께 걸으며, 어머니가 입주자 심사 인터뷰를 잘할 수 있도록 최고의 정신 상태를 유지하기를 바랐다. 그때 전화가 왔다.

레이캬비크에서 온 전화, 전화를 건 사람은 내게 아이슬란드를 방문해 주지 않겠느냐고 했다. 내가 조금의 망설임도 없이 그러겠다고 하자 상대는 놀라는 것 같았다. 그 순간 아이슬란드라는 그 먼 미지의 땅, 북풍 뒤에 숨은 그곳이, 내가 가야 할 바로 그곳인 것처럼 느껴졌다. 그 전화는 마법 같은 구원처럼, 가장 힘든 순간에 가장 예상치 못한 방식으로 찾아왔다.

우리의 삶을 만들어 가는 것들은 아주 희미하고, 예측할 수 없다. 때문에 우리는 가까스로 탄생한다. 우리가 사랑하기로 되어 있는 사람은 좀처럼 만나지지 않고, 숲에서 길을 찾는 것은 어렵고, 하루하루의 대혼란에서 살아남는 것도 힘들다. 근원으로 올라가면 두 사람이, 본인들이 바랐든 바라지 않았든 우연히 함께 있었다. 둘은 서로의 유사함에 혹은 차이에 끌린다. 각자의 두려움과 한계를 오랜 기간 극복하고, 두 세포가 하나로 합쳐지는 바로 그때 우리는 생겨난다. 수백 만 개의 정자가 하나의 난자 안에서 헤엄치고, 어찌어찌해서 여정을 완수한 단 하나의 정자가 역시 단 하나의 어머니 세포와 만나 우리를 낳는다. 상상할 수 없을 정도로 가냘픈 그 짝짓기. 다른 사람들도 모두 어머니의 몸 안에서 벌어지는 그 혼란을 겪은 후 지상에 나오게 된다. 그런 일을 겪지 않고 세상에 나오는 사람은 단 한 명도 없다. 그뿐만 아니라 너무나 연약한 유년의 몇 해 동안, 단 한 순간이라도 어머니가 한눈을 팔았더라면 당신은 촛불처럼 훅 꺼져 버렸거나, 욕조에서 익사했거나, 바닥에 떨어진 단추를 삼키다 목이 막혀 죽었을 것이다.

모두 각자의 부모님이 서로를 만날 당시의 작은 우연과 관련한 이야기들을 들어서 알고 있을 것이다. 할머니가 불난 집에서 탈출한 사연이나 혹은 할아버지가 폭격을 간신히 피한 이야기처럼 전혀 예측할 수 없던 어떤 선택이 있었고, 우리가 축복을 받든 저주를 받든 아니면 둘 다를 받든, 그 모든 일은 그 선택에서 비롯되었다. 그 선택을 끝까지 좇다 보면 지금 바로 이 순간 우리의 삶이란 매우 희귀한 것임을 알게 된다. 이상한 진화의 결과 같은, 이미 멸종했어야 하지만 설명할 수 없는 어떤 우연한 작용 덕분에 살아남은 한 마리 나비 같은 것. 우연이라는 단어(coincidence)는 주로 사고와 관련하여 쓰이지만, 말뜻 그대로 보자면 함께 떨어진다는 의미이다. 우리 삶의 패턴은 제각기 떠돌아다니는 것들이 아니라, 잠시라도 함께 박자를 맞추어 움직이는 것들 사이에서 생겨난다. 무용수들처럼 말이다. 보이지 않는 힘이 짝으로 만나는 순간, 생명이 만들어질 때의 온기가 있는 순간, 우리의 부모일지도 모를 알 수 없는 이들 사이에서 은밀한 연애가 이루어지는 순간. 그 순간 우리 삶의 패턴은 완성된다.

데우스 엑스 마키나(deus ex machina), 이 표현은 기계장치의 신을 뜻하는데, 고대 그리스 극작가가 극을 계속 끌고 가거나 주인공을 구해 줄 때 쓰던 장치로, 그리 좋은 평가를 받지는 못했다. 고대 평론가들은 사건의 전개는 주인공의 행동이나 성격에서 비롯되어야지 외부의 어떤 힘으로 이루어져서는 안 된다고 생각했다. 그렇게 딱 떨어지는 삶을 사는 이들이 정말 있을지도 모른다. 하지만 등장인물의 수가 일정하게 정해져 있고, 싸움이나 타락, 구원으로 이어지는 방황 따위는 없는 그런 삶은, 단지 형식과 관련한 관습이자 문학적 규정일 뿐이다. 어떤 의미 있는 사건이든 그것을 추적하다 보면, 계산 가능한 것의 지평 너머로 난데없이 우연한 것, 낯선 것이 모습을 드러낸다. 며칠 전 저녁, 친구 카롤리나가 자신의 고향 보고타의 투우장을 뛰쳐나간 황소 이야기를 해 줬다. 도시의 혼란스러운 광경에 겁을 먹은 황소는 어느 건물의 엘리베이터로 뛰어들었고, 거기서 어떤 남자를 거의 죽기 직전까지 들이받았다고 한다.

그 남자가 행복의 정점에 있었든, 아니면 절박한 마음으로 자신의 삶이 바뀌기를 바라고 있었든, 그것도 아니면 그저 하루하루를 때우며 지내는 중이었든 상관없이, 황소는 그 모든 것에 끼어들었다. 매일 어떤 황소가 엘리베이터로 뛰어든다. 상어는 검은등제비갈매기의 알을 가져오기 위해 바다로 뛰어든 사람들을 잡아먹고, 예상치 못했던 전화가 걸려 와 미지의 세계로 떠나는 배에 오르라고 초대한다. 셀 수 없을 만큼 많은 신이 각자 자신만의 기계 장치를 들고 있다. 질병도 그중 하나다. 갑자기 닥치는 심각한 병은 삶의 풍경 자체를 근본적으로 바꿔 버리지만, 그건 인물의 성격이나 운명 때문이 아니다. 그 운명이란 말에 유전적 특질이나 바이러스의 이동처럼 고전 시대 이후에 알려진 것까지 포함되지는 않을 테니까.

성 프란체스코는 젊은 시절 말라리아에 걸려 군대에서 돌아온 뒤, 요양 중에 자신의 영적인 운명을 깨달았다. 모기 한 마리가 그런 영적인 결과를 초래한 것이다. 어쩌면 메리 울스턴크래프트의 아이를 받았던 의사가 손을 씻지 않아서 그녀가 분만 후 열병에 걸렸고, 결국 그녀는 물론 갓난아이까지도 죽음이라는 차가운 운명을 맞이했을지도 모른다. 기계장치의 신은 단순히 외부의 힘이 아니다. 고전 희곡에서 필수 요소였던 성격이나 운명이라는 단단한 매듭 바깥에 있기는 하지만, 한발 물러나서 크게 보면, 그 역시 우리 삶을 이루는 패턴 안에 있다. 그는 황소나 검은등제비갈매기, 모기, 세균처럼 수많은 형태로 존재한다.

2년 후, 나를 아이슬란드로 초대했던 여인과 우리 집 주방에 함께 앉아 반쪽으로 쪼개 절여 놓은 살구를 먹으며, 내가 초대받은 사정을 들을 수 있었다. 그 초대는 죄수에게 던져진 감옥 열쇠나, 난파선의 뗏목처럼, 너무 힘든 순간에 찾아온 구원이었다. 하지만 어떤 의미에서 그 뗏목을 만든 것은 나 자신이고, 신이 그것을 자신의 기계장치로 활용했을 뿐이라고 할 수도 있다. 나는 내가 쓴 책으로 만든 뗏목을 타고 아이슬란드로 갔다. 나는 평생 책을 타고 떠다녔고, 어린 시절에는 내게 친절하지 않은 세상으로부터 스스로를 보호하기 위해 책으로 만든 탑과 벽을 쌓아 올렸다.

사람들이 나의 책에서 걸어 나와 나를 자신들의 세계로 이끌기 시작한 것은 최근의 일이다. 나의 이야기가 한 번도 만난 적 없는 젊은이의 이야기와 교차했다. 내가 나의 위기에 빠져 허덕이는 동안 그 젊은이는 이미 죽어 가고 있었지만, 그 삶이 완전히 끝이 났다고 할 수는 없다. 왜냐하면 그가 했던 행동의 결과들이, 다른 사람의 연못에 던져진 돌맹이처럼, 오랫동안, 어쩌면 평생 파문을 일으킬 것이기 때문이다. 그는 지금도 어떤 식으로든 여기에 있다. 그가 아니었다면 이 책도 존재하지 않았을 것이기에.

옛날에 늑대 한 마리가, 혹은 울피르라는 이름을 가진 청년이 한 명 있었다. 울피르는 아이슬란드어로 늑대를 뜻하는데, 아버지가 흑인 미국인이기는 했지만 그는 전형적인 아이슬란드 청년이었다. 성인이 되었을 무렵 젊은 늑대는 자신이 백혈병에 걸렸음을 알게 된다. 그는 그 이야기에서 영웅도 악당도 아니었지만 대신 작은 불씨의 역할을 했다. 그가 일으킨 불꽃은 이제 거의 사그라졌고 나 역시 아는 바가 거의 없다. 하지만 그의 이야기는 길게 할 가치가 있다.

그는 엘린이라는 이름의 아이슬란드 여인의 첫사랑이었다. 둘은 결국 다른 길을 가게 되었지만, 그 후에도 가깝게 지냈다. 엘린은 설치미술가가 되었고, 소리와 그림자, 지각의 미묘한 차이, 지각에 영향을 미치는 환경 등, 지각 세계의 여러 현상과 그 즐거움에 대한 실험을 이어갔다. 울피르는 베를린에 있는 엘린의 새집을 찾아갔고, 그때가 두 사람이 마지막으로 함께 보낸 시간이 되었다. 그는 스웨덴으로 치료를 받으러 가는 길이었다. 그것은 마지막 희망이었던, 목숨을 구할 수도 잃을 수도 있던 치료였다.

우리는 해골을 죽음과 연관시키지만, 사실 뼈가 삶을 낳는다. 그것도 대량으로, 풍성하게 낳는다. 죽음 후에 대퇴골, 늑골, 흉골 그리고 그 밖의 뼈에서, 우리는 하얗게 마른 어떤 것을 보게 된다. 살아 있을 때는 매일 수억 개의 새로운 혈액세포를 만들어 내던 골수가 있던 자리. 선홍색 강 같은 피를 뿜어내던 뼈였다. 그 혈액세포의 생성 과정을 '조혈(hematopoiesis)'이라 하는데, 각각 '피'와 '만들다'라는 뜻을 가진 고대 그리스어가 합성된 단어이다. 시(poetry) 역시 '포에시스(poesis)'에서 유래했는데, 여기에는 예술이 단지 모방에 불과하다는 플라톤의 사상이 깔려 있다. 우리가 '시'라는 뜻으로 쓰고 있는 단어에서, 고대 그리스인들은 세상의 모든 '만드는 행위'를 보았던 것이다. 의자, 집, 폭탄, 책, 피, 황금을 만드는 행위. 시 한 편을 짓는 일은 의자 하나를 만드는 일과 비슷하다. 시 역시 의자처럼 실제적이고, 가끔은 의자보다 더 유용하다.

그 청년은 계속 무언가 만들었다. 작곡을 하고 영화를 찍고, 사랑하고, 사랑받고, 투쟁하고, 여행하고, 그렇게 얼마간 견뎠다. 해마다 25만 명 정도의 사람들이 백혈병, 즉 혈액을 만드는 기능이 손상되거나 무력해지는 병에 걸렸다는 진단을 받는다. 나는 그 병으로 세상을 뜬 젊은 늑대를 몰랐다. 아이슬란드에 가기 전에는 그의 존재 자체도 몰랐다. 하지만 그는 내 삶의 문 하나를 여는 열쇠가 되어 주었고, 아마도 나 역시 그의 삶을 조금은 연장시키는 역할을 했을 것이다. 영광으로 생각한다.

베를린에서 다시 만난 울피르와 엘린은 서점에 갔다. 그는 책을 고르는 데 재주가 있었다고, 엘린과 그녀의 어머니가 한참 후 우리 집 주방에서 이야기해 주었다. 울피르와 엘린은 자신들의 불확실한 운명과 관련이 있을 것 같은 제목의 책을 한 권 집어 들었다. 바로 내가 쓴 책이었다. 그런 다음 그는 골수이식을 받기 위해 북구로 향했고, 수술 후에는 아이슬란드에 있는 집으로 돌아갔다. 수술은 효과가 없었다. 그가 수술 직후에 사망한 것은 아니었지만, 두 사람은 그 후로 다시 만나지 못했다. 그의 죽음이 시작될 때쯤 그녀는 너무 멀리 있었고, 그는 너무 급하게 죽었다.

엘린은 단숨에 들이키듯 그 책을 읽었고 기억해 두었다. 그녀를 일반적인 독자라고 할 수는 없었다. 시각예술가 대부분이 그렇듯이 그녀 역시 어려운 책을 깊이 파고들며 서서히 자신의 길을 다듬어 가는 부류의 사람이었다. 그녀는 늑대가 고른 책을 자신의 어머니에게 주었고, 그 어머니는 책을 몇 달 동안 가지고만 있다가 내가 있던 도시로 오는 비행기 안에서 읽었다. 친구인 올라푸르 엘리아손의 전시회 개막을 보기 위해 처음 이 도시를 찾은 것이었다. 올라푸르 역시 내 책을 읽었다. 그는 내가 있던 도시의 미술관에서 전시회를 열기 위해 삼각뿔과 유리, 터널, 빛과 그림자 그리고 아이슬란드의 이미지를 설치할 때 나를 찾았다.

그해 여름, 모든 것이 산산조각 나고 있던 그때, 먼 북구가 나를 불렀다. 나는 북구에 관한 글을 써달라는 청탁을 받고 『프랑켄슈타인』과 배리 로페즈의 『북극의 꿈』을 다시 읽기 시작했다. 그 이후엔 올라푸르가 나타나 자기 나라의 다양한 이미지와 면모를 보여 주는 전시회를 열었다. 자주 전시회를 찾아갔다. 높은 담에 자란 아이슬란드 이끼가 녹색에서 서서히 노란색으로 변해 가는 과정을 지켜보았고, 거울이 있는 방과 아이슬란드 사진이 담긴 커다란 격자판을 보았다. 어떤 칸에는 섬 사진이, 또 다른 칸에는 지평선이 보였다. 작은 유리 작품과 수없이 많은 유리면을 늘어놓은 작품이 있는 방을 보고, 빛과 어둠이 교차하는 방과 안개 위로 희미하게 무지개가 빛을 내는 암실도 보았다. 자연의 힘이 있는 세상. 그 아이슬란드적 세상은 바로 포에시스(poesis)의 세상, 즉 '무언가를 만들어 가는' 세상이었다.

올라푸르와 울피르, 프리다, 엘린, 내가 한 번도 가 본 적 없는 곳에서 온 네 사람. 10여 년 전 어떤 사진가에 관한 글을 청탁받고 그의 사진을 통해 본 풍경이 전부였던 곳. 그 사진에는 오래된 통나무집이 녹색 풍경에 묻혀 있었고, 굳어 버린 검은 용암 위로 물줄기가 흘러가고 바위에는 이끼가 끼어 있었다. 순수하고 낯선 풍경이었다. 내가 있는 도시를 찾은 프리다는 호텔에 가서 검은색 드레스로 갈아입고 올라푸르의 전시회 개막식에 참석했다.

나도 거기에 갔다. 올라푸르에게 다가가 인사를 하는 순간 마침 프리다가 도착하는 바람에 그가 우리를 서로 소개해 주었다. 나는 올라루프가 다른 일로 바쁜 동안 프리다와 이야기를 나누었다. 그녀는 내 또래였고, 키와 피부색도 많이 다르지 않았지만, 나보다 더 날씬하고 더 육감적이었다. 건물을 올릴 수 있을 정도로 근사한 광대뼈가 눈에 띄었다. 그렇게 우리는 만났고 나는 그녀가 너무 짧게 머무는 것이 아쉽다고, 도시를 안내해 주겠다고 제안했다. 그건 어떤 친밀감이나 동질감 탓이었을 수도 있고, 그녀가 낯설었기 때문일 수도 있다. 그녀가 내가 잘 알고 아주 많이 사랑하는 영역에서 왔기에 베푸는 호의이기도 했다. 그녀가 내 책을 이제 막 다 읽은 사람이라는 점은 신경 쓰지 않았다. 뿐만 아니라, 커피 한 잔을 할 수 있을 정도로 친한 아이슬란드 사람이 몇 명쯤 있었으면 좋겠다는 마음도 조금 있었다. 올라푸르가 나에게 예의 바르게 대해 주었던 것이 힘들었던 당시에 위안이 되고 있었기 때문이다.

다음날 아침 프리다를 태우고 공항에 가기 전에 도시의 면면을 보여 주면서 예술과 책을, 어머니의 치매를, 햇빛과 계절과 날씨를 이야기했다. 나는 늘 아이슬란드에 가 보고 싶었다고 프리다에게 말했지만, 그런 말을 했던 일도 금세 까맣게 잊어버렸다. 그러다가 그달 말, 어머니와 함께 호숫가를 산책하던 중에 전화가 왔다. 프리다가 아이슬란드 물 도서관의 해외 작가 레지던스 프로그램의 첫 참여자로 와 줄 수 있겠느냐고 물었다. 나는 그러겠다고 대답했다.

"정말 좋은 이유가 없다면 절대로 모험을 거절하지 말자." 이번 모험은 두 손으로 덥석 받을 많은 이유가 있었다. 마치 책이 하나의 문이 된 듯했다. 사람들이 책을 통해 들어와 내 삶에 발을 들이고 나를 그들의 삶으로 이끈다. 예상도 못 했던 표가 생긴 셈이었다. 실제로 그곳에 발을 디디기까지 7개월 동안, 아이슬란드는 내게는 하나의 부적이자 다른 세상으로 이어지는 창이었다. 내게 벌어진 모든 문제에서 멀리 떨어진 어떤 곳이 있다는, 나 또한 머지않아 이 문제들로부터 멀리 달아날 수 있으리라는 생각이 들었다.

물 도서관 지붕에는 내가 종종 올려다보곤 했던 웹캠 한 대가 설치되어 있었다. 올려다보면 이쪽 세상의 짐을 덜어 주는 다른 세상의 광경이 펼쳐졌다. 커다란 바위 가까이 난 둑길을 따라가면 항구가 나오고, 아이들의 블록 장난감으로 지은 것 같은 건물이 가득한 마을이 있다. 피오르 해안 앞에 늘어선 섬의 하늘은 어떤 때는 구름이 가득 끼어 있고, 어떤 때는 완전한 어둠이었다. 그 영상을 통해 눈이 내리는 것을 보았고, 낮이 짧아지면서 화면 대부분이 어둠 속에 빛나는 항구의 가로등과 내리는 눈 사이를 지나가는 자동차의 전조등으로 채워지는 모습을 지켜보았다. 그 영상은 할 일이 없을 때 흔들어 보는, 책상 위에 놓인 스노글로브 같은 것이었지만, 그 영상 안의 세상은 현실, 나를 기다리고 있는 현실이었다. 우다오쯔처럼 나 역시 그림 속으로, 나의 문장으로 만든 문을 통해 걸어 들어갈 예정이었다.

이 이야기도 그 안에 다른 이야기들을 담고 있다. '늙어서 허리가 굽어 버린' 노파는 가난하고 초라하지만, 그녀가 전하는 이야기는 공주나 신에 대한 이야기, 사랑에 대한, 영혼의 성장에 대한 이야기다. '에로스와 프시케'를 읽는 방법은 두 가지가 있다. 첫 번째는 보이는 그대로 사랑 이야기로 읽는 방법이고, 두 번째는 도전 의식과 하나가 되려는 욕망, 공존할 수 있는 방법을 찾는 이야기로 읽는 방법이다. 이렇게 읽으면 두 주인공은 두 인물이 아니라 한 존재의 두 가지 측면이 된다. 프시케가 과제를 완수하고 연인을 다시 만난 후, 그녀는 불멸의 즐거움을 낳는다. 잠든 새의 눈물을 마시는 나방이나, 에로스와 프시케의 사랑 같은 건 서로 다른 존재의 공존일 뿐이다. 유카의 몇몇 종과 나방은 서로 의존하며 살아간다. 유카의 하얀 꽃이 필 때 흰색 나방이 고치에서 나온다. 짝짓기를 나눈 나방이 알을 낳아 유카에게 수분을 공급해 준다. 그 결과 유카 열매가 맺히면 새끼 나방이 다시 그 열매를 먹고 자란다. 유카는 나방이 공급해 주는 수분이 있어야만 살아남을 수 있고, 애벌레들은 바로 그 열매를 먹어야만 살아남을 수 있다. 둘은 서로가 없으면 존재할 수 없다. 나방이 없는 다른 지역에서 유카를 키우려면 인공수정이 필요하다. 모든 나방의 먹이가 그렇게 특별하지는 않다. 흡혈 나방으로 알려진 많은 종류의 나방들은 척추동물의 피를 빨아 먹고 살고, 열 종 남짓한 어떤 나방은 포유류의 눈을 공격해 단백질과 소금, 기타 미네랄을 먹고 산다.

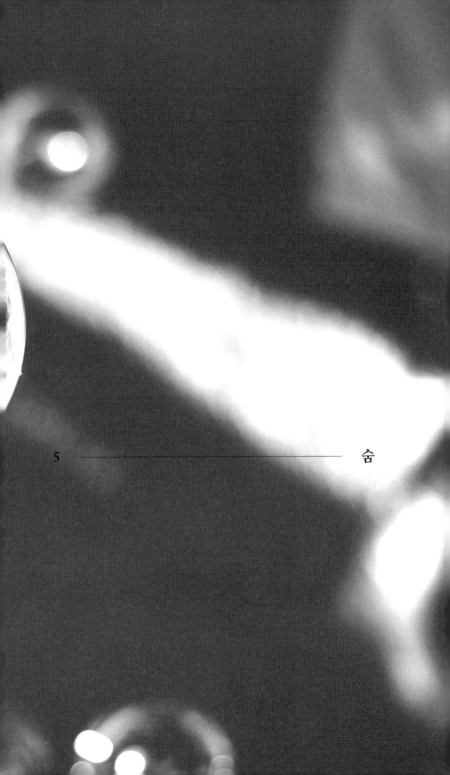

5 —————————————————————————— 숨

젊을 때 읽었던 마르키 드 사드의 문장이 종종 떠오르곤 한다. "아! 늘 무언가를 창조해 내는 시간에게 무엇이 중요하겠는가. 이 살덩이든 저 살덩이든, 오늘은 한 인간의 몸을 이루고 있지만 내일이면 1000마리의 곤충으로 변해 버릴 것을?" 사드에게 중요했던 이 질문 혹은 탄식은 일반적으로 분해라고 상상하는 어떤 과정이 또한 변신이기도 하다는 점을 지적한다.

심지어 썩어 가는 것도 다른 생명으로 변신하는 하나의 형식이다. 무언가가 되어 가면서 동시에 무언가가 사라지는 격렬한 과정의 일부이다. 그것은 잔인하고, 죽음이며 또한 삶이다. 살아 있는 것은 거의 모두 다른 생명의 죽음 덕분에 살아가기 때문에, 그것은 퇴화이면서 재생이다. 심지어 밀을 수확할 때도 추수가 끝나면 쥐와 곤충은 전멸한다. 물론 그것들이 농약 때문에 이미 사라지지 않았을 때의 이야기다. 덩치가 큰 초식동물은 풀을 뜯는 과정에서 작은 벌레까지 함께 먹는다. 그뿐만 아니라 흙이나 거기서 자라는 풀도 육식성이다. 사드는 두려움과 집착에 대해 경멸을 담아 말했다. 한 제자가 머뭇거리며 선(仙) 사상을 한 문장으로 요약해 주실 수 있겠느냐고 물었을 때 스승인 순류 스즈키 로시는 사드가 했던 대답을 다른 식으로 표현했다. "모든 것은 변합니다."

모든 이야기는 실제로는 하나의 이야기, 바로 변신 이야기의 조각들이다. 자신을 안으려는 아폴로를 피해 월계수로 변해 버린 다프네처럼 그 운명을 적극적으로 수용하는 이도 있고, 자신의 남은 생을 극저온 상태로 보존하려고 애쓰는 부자들처럼 격렬하게 저항하는 이도 있지만, 수용이냐 저항이냐를 선택할 수 있을 뿐, 변신 자체는 피할 수 없다. 위험으로부터 누군가를 구해 낼 수는 있지만, 변화나 죽음으로부터 구하는 것은 불가능하다. 전투에서 살아남은 병사는 그 후엔 다른 사람, 다른 무언가, 다른 장소가 된다. 전쟁은 잠잠해지고, 기억은 희미해지고, 국가도 사라지고, 가장 근본적인 구조를 제외하고는 모두 썩어 간다. 한때 서로 전쟁을 벌이던, 육체들을 구성하는 원소들이 이제는 흙이 되고, 나무가 되고, 연인이 되고, 새가 된다. 모든 훈장은 낯선 이의 장난감이 된다. 대포를 녹여 만든 교회의 종이, 다시 녹아 대포가 되어 다른 전쟁에서 사용된다.

우리 집 침실에 있던 살구 더미, 혹은 살구 떼는 이 책의 네 장(章)이 지나는 동안 계속 썩고 있는 걸까? 아니면 내가 조치를 취하기까지 나흘, 닷새 정도만 썩고 있었던 걸까? 혼자서 썩은 살구를 골라내던 중에 친구가 하루 저녁 시간을 내서 함께 그 살구를 여기저기 보내 주기 시작했다. 시간과의 싸움이었고, 시간이 이기고 있었다. 언제나 시간이 이긴다. 우리의 승리란 단지 유예하는 것에 불과하지만, 그래도 유예는 달콤하고, 어떤 유예는 한평생 계속되기도 한다.

하지만 산더미 같은 그 살구와 관련해서는 유예할 여지가 많지 않았다. 나중에 책을 읽고 알게 된 바에 따르면, 내 살구들을 갉아먹은 건 갈색 균핵이라는, 과일에 흔하게 생기는 곰팡이였다. 이 곰팡이는 이미 살구의 꽃 단계에서 나무에 생기지만, 아직 덜 익은 열매는 우박이나 해충 등에 의해 다치지 않는 이상 곰팡이가 슬지 않는다. 다 익은 열매가 더 취약한데, 곰팡이 균은 부드러운 갈색 부분이 퍼져 나가는 곳에서 발견된다. 어떤 과일은 쪼그러든 미라처럼 변해 버리기도 하는데, 내 방에 있던 살구는 곧장 갈색 죽처럼 흐물흐물해졌다. 그 진액은 세포벽이 허물어지면서 흘러나온 것이었다. 문드러진다는 건 뭔가가 썩고 있음을 암시하는 과정이지만, 그건 또한 무언가가 자라는 과정, 자신의 바로 옆에 있는 것을 취한 다음 더 큰 환경으로 흩어질 준비를 하는 과정이기도 하다.

그 주에 편지 한 통을 썼다. "마치 내 인생과 비슷한 것 같아. 이 살구 더미 말이야. 너무 많아서 다른 상황이었다면 엄격하게 추려서 솎아 줘야 했겠지만, 지금은 진액이 방바닥에 흘러나오고 냄새까지 나면서 조금 역겨워지고 있거든. 마치 덩어리 전체가 하나의 유기체가 된 것 같아. 악취가 나는 덩어리가 살구 점령군처럼 계속 늘어나면서, 마치 자신만의 규율에 맞춰 움직이는 것 같아. 이제 썩은 녀석들을 골라내는 건 도저히 불가능해."

사드는 자신이 죽으면 별도의 장례식 없이 자신이 소유한 시골 땅에 있는 작은 숲에 그냥 묻어 달라고 했다. 묻은 자리에 도토리를 뿌려서 흔적을 없애고 나무가 자신의 몸을 흡수할 수 있게 해 달라고 말이다. 흙에 있는 박테리아, 균류, 곤충이나 다른 미생물들이 확실하게 그를 먹어 치우고, 아마도 그의 시신은 참나무로 변할 것이다. 하지만 그 나무가 다시 그의 책이 되어, 분노에 차고, 파괴적이며, 생산적이었던 그의 삶이 사라지지 않게 지켜 줄 것이다.

그 시절엔, 그러니까 묘지의 땅과 그 아래 지하수면을 오염시키는 독한 방부제를 아직 시신에 투여하지 않던 그때, 시신은 그냥 사라졌다. 먼지에서 와 먼지로 돌아간다는 말이 정확한 묘사는 아니었다. 대부분 윤회 과정은 축축했고 가끔 뼈가 남는 경우도 있었다. 이런 전설이 있다. 17세기 뉴잉글랜드의 한 가장이 죽어 정원에 묻은 후 그 위에 사과나무를 심었는데, 나무 한 그루가 그의 시신을 먹어 치우면서도 시신의 원래 형태를 피해 뿌리를 내렸다는 것이다. 그렇게 휘어 버린 뿌리는 지금도 로드아일랜드 박물관에 가면 볼 수 있지만, 보통 변신은 그보다는 좀 더 창의적으로 이루어진다. 이전의 형태를 모방하기보다는 새로운 형태를 만들어 내는데, 이를 위해 원자와 분자들이 만화경 안의 종잇조각들처럼 끊임없이 뒤섞인다.

요리는 나 역시 즐겨 찾는 변신의 한 양식이다. 가끔은 요리가 글쓰기의 정반대 과정이어서 즐겁게 느껴지는 것도 같다. 요리에는 모든 감각이 동원된다. 요리는 즉각적이며 다시 하는 것이 불가능하고, 일단 완성된 후 먹고 나면 끝이다. 작업은 단순하지만 손이 많이 가고, 향이 있으며, 짧고, 성공인지 실패인지 쉽게 판단할 수 있다. 어쩌면 요리는 생물학의 영역에 있는 것인지도 모르겠다. 존재가 생겨나고 사라지는, 몸을 유지하는 그 영역에서 이루어지는 작업이기 때문이다. 반면 글쓰기는 시간에 맞서 무언가를 방어하고, 그 과정에서 아주 천천히 여기 이곳으로부터 멀어지는 작업이라고 할 수도 있겠다.

파이는 오븐에서 꺼내자마자 만든 사람이 바로 먹을 수 있지만, 책은 쓰이고 몇 달 혹은 몇 년 후에, 그것도 작가가 없는 곳에서 읽힌다. 작가 본인도 자신이 무엇을 만들어 냈는지 절대 알 수 없다. "아르스 롱가, 비타 브레비스.(Ars longa, vita brevis.)" 예술은 길고, 인생은 짧다. 사람들 사이에 유명한 말이다. 요리를 보통 삶이라 보면, 절임을 만드는 건 시간을 지연시키는 일, 금방 상하는 과일을 거의 무한하게 유지시키는 기술이다. 요리란 그 재료를 먹어 버림으로써 사라지게 하는 일, 음식을 먹는 이의 몸 안에 묻는 흥겨운 장례식이다. 그렇게 먹는 이의 몸 안에 들어간 음식은 변신을 거쳐 다음 생을 맞이하고, 분비물을 통해 다시 흙으로 돌아간다.

하지만 무언가를 보존하는 일은 그 변신 과정을 무한히 연기하는 일이다. 어쩌면 절임이란 역사가의 요구와 요리사의 능력이 만나는 지점인지도 모른다. 어제의 저녁 하늘, 사랑의 밤, 산속에 흐르는 시냇물 소리, 내 정신에 불을 댕겼던 어떤 깨달음, 춤, 조화로웠던 어느 날, 근사한 구름이 있었던 수천의 나날, 결국 사라져 버릴, 다시 볼 수 없을 그 순간들을 후손을 위해 유리병에 차곡차곡 담아 둘 수 있으면 좋겠다. 후손이 때때로 그것을 경외의 눈길로 바라보고, 필요할 때마다 다시 맛볼 수 있게 말이다. 꼭 나나 당신을 위해서가 아니더라도 아름다운 구름과 나날은 앞으로도 얼마든지 있을 것이다. 하지만 역사가로서 나는 이 모든 것이 나타났다 사라진다는 사실이 쓸쓸하다. 사진이 순간의 조각을 보존해 주더라도, 이메일이나 편지를 수천 통 가지고 있더라도, 다시 그때로 돌아갈 수는 없다.

기계에 관해서라면 사람들은 모든 것의 속도를 높이기를 원한다. 하지만 보존하는 기술을 대할 때, 사람들은 살이 허물어지거나 물건들이 닳아 없어지는 과정, 건물이 쓰러지는 과정을 늦추기를, 시간이 게걸스럽게 그것을 씹어서 삼켜 버리는 일을 늦추기를 바란다. 시간은 무심하다. 시간 자체가 우리의 비극이며, 우리 모두는 시간에 맞서 각자 나름의 전쟁을 치르고 있다. 1801년 나폴레옹이 사드를 체포해서 투옥했고, 1803년에는 가족들이 그를 정신병원에 입원시켰다. 사드는 그 정신병원에서 11년을 지낸 후 사망했고, 그곳에 있는 묘지에 묻혔다. 한편 바로 그 나폴레옹 정부는 식품을 대규모로 보존하는 방법을 고안한 사람에게 1만 2000프랑의 포상금을 주기도 했다.

당시에는 식품을 말리고, 발효시키고, 소금 또는 초에 절였으며, 추운 지역에서는 차가운 곳에 두었고, 가장 추운 곳에서는 아예 얼리기도 했지만, 이런 방법 중 어떤 것도 대규모 병사들을 위한 식량 비축에는 적합하지 않았다. 따라서 나폴레옹은 유럽 전역에 전쟁을 선포하면서 부패에 맞서 싸울 방안도 함께 찾아야 했다. 1810년 제빵사이자 요리사였던 니콜라 아페르가 마침내 포상금을 받았다. 그가 유리병을 밀폐하고 끓이는 실험을 통해 개발한 그 방법은, 지금까지도 큰 변화 없이 사용되고 있는데, 21세기 어느 8월 저녁에 나와 친구도 바로 그 방법을 사용했다.

통조림 만들기는 내가 늘 좋아하는 일이었다. 어떤 때는 볼앤커사의 유리병 제품에 함께 들어 있는 설명서에서 배우기도 하고, 또 어떤 때는 어머니가 보고 치워 둔《즐거운 요리》에서 배우기도 했다. 다람쥐 가죽을 벗기는 법이나 쿠스쿠스 혹은 사향쥐 조리법까지 있는 옛날 잡지였다. 여름이면 도시 외곽에 있는 어머니 댁 근처 계곡에 가서 한참 동안 그늘을 뒤지며 각종 딸기류를 한 양동이씩 따오곤 했다. 풍경은 보통 멀리서 경외감을 가지고 바라보는 것이지만, 그렇게 계곡에서 보냈던 여름날만큼은 모든 것을 아주 가까이서, 내 팔뚝 길이보다 짧은 거리에서 유심히 들여다보았다.

빛깔을 통해 잘 익은 딸기를 알아보고, 가장 맛있는 상태를 지나 탁하고 물렁해진 딸기를 알아보는 법을 익혔다. 나뭇잎 그늘에서 흩어진 딸기를 찾아내는 법과, 가시가 있는 나뭇가지 사이로 긁히는 일을 최소화하며 팔을 뻗는 법을 익혔지만, 결국 딸기 수집을 마칠 때쯤엔 언제나 팔에 회초리 자국 같은 긁힌 상처투성이였다. 손가락으로 터뜨리지 않고 딸기를 따는 법도 익혔다. 그러고 나면 블랙베리 위를 서성거리는 작은 보석 같은 딱정벌레, 개울에 있는 작은 물고기, 물 위에 앉은 소금쟁이, 거미줄을 지켜보다가 차가운 물에 무릎까지 잠기도록 걸어 들어가고, 딸기와 함께 민트, 미나리, 주황색 백합까지 함께 따서는 그날의 수확물을 가득 안고 집으로 돌아왔다. 딸기 한 그릇을 솥에 담아 끓이며 설탕을 넣은 다음, 그 향과 김이 온 방을 가득 채우게 내버려 두었다. 그렇게 무르고 수상쩍은 절임을 만들었다. 그 검은색 덩어리를 유리병에 옮겨 담으면 겨울에도 여름의 맛을 느낄 수 있었다.

그날들이 보라색과 한밤의 파란색이었다면, 지금은 오렌지빛으로 물든 저녁이다. 다른 과일의 이름을 딴 '오렌지색'이 살구의 그 부드러운 색감을 묘사한다고는 할 수 없다. 살구의 빛깔은 복숭아보다 더 풍성하고, 저녁 하늘의 붉은빛, 혹은 햇살을 받아 금빛으로 반짝이는 아이들 뺨의 빛깔과 비슷하다. 침대 시트 대신 방수포 위에 쌓여 있던 살구 한 더미를 분류해서, 곧장 퇴비로 쓸 한 무더기를 가려내고, 그러고 나서도 당황스러울 정도로 많이 남은 나머지 살구 더미는 집에 있는 가장 큰 솥과 접시, 단지에 나누어 담았다.

살구를 반으로 쪼개서, 썩은 자리는 벗겨 내고, 꼭지도 도려냈다. 그런 다음 살구를 하나씩 하나씩 홈을 따라 쪼갰다. 이 작은 틈을 따라 가르면 반원 모양 두 개로 정확히 나누어지기 때문에, 잘 익은 살구라면 도구 없이도 쪼개기가 쉽다. 모든 것이 산산이 조각나고 확실한 것은 아무것도 없었던 그 시절, 과일 한 무더기란, 비록 어마어마한 양이기는 해도 상대적으로 다루기가 편했다. 그리고 작은 반구 모양의 과일을 바닐라 푼 물에 넣고 끓일 때 퍼지는 향기는 참 근사했다.

통조림을 만들 때는 우선 과일을 충분한 온도로 끓여야 한다. 그 안에 있는 것이 모두 죽을 수 있도록. 설탕과 과일에서 나오는 산 덕분에 미생물이 활동할 수 없는 환경이 만들어지면, 끓는 물로 소독해 둔 유리병에 담고, 역시 소독한 뚜껑으로 막으면 된다. 내용물이 식으면서 진공 상태가 되면 뚜껑은 더욱 단단하게 닫힌다. 소독했다는 것은 이제 아무것도 자라지 않는다는 뜻이다. 각각의 유리병은 시간이 고정된 하나의 캡슐이다. 친구와 나는 그날 밤에 바닐라 시럽 열네 병을 만들었다. 거기에 그치지 않고 나는 잼과 처트니를 만들고, 남은 몇 파운드의 살구는 근처에 있는 친구 집의 냉장고에 보관했다. 살구는 친구의 결혼이 갑자기 파탄이 나면서 그녀가 우리 집에 들어와 함께 살게 되었을 때까지 거기 그대로 있었다. 어쩌다 보니 살구를 다시 가지고 올 수가 없었고, 분명 그대로 버려졌을 것이다. 왜 살구를 말릴 생각을 하지 않았는지는 모르겠다.

나는 나의 타고난 것, 물려받은 것, 운 좋게 알게 된 것을 총동원해 동화에나 나올 법한 그 시련에 맞섰다. 시럽에 담근 살구와 잼과 처트니가 든 유리병이 길게 늘어섰다. 떼어 낸 꼭지는 모아 두었다가 이탈리안 리큐어를 담그려고 에틸알코올과 설탕과 함께 섞어 담아, 어두운 곳에 석 달을 두었다. 그 시간 동안 꼭지 가운뎃부분에 있던, 작은 아몬드처럼 생긴 진액 덩어리가 흘러나와 리큐어에 향을 더하고, 무슨 조화인지 색깔도 원래 살구색인 붉은 빛을 띠기 시작했다. 술 담그는 법은 뉴멕시코의 집 마당에서 크고 오래된 살구나무를 기르는 친구에게서 배웠다. 여름이면 그 아래에서 저녁을 먹고 낮잠을 자던 나무, 어느 따뜻했던 밤에는 나 역시 그 아래에서 잠을 자기도 했던 나무, 봄에 폭풍이 불었던 해에는 꽃이 다 떨어져버려 열매를 맺지 못했지만, 그해를 제외하면 감당할 수 없을 만큼 많은 양의 열매가 주렁주렁 매달렸던, 그래서 마당을 떨어진 살구 냄새로 가득 채웠던 나무.

우리 집에서 북서쪽으로 몇 마일 가면 미술관이 있는데 거기에 장밋빛 살구가 담긴 바구니를 그린 작품이 있다. 살구가 너무 단단해서 거의 바구니 위에 떠 있는 듯 아무 무게가 없는 것처럼 보이지만, 그렇다고 영원히 그 모습일 것 같지는 않다. 곧 썩기 시작할 것임을 드러내는 작은 상처가 있는 살구가 몇 개 있고, 맨 앞에 놓인 살구에는 파리도 한 마리 앉아 있다. 매우 정교하게 그린 그 파리는 과일 더미가 앞으로 맞이하게 될 불길한 운명을 분명하게 암시한다. 살구 더미 앞에는 짙은 색 나뭇가지와 나뭇잎이 몇 개 놓여 있고, 바구니 왼쪽에 복숭아, 오른쪽에 레몬이 하나씩 보이고, 그림 전면에는 4분의 3 정도 크기로 자른 레몬 조각이 흩어져 있다. 정성을 들여 그린 살구 중 몇 개에는 덜 자른 가지가 붙어 있고, 나머지 살구에는 가지가 떨어지고 옴폭 들어간 자리만 보인다.

나뭇잎에 묻은 이슬이 보석처럼 빛난다. 그 이슬은 그림 속 대상의 순간성과 화가의 재능을 동시에 보여 준다. 17세기 전반에 그려진 그 그림을 그린 화가는 야코브 판 휠스동크로 기억한다. 그의 작품임을 드러내는 소재가 그 살구 바구니만은 아니지만, 휠스동크가 그린 다른 작품에서도 똑같은 살구 바구니가 등장한다. 그 작품에서 바구니는 창문 옆에 세워 둔 선반에 놓여 있고, 창문 너머로는 더 많은 과일이 보인다. 그 작품이 있는 전시실의 모퉁이에는 아브라함 판 베이에런이 그린, 네덜란드 정물화의 전성기 특징을 더 잘 보여 주는 작품도 있다. 붓질의 흔적이 살아 있는 그 그림에는 과일이나 유리병, 접시 같은 식기와 빵, 햄과 가재까지 있는 풍성한 식탁이 보인다. 가재는 커다란 앞발로 당장에라도 옆에 놓인 주머니 시계를 집어 들 것 같지만, 유심히 보면 몸 색깔이 산호

색으로 변한 것이 이미 요리가 되었음을 알 수 있다.

이 시기 네덜란드는 폭발적으로 성장하고 있었다. 사회는 전례를 찾아보기 어려울 정도로 확장되고 있었고, 그 와중에 특이하게도 예술, 특히 회화가 활짝 피어났다. 네덜란드는 외부로 활동 영역을 넓혀 갔고, 무역선들은 중국을 포함한 전 세계로 향했다. 국가는 부를 바탕으로 성장했고, 내적으로도 과학을 통해 사고의 폭이 넓어지고 있었다. 화가 얀 페르메이르는 델프트 교회에서 세례를 받았는데, 같은 주, 같은 곳에서 현미경 분야의 선구자 안토니 판 레이우엔훅도 세례를 받았다. 망원경을 뒤집어 놓은 것 같은 그의 '렌즈를 끼운 튜브' 덕분에 박테리아나 곰팡이, 단세포 동물은 물론 인간의 세포 같은 아주 작은 세계가 새롭게 열렸다. 그 뜻밖의 세상에서 벌어지는 일은 인간의 현실 세상에도 영향을 미쳤다. 수많은 질병과 죽음의 원인을 알아보게 된 것은 그로부터 몇 세기 후의 일이었지만, 결국 그런 일이 가능해진 것은 현미경 덕분이었다.

베이에런의 가재가 있는 정물화는 주머니 시계 때문에 바니타스 회화〔Vanitas Painting: 인생의 공허함을 상징하는 정물화―옮긴이〕로 여겨지지만, 그런 평가는 과연 바니타스 회화가 무엇인가 하는 궁금증만 더 키울 뿐이다. 그런 경향의 작품은 인간의 갈망과 열망, 집착이 세상 만물의 순간성에 비춰 보면 부질없음을 말하고 있다고 해석된다. 바니타스 회화는 종종 특정한 상징을 늘어놓기도 한다. 벽시계와 손목시계, 모래시계, 악기, 타오르는 촛불, 해골, 비늦방울, 비눗방울을 불고 노는 아이들, 곧 썩게 될 혹은 이미 썩기 시작한 꽃이나 과일 같은 상징. 대부분 정물화지만, 집 안에서 볼 수 있는 물건을 잔뜩 늘어놓은 실내 정경을 그린 작품도 있다.

17세기 프로테스탄트 목사이자 북아일랜드 데리 지역의 주교였던 에즈키엘 홉킨스는 '세계의 허망함'이라는 제목의 설교에서 그 공허함에 대해 이렇게 표현했다. 설교의 시작은 그 유명한 전도서 구절이었다. "헛되고 헛되며 헛되고 헛되니 모든 것이 헛되도다." 설교는 이어진다. "이 모든 것이, 비록 매끈하고 화려해 보이지만, 실은 모두 겉으로 보이는 모습일 뿐입니다. 비눗방울, 허공에 떠다니는 비눗방울이 온갖 광택과 색으로 반짝이는 것처럼 진정 이 세상도, 우리가 사는 이 세상도, 신의 숨결을 허공에 불어 만든 커다란 비눗방울에 불과합니다." 몇 세기 전 네덜란드 철학자 에라스뮈스도 오래된 라틴어 표현 'homo bulla', 즉 '인간은 거품이다.'라는 명제를 되살려 냈고, 바니타스 회화에서는 종종 작품 속에 비눗방울이 떠다니기도 한다.

살구를 그렸던 휠스동크와 동시대인이었던 화가 데이비드 베일리는 가라앉은 색조의 정물화, 혹은 초상화 한 점을 남겼는데, 그 그림 속에서 검은 옷을 입은 화가 본인이 꽃이나 예술작품, 해골이 널브러진 테이블 옆에 앉아 관객 쪽을 돌아보고 있다. 여인의 흑백 초상화 혹은 판화 앞에 화이트 와인인지 맥주인지 알 수 없는 액체가 담긴 기다란 유리잔이 있는데, 그 유리에 의해 왜곡된 여인의 모습을 그린 것을 보면 화가의 뛰어난 솜씨를 짐작할 수 있다. 이렇게 확고한 대상이 가득한 사적 공간에 비눗방울이 세 개 떠 있다. 네 번째 비눗방울은 이제 막 진주목걸이 옆에 떨어져 버렸다.

비눗방울 덕분에 그림 속 시간은 화가가 작업실에 머물렀을 몇 년도 아니고, 테이블에 장미나 물건이 놓여 있었을 며칠 혹은 몇 시간도 아니다. 그 시간은 아주 짧은 순간, 거의 찰나에 불과하다. 이 비눗방울은 그림 속 시계의 분침처럼 시간의 경과를 보여 주면서, 동시에 시간을 붙잡고 있다. 비눗방울이 존재하는 건 찰나의 순간이다. 하지만 그 비눗방울 네 개가 존재하던 순간은, 북미 유럽인이 아직 작은 공동체에서 벗어나지 못했고, 네덜란드인은 최초의 현미경을 들여다보며 원생동물의, 바닷물 한 방울 안에서 헤엄치는 생물의 세계를 발견하던 그 순간이었다.

비눗방울 그림은, 대부분의 바니타스 회화 작품과 마찬가지로 엄숙한 경고이지만, 아주 즐겁기도 하다. 글로는 비눗방울의 덧없음만을 묘사할 수 있을 뿐이지만, 그림에서는 찰나에만 존재하는 비눗방울과 그 아름다움이 지속된다. 휠스동크가 그린 바구니 속 살구는 거의 400년이나 되었지만, 여전히 꽃봉오리가 가지에 붙어 있고, 파리는 아직 아무 피해도 끼치지 못하고 있으며, 이슬방울도 아직 마르지 않았다. 초기에 '바니타스' 주제가 지나치게 강조되었고, 화가의 의도가 잘못 해석되었다고 주장하는 미술 사학자들이 있다. 그런가 하면 정물화는 그게 과일이나 꽃을 그린 작품이든 해골과 비눗방울을 그린 작품이든 모두 덧없음을 다루고 있다고 지적하는 이도 있다. 화가들은 즐거움과 경고가 모두 가능한 어떤 평형을 이룬 순간을 찾아낸 듯하다. 그들은 자신도 모르는 사이에 '바니타스'의 원래 의미에 가까이 다가간 것이다.

'바니타스(vanitas)'라는 단어는 부정적인 의미를 지닌 영어 '배너티(vanity)'와 그 의미가 크게 다르지 않다. 공허함, 결실 없음, 그리고 어리석은 자만심이라는 의미다. 전도서의 유명한 몇 구절은 좀 더 가혹하게 해석되기도 한다. 뉴인터내셔널 버전의 성서는 아마 라틴어에서 번역한 듯싶은데, 그 단어를 '의미 없음'으로 번역했고, 그 결과 앞에서 인용한 전도서의 구절은 "아무 의미도 없도다! 모든 것이 의미 없도다."로 마치 야단을 치는 것 같은 문장이 되었다. 킹 제임스 버전 성서의 위엄 있는 번역 "헛되고 헛되며 헛되고 헛되니 모든 것이 헛되도다."와는 완전히 다른 의미이다.

언어에도 이런 부패나 변형의 과정이 있다. '바니타스'는 라틴어다. 이는 공허라는 뜻으로, '비어 있다(vacant)'는 단어와 맥락이 같다. 거의 1000년 동안 유럽 대부분 지역에서 통용되었던 불가타 라틴어 성서는 그리스어로 된 70인역 성서를 기반으로 하는데, 이 그리스어 성경에는 전도서 부분에 '마타이오테스(mataiotes)'라는 단어가 38회 등장한다. 이 단어 역시 공허함, 의미 없음, 혹은 일시성이라는 뜻이다. 일시성은 모든 것을 무의미하게 만드는 걸까? 원

본인 히브리어 전도서, 현대에 들어 사막 한가운데서 수기로 적은 두루마리가 발견되고 나서야 밝혀진 그 원본에서 쓰인 단어는 '헤벨(hevel)'이었다. 이는 숨, 또는 수증기를 뜻하는 단어로 여기서는 그 일시성의 의미가 더욱 분명하지만, 그에 대한 거부감은 찾아볼 수 없다.

홉킨스 주교의 "신의 숨결로 허공에 불어 만든 커다란 비눗방울"이라는 표현과 아이들이 부는 비눗방울을 묘사한 그림 모두가 이 원래의 의미를 환기한다. 각각의 숨은 그 순간이 지나면 사라지지만, 그 숨은 또한 생명 자체이기 때문이다. 자신의 숨을 세면서 거기에 집중하는 훈련은 선종의 명상에서 기초가 되는 훈련인데, 이 과정이 지루하다며 불평을 하는 제자가 있었다. 스승은 제자의 고개를 개울물에 넣은 다음 한참 후에 꺼내 주며 "아직도 지루하냐?"라고 물었다. 그 일시성이 분명해질 때, 숨은 지루하지 않은 것이 된다.

몇 해 전에 주거용 배에 사는 친구를 방문한 적이 있다. 친구는 갑판의 커다란 화분에서 자라는 레몬나무와 오푼티아 선인장을 자랑스러워했는데, 습기로 갑판이 썩는 탓에 적어도 10년에 한 번씩은 갈아줘야 한다는 이야기를 들었다. 널빤지를 이어 만든 해변 산책로를 따라 걸으며, 우리는 습기와 건조함 자체가 신앙심을 형성하는 힘일지도 모르겠다는 이야기를 했다. 습도가 높은 지역 대부분에서는 윤회, 즉 삶과 세상의 끊임없는 재생에 대한 믿음이 있

멀고도 가까운

다. 이는 물론 끊임없는 죽음이기도 하다. 따뜻하고 습한 지역에서는 모든 것이 분해되고 다시 태어나며, 다시 세워져야만 한다. 종이가 썩기 때문에 손으로 쓴 원고는 반드시 필사해야 하고, 공기 중에는 닥치는 대로 무언가를 변화시키는 포자와 박테리아와 곤충이 가득하다.

건조한 세계에서는 변하지 않는 영속성이나 영원에 대해 적어도 환상은 가질 수 있다. 사체를 미라로 만드는 것도 가능하고, 건조시켜 보관할 수도 있다. 과일, 생선, 도서관의 장서들, 사해문서〔1947년 사해 북서쪽 동굴에서 발견된, 현존하는 것 중 가장 오래된 성서 필사본—옮긴이〕, 습도를 조절할 수 있는 박물관에 보관된 회화 작품도 마찬가지다. 추운 지역에서는 매머드나 산악인의 얼어 버린 사체가 몇 세기 동안 원래 형태 그대로 유지되기도 한다. 사진가 어빙 펜은 얼린 식재료를 가지고 재치 있는 현대의 정물화를 찍었다. 하얗게 서리가 앉은 라즈베리, 블루베리, 아스파라거스, 당근, 콩 덩어리가 마치 건축물처럼 쌓여 있는데, 이미 녹기 시작한 과일들은 촬영장의 조명을 받아 서서히 무너져 간다.

나는 그해 8월에 살구를 보관하는 작업을 했다. 절임 작업을 도와주었던 친구가 몇 달 후 나를 병원에 억지로 끌고 가서 유방 엑스선 사진을 찍어 보게 했다. 9월의 그 끔찍했던 소란과 아이슬란드로의 초대가 있은 지 겨우 6주가 지났을 때였다. 그 무렵엔 40세 이상 여성이면 1년에 한 번씩은 그 검사를 받아야 했다. 나는 몇 년째 검사를 받지 않은 상태였다. 몇 년 후에는 50세까지 기다려도 되는 여성도 있다고 지침이 바뀌기는 했지만, 내 경우에는 그렇게 되면 너무 늦어질 것 같았다. 의무감과 약간의 경멸을 느끼며 방사선을 맞으러 갔다. 촬영 장비의 조임쇠가 (판 베이에런의 정물화에 등장했던) 시계를 더듬는 가재 발처럼 가슴을 꽉 조인 상태에서 방사선을 맞는 일은 거북했다. 가족력이나 생활 습관을 볼 때 내가 딱히 위험한 상태라고 판단할 근거는 없었기 때문에 그렇게 몸속을 찍어 본다고 해서 특별히 달라질 건 없다고 생각했는데, 그게 아니었다.

나는 첫 번째 일반 검사의 결과를 직접 보지 못했다. 하지만 거기서 뭔가가 나왔는지, 내게 검사를 받아보라고 독촉하고 직접 진행을 하기도 했던 간호사가 조직검사 일정을 앞당겼다. 그래서 2주 후의 어느 오후, 나는 다시 검사대에 엎드려야 했다. 몸의 주요 부위를 마취한 채 한 시간 동안 꼼짝도 하지 않도록 주의하는 동안, 검사대의 구멍에서 올라온 작은 바늘이 살 안으로 파고들면서 내는 소리를 들었다. 어색한 자세로 오래 누워 있는 것만으로도 꽤 힘이 드는 상태에서, 고개를 돌리면 모니터에 크게 확대된 내 가슴의 흑백 이미지가 보였다.

재현에서 크기는 어떤 의미일까? 아무 의미도 없다. 우리는 대륙 전체를 찍은 위성사진과 갓난아이의 스냅사진을 같은 크기로 보는 일에 이미 익숙해져 있다. 내 가슴을 찍은 이미지는 밤하늘 같았다. 반원 모양의 어두운 배경에 구름이나 밤안개 혹은 은하수가 펼쳐져 있었다. 수없이 많은 별이 평원을 환하게 밝히는 그런 사막의 밤하늘 같은 이미지였다. 드문드문 밝은 부분도 있었다. 미세한 석회 침착이나 석회 잔여물로 의심되는 그 부분, 밤하늘에서 희미하게 보이는 부분 같은 그곳들이 바로 의심 부위였다.

그날 모니터에는 전혀 나처럼 보이지 않는 이미지가 비치고 있었다. 하지만 그게 바로 나였고, 나의 운명이었다. 사람들이 실시간으로 비치는 엑스선 사진을 보며 이런저런 도구를 이용해 살폈다. 마치 달 탐사나 해저 탐사를 할 때처럼 멀리 떨어진 채, 인간이라는 유한한 우주의 모습을 보는 것 같았다. 진주목걸이, 비눗방울, 해골, 과일 그릇과 다르게 나의 경우에 그 이미지는 몸속 모습이었다. 늘 거기 있던 나의 어떤 부분이 마취 때문에 없는 것이나 다름없는 상태가 되었다. 대신 한 번도 존재하지 않았던 이미지, 밤하늘 같은 그 이미지가 나의 몸을 대체했다. 나는 이곳이 아니라 그 모니터 위에, 그 새로운 바니타스 회화 안에 있었다.

내가 받은 검사는 '입체생검술'이라는 거였다. 내가 누워 있는 검사대에서 찍은 이미지가 바로 모니터에 뜨면, 주위에 모여 있던 의료진이 그 화면을 보며 어느 부위의 조직을 떼어 낼지 확인하고, 그렇게 떼어 낸 조직을 나중에 현미경으로 정밀 검사한다. 그다음엔 병리학자들이 나의 세포를 보며 유관(乳管)조직의 세포 중 일부가 변형되었는지 확인한다. 만약 변형되었다면, 내가 암에 걸렸다는 뜻이다.

이상 세포가 암으로 밝혀지든 아니든, 소위 '유방관암종'일 수도 있다. 관암종은 암으로 발전할 수도 있고 안 할 수도 있는 것인데, 지금 단계에서는 어느 쪽일지 확실하게 예측할 수 없었다. 이런 세포는 찾기가 너무 어려워서 20년 전만 하더라도 엑스선 검사로는 드러나지 않았다. 앞으로 10년 혹은 20년이 지나면 이 세포가 암으로 발전할지 아닐지까지 밝혀 낼 수 있을 정도로 의학 기술이 발전할 것이다. 현재로써는 이 세포를 발견할 수는 있지만, 그것이 어떻게 진행될지 예측은 할 수 없어 일단 발견이 되면 주의를 요한다. 디지털 엑스선 촬영 장치를 통해 나의 몸 안 그림이 그려졌고, 그다음엔 현미경 슬라이드 사진을 통해 세포 단계가 다시 한 번 그려졌다. 유한한 인간의 초상이었다. 물론 나는 늘 유한한 존재였지만, 그 사실이 그렇게 확정적으로 드러나는 경험은 처음이었다.

나는 상한 자리가 있는 살구처럼 칼질을 당했다. 아니, 내 피부 안쪽의 우주에서 상한 자리를 찾는 경험을 했다고 해야 할지도 모르겠다. 그건 시작에 불과했다. 이후에 내가 이어갈 여정은, 많은 이가 훨씬 멀리까지 가고, 그중 몇몇은 돌아오지 못할 나라로의 여정이었다. 아이슬란드 여행이 당시 내가 떠나게 될 가장 먼 여정일 것으로 생각했는데, 그보다 먼저 이 나라가 끼어들었다. 나의 몸 자체를 영토로 하는 나라, 나 자신의 유한함으로 향하는 혹은 거기서 멀어지는 여정. 나는 스스로에 대해 아무것도 모르며, 전문가의 안내와 그의 해석에 의존해야만 한다. 그뿐만 아니라, 나는 내가 아니다.

인내심을 가져야 한다(be patient). 한 명의 환자가 되어야 하고(become a patient), 대기실에서 살다시피 해야 한다. 전문가의 말과 실험 결과를 기다리는 것에 익숙해져야 한다. 검사대 위에 누워 무언가가 내 몸에 들어오는 일에 익숙해져야 하고, 낯선 단어로 된 설명을 듣고, 병명과 크게 다르지 않게 들리는 이름의 치료를 받아야 한다. 나의 삶이라는 배를 다른 이들이 조종한다. 그 배에는 나 자신은 이해할 수 없는 수수께끼가 실려 있고, 그 수수께끼에는 언젠가 나도 내가 아닌 무언가가 되고 만다는 필연성이 담겨 있다. 그때 그 배의 선원이 나를 구해 주든, 아니면 폭포 위에서 나를 잠시 붙들고만 있든 말이다.

당신 삶의 진짜 이야기는 탄생에서 죽음까지 줄곧 이어진다. 의학 전문가가 그 이야기를 해석하고 안내하는, 신탁을 알리는 무녀처럼 등장하기도 한다. 비록 그가 당신의 익숙한 자아를, 당신의 이야기 안에서 행동하는 그 인물을 그저 숨만 쉬고 있거나 마지막 숨을 향해 다가가고 있는 말 없는 살덩이로 취급해 버리더라도 말이다. 그는 종종 그의 영역인 당신의 피부 속 지도를 그리거나, 혹은 해석하기 위해 다른 곳으로 눈을 돌리기도 한다. 당신에 관한 설명이 잔뜩 쌓여 있는 그 기록 뭉치를 당신은 볼 수도 있고, 보지 못할 수도 있다. 거기 휘갈겨 쓴 메모나 검사 결과를 이해하려면 통역사가 필요할지도 모른다. 당신은 그 생물학적인 자아이기도 하다. 내장기관과 이런저런 흐름과 화학작용, 세포, 체계와 표본이 수수께끼처럼 얽힌 거대한 풍경. 당신은 현미경 아래 세포 몇 개로, 당신이 속한 병동의 기록 혹은 수치로 존재한다.

그들이 당신에 대해 만드는 이미지는 모두 당신의 연약함과 만물의 덧없음을 드러내는 바니타스 이미지다. 이 이미지는 특히 당신의 살, 당신의 숨으로 유지되는, 비눗방울과 다름없는 그 살덩이의 덧없음을 떠올리게 한다. 페데리코 가르시아 로르카의 「몽유병자의 노래」에서 화자는, 장미처럼 붉은 핏자국이 묻은 셔츠 차림으로 쉴 곳을 찾지만, 좀 더 복잡한 상태로 고통 받는 그의 친구는 이렇게 대답한다. "Pero yo ya no soy yo, ni mi casa es ya mi casa." "나는 더 이상 내가 아니고, 내 집도 내 집이 아니다." 집, 국가, 풍경, 몸의 왕국은 이제 내겐 낯설고 이국적인 것이 되었다.

대부분은 수컷들이 그 양분을 섭취하고, 그 양분이 암컷에게 주는 정포의 원천이 된다. 정포에는 암컷의 난자와 수정하게 될 유전자뿐 아니라 암컷이 후손을 낳을 수 있게 하는 양분까지 담겨 있다. 다른 어떤 동물도 그런 선물을 주지는 않는다. 사람들은 나비나 나방이 날아다니는 꽃이라고 생각하지만 녀석들은 사실 사나운 곤충이며, 삶의 매 단계가 투쟁인 생명체다. 얼마간 애벌레로 시간을 보내고, 자기 살을 찢고 나오고, 번데기나 고치 상태로 지내다가, 매우 길고 맹렬한 짝짓기를 하고, 천적의 먹이가 되지 않기 위해 식물의 독을 섭취하고, 유난히 긴 혀로 동물 배설물이나 물웅덩이를 더듬는다. 어떤 나방은 잠든 새의 눈물을 마시고, 또 어떤 나방은 사슴이나 코끼리, 물소의 눈을 공격한다. 악어의 눈물을 먹고 사는 나방도 있다. 끈기 있는 곤충학자 한스 벤치거는 동남아시아의 숲에 인간의 눈을 공격하는 나방도 있다는 사실을 발견했다. 20년 전 시암소사이어티의 《자연사 소식지》에 발표한 글 「인간의 눈물을 먹는 놀라운 태국 나방」을 쓰기 위해 그는 나방이 자신을 공격해 눈물을 먹는 동안 꼼짝도 하지 않았다. 털이 가득한 날개를 활짝 펼친 채 그의 오른쪽 눈에 붙은 나방은……

감다

몇 해 전, 친구의 지인이었던 할머니를 차로 댁까지 모셔다 드린 적이 있었다. 시내를 가로지르며 운전을 했던 사람은 내가 위기를 겪는 동안 헤어진, 혹은 자신의 위기를 견디지 못해 떠나간 그 남자친구였다. 할머니는 막 마치고 돌아온 정치적 모임 때문에 지친 상태였지만, 40년 전 쿠바에서 겪었던 일, 체 게바라를 만났던 일에 대해 이야기해 줄 수 있을 만큼의 기력은 남아 있었다. 체 게바라처럼 전설적인 인물이 이제는 쪼글쪼글해진 그 할머니와 만난 적이 있고, 이제 머리를 검은색으로 염색한 그녀와 자동차의 앞자리에 함께 앉았다는 이야기는 놀라웠다. 아주 먼 신화 같은 과거가 사실은 지금 눈앞에 있는 사람과 이어져 있음을 확인할 때는 언제나 그렇다. 대화는 체를 다룬 영화 이야기로 이어졌다.

영화 「모터사이클 다이어리」는 에르네스토 '체' 게바라가 쓴 동명의 일기를 바탕으로 제작한 작품이다. 영화에서 의대생인 체 게바라와 동료 의사인 알베르토 그라나도는 방랑 수도승처럼 모험을 찾아 중남미를 떠돌아다니지만, 그들의 목적은 좀 더 분명했다. 1950년 당시 그라나도는 이미 아르헨티나 코르도바의 나병 전문 병원에서 일하고 있었다. 그의 친구였던 체 게바라가 합류하여 며칠간 함께 일한 후, 그는 홀로 오토바이 여행을 시작했다. 후에 게바라 역시 의대로 돌아왔지만, 이미 방랑벽이 자극을 받은 상태였다. 결국 두 사람은 2년 후 다시 오토바이 대장정에 나서게 된다.

그들은 안데스 산맥을 가로질러 서부 해안을 따라 달리고, 아마존으로 들어가 나병 환자촌을 찾아다니고, 중간중간 들르는 마을에서 나병 전문가 대우를 받았다. 훗날 베네수엘라의 나병 전문 병원에서 일하게 된 그라나도는 게바라에게 함께 일하자고 제안했다. 나병에 대한 학술 논문을 두어 편 출간하기도 했던 게바라는, 그 여정이 끝나갈 무렵 부모님께 쓴 편지에 이렇게 적었다. "나병에 대해 진지하게 관심을 가지게 되었지만, 이 관심이 얼마나 지속될지는 모르겠습니다."

그 오토바이 여행은 계속 끊어지기를 반복하다 결국 끝날 수밖에 없었다. 하지만 게바라는 그 여행을 통해 특별한 종류의 고통에 눈을 뜨게 되었고, 확고한 목표 의식도 생겼다. 그는 칠레의 사막에서 담요 한 장 없이 떨고 있는 일자리 잃은 광부와 그의 아내, 천식과 가난으로 죽어가는 할머니, 군인들에게 농락당하는 원주민 부녀자, 아마존 정글에 있는 나병 환자촌의 부랑자 같은 극빈자, 가진 것 없는 이, 죽어가는 이, 쫓겨난 이들과 마주쳤다. 하지만 아직 그는 아직 스물다섯도 안 된 잘생긴 청년, 아르헨티나 상류층 집안의 말 안 듣는 맏아들이자, 냉소적인 태도로 모든 일에 무관심한 척하며 사람들을 공격하고 관습을 어기는 일에 즐거움을 느끼던 청년일 뿐이었다.

그의 전기 작가들 중 한 명인 존 리 앤더슨에 따르면, 게바라가 의사가 되기로 결심한 것은 친할머니가 고통스럽게 죽음을 맞이하는 모습을 지켜본 후였다. 하지만 그는 의사 자격, 시험을 계속 미루고 공부도 소홀히 했다. 그는 오래전부터 고통과 질병에 대해 생각했으며, 죽음은 늘 그의 주변을 맴돌고 있었다. 게바라는 평생 이런저런 병을 앓으며 지냈다. 그는 어릴 때부터 심한 천식을 앓았다. 아무 때나 기관지가 부어올라 거의 숨을 쉴 수 없는 지경에 처할 때도 있었고, 그럴 때마다 그는 고통으로 온몸이 무너질 것만 같았다. 죽음은 언제 닥칠지 모르는 무엇이었다.

이 점이 그의 근사한 분위기와 모험심 강하고 두려움 없어 보이는 풍모에 영향을 미쳤을지도 모른다. 그라나도와의 여정 중에도 그는 종종 위급한 상태에 빠지곤 해서, 친구가 아드레날린 주사로 구해 줘야만 했다. 그런 과격한 치료에도 불구하고 게바라는 몇 시간, 심할 때는 며칠 동안이나 제대로 활동을 할 수가 없었다. 그의 건강 상태는 언제 터질지 모르는 폭탄 같았다. 어쩌면 천식이 쿠바혁명의 데우스 엑스 마키나였는지도 모른다.

의사들은 사람들을 돕는다. 사람들의 병을 진단하고, 가끔은 고통을 줄여 주고, 가끔은 병을 치료해 준다. 하지만 그들은 환자들을 한 명의 개인으로 만날 뿐이다. 의사가 판정하는 병의 원인에 사회적 혹은 경제적 조건은 좀처럼 포함되지 않는다. 젊은 게바라는 남미 대륙과 세계 전체가 어떤 부당함에서 기인하는 질병으로 고통받고 있다고 진단했으며, 그에 대한 처방으로 혁명을 제시했다. 그 어떤 수술보다 폭력적인 치료법이었다. 하지만 그런 진단에 이르기까지 오랜 시간이 걸렸고, 미래에 대한 계획을 세우는 것도 마찬가지였다. 한 걸음 한 걸음씩, 그는 의학의 길에서 벗어나고 있었다.

오토바이 여행을 마치고 머지않아 의학 학위를 받기는 했지만, 그는 이내 또 대륙을 가로지르는 여행을 떠났다. 그다음에는 혁명적 의사의 모습이란 어떤 것일지 상상했고 "공동체 전체, 특히 사회라는 공동체 전체의 활동을 관통하는 단단한 조직"을 만들 수 있는 처방을 꿈꾸었다. 게바라와 그라나도는 페루 리마에서 공산주의자이자 나병 전문의였던 휴고 페스케를 만났다. 그는 헌신적 태도와 약자에게 공감하는 자세를 보여 줌으로써, 그리고 두 젊은 의사를 아마존 북부의 열대우림 지역 안에 있는 나환자촌으로 보냄으로써, 게바라에게 큰 영향을 미치게 된다.

그 모험에서 그는 전혀 다른 환경을 만났다. 그때까지 그가 접해 보지 못했던 것들, 혹은 접했지만 직접 다가가거나 느끼지 못했던 것들이 그의 삶으로 들어왔다. "나는 가난, 질병, 돈이 없어서 아이를 치료할 수 없는 상황, 배고픔과 끊임없는 처벌이 가지고 온 일종의 무감각 상태를 가까이에서 지켜봤다. 그리고 동시에, 유명한 연구자가 되어 의학에 지대한 공헌을 하는 것만큼이나 중요한 무언가가 있음을 보게 되었다. 그것은 바로 그 사람들을 돕는 일이었다.”

대여정에서 만난 고통받는 이들에게 감정을 이입하던 젊은이는 진화를 거듭해 20세기 가장 위대한 혁명의 아이콘이 되었다. 우리가 차로 모셔다 드린 할머니가 젊었던 시절에 만났던 그는 이미 공인이었다. 하지만 시내를 가로지르던 그 자동차 안에서 정작 나를 놀라게 한 사람은 그 할머니가 아니라 당시 나의 남자친구였다. 「모터사이클 다이어리」에 대해 이야기하던 그가 나병 환자들의 손과 발을 상하게 하는 건 정작 병 자체가 아님을 알려 주었던 것이다. 나병은 신경을 짓눌러 아무런 감각을 느낄 수 없게 만들 뿐이고, 그렇게 아무것도 느낄 수 없게 되면 환자들은 그 부위를 돌보지 않게 된다. 피부를 상하게 하는 것은 병이 아니라 환자 본인이다. 스스로가 제 손가락과 발가락, 발, 손을 베이고, 화상을 입고, 멍들게 하고, 벗겨지게 하다가, 결국 그 부위를 잃게 되는 것이다.

고통에도 목적이 있다. 고통이 없다면 우리는 위험에 처하게 된다. ‘느낄 수 없는 것에 대해서는 돌보지도 않는다.’ 당시 나의 상황에 놀랄 만큼 정확히 맞아떨어지는 말이었다. 오래된 지혜를 새롭게, 그것도 아주 잔인하게 재확인한 나는 나병과 고통에 관한 글들을 찾아 읽기 시작했다. 게바라가 처음 방문했던 환자촌에는 욜란다라는 젊은 여성이 있었다. 그녀는 자기는 아무 이상도 없는데 왜 나병 환자촌에 있는지 모르겠다고 불만을 표시했다. 아름다운 여인이었고, 겉으로 보기에는 아무런 징후도 없었기 때문에 다른 사람들도 그녀의 말을 인정하는 분위기였다. 게바라는 그녀를 담당했던 그라나도에게 따져 물었다. 그제야 그라나도는 게바라가 보는 앞에서 그녀의 등에 피하주사를 놓았고, 그녀는 아무런 반응도 보이지 않았다. 게바라는 환자를 그렇게 견본처럼 대한 것에 대해 친구에게 불같이 화를 내다가, 결국 그렇게 매력적인 그녀가 환자라는 사실을 인정할 수밖에 없었다. 그녀는 주삿바늘로 인한 아픔을 느낄 수 없었지만, 게바라는 느낄 수 있었다.

나병은 특정 박테리아에 감염되어 생기는 병이다. 대부분의 사람은 그 박테리아에 면역이 있지만, 그렇지 못한 소수의 사람도 쉽게 감염되지는 않는다. 말하자면 가장 전염성이 약한 전염병인 셈이다. 일단 감염된 후에도 증상이 나타나기까지 꽤 오랜 시간이 걸리는데, 전염 경로는 지금까지도 완전히 밝혀지지 않았다고 한다. 감염이 된 사람들 중에는 피부에 가벼운 증상만 나타나는 사람도 있고, 두드러기가 나거나, 피부가 함몰되거나, 혹 같은 것이 생기는 사람도 있다. 이렇게 이상이 생긴 피부는 곧 아무런 감각도 느끼지 못하게 되는데, 종종 신경체계 전체에 영향을 미치기도 한다. 나병을 일으키는 균은 특히 신체의 비교적 차가운 부위에 서식하는데, 바로 표피, 손, 팔뚝, 발, 무릎 아랫부분, 코와 눈 같은 곳이다. 이런 부위가 감염되면 대부분 신경이 부풀어 올랐다가 딱지 아래서 짓눌려 죽고 만다.

신경이 없는 신체 부위도 살아 있기는 하지만, 자아를 규정하는 것은 고통과 감각이다. 당신이 느낄 수 없는 것은 당신이 아니다. 느껴지지 않는 것은 선뜻 돌봐 줄 수가 없다. 당신의 손발이 당신에게서 잊힌다. 반면에 고통은 지켜 준다. 눈에 무언가가 들어가면 즉시 그에 대해 대처하기 마련이다. 매우 섬세하고 매우 조심스럽게. 그렇지 않으면 아플 테니까. 움찔하고, 눈을 깜빡이고, 눈물이 흐른다. 나병에 걸리면, 깜빡임을 멈출 것이다. 그렇게 눈물이 마르고, 어쩌면 너무 심하게 긁어서 각막에 상처를 줄지도 모르고, 어딘가 다쳤다는 것을 전혀 알아차리지 못할지도 모른다. 나병에 걸리면 보통 그런 무감각 상태가 된다.

수세기 동안 이 병은 인도에서 아이슬란드까지 전 세계 사람들을 괴롭혔다. 1873년 노르웨이의 한 의사가 현미경을 통해 이 병이 특정한 박테리아 때문에 생기는 것임을 알아냈다. 이것은 현미경을 통해 그런 종류의 병을 밝혀낸 최초의 사례이기도 하다. 이후에는 이 영웅적인 의사의 이름을 따서 이 병을 한센병이라고 부르고 있다. 그게 (나병보다) 더 정중한 표현으로 받아들여지고 있지만, 대부분의 사람은 한센병이 어떤 병인지 모른다. 사실 사람들은 나병에 대해서도 세세한 부분까지는 모른다.

한센의 발견 이전에, 이 병은 유전되거나 쉽게 전염되는 것으로 여겨졌다. 성관계를 통해 옮는다는 이야기도 있었고, 죄나 성적 타락에 대한 징벌로, 혹은 환자가 겪고 있는 영적인 무질서를 드러내는, 그리하여 가장 혹독한 방식으로 환자가 구원을 얻을 수 있게 하는 징표로 여겨지기도 했다. 제2차 세계대전 동안 술폰 약을 광범위하게 사용함으로써 나병 치료가 가능해졌고, 그 이후로는 좀더 정밀하고 중독성이 덜한 약을 사용해 수백 만 명이 치료를 받을 수 있었다. 하지만 불행하게도 이 병에 걸린 사람들이 모두 치료를 받은 것은 아니었다. 지금도 세계 곳곳에는 나병 환자들을 격리 수용하는 집단 거주지가 퍼져 있다.

1960년대까지, 혹은 그 이후에도 미국 곳곳에서 나병 환자들은 추방되고, 격리 수용되었다. 전염성이 더 강한 매독이나 결핵 환자들도 받지 않았던 심한 대접을 받으며, 많은 환자들이 죽음으로 내몰렸다. 19세기에 하와이 원주민 중에 나병 환자가 발생하면, 그들은 몰로카이의 절벽 아래 외진 곳에 있는 별도 수용소에 강제로 수용되었다. 그곳에선 나병을 '격리의 병'이라고 불렀다.

낙인이 너무 강한 탓에 환자의 가족들은 환자가 죽었다고 거짓말을 할 수밖에 없었다. 나병은 이혼 사유가 되었다. 20세기 미국에서, 수용소에 격리된 환자들은 이름을 바꾸라는 권유를 받기도 했다. 마치 그때까지의 자유로웠던 자아가 죽어 없어진 것만 같왔다. 나병 진단을 받는 것은 사회에서 추방된다는 의미였고, 대부분은 다시 돌아올 수 없었다. 나병은 사실상 박테리아 감염과 사회적 낙인이라는 두 가지 질병이었다. 그중에서도 후자, 즉 '격리의 병'은 가장 고통스러운 방식으로 사람을 지치게 만들었다.

나병이 일반적으로 생각하는 것만큼 위험하지 않음을 확인하고, 이를 사람들에게 알린 것은 (체 게바라와 마찬가지로) 뚜렷한 목적의식을 지닌 의사 폴 브랜드였다. 선교사 겸 의사로 인도에 파견되었던 그는 능숙한 솜씨로 나병 환자들을 치료하면서, 구부러진 손가락을 펴 주고 나병 때문에 생긴 상처나 손상된 부분을 돌봐주었다. 브랜드는 나병 치료가 가능해졌음에도 불구하고 치료를 마친 환자들이 계속 관절이나 손가락 혹은 발가락 전체를 잃는다든지, 다른 상처를 만들거나 감염이 된다는 점에 의문을 가졌다.

브랜드는 연구를 통해 그 원인이 무감각 때문임을 밝혀냈다. 환자들은 손가락이 타 들어갈 때까지 불 붙은 성냥이나 담배를 쥐고 있거나, 뜨거운 다리미를 건드리기도 했고, 칼날이 손바닥을 베어 들어가도 모른 채 날카로운 물건을 계속 쥐고 있기도 했다. 그리고 맞지 않는 신발 때문에 발에 구멍이 나도 그대로 신고 다니는 바람에 상처가 생기고 감염이 되어도 전혀 느끼지 못했다. 내가 느끼는 것까지가 자아라고 한다면, 말단 부분의 감각이 없어진 나병 환자들의 자아는 손이나 팔 혹은 다리만큼 줄어드는 셈이다.

브랜드가 만난 인도 젊은이 중 몇몇은 자신의 손이 더 이상 자기의 일부가 아니라고 말했다. 그렇게 감각을 잃고 소외된 손발을, 마치 다른 사람을 대하듯이, 친절히 보살펴도록 가르치는 것이 브랜드의 일이었다. "하지만 나는 더 이상 내가 아니고, 우리 집도 우리 집이 아니었다." 아픈 사람들이 모인 그곳에서 그 경계는 희미했다. 브랜드는 이렇게 적었다. "어떤 때는 내가, 아이들에게 자기 손발에 대해 이야기해 주고, 아무 감각이 없는 신체 부위라고 해도 친절하게 다뤄야 한다는 이상한 부탁을 하는 교장선생님이 된 것 같았다. 아이들의 눈으로 세상을 보기 전에는 그 아이들이 부주의하고 책임감이 없다고 생각하기 십상이다."

"고통은, 그 사촌 격인 촉각과 함께 온몸에 퍼져 있어, '자아'의 경계 역할을 한다. 수술 후에도 환자들은 완치된 자신의 손발을 그저 도구나 의수 혹은 의족 정도로 생각하는 경향이 있다. 보통 고통과 함께 형성되는 기본적인 자기보호 본능을 그들은 지니고 있지 않다. 그중 한 아이는 이런 말을 하기도 했다. '제 손발이 제 일부로 느껴지지가 않아요. 내가 쓸 수 있는 도구이긴 하지만, 진짜 나는 아닌 것 같아요. 눈으로 직접 보고 있지만, 제 생각엔 죽은 부분인 것 같거든요.' 다른 환자들도 이런 말을 자주 했다. 이를 통해 인간이 자신의 몸을 하나의 전체로 인식하는 데 있어 고통이 매우 중요한 역할을 한다는 것을 알 수 있다."

신체적 고통은 종종 외롭다. 홀로 그 고통을 느끼는 사람은 다른 사람들도 자신을 믿어 주고 고통을 함께 느낄 것이라고 믿어야 하는데, 확실한 증상이나 원인이 없이도 그 고통을 의사에게 정확히 알리는 것은 고통받는 이의 몫이다. 나병에는 극심한 고통이 따를 수도 있고, 또는 아무런 고통이 없어서 환자 본인도 자신이 아프다는 사실을 인식하지 못할 때도 있다. 감정이입이란 당신이 직접 느끼지 못하는 어떤 것을 느낄 수 있는 능력이며, 브랜드는 자신의 어린 환자에게 더 이상 자신의 일부로 여겨지지 않는 말단 부위에 감정을 이입하는 방법을 가르친 셈이다. "네가 어떤지 알 것 같아."라고 사람들은 말한다. 고통이 몸의 경계를 정하는 것이라면 당신은 감정을 이입함으로써, 그들의 고통에 함께 아파함으로써, 어떤 사회 구성체의 일부가 되는 셈이다. 그리고 그들의 즐거움 역시 전염성이 있기는 마찬가지이다.

어떤 감정이입은 배워야만 하고, 그다음에 상상해야만 한다. 감정이입은 다른 이의 고통을 감지하고 그것을 본인이 겪었던 고통과 비교해 해석함으로써 조금이나마 그들과 함께 아파하는 일이다. 그것은 다른 사람이 된다는 것이 어떤 기분일지 당신 스스로에게 해 주는 이야기일 수도 있다. 하지만 그들은 고통받아 마땅하다는 이야기, 그 사람 혹은 그런 사람들은 당신과 아무 상관이 없다고 말하는 이야기들 때문에, 그런 감정이입이 차단될 수도 있다. 사회 전체가 자신은 경계에 있는 소수자들과 무관하다고 여길 만큼 무감각해지도록 교육을 받을 수도 있다. 마치 가까이 있는 사람들과 맺은 인간적 관계를 지워 버리는 사람들이 있듯이 말이다.

감정이입 덕분에 당신은 고문, 배고픔, 상실의 느낌을 상상할 수 있다. 당사자를 당신 안으로 불러들여, 그들의 고통을 당신의 몸이나 가슴, 혹은 머리에 새기고, 그다음엔 마치 그 고통이 자신의 것인 양 반응한다. 동일시라는 말은 나를 확장해 당신과 연대한다는 의미이며, 당신이 누구와 혹은 무엇과 스스로를 동일시하느냐에 따라 당신의 정체성이 구축된다. 신체적 고통이 자아의 신체적 경계를 정하는 것이라면, 이러한 동일시는 애정 어린 관심과 지지를 통해 더 큰 자아라는 지도의 경계선을 정하는 것이라고 할 수 있다. 그리고 이 정신적 자아의 한계는 더도 덜도 말고, 딱 사랑의 한계다. 그러니까 사랑은 확장된다는 이야기다. 사랑은 끊임없이 뭔가를 덧붙여 가고, 가장 궁극적인 사랑은 모든 경계를 지워 버린다.

나병에 담긴 암시들에 매혹된 나는 처음에는 스스로 아무것도 느끼지 못하는 사람들에 대해 생각했다. 고통받는 이들은 고통받지 않는 이들에 비해 형편이 좋지 못하다고 여겨지지만, 고통받는 이들도 스스로를 돌보고, 스스로를 지키고, 변화를 모색하고, 더 큰 상처를 방지하고, 회복해 낼 수 있다. 라이너 마리아 릴케는 지나간 고통에 대해 "그것 때문에 목숨을 잃을 수도 있었지만 이제는 조금도 두렵지 않은, 무력한 것"이라고 말했다.

자아의 경계가 당신이 느끼는 것에 의해 정해진다면, 자신을 느낄 수 없는 사람들은 그들의 경계 안에서 수축할 것이다. 반면에 다른 이의 것까지 느끼는 이들은 확장할 것이며, 모든 존재에 공감하는 이들의 경계는 아예 없다고 할 수 있다. 그들은 분리되어 있지 않고, 홀로 있지 않으며, 외롭지 않고, 우리 자신이라는 섬에 발이 묶여 버린 이들과 달리 취약하지 않다. 그들은 다른 방식으로 취약하다. 그럼에도 타인에게 감정을 이입하는 것이 지닌 위험은 상당히 강력해서, 많은 이들이 그 앞에서 물러나고, 그런 물러남을 정당화하는 이야기를 고안해 낸다. 그런 식으로 자신들이 수축해 버렸음을 잊는 것이다. 우리 대부분이 그렇다. 서로 다른 방식으로.

나병 환자들은 감각을 잃어버릴 때와는 다른 방식으로 자신들의 경계를 잃어버린다. 감각을 느끼지 못하고, 보호받지 못하고, 보살핌을 받지 못하면서 말 그대로 몸 자체가 줄어들기도 한다. 하지만 이건 단지 신체적 고통, 피와 살로 된 몸뚱이의 경계만을 결정하는 고통일 뿐이다. 그라나도는 이렇게 적었다. "나병 환자들이 겪는 천형은, 사람들이 그들을 사회에서 추방하면서 동시에 그들이 더 이해심을 가지도록, 사회에 감사하는 마음을 가지도록 만든다는 점이다."

앨런 긴즈버그는 자신의 시 「울부짖음」에서 정신병원에 입원한 친구 칼 솔로몬을 향해 "나도 록랜드에 함께 있는 거야."라고 반복해 외친다. 친구에게 연대의 뜻을 전하고 자신들이 떨어져 있지 않다는 뜻을 전한 것이다. 그리고 그 말은 먼 거리를 가로질러 전해진다. 시인은 해당 구절의 마지막 행에서 결국 친구를 구해 준다. "꿈속에서 너는, 미국을 가로지르는 고속도로를 마치 바다를 건너 듯 지나와, 눈물이 가득 고인 눈으로 서부의 밤에, 나의 오두막 문 앞에 서 있었지."

"가까이 있는 거야."라는 말을 통해 우리는 감정적으로 이어져 있다는, 따로 떨어져 있지 않다는 뜻을 전한다. 뉴욕에서 몇 년을 지낸 후 뉴멕시코의 시골로 이사한 조지아 오키프는 사랑하는 이들에게 보낸 편지의 마지막에 이런 인사말을 덧붙였다. "멀고도 가까운 곳에서" 그건 물리적인 거리와 정신적인 거리를 함께 가늠하는 방법이었다. 감정은 그 자체의 거리를 가진다. 애정은 근처에 가까이 있는 것, 자아의 경계 안에 있는 것이다. 우리는 침대 옆에 함께 누운 사람과 수천 마일 떨어져 있을 수도 있고, 세상 반대편에 있는 낯선 이들의 삶에 깊이 마음을 둘 수도 있다.

브랜드는 이렇게 적었다. "나는 이 고통을 나누려는 자질이 사람됨의 가장 핵심적인 부분이라고 믿는다." 타인을 다치게 하고, 죽이고, 고통을 주려면 먼저 그런 행동을 고통스럽고 불가능하게 하는 감정이입으로부터 멀어져야 한다. 그리고 타인에게 의도적으로 고통을 주기 위해서는 그 과정에서 당신 스스로를 어느 정도 죽여야 한다. 어떤 이들은 의식하지 못한 상태에서 기꺼이 그런 과정을 거치기도 한다. 병사들은 훈련이나 전시 상황에 종종 그 과정을 강제로 거치게 된다. 감각을 닫아 버림으로써, 자신의 고통에 무감각해짐으로써 끔찍한 상황을 버텨 내는 경우도 있다.

히로시마와 나가사키의 원폭 생존자들의 정신 상태를 조사했던 정신과 의사 로버트 제이 리프턴은 스스로를 고통스러운 현실에서 분리하고 일부러 냉담해짐으로써 살아남으려는 전략, "감정과 관련한 능력 및 경향이 감소한 상태"를 묘사하기 위해 "정신적 무감각"이라는 신조어를 만들어 냈다. 그런 극단적인 상황에서 그런 전략은 필요했거나, 적어도 이해할 만하다. 하지만 리프턴 본인도 그것을 "비인간화"라고 불렀고, "그동안 '실패한 복구 과정'이라고 불리던 것과 유사하다."라고 주의 사항을 덧붙였다. 그는 그 과정을 적대적인 외부 조직들을 제거하고 몸 자체에만 의존함으로써 시작되는 자가면역 장애에 비유했다.

대파괴나 두려운 어떤 일과 나 사이에 담을 세우고 나면, 그다음엔 종종 삶 자체와 나 사이에 담이 세워지기도 한다. 담을 제대로 살피지 않은 채 방치하면 그 담이 질병처럼 스스로 커진다. 나병 환자들은 단지 신체적인 감각만을 잃었을 뿐이다. 종종 그들의 고통 주변에서 도덕적, 감정적 감각을 잃어버리는 이는 나머지 사람, 우리다. 실제로는 소수의 사람만 감염되는 박테리아에 의한 질병이었지만, 거의 1000년 동안 나병은 전체 사회의 심리적 장애였다는 이야기다.

무감각이 자아의 경계를 수축시키는 것이라면, 감정이입은 그 경계를 확장한다. 남미의 나환자촌을 방문했던 게바라에게 일어난 변화를 각성이라고 불러도 되지만, 한편으로는 확대였다고 생각할 수도 있다. 그는 자신이 만났던 사람들을 자신 안에 받아들였으며, 그렇게 그의 경계는 밖으로 확대되었다. 그와 그라나도가 칠레 사막에서 추위에 떨고 있는 부부를 만났을 때, 그들은 가지고 있던 담요 두 장 중 한 장을 내주었다. 어떤 때는 줄 수 있는 것이 관심과 애정밖에 없는 순간도 있었지만, 그들 역시 답례로 많은 것을 받았다. 리마의 나환자촌을 떠날 때, 환자들은 두 사람을 따뜻하게 환송해 주었다. "환자들은 십시일반으로 100솔 남짓한 돈을 모아서, 진심 어린 편지와 함께 전해 주었다. 나중에 몇몇 환자들은 직접 찾아와 작별 인사를 했고, 눈물을 보이는 사람도 여럿 있었다. 우리가 나병 연구에 진지하게 헌신하기로 마음을 먹게 한 이유가 있다면, 그건 바로 그 여정에서 만났던 환자들이 우리에게 보여 준 애정 때문이었다."

두 젊은이는 성자와는 거리가 멀었다. 음식과 잠자리를 얻기 위해 약간씩 거짓말도 하고, 나병 전문의로서 자신들의 역할을 과장하기도 했으며, 대부분 실패로 돌아가기는 했지만, 여정에서 만난 여자들과 잠자리를 가지려고 무척이나 애를 쓰기도 했다. 기회가 있을 때면 술값을 내지 않고 도망을 나오기도 했다. 사고로 개를 한 마리 쏴 죽이는 일도 있었고, 젊은 남자들이 종종 그렇듯이, 일을 엉망으로 망쳐서 다른 사람들이 수습해야 하는 경우도 있었다. 하지만 그들은 자신들이 만난 사람들에게 친절했다. 그들은 나

환자촌에서 가장 길게 머무르는 의사들이었고, 장갑 같은 보호 장비 없이 직접 환자들과 접촉하고, 나중에는 함께 축구까지 하면서 전례를 깨뜨렸다.

그라나도는 이렇게 적었다. "그러다가 어떤 환자를 보러 갔다. 근처에 있는 학교에서 교사로 근무하던 여성이었다. 우리가 자신과 악수를 하고 자신이 앉았던 의자에 그냥 앉는 모습을 보고 그녀는 크게 감동했다. 그런 그녀의 눈물을 보고 우리도 감동했다. 그것은 슬픔과 행복함이 뒤섞인 눈물이었다." 그곳은 아마존 강 상류의 나환자촌이었는데, 강을 경계로 한쪽에서는 의사와 직원들이 지내고, 반대쪽에서는 환자들이 지내는 그런 곳이었다. 그 넓은 강물에 뛰어들어 환자들을 향해 헤엄쳐 건너갔던 게바라의 행동은, 그의 삶에서 가장 획기적인 전환을 상징하는 것이었다. 물리적 공간인 강이 정신적인 공간이 되었고, 그렇게 물리적 공간을 건넘으로써 정신적인 공간까지 넘어 버린 그는 더욱 확고한 자아와 연대감을 얻을 수 있었다.

몇 년 후, 카스트로의 누추한 게릴라 부대와 함께 쿠바를 공격할 당시, 게바라는 폭격 속에서 또 한 번의 매우 상징적인 사건을 겪게 된다. 후퇴하는 와중에 응급 의약품이 담긴 상자와 탄약 상자 중 하나만을 가지고 가야 하는 상황에 맞닥뜨린 것이다. 그는 탄약을 선택했고, 그 행동을 통해 이전에 자신이 건넜던 강을 되돌아간 셈이었다. 그가 혁명가가 된 것은 여행에서 만났던 사람들한 명 한 명이 겪고 있던 고통에 따뜻한 마음으로 자신의 감정을 이입한 결과였다. 하지만 혁명가가 된 후의 그는 냉담해졌고, 추상적인 인본주의에 헌신하는 과정에서 개인들에 대해 무감각해졌다.

게릴라 지도자가 된 게바라는 부하들에게 가혹했으며, 처벌을 내리는 것이 지도자의 권리라고 생각했다고 한다. 행진 중에 정부군에 정보를 흘린 배신자를 규정에 따라 처형해야 했던 순간에 대해 그는 이렇게 적었다. 그건 그 누구도 직접 하기를 꺼리는 일이었다. "32밀리 권총으로 그의 오른쪽 머리를 쏘는 것으로 내가 그 문제를 처리했다. 오른쪽 관자놀이에 총을 맞은 그는 잠시 숨을 헐떡이다가 죽었다. 모두들 식은땀을 흘리며 잠을 설쳤고, 나는 천식 비슷한 증상에 시달렸다."

의사들은 사람을 죽이거나 다치게 하지 않겠다는 서약을 하지만, 약물이나 메스를 통해 자주 사람들에게 고통을 주고, 사람들의 몸에 폭력을 행사한다. 그들은 고통을 가라앉히고 줄이는 방법을 배우지만, 치료를 위해 혹은 생명을 구하기 위해 어쩔 수 없이 고통을 가하는 방법도 배운다. 그리고 나쁜 소식을 전하는 것도 배운다. 목적이 그런 방법들을 정당화해 준다. 의사라는 직업에서 성공하기 위해, 그들은 감정이입과 냉담함 사이의 균형, 가까이 가기와 거리 두기 사이의 균형을 유지해야 하고, 자신들은 물론 환자들의 안녕을 위해 자기 일을 가장 잘할 수 있는 정확한 거리를 찾아야 한다. 마치 부모처럼, 의사들도 가끔은 즐겁지 않은 일을 해야만 하고, 그런 식으로 타인의 불편함에 차츰 익숙해진다.

자만심은 의사들이 빠지기 쉬운 위험이며, 『프랑켄슈타인』은 의대생의 오만함과 동정심 결여에 대한 이야기로 읽을 수도 있다. 게바라의 시대는 아직 의사들이 환자들을 대신해 결정을 내리고, 종종 그 결정들을 혼자만 알고 지내는 시대였다. 예를 들어 암에 걸린 환자라고 늘 자신의 진단 결과를 들을 수 있는 것은 아니었다. 의학계의 혁명은 부분적으로 1960년대 반권위주의 혁명의 결과였고, 그 혁명 덕분에 환자들도 자신의 상태에 대해 정확한 설명을 들을 권리와 결정에 참여할 권리를 얻게 되었다.

과거의 마르크스주의 혁명가들도 민중을 대변하여 이와 유사한 가부장적 특권을 행사했는데, 정작 그 민중들이 어떤 행동이나 목표에 대해 딱히 동의하지 않는 경우도 있었다. 선봉대는 으레 혁명을 이끄는 사람들이었고, 그러고 나면 대중이 깨어나 따르는 식이었다. 결과가 많은 수단을 정당화해 주었다. 체는 자기 아이들에게 "진짜 혁명은 위대한 사랑의 감정이 이끄는 거란다."라고 했다. 하지만 그 사랑이 무엇에 대한 사랑인지는 모호했다. 그는 냉혹한 체제 속에서 가장 냉정한 사람 중 한 명이었다. 추위에 떨고 있는 실직한 광부와 그 아내에게 자신의 담요를 내어 주었던 청년, 혹은 나환자촌에 수용된 어린 소녀에게 감정을 이입했던 청년의 모습이라고는 상상하기 어려운 모습들이다.

게바라에게 감정이입이라는 것은 한때 귀 기울여 듣던 음악 정도였던 모양이다. 워즈워스의 표현같이 "여전히 슬픈 인간성이라는 음악"인 그 음악에 그는 훗날 귀를 닫아 버린 것이다. 스텝이 꼬여 버린 무용수라고나 할까. 쿠바혁명은 그의 인생에서 최고의 순간, 그의 목적의식과 전투 경험이 일체가 되었던 순간이었을 것이다. 그 후로, 이제 '체'라는 이름으로 알려진 그는 다양한 것을 상징하는 사도가 되었다. 하지만 그 지칠 줄 몰랐던 사도는 혁명 지도자 피델 카스트로와 종종 갈등을 일으켰다. 그는 1965년 제3세계에 혁명을 전파하기 위해 콩고로 갔지만 즉각적인 효과를 얻지 못했고, 그다음에는 1967년 볼리비아의 낙후된 지역에서 다시 시도했다. 그는 혁명의 결과를 안고 살기보다는, 계속 무언가 되어가는 순간으로 되돌아가기를 원했던 것인지도 모르겠다.

그는 대중적 지지가 없는 상태에서 소수의 인원만을 데리고 정부를 전복하기 위해 볼리비아로 갔다. 그와 그가 이끌던 소수의 게릴라 부대는 전투에서 패했고, 지저분했으며, 절박하고, 배가 고팠다. 호락호락하지 않은 땅이 모험가들의 시도를 허락하지 않은 것이다. 고립된 지역의 농부들에게 그 부대는 초자연적인 존재로 비쳤고, 덕분에 그들의 마지막 나날은 마치 하나의 민담처럼 전개되었다. 어떤 여인은 부대원들이 '부르호', 즉 마법사인 줄 알았다며, 그들이 음식을 사기 위해 건넸던 돈이, 동화 속의 금덩이처럼 금방 "자기 손에서 아무것도 아닌 것으로 바뀔 것만 같았다."라고 했다. 체는 말을 타고 다녔고, 은제 파이프로 담배를 피웠으며, 비록 누더기 차림이기는 했지만 롤렉스 시계를 두 개나 차고 있었지만, 얼핏 보기에도 육체적으로 매우 쇠약해져 있었다. 말에서 내릴 때는 늘 부대원의 도움을 받아야 했다. 그가 그토록 애써 만들어 낸 전설, 그렇게 남고 싶었던 그 전설 속의 모습을 그의 몸이 더 이상 감당하지 못하는 것 같았다.

앤더슨은 이렇게 설명했다. "그는 더 이상 군화를 신을 수도 없었다. 그의 발은 중세 시대 농부나 신었을 법한 진흙투성이의 거친 가죽 신발에 싸여 있었다." 체 게바라는 체포되었고, 손발이 묶인 채, 학교 건물의 지저분한 바닥에서 밤을 보냈다. 그리고 1967년 10월 9일 오전, 총살을 당했다. 그를 총살한 CIA 요원은 후에 갑자기 호흡 곤란을 느꼈고, 그날 온종일 힘들어했다. 요원은 알 수 없는 이유로 게바라의 천식이 자신에게 옮겨 왔다고 믿었다. 게바라의 마지막 나날과 관련해서는 그렇게 초자연적인 일들에 대한 소문이 가득했지만, 그런 것들은 감정이입을 대신하지도, 사람을 이끄는 힘을 가지지도 못했다.

에르네스토 체 게바라의 인생, 그건 낯선 여정이었다. 그 여정은 감정이입과 관련한 커다란 깨침에서 출발해서, 가난한 자들을 위해 무기를 집어 들게 되었고, 이리저리 떠돌아다니다가 결국 볼리비아에서 아무런 지지를 받지 못한 채 실패할 수밖에 없었다. 실제적인 의미로는 모든 면에서 실패였지만, 조금 덜 실제적인 의미에서 보자면 볼리비아는 게바라 본인이 말을 타고 스스로의 전설 안으로 들어가 모습을 감춰 버린 땅이기도 했다. 자신이 그린 풍경으로 들어가 버렸던 당나라 화가 우다오쯔처럼.

현지인들이 초자연적인 것으로, 혹은 이 세상의 일이 아닌 것처럼 느꼈던 것은 살아 있는 인간이 전설이 되어 버린 그 변신이었을 것이다. 맨가슴을 드러낸 그의 시신 사진, 수염도 그대로고 떡진 머리에, 먼 곳을 바라보는 시선도 그대로인 그 시신을 보면 현지 여인이 그를 그리스도로 생각하고 그 머리칼을 마치 성물처럼 여기게 된 이유도 알 수 있을 것 같다. 사후에 '체'는 헝클어진 머리에 사령관을 상징하는 별이 하나 박힌 베레모를 쓴 채, 열정에 불타는 얼굴을 상징하는 불멸의 이미지로 기억된다. 나는 더 이상 내가 아니고, 나의 집도 나의 집이 아니다. 그 얼굴은 어둠과 빛만 있는 지도처럼 보이고, 사진을 찍는 그 순간 체의 얼굴이 마치 어떤 낯선 나라가 된 것만 같다. 그 이미지는 지금도 어디서나 볼 수 있는데, 특히 티셔츠에 찍힌 것을 볼 때마다 그 티셔츠를 입은 사람의 심장이 그 얼굴을 선택한 것 같은 착각이 들기도 한다.

1960년 3월 5일 사진가 알베르토 코르다가 찍은 그 사진이 이제 체 게바라의 삶보다 훨씬 많이 알려졌다. 그건 모든 것을 의미하며, 무엇이든 의미할 수 있다. 게릴라 영웅이자 뜨거웠던 혁명 정신을 대변하게 된 그 죽은 이의 얼굴은, 모든 시대를 통틀어 가장 많이 복제된 이미지일 것이다. 의사였던 게바라는 스스로, 놀랍지만 괴물 같기도 한 이름 '체'가 되었고, 그 괴물과 화려한 광채는

멀고도 가까운

불멸의 것이 되었다.

「모터사이클 다이어리」를 찍을 당시, 게바라의 동료 알베르토 그라나도가 자문으로 참여했다. 그는 이렇게 적었다. "가장 감동적인 순간은 당시 우리가 산파블로의 나환자촌을 방문했던 일을 기억하고 있는 환자 몇 명을 다시 만났을 때였다. 당시 열다섯 살로 그중 가장 어렸던 환자는 내가 장갑도 끼지 않은 손으로 자신과 악수했던 일을 회상하며 이렇게 말했다. '두 분이 병원을 찾은 후에 사람들이 우리를 더 친절하게 대해 줬습니다.'라고. 그 순간이 가장 감동적이었다."

그라나도는 이런 말로 글을 끝맺었다. "삶에서 이보다 큰 보상을 기대할 수 있을까?"

나는 나병이 나머지 모든 것들을 생각하게 하는 데 유용하다는 것을 알게 되었다. 이를테면 어머니가 의식을 잃어버린 것에 대한 생각, 그래서 나 역시 느끼지 못하는 사이에 손발 어딘가가 마비된 것 아닐까 하는 생각 말이다. 어머니의 고통이 확장되어 내 안에서 다시 일어나지 않을까 하는 두려움이었는지도 모른다. 만약 내가 거울이었다면, 어머니가 그 거울에서 보고 질색을 했던 인물 역시 틀림없이 어머니 본인이었을 것이기 때문이다. 어머니는 종종 다른 사람들에게는 친절했다. 나병의 진짜 모습에 대해 이야기해 주었던 사람, 그래서 나에게 감정이입이라는 것에 대해 많은 생각을 하게 해준 사람이, 내가 가장 힘들어하던 시기에 나에 대한 애정과 신뢰를 지켜주지 못했다는 사실, 그리고 내가 그렇게 힘들었던 것이 바로 어머니 때문이었다는 사실은 참 고약한 아이러니였다.

물론 우리 모두는 다양한 방식으로, 조금은 무난한 방법으로 이런저런 외면을 한다. 이 글을 쓰고 있는 지금도 나는 두세 명의 사람에게 써야 할 답장을 보내지 않고 있다. 위기에 처한 야생동물 보호에서부터 정치범과 관련한 문제까지 다양한 문제와 관련한 이메일들을 열어 보지도 않고 삭제하기도 한다. 세상에는 내가, 심지어 독자 입장에서조차 따라갈 수 없을 정도로 많은 일이 벌어지고 있다. 타인에게 공감함으로써 자아는 확대되지만 그다음엔 자아도 위험과 고통을 분담하게 된다. 꼭 사람에 대한 공감이 아닐 수도 있다. 지난 반세기 동안 인간이 아닌 나머지 세상에 대한 걱정과 공감도 무한히 확장되었기 때문이다. 동물에 대한, 생물과 장소, 생태계, 그리고 마지막으로 지구 자체에 대한 걱정 말이다.

자아란 내가 느낀 것과 느끼지 못한 것, 현존과 부재, 담장에 둘러싸인 무감각의 영역 바깥에서 알 수 있는 것들끼리만 이어져 있는 누더기 같은 것이다. 완전한 깨달음을 얻은 현자가 아닌 이상 모든 고통의 짐을 지고 살아간다는 것은 누구에게나 불가능한 일이다. 그런 건 고사하고 고통을 알아보고 그걸 인정하는 것도 쉬운 일은 아니지만, 우리는 여기저기서, 감정이입을 통해 우리의 자아를 크게도 하고 작게도 한다. 타인의 고통을 함께 나누겠다는 다

멀고도 가까운

짐으로 그들이 건넨 징표나 부적을 20년째 지니고 다니는 태국의 승려를 만난 적이 있다. 결국, 그는 늘 요란한 소리를 내는 슬픔 같은 100파운드 무게의 포대를 두 개나 끌고 다니다가, 포대가 너무 무거워져서인지, 아니면 자신이 너무 오래 그것들을 지니고 다녔음을 깨달은 건지, 그 짐들을 내려놓았다. 대화가 끝날 무렵 승려는 자신의 작은 부적을 내게 건넸다. 플라스틱 안에 금부처가 들어 있는 부적이었다. 가지고 다니는 것도 의식하지 못할 정도로 가벼웠던 그 부적은 몇 년 동안 내 지갑 안에 들어 있다가, 가벼운 등산을 하러 나간 사이 차에 도둑이 들어 지갑을 훔쳐 가면서 함께 사라졌다.

의사들이 내 살에 구멍을 내고 수술용 메스로 내 몸을 헤집던 시기에, 나는 감정이입과 고통을 어떻게 이용할 것인가 하는 문제를 새롭게 바라보게 되었다. 미국 병사가 감옥에 수용된 이라크인들을 고문했다는 사실이 밝혀지고 얼마 지나지 않았을 때였다. 수술대에 누워 내 살을 파고드는 드릴 소리를 들으며, 그다음엔 근사한 아이리시 억양의 땅딸한 의사가 나와 이야기를 나누며 출혈을 멈추려고 애쓰는 모습을 지켜보며, 나는 미국인이 이라크에서 운영하는 감옥에서 벌어진 그 의도적인 고문에 대해 생각했다. 마치 나 자신이 천사들이 운영하는 아부그라이브 감옥에 있는 것만 같았다. 나는 무한한 이타심을 가진 전문가들이 나의 생명을 지켜 주기 위해 일하는 곳에서 고통 받고 있었고, 그것이 끝이 아니었다.

커다란 눈물방울처럼 보였다. 혹은 엉뚱한 곳에 붙은 브로치나 꽃잎 같아 보이기도 했고, 그의 얼굴을 공격하는 장신구처럼 보이기도 했다. 나방이 다가와 눈물을 먹은 상황에 대해 그는 이렇게 말했다. "그때 내 얼굴 위로 넓은 채집망을 내리며 조심스럽게 나방을 잡았습니다." 나방이 눈물을 마신다. 눈물을 마시는 나방은 라크리파고스, 인간의 살을 파먹는 종은 안트로포파고스라고 한다. 우리는 늘 슬픔을 먹고 산다. 그것이 아름다운 서정시와 대중가요의 본질이며, 슬픔과 상심이 그렇게 달콤한 이유는 그것이 우리 안에서 불러일으키는 감정, 즉 타인의 고통에 대한 감정이입과 혼자가 아니라는 작은 위안과 관련이 있을 것이다. 슬픈 노래를 들으면 우리는 미묘한 비통함을 느끼는데, 마치 3분 동안 우리가 기억하지 못하는 어떤 상실을, 소금기가 있는 눈물 같은 슬픔을 다시 떠올리고 애도한 후, 노래의 마지막 음이 울리는 것과 동시에 그 슬픔을 닫아 버리는 것만 같다. 파란 석양빛 같은 슬픔은 모든 것은 그저 지나가는 것임을, 시간이 있기에 변화가 있음을 떠올리게 한다. 그리고 그렇게 어둠 속으로 사라지는 것들을 바라보고 있으면, 변화의 또 다른 이름이 상실임을 알게 된다. 하지만 슬픔도 아름답다. 아마도 그것의 참된 울림과 아득한 깊이 때문일 것이다. 그리고 슬픔이 우리 삶에서 멀리 있는 것들, 우리가 잃어버린 것들, 사랑하는 자와 사랑받는 자가 각각 원하고 상상하고 이해하는 것들 사이의 심연, 점점 더 벌어져 어느 순간 도저히 건널 수 없게 되어 버리는 그 심연에 관한 것이기 때문일 것이다. 그리고 시작할 때의 희망과 마침내 도달한 결과 사이의 거리, 드디어 무로 돌아가는 마지막 여정까지 포함해서, 우리가 지나야만 하는 여정과 점점 더 상상할 수 없게 되는 과거에 관한 것이기 때문일 것이다.

"정확하게 말로 전할 순 없지만, 지금 진단 결과에 따르면 내 몸 안에 뭔가 째깍째깍 움직이는 게 있대요. 그게 아무런 경고 없이 터지는 시한폭탄이 될 수도 있다네요." 처음 진단을 받았을 때 지인들에게 이렇게 편지를 보냈다. "지금 의학 기술로는 뭔가 째깍거리는 게 있는 건 알지만 이게 폭탄인지 아닌지 판단할 수가 없어 일단 폭탄이라고 가정하고 치료하고 있어요."

폭탄해체반원들과의 만남이 시작되었다. 미모의 종양 전문 외과의, 덩치 크고 다정한 성형외과 전문의, 다부진 몸집에 유대교 사원에 꼬박꼬박 나간다는 수간호사. 특히 이 수간호사가 나를 볼 때의 확고한 관심이 담긴 눈빛은, 연인을 제외하고는 그 누구에게도 받아 본 적이 없는 것이었다. 수없이 많은 간호사와 도우미들도 대부분 헌신적이었다. 내가 마치 새로 발견된 섬이나 범죄라도 되는 것처럼, 사람들이 나를 재고, 이것저것 측정하고, 조직 표본을 추출한 다음 결과물을 기록하는 그 낯선 세계에 자리를 잡기 시작한 것이다.

나중에 나는 이 모든 일을 나의 의학적 모험이라고 명명했다. 애초에는 가시적으로 아프거나 다친 곳이 없었지만, 의사들이 내 몸을 훼손했다가 다시 복구하기까지 겪었던 일련의 그 과정들을 달리 표현할 방법이 없었기 때문이다. 의사들이 말한 나의 상태는 잠재적인 조짐이 보이는 상태였을 뿐이므로, 나중에 암을 극복한 환자로 인정받을 수 있을 것인지조차 확실치 않았다. 그럼에도 그런 일들 덕에 인간의 유한함과 몸에 대해, 암에 걸려서야 도달하게 되는 어떤 장소들에 대해 생각해 볼 시간을 얻을 수 있었다.

당시의 삶은 스산했다. 나는 하나씩 툭툭 튀어나오던 시련들을 헤치고 나아가 삶의 다음 단계에 이르겠다고 단단히 마음을 먹고 움직였다. 그럴 수 있음을, 스산함은 그저 지나가는 비바람 같은 것임을 알 만한 나이였지만, 그렇다고 그 스산함이 빨리 지나가지는 않았다. 지금 생각하면 나는 다시 만들어지고 있었고, 바로 앞의 시련들이 지난 다음에 찾아온 그 변화의 시기는 나름 적절했던 것 같다.

그 낯선 정체의 시기 동안, 나는 외과 의사들에게 매혹되었다. 그들이 마치 신처럼 보였다. 나의 목숨과 관련해 그렇게 강한 영향력을 행사하고, 나 자신은 절대 볼 수 없었던 나의 면모를 볼 수 있게 하고, 또 그렇게 함으로써 내 삶을 더 낫게 만들어 줄 수 있는 사람들이었기 때문이다. 나는 메스를 든 신들에게 책 선물을 제물로 바쳤다. 의사들과 수간호사에게 주었던 이런 선물은 비록 사람들이 일에 대한 대가로 돈을 받기는 하지만, 돈이 열정과 진심으로 일하도록 만들 수 없다는 사실에 대한 어떤 인정의 표시였다. 열정과 진심은 돈으로 살 수 있는 게 아니다. 그건 오직 덤으로만 주어지는 선물이고 그리고 매우 많은 분야에서 발견된다.

현대 의학이라는 냉철하고 추상적인 지식이 내 살 위에서 마치나의 살이 수선이 필요한 옷감이라도 되는 듯 그걸 째고 다시 꿰매는 수작업을 했다. 그런 의미에서 외과 의사들은 신이면서 동시에 장인이기도 했다. 살을 째고 꿰매는 작업은 매우 특별한 일이기 때문에 그들에게 몸을 맡기려면 믿음과 신뢰가 필요했다. 그들을 면밀히 살핀 결과, 타인의 삶과 죽음과 관련한 일에 그 정도로 가까이 관여한다는 것이 어떤 의미일지 희미하게나마 파악할 수 있었다. 나는 내가 하는 일도 중요하다고 믿지만, 그 의사들의 일에 비하면 한참 멀리 있는 일이었다. 그들이 하는 일에서 나는 해석되어야 할 어떤 텍스트이자, 다시 짜맞추어야 할 원재료였다. 그리고 거기에 따른 위험은 장기적으로 볼 때 나의 목숨이었다.

친구에게 쓴 편지에서 나는 내가 진단을 받은 증세뿐 아니라 다른 부분까지 훨씬 더 많이 치료를 받게 될 것 같다고 적었다. 멈추지 않고 달려왔던 삶을 강제로 잠시 멈춰야 했다. 나는 도움을 요청했다. 좀처럼 해보지 않았던 일이었다. 나의 경우 과거에 유난히 도움을 주지 않던 부모가 있었기에 도움을 요청하는 것이 꽤나 어려웠다. 하지만 이것은 다른 사람들에게도 마찬가지다. 부분적으로는 우리가 누군가에게 무언가를 받으면 빚을 얻는 기분이 들기 때문이며, 또한 빚은 좋지 않은 것으로 여겨지기 때문이다. 무언가 빚을 진 사람들이 그 부담감 때문에 바로 답례를 하려고 하는 모습을 보면 잘 알 수 있다. 하지만 세상에는 사람들이 꼭 주고 싶어 하는 선물들이 있고, 때론 빚이 우리를 하나로 묶어 주기도 한다.

가끔은 받아들이는 것도 재능이다. 인류학자 데이비드 그레이버는 인류가 화폐를 발명한 이유가 물물교환 방식이 불편했기 때문이라는 설명은 잘못된 것이라고 지적했다. 필요도 없는 사람에게 스웨터를 60벌 줄 테니 자신이 만든 바이올린을 달라고 말하는 게 옳다는 말을 하려는 게 아니다. 그레이버에 따르면 화폐가 출현하기 전, 사람들은 물물교환이 아니라 그저 필요에 따라 혹은 물건의 유무에 따라 이것저것 주고받았을 뿐이다. 서로 빚을 지고 있다는 공통점이 사람들을 하나로 묶어 주었고, 그런 주고받음이 불완전하게나마 계속 이어지며 공동체는 유지되었다. 화폐는 이전 체제에서는 완결될 필요가 없었던 거래, 마치 몸 안의 순환계처럼 작용하던 그 주고받음을 완결짓기 위해, 그를 통해 단절을 만들어 내기 위해 고안되었다. 화폐는 우리의 몸들을 따로 떨어지게 하고, 우리가 그렇게 떨어져야 한다고 알려 주는 것 같다.

멀고도 가까운

케냐의 리프트 밸리 근처 투르카나 호숫가에 사는 어떤 부자의 이야기를 들은 적이 있다. 자신을 찾은 손님에게 양을 한 마리 잡아서 대접하겠다고 말한 그는, 자신의 목장에 있는 양 떼가 아니라 이웃의 가난한 농부가 키우던 몇 마리 되지도 않는 양 중에 한 마리를 잡았다. 어리둥절해하는 손님에게 그는 이렇게 설명했다. 자신이 이웃의 양을 잡아서 대접했기 때문에 이제 그 손님도 의무감과 미래의 답례라는 그물망에 들어오게 되었다고, 그건 손님과의 유대를 키우고 손님의 지위를 높여 주는 행동이자 양 한 마리보다 훨씬 큰 호의를 베푸는 행동이라고 말이다. 물건들은 쌍방향으로 흘러 다니기 마련이지만 보이지 않는 것들이야말로 더 중요한 것이고, 가난한 이웃은 양 한 마리를 잃음으로써 더 부자가 되었다는 뜻이다.

호의는 비상식량, 비가 올 때나 겨울, 수확이 없는 시기를 대비해 비축해 두는 식량과 비슷하다. 그리고 내가 가진 것이 상상했던 것보다 많음을 발견하는 일은 뿌듯하다. 사람들은 사방에서 모여들었고, 나는 아름답게 보살핌을 받았다. 친구 안토니아가 중간에서 병문안 오는 사람들의 일정을 조정해 주었다. 나중에 회복기가 되자 삶이 늘 이랬으면 좋겠다는 생각마저 들 정도였다. 사람들이 보낸 꽃다발에 묻혀 지내고, 모두 나를 도와주려 하고 걱정해 주는 삶. 하지만 그건 내가 그것들을 필요로 할 때만 얻을 수 있는 것이었다. 그리고 운이 좋다면 필요로 할 때마다 그것들을 얻을 수도 있다. 내가 필요로 할 때 그것들이 거기 있었음을 인식하는 것이 장기적으로 모든 것을 조금씩 바꾸어 놓았다.

의리 없던 남자친구와 헤어지고 어머니를 성공적으로 맡기고 난 후에, 어쩌면 이전의 삶의 방식으로 돌아가는 것이 더 쉬웠을 것이다. 하지만 그 병원에서의 경험은 좀 더 결정적인 단절을 의미했다. 나는 이런저런 일들을 취소하거나 일정을 조정했다. 쓰고 있던 책의 발간을 늦췄고, 못 하겠다고, 다른 사람들은 잘하고 있는 거냐고 물었다. 사람들이 생각지도 못했던 방식으로 내 앞에 나타났다. 가장 잘생기고 가장 아름다운 사람들이 옷으로 가리고 있던 자신들의 상처에 대해, 혹과 낭종과 흉터, 전혀 생각지도 못한 부끄러운 질환이나 비정상적인 모습에 대해 기꺼이 이야기해 주었다.

첫 번째 조직검사 결과가 나오던 주에, 가정의학전문의이기도 한 친구 팸이 우연하게도 내가 사는 도시에 새 직장을 구해 이사를 왔다. 그녀가 함께 저녁을 먹으며 차근차근 설명해 준 덕분에 나는 놀랐던 마음을 가라앉힐 수 있었다. 나중에도 팸은 나를 여러 차례 찾아와 친절하고 능숙하게 도움을 주었다. 다른 여자친구들은 앞으로는 병원에 갈 때 절대 혼자 가지 않게 해 주겠다고 했고, 덕분에 병원에 갈 때는 꼭 누군가와 함께였다. 내가 겪은 위기는 여성들만 겪는 일이라고 생각했었는데, 남자들 역시 도움의 손길을 내밀어 주었다. 그중에는 10년 넘게 친구로 지내던 강인한 노작가도 있었다. 내가 아프다는 소식을 들은 그는 엄한 어머니의 역할을 자처했고, 내가 가장 깊이 가라앉아 있을 때에는 얼른 달려와 구해 주었다.

그해 겨울에는 살구를 많이 나누어 주었다. 병에 담아 절여 둔 살구와 살구 처트니는 물론, 어두운 곳에 몇 달을 둔 결과 섬세한 향을 풍기며 마침내 완성된 고농도의 살구 액과 살구 술까지 모두 나누어 줄 수 있었다. 한동안 내가 목욕을 할 수 없다는 것을 알고 나서 나의 비싼 욕조에 샤워 커튼을 걸 수 있는 고리를 달아 준 친구 톰에게도 한 병 주었고, 혼자서만 문제를 안고 있지 말고 필요한 게 있으면 언제든 자신에게 이야기하라고 말해 준 샘에게도 한 병 주었다. 마리나와 에이미, 남동생에게도 한 병씩 주었고, 바닐라 시럽에 담근 살구도 넬리와 앤을 비롯해 많은 이들에게 나누어 주었다.

넬리와 앤은 신년 초 몇 달 동안 본인들 각자의 이야기를 들고 나를 찾아왔는데, 그 이야기들은 내가 치료를 견딜 수 있게 도와주었다. 갈색 눈의 넬리는 섬세하고 우아한 화가로, 내가 그녀를 처음 만났을 때만 해도 그녀는 아직 고등학생이었다. 그로부터 20년 후 그녀의 첫 개인전이 열리던 날, 나와 또 다른 한 명의 관람객은 그녀가 자신의 작품들 이외에 다른 것도 보여 주고 있음을 알아차렸다. 그녀는 임신 중이었던 것이다. 그리고 그해 1월, 넬리는 내게 전화를 해서 만나기로 한 약속을 지키지 못해 죄송하다고, 양수가 터지는 바람에 며칠 전에 급하게 제왕절개 분만을 했다고 설명했다. 아이가 예정일보다 두 달이나 먼저 태어난 것이다. 여자아이는 중환자실에 있지만 인공호흡기 신세를 져야 할 정도는 아니라고 했다. 아이의 체중은 1킬로그램도 되지 않았다. 일반 성인의 뇌 무게가 1.4킬로그램이다. 뇌 하나보다도 작은 몸으로 태어난다는 건 어떤 의미일까?

넬리가 병원에 있는 동안 그 갑작스러운 출산을 보러 몇 차례 병문안을 갔었는데, 처음 갈 때는 혼자였다. 높은 천장 아래 인큐베이터들이 놓여 있는 방을 지날 때, 아이들을 보면 안 된다는 이야기를 들었다. 넬리의 딸은 커다란 방의 맨 끝에 있었고, 그 아이를 보러 가는 길에, 깨끗한 플라스틱 장치 안에서 하얗고 보드라운 이불 위에 누워 있는 다양한 인종의 작고 깡마른 인간들이 눈에 들어왔다. 어딘가에서 누군가의 꿈이기도 했을 아이들이었다. 그 아이들은 반쯤만 쓰인 문장이었다. 껍질을 벗긴 새끼 토끼 같은 그 아이들은 기술의 승리이기도 했다. 10~20년 전만 해도 살아남지 못했을 그 아이들이 그렇게 살아 있는 것은, 기술과 기계, 약물과 인간들의 기념비적인 노력에 따른 결과였다.

몇몇 미숙아들은 솜털, 우리 모두 어머니의 몸 안에 있을 때 지니고 있었던 그 솜털투성이였다. 몇몇 아이들은 투명한 피부 아래 핏줄이 고스란히 보였고, 몇몇은 아직 속눈썹도 없었으며, 몇몇은 제대로 울지도 못할 정도로 미숙했다. 나는 그저 지나는 길에 그 아이들을 얼핏 보았을 뿐이다. 때로 성스러운 것과 일탈적인 것은,

똑바로 바라보기 어렵다는 점에서 구분이 어려울 때가 있다. 그 아이들의 모습은 모두 아직 보지 말아야 할 어떤 것처럼 느껴졌다. 포동포동한 살집, 귀여움, 친숙함 같은 것들은 아직 그 몸에 찾아오지 않았고, 몇몇 아이들은 번들거리는 튜브나 모니터에 연결된 전선을 달고 있었다.

내가 보기로 되어 있던 그 여자아이는 놀라움 자체였다. 우리가 '인간'이라고 지칭하는 범위에 속하지 않는 존재였다고나 할까. 우리가 그 단어를 쓸 때는 전성기에 있는, 독립적이고 이성적이며 보행 가능한 사람들을 가리키는 경우가 많다. 일상적인 의미에서 그 단어는 신생아나 병자, 혹은 외계인이나 고대인까지 포함하지는 않는다. 넬리의 딸은 너무 작아서 젖을 빨 수도 없었다. 튜브를 통해 양분을 공급받고 있었지만, 호흡은 스스로 할 수 있었고, 엄마인 넬리는 하루에 몇 시간씩 딸을 찾아와 맨살을 꼼꼼하게 만져주었다. 출산 몇 주 후에 찍은 사진에서 아이는 손가락으로 아빠의 검지를, 마치 우리가 누군가의 팔에 매달릴 때처럼, 꼭 움켜쥐고 있었다.

그 아이가 어떤 생각을 하고 있었을지, 어떤 감정을 느꼈을지는 알 수 없다. 우리는 모두 한때 그 아이와 같은 존재였지만, 우리는 그 아이보다 훨씬 긴 시간 동안 타인의 시선이 닿지 않는 곳에 있었던 것뿐이다. 넬리는 열과 성을 다해 딸을 보살폈고, 수술 흉터 따위도 신경 쓰지 않았다. 비록 창자를 수술대 한쪽으로 꺼내 놓아야 했던 그 수술, 자신은 물론 딸도 무사히 견뎌 낼지 장담할 수 없었던 그 수술을 생각하면 여전히 아찔하기는 했지만 말이다.

두 사람은 무사히 견뎌 냈지만 앤은 달랐다. 그녀는 승산이 없는 길고도 지루한 여정을 이제 막 시작하려던 참이었다. 넬리는 나보다 열 살 정도 아래였지만, 친절하고 다정한 금발의 앤은 나보다 열 살 쯤 많았다. 20년 전에 유방암 진단을 받아 수술을 했고, 다시 재발이 되는 바람에 한 번 더 치료를 받았지만, 째깍거리던 시한폭탄이 마침내 폭발하여 그녀의 척추와 뇌에 민들레 홀씨처럼 암을 흩뿌려 놓았던 것이다. 뇌에서 암이 발견된 후, 그녀의 친구와 조수가 지인 몇명에게만 보낸 이메일을 나도 받았다.

덕분에 그녀의 절친한 친구 혹은 의미 있는 지인임을 확인한 나는 정기적으로 파이를 구워서 그녀를 찾아가기 시작했다. 앤은 파이를 무척 좋아했다. 그녀가 파이를 씹는 것마저도 힘들게 되었을 때는 시럽에 담근 살구를 들고 갔고, 그녀의 여동생이 숟가락으로 떠서 앤에게 먹여 주었다. 그녀는 남들이 보는 곳에서는 아닌 척했지만, 1킬로그램짜리 갓난아이처럼 맹렬한 의지가 있었고, 몇 주 혹은 몇 달밖에 더 살 수 없을 거라는 의사들의 말에도 2년 이상을 버텨 냈다. 그사이에 더 많은 화학요법이 실행되고, 두개골에 구멍을 내서 체액을 뽑아내고, 수없이 많은 검사를 받고, 여기저기서 많은 도움을 받았지만, 별다른 희망은 없었다.

질병이나 재난의 의아한 점 중 하나는, 그런 상태에 빠진 사람이 무언가를 희망하고 무언가에 대해 감사하게 된다는 점이다. 앤의 조수가 언젠가 매우 기쁜 어조로 "치료사가 있는 동안은 의자에서 다섯 번이나 일어나셨거든요."라고 적었다. 나는 질병이라는 낯선 땅에 마치 관광객처럼 한 번 다녀온 것 같은 정도로만 아팠던 사실에 감사했다. 치료 비용은 물론 수천 달러의 부대 비용까지 거의 모두 보상해 준 보험에 들어 있다는 것에 감사했고, 세계 최고 수준의 병원에서 치료를 받았다는 것에 감사했고, 화학요법이나 방사선 치료를 받지 않아도 된다는 것에 감사했고, 단 하나 남은 흉터가 그리 흉하지 않고, 앤이 겪었던 그 가혹한 운명을 겪을 가능성은 거의 없다는 사실에 감사했다. 그녀에게 나의 병에 관한 이야기는 하지 않았다. 그런 이야기를 하기엔 이미 너무 늦은 상황이었고, 나는 그것과 상관없이 계속 그녀를 찾았다.

앤이 마지막으로 우리 집에 차를 마시러 왔을 때, 나는 우리 아파트에 있는 계단 두 번째 층계참에 테이블과 의자를 준비했는데, 그녀가 거기까지 오르는 데 얼마나 오래 걸리는지 2층에서 차를 다 마신 후에야 겨우 3층을 구경할 수 있었다. 그날 이후로 그렇게 고된 일은 아예 할 수 없게 된 앤은 그저 집 주위를 돌아다니다 의자나 팔을 걸칠 곳이 있으면 그때그때 쉬는 정도의 산책만 하며 지냈다. 나는 앤을 아는 지인에게 보낸 편지에서 그녀가 꽃처럼 지고 있다고 적었다. 평범함이라는 것이 매일의 실용적인 일, 작고 소소한 그런 일들에 시간을 들이는 것을 의미한다면, 앤은 점점 더 평범함에서 멀어져 갔다. 그녀의 신체 기능은 밀려왔다 물러가는 것처럼 보였다. 사실 대부분이 물러가는 중이었지만, 그 과정은 껍질이 벗겨지며 그 안에 내용물이 더 환하게 드러나는 과정 같았다.

마지막 몇 달, 혹은 몇 년 동안 그녀는 자신의 과거와 미래를 자기 뜻대로 할 수 없는 사람들 틈에서 보냈는데, 그런 환경에서 그녀의 사랑과 빛나는 성품은 점점 더 또렷이 드러나는 것 같았다. 그런 다음에 그녀는 사람들의 눈앞에서 사라졌고, 말을 하지 않았고, 걷지도 않았고, 행동이라는 건 그 어떤 것도 할 수 없게 되었고, 마지막에는 아무것도 먹을 수 없게 되었다. 이불을 덮고 누우면 그녀의 몸은 거의 눈에 띄지도 않았다. 그녀는 언제나 몸을 숨기는 데 선수였고, 마치 가로등처럼 자신의 주위에 사람들을 불러 모으고 스스로는 숨어버리는, 마음 좋은 사람이었다.

앤은 처음 자신의 병을 알았을 때 그것마저도 예술의 소재로 삼고, 주위 사람들을 위해 무언가를 할 기회로 삼았다. 역시 그녀다웠다. 그녀는 언제나 자신이 아닌 무언가로 대화의 방향을 바꾸었는데, 유방암을 겪으며 만들었던 작품들 역시 그러한 반사적 행동의 결과였을 것이다. 또 그녀는 병 앞에서 수동적이 되거나 굴복하지도 않았던 것 같다. 그녀는 100피트는 족히 되는 병원 로비의 벽 전체에 부드러운 색감의 커다란 타일을 붙였다. 타일 하나하나마다 식물 문양을 넣고 식물의 이름도 새겨 넣었다. 그러자 암환자와 완치된 환자, 병원 도우미들이 그 위에 자신들의 이야기를 쓰기 시작했고, 앤도 다른 데서 보았던 시나 좋은 문장들을 옮겨 적었다. 그 벽은 마치 식물지, 혹은 약초의 효능을 적어놓은 책의 낱장들을 그대로 붙여 놓은 것 같았다. 식물도감이자, 동시에 고백들, 건물 위층의 병실에서 기다리고 있는 자신의 운명을 맞이하러 가는 길에 속으로 되뇌는 말들을 적어 놓은 책이었다.

그 타일들은 환자들의 길동무가 되어 준 이야기들이었다. 그 이야기들은 환자들이 감히 서로의 상황을 물어보지 못하는 그곳에서 자신들이 혼자가 아니라는 사실을 일깨워 주었다. 나는 그녀가 다시 꾸민 정원 근처에 있던, 그 로비의 그 벽을 이미 오래전부터 알고 있었다. 그곳은 병원의 다양한 병동으로 가기 전에 꼭 거쳐야만 하는 곳이었다. 그런데 나 자신이 환자가 되어 종양 전문 병동에 다니게 되면서, 병동의 대기실 구석 벽에도 그녀의 녹색 타일들이 붙어 있는 것을 볼 수 있었다. 그 계절에 나는 그곳에서 많은 시간을 보내야 했다. 그중 몇몇 글은 용기를 북돋아 주려는 내용이었고, 몇몇은 환자 본인의 불행함이나 불쾌함, 혹은 두려움을 드러내는 내용이었다. 처음부터 타일에 새겨져 있던 식물의 잎이나 줄기, 꽃 주위에 적힌 글 중에는, 환자 본인이 본 것을 건조하게 적은 문장도 있고, 하이쿠 같은 시, 혹은 감사의 마음이나 저주의 마음을 담은 글도 종종 있었다. 음각된 그 글들은 실제로는 우울함이나 부재, 혹은 식물들이 남겨 놓은 흔적들이었다.

다른 사람들이 겪고 있는 어려움이 종종 누군가를 비난하는 도구가 될 수 있으며, 실제로도 그렇다. 전쟁이 진행 중이고 아이들이 폭탄을 맞고 있는데 어찌 당신 자신의 고통만 생각한단 말인가? 언제나 나보다 더 큰 고통을 받고 있는 사람들이 있게 마련이다. 종종 그런 비난을 듣고 있으면 고통의 경제학 혹은 공감의 경제학 같은 게 있는 것 같기도 하다. 그리하여 우리는 화폐경제에서 그러는 것처럼 희소성과 자원의 유한함을 염두에 두고 거기에 맞춰 자신을 측정하고, 스스로 가격을 매겨야만 할 것 같다. 높은 단계의 고통에는 경계가 없고, 그것은 비교 불가능할 정도로 압도적이다. 하지만 수시로 타인에게 관심을 둠으로써 어떤 관점을 얻을 수 있으며, 당신이 겪은 고통과 비슷한 고통을 보며 당신이 혼자가 아님을 발견하고 힘을 얻을 수도 있다.

앤이 타일로 만든 벽으로 달래 보려고 했던 것은 바로 그 외로움이었고, 지금도 그 벽은 외로움을 달래 주고 있다. 해마다 미국에서만 20만 명 이상의 여성들이 유방암 진단을 받고 있다. 그리고 해마다 이 나라에서 50만 명의 아이들이 미숙아로 태어나고 있다. 알츠하이머병을 앓고 있는 미국인은 500만 명이 넘고, 해마다 4만 4000명의 사람들이 이런저런 형태의 백혈병 진단을 받고 있다. 병자들, 연약하고 뭔가를 잃어 가고 있는 사람들이 그렇게 무리를 이루어, 곳곳에서 자신들만의 영역을 이루고 있다. 그건 우리가 인간이라고 부르는 달의 뒷면 같은 곳이다.

질병은 또 다른 방식으로, 그러니까 우리 스스로가 홀로, 자족적이고 독립적으로 존재한다는 생각을 깨뜨림으로써 외로움을 달래 주기도 한다. 당신은 타인의 골수나 혈액이 필요하다. 전문가와 사랑하는 이들의 보살핌도 필요하다. 당신이 병에 걸린 이유는 모기에 물렸다거나, 바이러스에 감염되었다거나, 돌연변이 유전자를 물려받았기 때문에, 혹은 이런 원인들이 복합적으로 작용한 결과이다. 병에 걸린 사람은 자신이 생물학적인 존재라는 사실, 유한하며, 타자와 상호 의존적인 존재라는 사실을 무시할 수 없게 된다.

건강할 때 당신의 몸은 깊이 파고들 필요가 없는 한 덩어리의 영역일 뿐이다. 하지만 건강하지 않을 때는 당신의 몸이 장기와 체액, 화학 성분으로 구성되어 있으며, 그 몸이 작동하는 방식에 탈이 날 수도 있음을 인정할 수밖에 없다. 건강한 사람들은 아무것도 느끼지 못하는 부위에서 통증을 느낄 수도 있고, 상처를 입고 나서 자신의 뼈를 직접 보게 될 수도 있다. 혹은 엑스레이 사진을 보며 살아 있는 살덩이 아래 있는 죽음의 뼛조각들을 떠올릴 수도 있다. 불구가 될 수도 있고, 신체 일부를 잃을 수도 있고, 관(管)이나, 혈류의 방향을 바꿔 놓는 측로, 판 같은 기구들을 달고 다녀야 할 수도 있다. 당신의 몸에 있는 화학 성분이나 호르몬이 변하고, 약물이 투여될 수도 있다. 몸이라는 체계가 그렇게 열리고, 그와 함께 몸에 대한 의식도 깨어난다.

앤은 질병의 영역으로 더욱더 깊이 들어가는 마지막 순간에도 계속 예술 작품을 만들었다. 모눈종이에 드로잉 연작을 작업했는데, 손이 떨렸기 때문에, 그 그림들은 흔들림의 기록, 지진파를 기록하는 지진계 바늘이 남긴 선이나, 의학용 모니터에 뜨는 그래프처럼 보였다. 사람들은 손이 불안정하면 보통은 그림을 그릴 수 없을 거라고 생각하지만, 그녀는 그 떨림을 자신의 존재 안에서 일어나고 있는 지진을 기록하는 수단으로 만들었고, 삶과 예술이 그렇게 당분간이나마 지속되고 있음을 강변하는 수단으로 만들었다. 실제로 그 둘은 그렇게 함께 지속했다. 미세한 떨림과 함께.

조수와 여동생의 도움을 받아 가며, 앤은 마침내 마지막 걸작, 즉 커다란 벽에 석고로 만든 섬들을 이어서 만든 양각의 지형도를 제작했다. 가늘고 빨간 실로 각각의 섬들을 이은 그 작품은 마치 항공기의 노선도나 새들의 이동 경로, 혹은 신경이나 혈관의 조직도처럼 보였다. 혹은 그것들은 대화, 애정, 제휴의 선들이었을 수도 있다. 나는 그 작품이 모든 것은 이어져 있음을 우아하게 주장하는 작품이라고 생각한다. 우리들 각각은 피부 아래 갇혀 있는 감각의 섬들이 모인 것에 불과하지만, 엄청난 양의 이동과 흡수와 배출을 통해 대부분의 섬이 서로 이어지게 된다. 당신이 그 열도들 사이에 자리를 잡을 수 있다면, 혹은 그 섬들이 다른 섬들을 향해 뻗은 선의 흔적, 다른 이들이 당신을 향해 뻗은 선의 흔적을 따를 수 있다면, 그런 이어짐은 실제로 이루어진다.

수술 전날, 샘과 캣이 나를 데리고 나가서 함께 저녁을 먹었고, 캣이 리허설에 간 후에 샘과 나는 밤늦게 오션비치로 갔다. 썰물 때의 단단하고 축축한 모래 위로 발자국이 선명하게 찍혔다. 다시 밀물이 들어와 지나온 흔적들을 깨끗하게 지우기 전까지는 그렇게 남아 있었을 것이다. 우리가 각자 뒤에 남긴 그 긴 선을 바라보는 걸 나는 좋아한다. 가끔은 나의 삶도 그런 식으로 상상해 본다. 마치 한 걸음 한 걸음이 바느질의 한 땀 한 땀인 것처럼, 마치 내가 바늘이 되어 한 걸음씩 옮길 때마다 내가 지나가는 길을 따라 세상이 꿰매지고 있는 것 같은 상상. 다른 이들이 만들어 내는 길과 교차하기도 하면서, 비록 흔적을 찾기는 어렵지만 중요한 방식으로 그 모든 길이 누비이불에서 보는 것처럼 하나로 엮인다. 꾸불꾸불한 선이 새로운 방식으로 세상을 하나로 합쳐 나가는 것이, 마치 그 걸음이 바느질이고, 바느질은 곧 이야기를 하는 과정이며, 그 이야기가 바로 당신의 삶인 것 같다.

이제 그 실이라는 것이 이메일이나 기타 전자 통신을 활용한 대화인 경우가 많지만, 여성들이 직접 실을 잣는 모습을 대부분의 사람이 직접 보고, 또 해보기도 했던 시절에는 그것이 훨씬 더 설득력 있는 비유로 다가왔을 것이다. 팔뚝이나 실패에 섬유 뭉치를 놓고 손가락을 이리저리 움직여 자아낸 실들이 빙글빙글 돌아가는 물레 가락에 감기는 과정은 보고만 있어도 황홀한 예술이었다. 아무 형태가 없던 섬유 뭉치가 그런 동작을 거치며 실이 되고, 그 실이 만드는 선을 따라 세상이 하나로 묶일 수 있었다. 빙글빙글

돌아가는 물레처럼, 시간이 순환하면서 거기서 한 줄의 실처럼 선(線)적인 시간이 만들어진다. '잣다(to spin)'라는 단어는 처음에는 그저 뭔가를 만드는 행위를 뜻하다가, 빠르게 돌아가는 건 뭐든 뜻하게 되었고, 결국 '이야기를 하다'라는 의미까지 지니게 되었다.

몇 인치에 불과한 가닥들이 서로 꼬여 한 줄의 실이 만들어진다. 그리고 마치 단어들이 모여 이야기가 되는 것처럼, 그 실이 한없이 길어질 수도 있다. 동화 속에 나오는 여주인공들은 거미줄이나 지푸라기, 쐐기풀 등을 가지고 살아남는 데 필요한 것은 무엇이든 만들어 낸다. 셰에라자드는 끊어지지 않는 실 같은 이야기들을 이어감으로써 자신의 죽음을 미연에 방지한다. 그녀는 자아내고 또 자아내며, 새로운 조각들, 인물들, 사건들을 자신만의 끊어지지 않는, 끊을 수 없는 서사의 실에 덧붙여 간다. 그와 반대로 페넬로페는 몰려드는 구혼자들과의 결혼을 피하고자, 낮 동안 짰던 시아버지의 수의를 밤이면 다시 풀어 버린다. 실을 잣고, 천을 짜고, 다시 그 천을 풀어 버리는 과정을 통해 이 여성들은 시간 자체를 정복했다. 비록 '정복자(master)'라는 단어 자체가 남성명사이기는 하지만, 이 정복은 여성적인 것이었다.

'스핀스터(spinster)'라는 단어가 '노처녀'라는 경멸적인 의미를 가지기 전에, 물레 가락이 곧 집 안에서 여성의 영역을 상징하던 시절에, 모든 여성은 곧 스핀스터, 즉 실을 잣는 사람이었다. 그리스 신화에서 모든 개인의 삶은 운명의 세 여신 모이라들이 잣고,

재고, 재단하는 것이었다. 동화 속의 이름 없는 여주인공은 룸펠슈틸츠헨의 도움으로, 지푸라기로 황금을 자아내기도 한다. 그러나 진정 놀라운 점은 실을 잣는 이들이 모두 아직 형태가 없는 덩어리를 앞에 놓고, 거기서 실을 뽑아내고, 그것으로 고기 잡는 그물이나 잠옷 같은, 세상을 담을 물건들을 만들어 낸다는 사실이다. 실 잣는 이는 형태가 없는 것에서 형태를, 조각들로부터 연속된 것을, 흩어진 사건들에서 서사와 의미를 만들어 내는데, 왜냐하면 이야기꾼은 또한 실을 잣는 이, 혹은 천을 만드는 이이기 때문이다. 이야기는 우리의 삶을 굽이굽이 흐르며 우리들 각각을 서로에게 이어 주고, 목적과 의미, 우리가 반드시 가야만 하는 어떤 길처럼 보이는 그곳으로 이어 준다. 그것은 그날 늦은 밤까지 해변에서 우리가 했던 일처럼 우리 뒤로 바늘땀 같은 발자국을 남기는 일이다.

"'나(I)'는 누군가에게는 유용한 바늘이다, 하지만 거기에 꿰는 실은, 물론, 그림자다."라고 브렌다 힐먼이 자신의 시 「수트라 끈 이론」에 적었다. 영어와 라틴어에서 '꿰매다'라는 뜻으로 쓰이는 'suture'는 산스크리트어의 '수트라(sutra)' 혹은 고대 인도어의 하나인 팔리어의 '수타(suta)'를 어근으로 하고 있다. 두 단어 모두 바느질과 관련이 있다. 불교의 가장 성스러운 경전 수트라가 그런 이름을 가지게 된 이유는 최초에는 경전을 끈으로 꿰어서 만들었기 때문이다. 야자수 잎을 두 개의 끈을 사용해 접이식 블라인드처럼 묶었던 것이 경전이었다. 부패하기 십상이던 해당 지역의 기후 탓에 그 경전은 또 다른 책으로 베껴지고 또 베껴졌다. 그런 식으로 야자수 잎 묶음이 책이 되고, 지식은 하나로 묶인 채로 실을 따라 하나의 선, 혹은 하나의 계통으로 전해졌다.

'수트라'라는 단어는, 플랫폼 수트라(육조단경, 六祖壇經), 하트 수트라(반야심경, 般若波羅蜜多心經), 로투스 수트라(법화경, 法華經) 같은 단어에서 보듯이, 붓다 자신 혹은 그와 가까웠던 사람들의 가르침을 의미하는 것으로, 이는 훗날에 묶여 나오는 학문적이거나 철학적인 글들과 구분된다. 말 그대로 야자수 잎에 적었던 옛글을 꿰매거나 묶었던 것에서 유래한 단어지만, 거기에 더해 은유적인 의미도 있었음이 분명하다. 수트라에 적힌 말이나 그 의미들이 만물을 관통하며 그것들을 하나로 묶어 주기라도 하는 것처럼, 그 실들이 우리가 따라야 할 길이고 삶이 흐르는 혈관이 되는 것처럼 말이다.

조동종(曹洞宗)의 선불교 학교에 입학하면, 자신의 이름이 새로 추가된 족보가 적힌 종이를 한 장 받게 된다. 빨간색 선 위에 이름들이 적혀 있는데, 큰 종이 한 장에 모든 이름을 다 넣기 위해 종이를 여러 번 접어 놓았다. 학생에서 스승으로 올라가고, 스승의 스승으로 올라가고, 그 너머의 스승까지 거슬러 올라가는 이 표는 가르침의 흔적을 기록한 일종의 가계도라고 할 수 있다. 그 선은 13세기에 중국에서 조동종을 수입해 온 일본 조동종의 조종 도겐을 거쳐, 중국의 스승들을 차례대로 지나고, 5세기의 달마 대사는 물

멀고도 가까운

론, 그보다 먼저 있었던 인도의 스승들을 거쳐 붓다 본인에까지 이른다(아마 가계도의 윗부분에는 분명 신화적 존재들도 있을 것이다.).

그 표는 혈통도라고 불린다. 마치 자신이 진짜 붉은 피처럼 유대가 강한 어떤 가문에 새로 꿰매진 것 같고, 새로운 관계망에 새로운 피로 수혈된 것만 같다. 혹은 계속 쓰이고 있는 어떤 책의 마지막 쪽이 되었다고, 그렇게 꿰어진 거라고 할 수도 있다. 그건 불교가 세대를 거치며 이어진 대화, 그 이상도 이하도 아니라고 말하는 것이기도 하다. 야자수 잎을 놓고 하는 대화가 아니라 얼굴을 맞대고 직접 나누었던 그 대화를 통해, 생각과 노력을 이어온 하나의 실이 2500년 이상 끊어지지 않고 이어진 것이다. 그 혈통도의 맨 마지막에 기록되는 사람은 이승의 존재들을 관통하며 계속 움직이는 바늘이 가장 최근에 만들어 낸 한 땀일 뿐이다.

봉합 수술(suture)도 수트라라면, 수술을 받은 나는 이번엔 무엇과 이어지는 걸까? 수술 당일에는 동이 트기도 전에 일어나서 병원에서 준 강한 소독약으로 몸을 씻었다. 다른 친구 한 명이 약속 시간에 맞춰 이른 아침에 병원에 데려다주었다. 그리고 그때까지 본 것 중 가장 안 예쁜 환자복으로 갈아입었다. 상의에는 고리가 잔뜩 달려 있었고, 전체적으로 부풀린 자루 같은 모양에 녹색과 갈색의 무늬가 서로 충돌하는 것처럼 찍혀 있었다. 머리를 가려 줄 파란색 모자와 가만히 누워 있는 긴 수술 시간 동안 혈액 응고를 막아 줄 흰색 호스도 붙어 있었다. 그런 상태에서 마취과 전문의가 들어왔다.

수술 준비는 열심히 해놓았는데 내가 겪게 될 구체적인 과정들에 대해서는 거의 듣지 못했다. 멍한 상태에 돌입하고, 몸을 움직일 수 없고, 아무것도 기억하지 못하고, 정맥 주사를 먼저 맞은 후 약물이 효력을 나타낼 때쯤에는 목 안에 넣은 튜브와 마스크를 통해 다시 한 번 마취제를 들이마신다. 의사인지 인턴인지 알 수 없는 누군가가 흰 주삿바늘을 팔꿈치에 있는 정맥에 찔러 넣으면, 약이 몸 안에 퍼진다. 주사를 맞고 잠시 정신을 차리려고 애를 썼던 게 분명한데, 그 약이 주사 맞기 전의 기억까지 얼마간 지워 버리기 때문에, 수술을 받았던 두 시간은 물론 그 직전의 몇 분도 완전히 기억에서 지워지고 말았다.

행복한 망각이었다. 증발해 버린 것들은 차마 눈뜨고 보기에 너무 끔찍하고 고통스러운 장면들이었을 것이다. 마취약이 발견되기 전에 큰 수술이란 인간이 도저히 견딜 수 없는 일이었다. 그건 당연히 거쳐야 하는 과정이 아니라 고통을 견디다 못해 택하는 최후의 수단이었고, 외과 의사의 가장 큰 덕목은 빠른 수술 속도였다. 에테르를 비롯한 최초의 마취제들은 수술 시 따르는 고통을 덜어주는 기적적인 해결책으로 여겨졌지만, 당시에는 마취제 자체에 따르는 부작용들이 있었다. 자칫 잘못 다루면 치명적일 수도 있는 약들이었다. 이후로 약물과 그 약물을 다루는 기술들이 많이 다듬어지기는 했지만, 여전히 마취에 따른 후유증은 몇 달씩 이어지

멀고도 가까운

기도 하고, 종종 영구적 손상을 남기기도 한다.

마취과 전문의는 수술이 진행되는 동안 수술대의 주인이라도 되는 양 환자의 머리맡에 앉아 있다. 외과 의사의 일이 무언가를 바꾸는 것인 반면, 마취과 전문의의 일은 같은 상태로 유지하는 것, 환자의 심장박동이나 호흡, 혈압을 면밀히 관찰하며 조절하는 것이다. 약물의 배합과 양을 조절하면서 자신이 통제할 수 있는 모든 것을 통제하고, 마치 불길을 줄이듯이 환자의 의식을 재웠다가, 외과 의사가 수술을 마칠 때쯤엔 약물의 양을 줄임으로써, 환자가 다시 정상적인 의식과 몸으로 돌아올 수 있게 한다. 수술이 끝난 후에도 나는 그 마취제의 간섭이 남긴 영향을 오랫동안 느낄 수 있었다. 마치 음악의 박자나, 춤의 스텝을 놓쳤을 때처럼, 그래서 다시 그 리듬을 되찾으려고 허둥대며 노력할 때와 비슷했다고나 할까. 그렇게 나의 생체 리듬을 되찾아야 했다.

태어날 때부터 지금까지 나의 호흡은 연속되는 흐름이었는데, 마취과 전문의가 그 흐름을 끊고, 매듭을 만들어 놓은 셈이다. 인공호흡기를 씌운 다음 모니터로 나를 살피며, 새로운 가닥을 만들어 냈다. 내가 멈춰 있는 동안 하나로 이어져 있던 나의 피부가 찢어졌고, 나는 달라졌다. 그리고 실과 매듭을 통해 다시 붙여졌다. 누군가 잠이 들었다가 꿈속에서 낯선 곳에 다녀왔더니, 자신은 그대로인데 세상은 몇 년, 몇 십 년, 몇 세기가 지나 버렸더라는 이야기는 수천 개나 된다. 수술 과정에서의 마취는 그것과 반대되는 과정이다. 나는 그저 한순간 잠이 들었을 뿐인 것 같은데, 눈을 떠보면 나 자신만 빼고 나머지는 모두 그대로인 상황이 펼쳐진다. 잠이 들어 있는 동안 과거의 나와 단절되고, 실밥을 지닌 채 다른 운명과 다른 몸이 되어 버린다. 목숨을 구하거나, 불구가 되거나, 목숨은 구했지만 불구가 되어 버린 몸이 되는 것이다.

수술을 마치고 다섯 시간쯤 지난 후에 나는 회복실에서 의식을 되찾았다. 어쨌든 기억이 되돌아온 곳은 그곳이었다. 나는 내가 마취의 후유증 같은 건 없을 거라고 믿고 싶었던 모양이다. 체코 출신 간호사를 즐겁게 해주려는 마음에, 지나치게 밝은 목소리로 내가 아는 유일한 체코어 표현, 즉 '니즈 네트라 베츠네(Nic netra vecne)'라고 말을 걸었다. 1989년 체코가 소비에트 세력권에서 벗어났을 때 거리의 시위대가 들고 있는 스탈린 흉상에 걸려 있던 팻말에 적힌 말이었다. 니즈 네트라 베츠네, '영원히 지속되는 것은 아무것도 없다.'는 뜻이다. 간호사는 내 발음을 수정해 주고〔저자가 말한 체코어 표현의 정확한 표기는 'nic netrva vecne'임―옮긴이〕 나의 생체 신호는 무시했다. 마치 곧장 일을 다시 시작하겠다는 듯 인터뷰 녹취록과 메모들을 뒤적이는 것도 잠시, 나는 완전히 탈진한 상태에 곧 익숙해졌다. 쉬지 않고 군인처럼 일에 달려들던 그 버릇을 고치는 기간이었다. 내 일은 그저 가만히 있는 것이었고, 결국은 어렵지 않게 그렇게 될 수 있었다.

나를 사랑하는 사람들이 회복실에서 반갑게 나를 맞아 주었

멀고도 가까운

고, 커다란 꽃바구니도 있었다. 그들이 푹 쉬라는 말을 전하고 병실을 나간 후에, 나는 혼자 힘으로 침대 밖으로 나갈 수도 없는 상태임을 깨달았다. 왼팔에 커다랗게 휜 바늘이 꽂혀 있어서, 팔을 구부리거나 지탱하면서 몸을 들어 올릴 수가 없었다. 오른쪽 몸과 팔도 어디가 잘못되었는지 도저히 힘을 쓸 수가 없었다. 몸통의 근육들이 비틀린 것만 같아서 평소처럼 배에 힘을 주며 상체를 일으키는 것도 불가능했다. 꽃바구니에 파묻힌 채 그렇게 호출 버튼이나 조명도 없는 회복실에서 꼼짝도 못 하고 누워 있는 동안 밖에서는 해가 지고 있었다. 도와달라고 소리를 지른 후 무슨 일이 벌어질지 기다렸다. 아무 일도 없었다. 어둠이 내렸다.

미녀 의사가 나중에 들어왔다. 열 시간 넘게 계속 근무 중이라는 그녀는 자기 책임하에 모든 일이 잘 진행 중이라며, 직접 내 상태를 확인하기 위해 와 봤다고 했다. 그녀가 간호사를 불러서는 피 묻은 내 환자복이며, 호출 버튼이 없는 것이며, 엉망으로 어질러진 내 물건들이며, 한 술도 뜨지 않은 채 그대로 있는 식사 등에 대해 호되게 야단을 쳤다. 그다음엔 팸이 그녀의 약혼녀와 함께 나타나 좀 더 구미가 당기는 음식들을 전해 주었지만 나는 내가 직접 주문했던 요리들까지 모두, 반복해서 토하기만 했다. 위장이 그대로 봉인되고 몸 안의 기능들이 아직 깨어나지 않은 것만 같아서, 결국 그날 밤은 아무것도 먹을 수가 없었다. 나중에, 야간 담당 간호사인 마리오가 혈압을 재어 보니 수치가 놀랄 만큼 낮았다. 거의 24시간 동안 아무것도 마시지 않았으니 당연했다. 그가 내 혈관에 직접 무슨 액을 넣어 주었고, 한 시간마다 깨워서 뭔가를 확인했다.

다음날 아침 나는 문명으로 돌아가 보려고 시도했다. 차이나 타운에서 산, 불사조와 용 문양이 들어간 아름다운 난초색 파자마와 제인즈에서 산 비둘기색의 얇은 실크로 만든 오래된 기모노를 입었다. 기모노의 기다란 소매가 앞으로 3주간 내 몸 어딘가에서 나오는 분비물들을 받기 위해 차고 다녀야 하는 플라스틱 주머니를 완벽하게 가려 주었다. 주머니는 검은색 실로 내 몸에 꿰매 놓았는데, 이는 무언가 내 몸을 침범했음을, 그래서 내 몸에서 말 그대로 진이 빠져 나올 것임을 보여 주는 징표였다.

그뿐만 아니라 나는 소변을 받기 위한 임시 튜브를 비롯한 다른 인공물, 그리고 DNA를 제거한 변성 피부 세포까지 달고 있었다. 말하자면 나 역시, 비록 작은 규모이긴 했지만, 다른 사람의 몸 조각을 붙인 봉합된 존재, 프랑켄슈타인 같은 괴물인 셈이었다. 기술자들은 자신들의 일을 훌륭하게 해냈다. 병원이라는 미궁에서 얼마 전까지 나였던 어떤 존재를 병리학자들이 면밀히 살폈고, 그렇게 나는 타인들이 현미경 아래에 놓고 읽어 내야 하는 책이 되었다.

수술 며칠 후에야 내 등에, 원래 있던 모니터 대신, 쇠고리가 달린 스펀지 원판이 붙어 있다는 것을 알았다. 그 낯선 물건이 며칠 동안 거머리처럼 내 몸에 붙어 있었다는 것, 내 몸이 나에게 그렇게 낯선 것이 되어 버렸음을 알았을 때 기분이 이상했다. 자세히 보니 두 개가 더 있었는데, 며칠 후에는 마지막 하나만 남았다. 그 원판들을 보니 정신을 잃었던 동안 나는 다른 사람들이 마음대로 다루고, 바꿔 놓고, 관찰하는 무기력한 존재였다는 사실이 새삼 떠올랐다. 나는 더 이상 내가 아니었고, 내 몸도 내 몸이 아니라 그저 비어 있고, 무기력하고, 낯선, 처분을 기다리는 어떤 것이었을 뿐이었다.

몸이 아픈 상태에는 왠지 모를 평온함도 있어서, 무언가를 해 보려는 마음이 사라지고 그저 가만히 있는 것만으로도 충분하다는 생각이 들기도 한다. 전에 감기가 심하게 들었을 때 그런 상태를 경험했는데, 지루함이나 불안감도 없고, 해야 할 일에 대한 생각도 많이 들지 않았다. 그럴 때 당신은 의식이나 일상, 평상시 몸의 감각, 사회적인 관계 같은 것에서 벗어나 어딘가 다른 곳에 존재한다. 아무것도 하지 않는, 혹은 쉬고 있는 상태에 의식은 거의 아무 일도 하지 않지만, 몸은 고요함을 가장한 채, 다시 일어나기 위해, 다시 감고, 다시 채우기 위해 부지런히 움직이는 중이다. 나는 앤이 그토록 눈부신 작품들을 만들어 낼 수 있었던 것도 그런 상태에 있었기 때문임을 깨달았다. 그건 그저 모든 것이 고갈된 상태만은 아니었다.

크게 아프거나 다치고 나면 어떤 단절이 생기고, 덕분에 정말 중요한 것이 무엇인지를 다시 생각하고, 다시 시작하고 다시 살피는 계기가 된다. 그건 우리에게 주어진 시간이 제한적이며 그것을 낭비해서는 안 된다는 것을 일깨워주는 사건이다. 그리고 과거와 단절함으로써 새롭게 시작할 가능성을 열어 주기도 한다. 하나의 질병은 수많은 단절이고, 당신은 스스로 향하고 있던 어떤 이야기의 줄거리, 혹은 그 의미에 다시 가서 붙어야만 한다. 모든 질병은 서사이기도 하다. 그것이 고대 서사시라면 우리는 우리를 괴롭히는 것들을 무찌르고 잠시나마 원래의 완전한 몸으로 돌아가는 환상을 성취할 것이다. 그리고 그리스 비극이라면, 결국 승리를 거둔 병이 우리를 죽음이라는 낯선 영역으로 데리고 갈 것이다. 종종 마지막까지 이 둘을 구분하기 어려울 때도 있다.

그리고 앞으로 어떻게 진행하게 될지 알 수 없는 수수께끼 같은 질병도 있다. 제멋대로 좋아졌다가 다시 나빠지기도 하는 병은 구성이라는 것이 없는 어려운 이야기, 혹은 그 깊이를 알 수 없는 이야기다. 의사들은 현재 밝혀진 의학적 증거들을 가지고 미래를 읽어 내야 하는, 그것이 무슨 이야기인지를 확정해야 하는 부담과 압박을 항상 느끼며 지낸다. 그들은 그런 규칙은 확고한 것이 아님을 일찌감치 파악했다. 거의 회복했던 환자가 갑자기 쓰러지고, 죽음 직전에 이르렀던 환자가 다시 먼 길을 지나 삶으로 되돌아오기도 한다. 그 과정에서 죽음이든 회복이든, 그 시점을 예측하는 것은 똑같이 불가능하다.

멀고도 가까운

내 상태는 좋아졌다. 넬리의 딸도 튼튼해져서 미숙아 병동에서 집으로 옮겼다. 그리고 앤은 결국 끝을 맞이했다. 나는 수술을 마치고 1주일 후에 병문안을 갔다. 버스를 타고 도심을 가로질러 가서, 내가 쓴 멕시코에 관한 에세이, 느림과 달팽이와 이야기에 관한 에세이를 읽어 주었다. 그녀에게는 누군가 관심을 가지고 뭔가를 읽어 주는 일 정도로밖에 느껴지지 않았겠지만, 그럼에도 그녀가 좋아할 것 같은 내용의 글을 읽어 주었다. 본인이 어떤 일들을 이루었고, 어떤 영향을 사람들에게 남겼는지 이야기해 줄 때 그녀의 얼굴에서도 빛이 났다. 다음에 병문안을 갔을 때는 『거울 나라의 앨리스』의 '생화 정원' 부분을 읽어 주었다. 그녀의 여동생이 뒷마당에 꾸며 놓은 천국 같은 화단에 대해 이야기하고, 앤도 한 송이 꽃 같은 사람이었다고 이야기해 주었다.

그녀가 얼마나 끈질긴 사람인지, 엉망으로 약해진 몸에서도 생명이 얼마나 오래 유지될 수 있는지 나는 간과했다. 앤은 부드러운 눈길로 나의 눈을 똑바로 바라보았다. 서로 분리된 느낌, 쑥스러운 느낌도 전혀 없이 그녀는 마치 거울을 들여다보는 것 같았다. 어떤 의미에서는 정말 그녀는 거울을 보고 있었다. 순간 그녀가 환하게 빛나는 것 같더니 그다음부터는 상황이 악화되었다. 다음번에 병문안을 갔을 때 앤은 완전히 의식을 잃은 상태에서도 편히 쉬지 못하는 것 같았다. 그렇게 사라지는 중이었고, 무(無)로 되돌아가는 꿈을 꾸는 중이었다.

그리고 요란한 바람이 쉴 새 없이 나뭇가지와 간판과 표지판을 뒤흔들던 어느 날, 그녀는 떠나갔다. 사람들이 내게 추도사를 써서 읽어 달라고 했다. 내 몸도 아직 완전치 않은 상태에서, 수백 명의 사람들 앞에 서서 추도사를 읽었다. 앤이 했던 말, 친구들의 말, 내가 하고 싶은 말을 그렇게 읽고 나서, 며칠 후 나는 아이슬란드로 가는 비행기에 올랐다.

멀고도 가까운

이것은 순수한 암흑 속으로, 혹은 불꽃 속으로 들어가는 나방을 떠오르게 한다. 멸종 위기에 처한 호주의 금빛 태양 나방은 오랜 시간 땅 밑에서 월러비풀의 뿌리를 먹고 지내다가 주행성 나방으로 변신한다. 입이 없는 이 나방은 며칠밖에 살지 못하지만 그전까지 축적해 둔 에너지로 번식 활동을 벌인다. 다른 나방이나 나비 중에도 아무것도 먹지 않은 채 짧은 생을 살다가는 종이 있다. 그리고 어떤 나방은 새의 눈물을 마신다. 슬픔은 늘 거리와 공간을 가지고 우리를 어디론가 데려가는 반면, 최상의 행복은 바로 이 순간 이 자리에서 마치 집에 있는 것 같은 평온함을 느끼게 한다. 그렇다면 슬픔과 행복은 각각 멀리 있는 것과 가까이 있는 것에 대한 감정일지도 모른다.(원하는 것이 부재하거나, 떠나거나, 곧 떠날 것 같은 때뿐 아니라, 원하지 않는 것이 가까이 있을 때도 분노와 두려움을 느끼기도 하지만.) 슬픔과 기쁨, 이라는 게 정말 유용한 표현일까? 해가 갈수록 나는 우리가 감정을 나타낼 때 다른 표현을 쓰고 싶어 하는 게 아닐까 하는 생각을 한다. 깊은, 혹은 얕은이라는 표현은 어떨까? 사람들은 종종 기뻐서 눈물을 흘리기도 하고, 또 슬픔을 날려 버리려다가 딴 데 정신이 팔려 그 깊이까지 함께 날려 버리는 경우도 많기 때문이다. 어떤 아름다움은 사람들을 울게 한다. "희망이 곧 역사로 이루어지는" 순간, 아주 오랫동안 찾으려고 노력했던 어떤 우주의 법칙을 발견하는, 그와 함께 어떤 질서를 알아보고 또 만들어 내는 우리 자신의 능력이 드러나는 순간, 그저 놀랄 만큼 아름다운, 도덕적인 아름다움까지 포함하는 어떤 순간, 정의가 행해지고 진실이 존중받고 질서와 일체성이 회복되는 순간이 있다. 어쩌면 거기서부터 우리는 어떤 깊이 있는 아름다움의 정의를 발견하는지도 모른다.

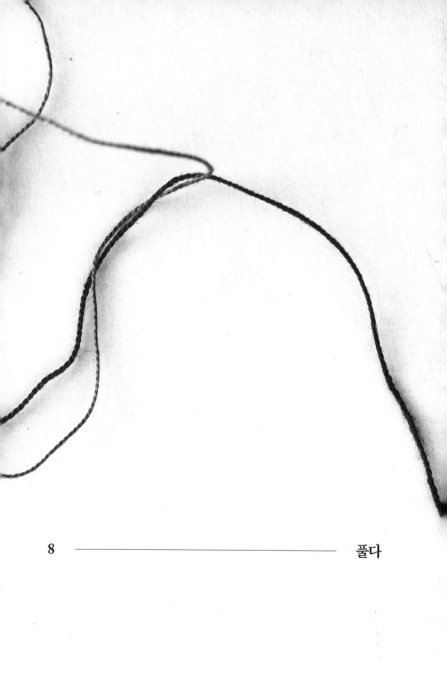

——————————————— 풀다

당신의 이야기는 무엇인가. 이야기를 전하는 방식은 아주 많다. 배가 전복되듯 가까이 있는 것들이 뒤집히자, 멀리 있는 것들이 밀려들었다. 나는 비행기를 타고 아무런 속박도 없는 북극 땅을 지나 바다를 건넜다. 하늘에서 보면 아이슬란드는 짙은 바위와 창백한 녹지와 파란 호수만 있는, 두꺼운 퍼즐 같았다. 마치 다른 행성을 보는 것처럼 낯선 땅이었다. 공항은 오가는 사람이 적어 조용했다. 프리다와 귀족적인 분위기의 클라라가 마중을 나와 있었다. 책과 겨울옷이 담긴 가방을 커다란 차에 싣고, 삐죽삐죽한 모양에 이끼가 두껍게 덮인 용암 지대를 지나 레이캬비크로 향했다. 아직 시차에 적응하지 못해 몸도 나른하고, 수술에서 완전히 회복한 상태도 아니었지만, 이리저리 걸어 다니며 주변을 구경했다. 창백한 안색의 사람들, 상점 진열장에 전시된 머리가 둘 달린 양의 박제, 넓은 피오르 해안 건너, 아직 흰 눈에 덮여 있는 뾰족한 산을 바라보았다.

가난했던 과거에는 아이슬란드에 사치품이나 정교한 세공품이 드물었다. 그런데 골목길의 한 상점에서 그리 오래된 것 같지 않은 고급 자기 제품을 잔뜩 쌓아 놓고 팔고 있었다. 접시, 잔, 잔 받침은 모두 잔뜩 흐린 날의 하늘 같은 청회색이었고, 그 위에 갈매기 그림이 장식되어 있었다. 많은 가족의 저녁 성찬에 쓰였을 그 식기들마저 차가운 바다와 그 바다를 가로질러 먼 거리를 이동하는 새들을 떠올리게 했다. 내가 머물 곳은 그 도시 너머, 그 나라에 있는 나의 유일한 지인을 포함한 모든 것으로부터 멀리 떨어진 곳이었다. 아이슬란드에 도착하고 며칠 후, 클라라가 바위산 사이로 가끔씩 작은 나무들이 보이는 거친 땅을 차로 몇 백 킬로미터 달려서 나를 그곳에 데려다주었다.

물 도서관, 한때는 책이 있는 도서관이었던 그곳은 서쪽으로 뻗은 커다란 반도에서 다시 북쪽으로 튀어나온 항구가 내려다보이는 언덕 위에 있었다. 항구 너머는 커다란 만, 혹은 피오르 해안이었고, 거기에 방 하나만 한 크기에서 농장만 한 크기까지 다양한 크기의 섬 3000여 개가 흩어져 있었다. 브레이다피오르드 군도 건너편의 베스트피르디르 산악 지역은 아이슬란드에서 가장 외진 곳으로, 내가 있을 당시인 5월 초에도 흰 눈에 덮여 있었다. 바닷새들이 섬 사이를 오가며 큰 무리를 이루고 있었고, 그 밖에 포유류라고는 그린란드에서부터 빙하에 실려 온 것으로 추측되는 북극여우 외에는 거의 눈에 띄지 않았다. 그나마 작은 섬에는 여우도 아예 없어서 새들은 매우 안전하게 지낼 수 있었다.

그 군도에 관해 쓰고 있는 지금, 친구 앤의 마지막 작품이 생각난다. 하얀 벽 위에 석고로 만들어 붙인 섬들을 빨간 실로 이어 놓았던 그 작품. 아이슬란드의 섬을 잇는 것은 바닷새들이었고, 배가 섬 사이를 오가기도 했다. 앤이 죽어 가며 만들었던 그 작품은 모든 것의 지도이자, 연결 그 자체에 관한 작품이었다. 뇌의 신경, 몸속의 혈관, 땅 위의 길 같기도 했다. 사람들은 자신의 삶을 하나의 실처럼, 시간에 따라 풀려나가는 하나의 서사인 것처럼 이야기한다. 하나의 이야기가 하나의 실인 것은 맞다. 하지만 우리들 각각은 그저 하나의 섬이고, 그 섬에서 셀 수 없이 많은 실이 세상을 향해 뻗어 나가는 것일 뿐이다.

태피스트리 같던 특정 시기에서 실을 한 올 뽑아 보면, 내가 기술한 것은 모두 진실처럼 느껴진다. 실제로는 하나가 아닌 많은 이야기가 있었고, 나는 많은 사건과 세세한 일이 뒤엉켜 있는 덩어리로부터 불확실한 기억을 더듬어 일관성 있는 이야기를 만들어 낸 것일 뿐이다. 어떤 실은 뉴올리언스로 이어지고, 다른 실은 아이슬란드로, 또 다른 실은 그다음 해 그랜드캐니언에서의 뗏목 여행으로 이어진다. 그리고 버마로, 적어도 버마에 관해 생각했던 일로 이어지는 실도 있다. 남자친구와 이별하고 닷새 후, 그러니까 아이슬란드로 와 줄 수 있느냐는 프리다의 전화를 받은 그날, 집에 돌아와 친구 마리사에게 전화를 걸었다. 그날 저녁, 우리는 버마의 승려들이 벌이는 시위를 지원하는 집회를 조직하기로 했다.

그로부터 사흘 전, 1000명이 넘는 승려가 양곤 시내에서 시위를 벌였고, 또 다른 수천 명의 승려는 버마의 다른 도시에서 가두행진을 했다. 그것은 독재 치하의 그 나라에서 모든 것을 걸어야만 할 수 있는 행동이었다. 짙은 붉은색 승복을 입은 맨머리의 승려들이 맨팔을 드러내고 길게 늘어선 채 도심을 떠다니듯 움직이는 모습을 보며, 그 승려들을 지키기 위해 도로로 나온 시민들의 모습을 보며, 나는 눈물을 흘렸다. 붉은 승복을 입은 승려의 행렬은 마치 앤의 작품에서 섬 사이를 이어 주던 빨간 실처럼 보였고, 새하얀 뼈에서 만들어져 우리 몸속 세포 사이를 끊임없이 흘러 다니는 붉은 피처럼 보였다. 생명을 지키기 위해 밖으로 나온 승려들은 그 과정에서 죽음을 각오했다. 남자 승려보다 조금 밝은 분홍색 승복을 입은 비구니도 마찬가지였다.

사람들은 대부분 문제나 위험, 죽음을 피하려고 애쓰기 마련이다. 하지만 그 시위대는 무장도 하지 않은 채 그 세 가지를 향해 다가가고 있었다. 타인의 이익을 위해, 혹은 불교에서 말하는 세상 만물의 이익을 위해서 말이다. 그 숨 막히는 장면은 그들과 함께 걷고 싶은 마음을 불러일으켰다. 개인적인 것과 일상적인 두려움 혹은 소심함마저도 사라지는 위급한 순간의 공기를 함께 마시고 싶은 마음도 들었다. 어쩌면 감정은 전염성이 있는지도 모른다. 그 장면을 보며 나도 용감해지고 싶었던 것이다. 우리는 멀찍이 있어서 위험하지는 않았지만, 적어도 멀리서나마 함께 걸으며 그들에게 지지의 뜻을 전할 수는 있었다.

거의 반세기 동안 군부가 통치하고 있는 고립된 나라 버마는, 동시에 독실한 불교 국가이기도 해서 승려와 군인의 수가 거의 비슷하다고 한다. 지난 8월 정부에서 갑자기 유류 가격을 인상하자 승려와 비구니는 생활고에 시달리는 대중을 위해 행동에 나섰다. 9월 초에 평화 시위를 하던 승려들이 진압 과정에서 다친 데에 항의하는 뜻도 있었다. 야만적인 독재 치하의 삶에서 흔히 발생하는 문제였다. 승려들이 행동에 나선 것은 그럴 때가 되어서, 희망이 생기고 변화가 가능한 때가 되어서였다. 그리고 버마처럼 신앙심이 깊은 나라에서는 승려들이 어느 정도의 면책권을 가지는 덕이기도 했고, 불교의 핵심 교리 중 하나가 만물의 일체성, 만물의 연결성이기 때문이기도 했다.

하지만 승려들은 군부와의 연계는 거부했다. 시위의 절정에서 승려들은 매우 보기 드문 의식을 행했다. 그것은 팔리어로는 '파탐 니쿠자나 카마', 즉 아무것도 담을 수 없도록 시주받는 그릇을 엎어 버리는 의식이었다. 매일 아침 버마의 승려들은 짙은 색 그릇을 들고 시내 이곳저곳을 돌아다닌다. 그들은 그 그릇이 당연히 채워질 거라는, 어떻게든 굶지는 않을 거라는 믿음을 가지고 그렇게 매일매일 그 믿음을 시험한다. 1000년 이상 이어진 남아시아의 불교 역사에서 그 시험은 대부분 성공적이었다. 날마다 행해지는 그 의식은 인간이 어떤 확실성이나 돈을 지니지 않고도 다른 것을 통해 서로 의지하며 아름답게 지낼 수 있음을 증명해 보였다.

승려에게 무언가를 제공하는 것은 영적인 이익을 얻는 행위였다. 그래서 그 교환에서는 교환을 하는 양쪽 모두가 서로에게 무언가를 줄 수 있다. 그릇을 엎는 행동은 군부와 그 패거리가 아무것도 줄 수 없게 만드는 것이자 그 어떤 종교적 의식에도 참여할 수 없게 하는 것, 그들과의 연을 끊어 버리는 것이었다. 승려들은 내내 그릇을 뒤집어 들고, 그렇게 군부를 비난하는 의사를 노골적으로 드러내며 거리를 행진했다. 받기를 거부한다는 것은 그 대가로 무언가를 내어 주는 것 역시 거부하는 것이며, 동시에 속세의 사람을 종교인의 삶과, 영적인 삶과 이어 주던 끈을 끊어 버리겠다는 뜻이었다.

그 예정된 시위에 내가 어떤 작은 기여를 했는지는 모르겠지만, 그 대가로 내가 얻은 것은 단순한 보상보다 훨씬 큰 것이었다. 버마 현지의 승려와 내가 있는 도시를 포함한 전 세계의 지지자가 가치와 원칙을 공유하는 하나의 공동체를 구성했고, 그 모임이 당시의 나에게 안식처가 되어 주었다. 독재에 맞서기 위해 맨손으로 일어난 그 사람들은 놀랄 만큼 아름다웠지만, 결국 독재 권력이 그들을 진압하는 과정에서 사원의 벽이 피로 물들고, 승려 여럿이 목숨을 잃고, 몇몇은 실종되고, 또 다른 몇몇은 사원에서 쫓겨나거나 다른 곳으로 망명해야만 했다. 그리고 많은 이들이 입을 다물

멀고도 가까운

어 버렸다. 그러나 희망에 찬 그 며칠 동안, 거리에서 승려들을 지켜 주던 일반 시민들은 분명 용감한 사람들이었다.

아이슬란드로 초대하는 프리다의 전화를 받고 이틀 후, 나는 마리사와 함께 사람 몇 백 명을 모아 내가 있는 도시의 중국 영사관으로 갔다. 중국은 버마 군부의 주요 후원국이었다. 모인 사람 중 많은 이가 불교도였고, 대부분은 붉은색 옷을 입거나 위파사나 불교의 유명한 스승이 가지고 온 붉은색 천을 둘렀다. 이 스승은 그 위기 상황 내내 헌신적으로 활동하던 사람이었다. 태국과 버마에서 온 승려들과 함께 지내던 그에게는 버마에서 벌어지는 일이 모두 남일 같지 않게 느껴졌던 것이다. 나는 "온 세상이 보고 있다."는 유명한 구호를 시각적으로 표현하기 위해, 화가 친구 모나 카론에게 부처님의 눈을 멋지게 좀 그려 달라고 부탁했다. 그녀는 버마 이민자 출신 아이들이 드나들며 지켜보는 영사관 벽 앞에서 세로 4피트, 가로 8피트짜리 파스텔 그림을 펼쳤다.

크고, 엄숙하고, 슬프고, 화려하고, 싱싱하고, 눈에 띄는, 무엇보다 빛나는 그림이었다. 제3의 눈이 있어야 할 자리에는 지구가 그려져 있고 버마가 있는 부분은 빨갛게 강조되어 있었다. 그림 아래쪽에도 지구가 걸쳐 있어서 그 위에서 불타는 녹색 눈이 그 지구를 지켜보는 듯한 효과를 내고 있었다. 양쪽에 막대를 단 두꺼운 종이에 그 그림을 붙이고 나니, 마치 시위대를 이끄는 현수막처럼 되어 버렸다. 마리사와 나는 그 거대한 시위대의 흐름보다 조금

앞서서 걷다가, 현지의 불교도와 버마 이민자의 모임이 결합하기 시작한 후에야 물러날 수 있었다. 그러나 나는 버마의 도시 위를 흐르는 붉은 강 같던 승려들의 모습과 시위가 지속되는 동안 그들과 이어져 있는 듯했던 그 느낌을 잊을 수 없다.

우리 대부분은 각자의 삶을 고통을 피하기 위한 여정에 비유하거나, 혹은 그렇게 이야기하도록 배웠다. 최종 목표가 의미나 명예 혹은 경험을 얻는 것이라면, 똑같은 사건이 작은 승리가 될 수도, 목표에 이르기 위해 필요한 과정이 될 수도 있다. 개인은 중요하다. 개인이란 집과 같다. 하지만 우리는 집 안에 가만히 있기보다는 그 안을 이리저리 돌아다니기도 하고 때로는 밖으로 나오기도 한다. 나병 전문가 브랜드는 이렇게 적었다. "고통은, 그 사촌 격인 촉감과 함께 온몸에 퍼져 있어, '자아'의 경계 역할을 한다." 하지만 내 안에서 나와 세상을 향해 뻗어 있는 신경처럼 감정이입, 연대, 지지 같은 것이 자아를 신체의 경계 너머로 확장해 준다.

익숙한 동화들은 결말에 이르러 제한된 가능성만을 보여 준다. 그 이야기들은 대부분 무언가를 얻는 것으로 끝난다. 부를 얻고, 안정을 얻고, 배우자를 얻고, 자식을 얻고, 화려한 권력을 얻는다. 심지어 오늘날에도 이런 것을 모두 가지지 못한 사람들은 교묘하게 혹은 노골적으로 실패자라는 소리를 듣는다. 그런 이야기에서 다른 방식으로 사는 삶, 다른 기준으로 측정된 삶이 들어설 자

멀고도 가까운

리는 없다. 당신의 이야기는 무엇인가? 목표가 중요하다. 불교의 기초가 되는 반석, 즉 붓다의 삶은, 거꾸로 흘러가는 동화이다.

25세기 전에, 귀족의 자식으로 태어난 한 남자는 구도자, 승려, 큰스승이 되고자 한밤에 집을 나섰다. 우리가 이 역사적 인물에 대해 아는 것은 고작 이 정도뿐이다. 그의 삶과 관련한 사실들은 윤색되고 미화되어 완벽한 반(反)동화가 되었고, 그 이야기가 여전히 남아 전 세계 사람이 그걸 배우고, 그것을 생각하고, 계속 이야기한다. 그가 태어나고 6세기 후에 인도 북부의 시인 아슈바고샤가 그의 삶을 전설로 기록했다. 지금까지 이야기되는 붓다와 관련한 일화는 대부분 그의 서사시『불소행찬』에 담겨 있는 것들이다.

이 서사시를 약 800년 전에 쉰다섯 장의 야자수 잎에 베껴 적은 필사본이 지난 세기 말까지 카트만두의 한 도서관에 소장되어 있었다. 이는 산스크리트 원본의 절반쯤에 해당하는 분량이다. 나머지 부분은 현재 중국어와 티베트어 번역본으로만 존재한다. 이 책은 말 그대로 '수트라'인데, 이 단어는 원래 끈으로 묶은 야자수 잎을 뜻하다가 훗날 붓다의 가르침이라는 의미를 가지게 된다. 그렇게 나뭇잎을 자르고 묶어서 만든 책에 담겨 있던 글이 1894년과 1936년 두 차례에 걸쳐 꽃처럼 화려하게 영어로 번역되었다.

아슈바고샤의『불소행찬』에는 전설 같은 이야기가 가득 담겨 있다. 싯다르타 고타마의 어머니가 흰색 코끼리가 나오는 태몽을 꿨다는 이야기, 그 어머니가 꽃이 핀 길가 나무 가지를 쥐고 선 채로 그를 낳았다는 기적 같은 이야기, 그가 어머니의 몸에서 나오자마자 일곱 걸음을 걸어가 "나는 최고의 앎을 위해, 온 세상의 안녕을 위해 태어났도다. 이것이 나의 마지막 출생이다."라고 말했다는 이야기. 이 이야기들이 아기 그리스도의 이야기와 비슷하다는 사실은 두 이야기 모두 신비로운 탄생을 출발로 하는 동화, 즉 '복숭아 소년'이나 '엄지 공주' 이야기와 같은 계열임을 암시한다.

잠자는 숲속의 미녀에 나오는 미녀의 부모처럼, 싯다르타의 아버지도 아들의 운명을 바꾸어 보려고 시도했다. 사제 중 한 명이 그의 아들이 온 세상을 통치할 위대한 왕이 되거나, 아니면 위대한 정신적 스승이 될 것이라고 했다. 아들이 스승이 아니라 왕이 되기를 바랐던 아버지는 왕자를 천상의 정원 밖으로 나가지 못하게 했다. 아름다운 무희와 수많은 연회, 온갖 감각적인 즐거움이 넘쳐 나는 그곳에서는 그 어떤 의문이나 바깥 세계를 향한 궁금증도 생기지 않을 것이라고 왕은 믿었다.

싯다르타 왕자가 태어나자마자 경험한 세상은 동화 속의 거위 소녀나 거지 소년이 이야기의 끝에서야 겨우 만나는 세상이었다. 『불소행찬』의 내용을 보면 그 정원에는 금으로 만든 코끼리와 사슴이 있었고, 진짜 사슴들은 역시 금으로 만들어진 수레를 끌었고, 화환처럼 한데 묶인 보석이 가득했다고 한다. 잘생긴 청년으로 성장한 싯다르타는 사랑스러운 여인과 결혼해서 후계자가 될 아들을 하나 낳았는데, 안타깝게도 그 이름을 라훌라라고 지었다. 그 이름의 뜻이 '속박'이었던 것이다. 이 아이 때문에 그는 더욱더 궁전 안에서의 생활에만, 아버지가 그에게 정해 준 삶에만 묶여 있어야 했다.

그다음 이야기가 이 전설에서 가장 중요한 부분이다. 그는 자신에게 고통과 의문이 없는 세상을 만들어 주기 위해 선왕이 신경 써서 마련해 준 길, 즉 "고통받는 일반인, 팔다리가 잘린 사람이나 특정 감각을 잃어버린 이, 나이가 들었거나 병든 이처럼 비참한 이들"이 없는 그 길에서 벗어난다. 신들도 간섭한다. 신들은 그에게 이 이야기의 핵심이 되는 네 가지 광경을 보여 준 후, 결국 불교의 기초가 되는 네 가지 진리에 이르도록 그를 이끌어 준다. 첫 번째 광경은 노인이다. 노인을 마주하고, 그때까지 지나친 보호 속에서 자랐던 왕자가 보인 반응은 충격과 당혹이었다. 그는 친구이기도 한 마부에게 설명해 달라고 부탁한다. 마부는 그것이 노년이라고 대답한다. 그리고 이렇게 덧붙인다. "아름다움을 죽이고, 정력을 잃게 하는 슬픔의 원천이자, 쾌락의 무덤이고, 기억을 파괴하는 것이죠. 그것은 오래 살면 누구나 맞이하게 되는 것이랍니다."

다음 광경은 병자이다. 숨을 헐떡이는 병자는 배가 잔뜩 부풀어 있고 팔다리는 앙상하다. 그는 고통으로 흐느끼며 동료에게 몸을 의지하고 있는데, 그 동료는 바로 신이 변신한 모습이다. 왕자는 "흔들리는 수면에 비친 달처럼 몸을 떨었다." 다시 한 번 왕이 마련해 준 길을 벗어났을 때, 신들이 이번에는 왕자에게 시체를 보여 준다. 가장 두렵고, 가장 아름답지 않은 인간의 상태를 신들이 몸소 보여 준 것이다. 그런 광경을 목격하고 나면 그의 생각이 깨어나리라 기대한 것이다. 네 번째 광경은 『불소행찬』에는 나오지 않지만 다른 경전에 자주 등장하는 것으로 바로 '비구', 즉 홀로 방랑하며 인간이 고통받는 원인을 찾고 그것을 전하는 일에 삶을 바친 사람들이다. 싯다르타 고타마도 그동안의 쾌락에서 벗어나 비구의 삶을 살기로 한다.

사려 깊은 사람이라면 늙음과 병, 죽음을 완전히 망각하지는 않는다. 하지만 우리 대부분은 일부러 혹은 다른 이유로 어느 정도는 그것을 잊고 지낸다. 우리는 그것을 알고는 있지만, 어떤 결정에 영향을 미칠 정도로 그 사실을 생생하게 실감하거나 상상하지는 못한다. 하지만 일단 그것을 실감하고 나면 그게 우리든 당신이든, 모든 것이 달라진다. 나이 든 어머니가 아프고, 곧이어 나까지 병원 신세를 지고, 친구 앤이 죽어가고, 넬리의 딸이 위험한 상태로 태어났던 그해 살구 수확기에, 나는 그 점을 조금은 알게 된 것 같다.

본인은 충분히 혜택을 받고 자랐지만 주변의 다른 사람들이 부당한 힘에 의해 파괴되는 모습을 보고 충격을 받았다는 젊은이들을 자주 만난다. 그중 어떤 이는 하던 일을 그만두고 인권운동에 뛰어들거나, 피해자를 교육하고 그들을 돌보는 일에 나서기도 했다. 그런 단절의 순간, 깨어남의 순간이자 삶의 방향이 바뀌는 순간을 경험하는 이들이 많다. 부에노스아이레스의 안락한 관료 집안에서 장남으로 태어났다가 그런 순간을 경험한 후 의사의 길로 접어든 청년도 그랬다.

에르네스토 '체' 게바라의 경우에는 칠레의 사막 한복판에서 담요 한 장 없이 떨고 있던 실직한 광부와 그 아내 그리고 천식과 가난으로 죽어 가던 발파라이소의 어떤 할머니를 보고 큰 충격을 받았다. 신이 보낸 광경이었다고 할 수는 없겠지만, 어쨌든 그들이 게바라를 깨우고 그의 삶을 바꾸어 놓았고, 그는 무슨 일이 있더라도 포기하지 않고 고통을 끝내기 위해 자신만의 길을 걸었다. 궁전을 떠나 고행의 길이자 구도자의 길을 나설 때 싯다르타의 나이는 스물아홉이었다. 체가 그라나도의 오토바이 뒤에 올라타 자신의 삶을 바꾸어 놓게 될 여정에 나설 때보다 나이가 몇 살 많았다.

유한함, 덧없음, 불확실성, 고통, 변화의 가능성 같은 것이 찾아와 삶을 그 전과 후로 나누어 버리는 때가 있다. 수없이 들은 사실과 생각이, 생생하고 급박하고 실감 나는 현실이 되는 순간이다. 이전부터 알고 있던 것들이지만 그 순간부터는 정말로 중요해진다. 이 순간은 갑자기 목소리를 높이며 우리에게 무언가를 요구하는 손님처럼 찾아온다. 그 손님은 때로는 안내인처럼 친절하기도 하지만, 때로는 과거의 시간을 모조리 부숴 버리고 우리를 문밖으로 난폭하게 밀어내기도 한다. 우리는 그런 순간에 반응하고, 그 반응이 바로 그 순간 이후에 살아가게 될 삶이다. 가끔은 나쁜 소식이 우리를 진실한 삶의 길로 이끌어 주기도 한다. 난폭하게만 보였던 손님에게 나중에 감사하게 되는 경우라고나 할까. 사람들은 대부분 꼭 변해야 할 때가 아니면 변하지 않게 마련이고, 위기가 변화를 강요하기도 한다. 국가적인 위기든 단 한 사람의 개인적인 위기든, 새로운 정체성, 새로운 목표를 정해야만 극복할 수 있는 위기가 있는 것이다.

갑자기 삶의 단절을 경험하고 나서 대의나 공동체를 위해 온몸을 바치게 된 사람들이 나는 부러웠다. 그 새로운 삶은 어떤 모호함이나 불확실성도 없는, 분명하고도 급박한 마음의 산물처럼 보였다. 하지만 이런 삶이 싯다르타 왕자에게는 그리 간단하지 않았다. 어떤 이야기는 그가 궁전에서 가족이 울면서 지켜보는 가운데 삭발을 하고 수도자의 옷으로 갈아입었다고 전한다. 이와 달리 『불소행찬』에서는 그가 한밤중에 말을 타고 아무도 모르게 궁전을 빠져나와, 숲 속에서 직접 긴 머리를 자르고, 아무런 작별 인사나 설명도 없이 그 칼과 머리칼만 타고 왔던 말에 실어서 돌려보냈다고 적혀 있다. 아담과 이브가 천국에서 쫓겨난 것은 일종의 처벌이었기에, 동화나 성서의 창세기에 익숙한 독자에게는 그가 자신의 발로 천국에서 나왔다는 사실이 놀랍게 느껴질 것이다.

불교에서, 변화란 주어지는 것이며 괴로움은 집착에 따르는 피할 수 없는 결과다. 그리고 불교는 그 집착을 어떻게 하면 좋을지 질문한다. 하지만 괴로움이 팔리어 '두카'의 정확한 번역은 아니다. '두카'는 하늘, 공기 혹은 구멍, 특히 바큇살의 축에 있는 구멍을 의미한다. '수카'가 바퀴가 잘 굴러가게 하는 좋은 구멍이라면, '두카'는 잘못된 구멍, 바퀴가 흔들리고 길에서 덜컹이게 하는 구멍이다. 이는 조화나 차분함의 반대어로, 불화 아니면 소란으로 번역할 수 있다. 뭔가 어긋난 느낌, 조화롭지 못하고 만족스럽지 않으며, 불안하고 두렵고, 마음이 쓰린 느낌은 모두 잘 알고 있을 것이다. 싯다르타는 최초의 수트라인 『초전법륜경』에서 이렇게 말했다. "태어남도 괴로움이다. 늙음도 괴로움이다. 병도 괴로움이다. 죽음도 괴로움이다. 근심, 탄식, 육체적 고통, 정신적 고통, 절망도 괴로움이다. 싫어하는 것들과 만나는 일도 괴로움이다. 좋아하는 것과 떨어져 있는 일도 괴로움이다. 원하는 바를 얻지 못하는 것도 괴로움이다. 요컨대, 다섯 가지 집착이 모두 괴로움이다."

많은 사람이 자신의 괴로움을 다스리기 위해 불교에 입문하고 있다. 하지만 사실 불교의 가르침은 고통의 외적인 원인을 근절하기보다 타인을 돌보고 만물에 공감할 것을 강조한다. 자아에 대한 집착을 넘어서는 방법, 혹은 그런 분리를 경험하는 방법이 있다. 버마의 승려들이 그것을 실천하고 있었다. 그들은 불교의 기본 수행, 즉 정좌를 하고 앉아 자신의 호흡에만 집중함으로써, 그리고 버마 국민을 위해 거리로 나섬으로써 그 가르침을 행동으로 옮겼던 것이다.

자신의 호흡에 집중하는 것은 그 순간 속에만 존재하는 것이라고 할 수 있다. 한때 노숙인 생활을 하다 불교 사제가 된 한 지인의 말에 따르면, 그렇게 호흡에 집중하며 현재에 몰두하다 보면 자신의 이야기에만 빠져들지 않고 다른 이야기에 공감할 수 있게 된다. 정좌를 하고 자신의 호흡을 세면서 머릿속에 떠오르는 이야기를 그대로 응시하고, 그렇게 흘려보내며, 이야기를 만들어 내는 당신의 취향을 조금씩 알게 되고, 당신이 이야기를 만들어 내고 있다는 사실 자체도 인식하게 된다. 배고픔이나 통증 같은 것을 완전히 무시할 수는 없겠지만, 신체적 괴로움을 다양한 관점에서 바라볼 수 있게 된다. 그러면 자신이 감정적 의미의 고통을 이전보다 훨씬 더 잘 다룰 수 있게 되었음을, 관점에 따라 다르게 느낄 수 있음을 깨닫게 된다.

버마 출신 망명자나 선 사상의 승려, 태국과 버마의 숲 속에서 생활하는 승려와 함께 시간을 보낸 적이 있는 불교 스승들은 이야기와 고통과 감정이입을 생각하던 나에게 좋은 동반자가 되었다. 사진작가 수반카 바네르지도 그중 한 명이었는데, 작품으로만 알고 있던 그가, 내가 아이슬란드로 떠나기 며칠 전에 메일을 보내왔다. 나도 답장을 보냈고, 그렇게 편지를 주고받은 지 1년쯤 지났을 때 뉴멕시코에 있는 그의 집에서 그를 처음으로 만났다. 바깥에는 눈이 내리고 안에는 인도 요리의 향이 가득한 것이, 마치 두 장소가 동시에 한 곳에 있는 것만 같았다. 어쩌면 그는 늘 그런 식으로 살아왔는지도 모른다. 제멋대로 헝클어진 검은 고수머리가 인상적인 수반카는 매우 열정적인 인물이었다. 그는 이야기 도중에 끔찍하다거나, 놀랍다거나, 예상치 못했다거나 등등 뭔가 극단적인 표현을 할 때마다 웃음을 터뜨리며 "세상에"라는 감탄사를 연발했다. 그 역시 단절을 경험한 후, 편안하고 안전하고 풍요로운 삶을 버리고 제 발로 나온 사람 중 한 명이었다. 그가 감정이입을 했던 대상은, 인간보다 더 넓은 공동체였다.

콜카타에서 나고 자란 수반카에게는 어린 시절 예술을 사랑하는 마음을 심어 준 화가 종조부가 있었다. 하지만 특별한 생계 수단이 없는 인도의 젊은이가 화가를 꿈꾸며 살 수는 없었다. 대신 공대를 졸업한 그는 컴퓨터 공학과 물리학을 공부하기 위해 뉴멕시코 대학교로 유학을 가기로 결정했고, 학교를 졸업한 후에는 국립무기연구소에서 조사 및 연구 활동을 했다. 하지만 수반카의 진짜 열정은 회사 바깥을 향하고 있었다.

라스크루시스에 도착한 그는 사람이 거의 없는 광대한 사막을 마주했다. 그건 "공간이 주는 충격"이었다고 그는 말했다. "왜냐하면 콜카타에서는 1제곱미터 정도의 땅만 얻을 수 있어도 운이 좋은 거였거든요. 그런데 여기 이 어마어마한 공간을 보고 있으니 이걸 어떻게 해야 하나 싶었죠." 그는 그 공간을 탐사하기 시작했다. 친구들의 배낭여행에 따라 나선 것이다. 처음에는 내키지 않았지만 곧 그 매력에 흠뻑 빠져들었다. 그는 캠핑을 시작하고, 산을 오르고, 그 지역 시에라 클럽의 산행 진행자가 되어 모임의 부회장까지 맡았다. 그는 사진을 찍기 시작했고, 시애틀 외곽의 연구소로 전근을 간 후에는 매니토바의 처칠로 떠나는 상업 사진가들의 촬영 여행에 동참했다. 처칠은 북극곰을 관찰하며 사진을 찍기에 좋은 곳이었다.

처칠에서 그는 앞으로 자신을 평생 사로잡을 사진을 한 장 찍게 되었다. 그건 북극곰 한 마리가 다른 북극곰을 잡아먹는 사진이었다. 생크림처럼 하얀 곰 한 마리가 서 있다. 몸은 왼쪽으로 살짝 틀었지만 얼굴은 정면을 향하고 있다. 작은 귀, 까만 눈, 까만 코, 깨끗한 털을 지닌 녀석은 혀를 살짝 내밀고 온화한 표정을 짓고 있다. 사진 가운데에는 다른 곰의 머리도 있다. 눈은 감겼고, 송곳니가 드러나 있다. 머리는 피로 얼룩지고, 찢어진 몸의 일부는 사라지고 없다. 하얀 털과 새빨간 속살이 반반씩 보인다.

수반카의 사진에서 가장 불편한 것은 곰 두 마리가 표정만 제외하면 너무나 닮았다는 사실이다. 그것은 동족끼리 잡아먹는 행동에 관한 사진이 아니라 나르시시즘에 관한, 자기 자신을 먹어 치우는 것에 관한 사진이었다. 주변에 먹을거리가 없기 때문에 자신을 먹어 치우는 것이다. 수곰은 흔히 다른 곰을 먹기도 하고, 또 원래 곰은 죽은 것이라면 뭐든 먹기도 하지만, 북극곰이 서로를 먹어 치우는 일이 잦아진 것은 여름에 얼음이 얼지 않아 먹을거리가 줄어든 현실과도 분명 관련이 있었다.

멀고도 가까운

베리 로페즈의 『북극의 꿈』은 지구 최북단의 사람과 동물, 얼음과 빛에 관한 서정적인 조사 보고서로, 그 기저에 깔린 경고는 책이 출간된 1986년보다 요즘 들어 더 또렷한 울림을 주고 있다. 기후변화라는 말은 당시 과학자들이 마구 만들어 낸 용어에 불과했다. 그 말이 일반인의 머릿속에 자리를 잡기 시작한 것은 몇 년 후였다. 로페즈는 책에서 알래스카를 초기에 탐사했던 여행가의 말을 인용했다. 스코틀랜드 출신의 미국 환경운동가 존 뮤어는 북극곰이 "마치 대륙 전체가 늘 자신의 것인 양 움직인다."라고 적었다.

그때 대륙이란 땅과 바다를 모두 일컫는 말이었다. 북극곰은 엄격하게 말하면 해양 포유류다. 북극곰의 생존은 그들이 사냥을 하고 사냥을 당하는 터전인 거대한 해수 얼음에 달려 있다. 어쩌면 북극곰은 육지도 바다도 아닌, 얼음 포유류라고 해야 할 것이다. 얼음이 조각나고, 가라앉았다가 다시 떠오르고, 그 사이에 한때 단단한 땅덩어리였던 것이 텅 빈 바다로 변해 버린다. 대륙은 더 이상 그들의 것이 아니다. 북극곰을 다룬 장의 마지막 부분에서 로페즈는 목에 위치 추적기를 달기 위해 잠시 마취 시킨 암컷 북극곰을 만졌던 일화를 이야기하며 "마치 박물관에 있는 표본을 살피는 기분이었다."라고 했다. 암컷의 생식기를 보면서는 "크기나 모양이 사람의 것과 너무 비슷해서 고개를 돌렸다. 남의 사생활을 훔쳐 본 기분이었다. 그날 내내 그 연약한 이미지를 머릿속에서 지울 수가 없었다."라고 했다.

거의 20여 년 전부터 자웅동체의 북극곰이 나타나기 시작했다. 생식이 불가능한 변종이었다. 이런 변화 때문에 북극곰은 멸종 위기에 처한 상태다. 조류에 떠밀려 오거나 철새가 옮겨 온 오염 물질이 체내에 쌓여서 생긴 결과였다. 이어서 곰이 익사하는 일도 벌어졌다. 삶의 터전이었던 얼음이 녹아 사라졌음에도 그 주변을 떠나지 못하던 곰들이 그 희생자였다. 메리 셸리의 소설에서 비정상적인 자연은 예외였을 뿐, 나머지 세계는 대부분 야생이나 질서 정연한 곳으로 이루어져 있다. 그녀는 우리 모두가 프랑켄슈타인이 될 수 있을 거라고는 상상도 못했다. 주변 풍경이 모두 괴물이 되어 쫓고 쫓기는 상황, 오염 물질이 우리 몸 안에서부터 세상 끝까지 모든 곳에 퍼져 있는 이런 상황 말이다.

북극지방의 이 참극은 그 자체로 괴물이 되어 버린 세상, 인간이 만들어 낸 것들이 대혼란을 야기한 상황을 대변한다. 수반카를 북극으로 이끈 것도 어쩌면 그런 절박함이었을지 모른다. 당시 그는 서른세 살이었다. 직장을 그만두고, 적금을 인출하고, 연금까지 해약한 그는 생물학자들과 교류하기 시작했고, 긴 여행을 준비했다. 그렇게 겨울 극지방이라는 미지의 땅에 들어간 그는 어린 시절에 꾸었던 예술가의 꿈을 되찾았다.

얼마 후, 수반카는 알래스카와 유콘의 경계선 근처 보퍼트 해에 있는 바터 섬의 카크토비크 마을에서 멘토이자 안내인인 이누이트 사냥꾼 로버트 톰슨을 만났다. 톰슨은 수반카에게 북극의 추위와 생존법을 가르쳐 주었다. 두 사람은 북극권국립야생보호구역으로 들어가 북극곰을 관찰했는데, 이번에는 탱크 같은 차량에 탄 관광객에게 둘러싸인 곰이 아니라, 인간의 흔적이라고는 찾아볼 수 없는 지역에 사는 곰이었다. 여름철에 해당 지역을 찍은 사진은 많았지만, 그 외의 계절에는 약탈하고 싶어도 할 동물이 없는 황무지로 알려진 곳이었다. 수반카는 그것이 사실이 아님을 보여 주기 위해 그곳으로 들어갔다.

야영 초기에 두 사람은 은신처 주변에서 놀고 있는 어미 곰 한 마리와 새끼들을 발견했고, 수반카가 그 노란빛이 도는 흰색 곰들을 촬영했다. 눈이 어찌나 하얀지 그 위에 비친 그림자가 새파랗게 보일 정도였다. 온 세상에 생명체라고는 그 곰들밖에 없는 것처럼 보였다. 어미 곰 한 마리와 새끼 곰 두 마리, 새하얀 하늘 아래 새하얀 눈. 마치 아직 시간이 탄생하기 전 같은, 세상이 이제 막 시작된 것 같은, 아무것도 잘못되지 않은 것 같은 풍경이었다.

그런 사진을 몇 장 더 찍을 수 있다는 희망에 수반카와 톰슨은 계속 그곳에 머물렀다. 눈보라가 몰아쳤고, 무려 29일 동안 눈보라가 그치지 않았다. 바람 때문에 기온은 섭씨 영하 49도까지 떨어졌다. 두 사람은 대부분의 시간 동안 텐트에 갇혀 있었고, 바람에 펄럭이는 텐트 소리 때문에 말을 많이 할 수도 없었다. 한번은 텐트가 거의 눈에 묻혀 버릴 뻔한 적도 있었다. 그런 상황에서도 두 사람은 자주 밖으로 나가서 걸었다. "제가 믿는 구석은 로버트였어요. 그와 떨어지지만 않으면 죽지는 않을 거라는 생각이었죠." 수 반카가 말했다. 그런 환경에서는 바람과 눈 때문에 몇 피트 앞에 뭐가 있는지도 확인할 수 없다. "온통 흰색뿐이었어요. 지리 감각 도 완전히 사라져서 오르막인지 내리막인지, 아니면 그냥 언덕인 지 분간이 안 되죠. 그냥 세상이 하얗게 지워지고, 정말 무서운 생 각이 듭니다."

"5피트 앞도 분간이 안 되지만, 그 와중에 세상을 다 볼 수 있 어요." 수반카가 계속 이야기했다. "북극에 갈 때는, 고향에서 아 주 먼 외진 곳으로 간다는 생각이었죠. 그런데 막상 가 보니, 북극 도 이어져 있더라고요. 10년이 지난 지금은 북극이 지구에서 가장 많이 이어져 있는 곳이라고 말하고 다닙니다. 그 이어짐은 축복이 면서 동시에 비극이죠. 축복인 이유는 전 세계에서 출발한 철새가 그곳으로 날아들기 때문인데, 그중에는 콜카타에서 온 새들도 있 어요. 흰눈썹긴발톱할미새라는 종인데, 그 새는 제가 태어나고 자 란 콜카타 외곽에서 겨울을 보내고, 북극권국립야생보호구역으 로 와서 둥지를 틀어요. 제가 10년째 활동 중인 그곳에 말입니다. 그러니 그런 이어짐은 축복인 거죠."

그 이어짐이 비극인 이유는 철새와 함께 이동하는 독성 물질과 기후변화 때문이다. 그 독성 물질은 곰을 자웅동체로 만들 뿐만 아니라 인간에게도 영향을 미친다. "그린란드 여성의 모유는 과학 자들 사이에서 유해 폐기물로 여겨지고 있습니다." 수반카가 말했

멀고도 가까운

다. "왜냐하면 전 세계에서 시작되는 독성 물질의 여정이 북극에서 끝나거든요. 그러니까 제 작업은 사실 이런 상호 연관성에 대한 은유인 셈이죠."

수반카가 순록 떼의 이동을 항공 촬영으로 찍은 컬러 사진이 있다. 한 덩어리로 움직이는 순록들이 만들어 내는 흔적이, 흰색 담요 같은 눈 위에 수놓인 바느질 자국처럼 보인다. 또 다른 사진에서는 다시 남쪽으로 날아가기 전 황금빛으로 물든 여름의 황새풀밭에서 배를 잔뜩 채우고 있는 흰 갈매기들의 모습이 마치 하얀 점이 흩어져 있는 것처럼 보인다. 그가 가끔 먼 거리에서 사진을 찍은 이유는 대상과의 거리를 유지하기 위해서가 아니라, 동물과 땅이 함께 만들어 내는 패턴을 보기 위해서였다. 물론 그는 매우 가까운 거리에서 사진을 찍기도 했는데, 알을 지키는 새, 해변에 버려진 동물 뼈, 활동 중인 사냥꾼의 사진 등이 대표적이다.

그의 작품은 더 멀리까지 전해졌다. 북극권국립야생보호구역과 관련해서 논란이 일던 당시, 그의 작품이 워싱턴 DC에 등장했다. 캘리포니아 주 상원의원 바버라 복서가 수반카의 새로 나온 사진집을 들어 보이며, 보호구역을 정유사에 개방하고 시추를 시작하려는 시도에 강력히 반발한 것이다. 그의 작품들이 전시되고, 복제되고, 금지되고, 논쟁의 한복판에서 토론의 일부가 되었다. 수반카 역시 헌신적이었다. 그는 북극 주변 지역과 그곳의 동물 그리고 사람들을 대변하는 활동가가 되었다.

버마, 인도, 볼리비아, 쿠바, 뉴멕시코, 캘리포니아, 시베리아, 알래스카 그리고 아이슬란드. 붉은 실이 섬과 더 큰 섬인 대륙 사이를 이어 준다. 그 섬과 섬 사이에는 삶과 정신을 이어 주는 생각과 대화가 있다. 그 생각과 대화가 발생하고 효과를 미칠 때 혹은 당신이 관심을 기울일 때, 어쩌면 운이 좋을 때, 둘은 비로소 이어진다. 나는 아이슬란드의 새 집에 자리를 잡았다. 콘크리트 바닥에 침대와 탁자, 의자가 하나씩 있는 방에는 군도(郡島)가 보이는 커다란 창이 두 개 있었다. 군도 위로 북극제비갈매기와 검은머리물떼새가 날아다니고 바람은 피오르 해안 위로 이리저리 불었다. 해안을 따라 멀리 작은 섬이 흩어져 있었다.

얼마 후 여름에 그 섬들을 몇 차례 방문하게 되었고, 그 방문을 통해 하나의 큰 깨달음과 많은 즐거움을 얻을 수 있었다. 하지만 처음에는 그저 창밖으로 혹은 항구에서, 아니면 어느새 뚝 떨어져 지내게 된 그 외딴섬에서, 또는 그저 내가 걸어서 갈 수 있는 장소에서 바라보기만 할 뿐이었다. 하루가 끝날 때쯤이면 햇빛을 받은 바다가 대장간에서 단련된 강철처럼 은빛으로 빛나기도 했고, 섬들은 검은색이 되었다. 자정이 지나서까지 낮이 계속되는 이곳에서는 몇 시까지를 늦은 시간이라고 해야 할지가 애매했고, 여름이 가까워지고 밤이 짧아지면서 어둠은 점점 더 보기 어려운 것이 되었다. 하루가 지날 때마다 전날보다 낮이 7분씩 더 길어졌기 때문에 1주일이 지나면 거의 한 시간어치의 밤이 사라지는 셈이었

멀고도 가까운

다. 나를 둘러싼 세계는 조금씩 차갑고 강렬한 북구의 빛에 물들어 가고 있었다.

아름다움은 사람들을 울리는 것 중 하나이며, 따라서 아름다움은 늘 눈물과 밀접한 관련이 있다. 눈물을 만들어 내는 것들을 분류해 볼 수도 있다. 고통. 상실. 좌절. 기쁨. 반복. 의미. 깊이. 너그러움. 아름다움. 재회. 회복. 알아봄과 이해. 도착. 사랑. 도덕. 정확함. 이 중에 깊이가 속(屬)이고 나머지는 모두 그 아래 종(種)이라고 할 수 있을 것이다. 나방은 마신다. 새는 잠을 잔다. 여기에는 눈물이 있고, 꿈이 있고, 차이가 있다. 나방이든 나비든 다 자란 곤충은 '이마고'라고 부른다. 그 복수형이 '이매진즈'이다. 나방이나 나비, 혹은 날 수 있는 다른 곤충을 성충으로 완성시키는 세포를 '이매지널 세포'라고 부른다. 이 세포는 유충 단계에서는 활동하지 않고, 다 자랐을 때, 즉 성충의 형태가 되었을 때만 등장한다. 애벌레가 자기 몸을 녹여 끈적한 액체가 되면 그때까지의 삶은 거기서 끝이다. 그것은 삶의 중반부에 일어나는 죽음과 부활이다. '이마고'는 또한 '한 인간에 대한 이상화된 이미지'라는 뜻도 가지는데, 이 이미지는 보통 어린 시절에 부모를 보며 형성된다. 이 책을 쓰던 당시 나는 어머니를 보러 갔다. 어머니는 일상적인 단어 몇 개만 웅얼웅얼 말하는 수준이었고 나는 그 말을 거의 알아들을 수 없었지만, 그런 어머니와 조금이라도 시간을 보내려고 노력했다. 마침 릴케의 『두이노의 비가』를 들고 온 것이 떠올라 세 편을 어머니에게 읽어 주었다. 그중 한 편에 이런 구절이 있다. "지금 우리가 애타게 찾는 것은 한때

9 ——————————————————————— 숨

오래전 중남미의 활화산 근처에서 나이 든 농부 한 명이 땅에 난 작은 틈을 보여 주며, 나에게 손을 한번 넣어 보라고 재촉한 적이 있었다. 그 틈은 마치 입 모양처럼 작게 갈라져 있었고, 그곳에서는 수증기 같은 따뜻한 기운이 서늘한 밤공기 사이로 올라왔다. "땅이 숨을 쉬는 거야."라고 농부가 말했다. 암석은 대부분 수백만 년에 걸쳐 형성되지만, 이곳에서는 땅에서 계속 용해된 용암이 분출되고, 밤새 벌겋게 익어 있던 용암은 곧 공기 방울을 품은 검은색 덩어리가 된다. 불과 몇 분 전에 만들어진 암석은 여전히 만들어질 때의 그 열기를 품고 있다.

아일랜드보다 조금 작고 쿠바보다는 조금 큰 아이슬란드는 수천 개의 작은 섬에 둘러싸여 있다. 홀로 떨어진 섬도 있고, 해안을 따라, 혹은 피오르 해안의 굴곡을 따라 하늘을 나는 새 떼처럼 모여 있는 섬도 있다. 아이슬란드는 북극권에 걸린 가상의 목걸이 끝에 달린 커다랗고 창백한 펜던트처럼 매달려 있다. 최북단의 북극권 바로 위에는 그림시라는 작은 섬이 있고, 최남단에 있는 그보다 더 작은 섬은 1963년에야 생겨났다. 세상이 온통 미국 대통령의 폭력적인 죽음에 신경을 쓰고 있는 동안, 아이슬란드 사람들은 바다 아래 화산이 뿜어 낸 섬 하나가 새로운 행성처럼 태어나는 광경을 지켜보고 있었다.

새로운 섬의 이름은 북구 신화에 등장하는 거인, 신들을 죽이고 온 세상을 불태워 버렸다는 검은색 거인 수르투르의 이름을 따 '쉬트세이'라고 지었다. 화산 폭발은 무려 4년 동안 이어졌고, 그때쯤 섬의 크기는 1제곱마일이 되었다. 그 후엔 다른 자연 요소들이 섬을 깎아 내려 절반 정도의 크기가 되었고, 1964년에서 1965년 사이에는 주변에 작은 화산섬들이 나타났다 사라지기를 반복했다. 시간이 지나면서 그 섬에도 생명이 싹트기 시작했다. 물 위로 바위들이 드러나고 2년이 지나자 최초의 식물들이 등장했고, 7년에 걸쳐 이끼류가 자리를 잡았으며, 20년이 지나는 동안 스무 종의 다른 식물들이 발견되었지만 그 중 열 종은 척박한 땅을 견디지 못하고 사라졌다.

"쉬트세이에서 가장 널리 퍼진 종은 바다벼룩이자리, 클로버, 애기장대, 새꿰미풀, 새포아풀, 라임바다잔디이다."라고 공식 보고서에 적혀 있다. 새도 날아들었다. 섬이 생기고 몇 주 후에 갈매기들이 내려앉았고, 그 배설물이 굳으면서 땅이 비옥해졌다. 맨 처음 둥지를 차린 종은 풀머갈매기와 바다비둘기였다. 흰멧새와 회색기러기도 날아와, 거의 90여 종에 이르는 조류와 스물한 종의 나비

멀고도 가까운

및 나방이 모여들었다. 섬이 탄생한 지 15년 만에 섬의 첫 나무인 버드나무가 자랐고, 그로부터 5년 후에는 물개들이 아직 어린 섬에서 새끼들을 기르기 시작했다. 이렇게 적고 보니 마치 쉬트세이 섬이 관현악단처럼 느껴진다. 악기가 하나씩 하나씩 합류하여 마침내 생태계라는 관현악단을 완성시킨 것이다.

봄에 아이슬란드에 도착한 나는, 겨울에 잠들었던 대지가 깨어나면서 그 악기들이 새로운 해를 맞아 조율하는 모습을 어디서든 지켜볼 수 있었다. 잿빛을 띠고 납작 엎드려 있던 식물들이 녹색으로 변신했고, 알래스카 루핀이 언덕 곳곳을 보라색으로 물들였다. 섬 대부분을 덮고 있는 바위에 자란 이끼에서 작은 꽃이 피기 시작했다. 띠호박벌이 독차지한 것 같았던 대기에는 작은 나비와 다른 곤충들이 등장했다. 새로운 새들이 도착하고, 고지대에 쌓여 있던 눈도 조금씩 녹으며 그 모양을 바꾸어 갔다. 쉬트세이 섬이 수십 년에 걸쳐 이런저런 요소들을 갖추어 온 것처럼, 내가 있었던 반도의 끝자락도 여름의 면모를 갖추며 새로운 삶으로 도약하는 중이었다.

지질학적으로는 아이슬란드 전체가 비교적 최근에 생성된 땅이었다. 북미와 유럽이라는 대륙판 사이에 있는 지진대 위로 솟은 그 땅은 고립되어 있었다. 아이슬란드는 사회적인 면에서나 생태학적인 면에서나 두 대륙에 속한 땅이 아니었다. 그리고 그 아래 지진대는 바닷속에서 급경사를 이루며 웅장한 해저 계곡을 만들어

내고 있었다. 아이슬란드는 아주 거칠고 새롭고 동떨어져 있기 때문에 아직 단순한 생태계를 가지고 있었다. 그곳엔 파충류도 없고, 눈에 거의 띄지 않는 여우를 제외하면 고유의 육지 포유류도 없었다. 지난 몇 세기 사이에 사람을 따라 설치류 몇 종과 순록류가 들어왔고, 가장 최근에는 밍크도 발견되었다. 아이슬란드는 성지이면서 아직 비어 있는 구역이었다.

화산은 지금도 아이슬란드를 만드는 중이고 또한 부숴 가는 중이다. 아직 생물체의 힘이 지배적이라고 할 수 없는 이 땅에서는 열기와 바람, 비, 강, 얼음, 눈 같은 다른 요소가 꾸준히 영향을 미친다. 이런 힘들은 어떤 종이 멸종하든 말든, 독성 물질이 날아오든 말든, 기후가 바뀌든 말든 상관없이 계속 유지될 것이다. 여전히 태양은 떠오르고 바람은 불고 파도는 해변을 때린다. 지구는 여전히 기울어 있고, 여름에 대지를 비추던 햇빛은 겨울이 될수록 줄어든다. 비와 눈은 계속 내리고, 물은 단단한 얼음이 되었다가 다시 녹는다. 이것이 생명이 시작되기 전에 존재하던 세상이고, 생명이 사라진 후에도 계속 이어질 세상이다.

아이슬란드 생활은 그런 원초적인 힘에 경의를 표하며 지내던 나날들이었다. 예술가 로니 혼의 물 도서관은 빙하가 녹은 물만 전시한 도서관으로, 그곳에는 얼음이 녹은 물을 담은 유리 기둥 스물네 개가 바닥에서 천장까지 이어져 있다. 겨울 동안 클라라를 비롯한 몇몇 사람들이 아이슬란드 영토의 10퍼센트를 차지하고 있는 빙하 덩어리에서 얼음 조각을 떼어 오고, 그것이 녹으면 각각의 기둥에 붓는다. 나는 그 빙하 밑에서, 얼음 밑에서 잠을 잤다. 남은 빙하 녹은 물은 5갤런(약 18리터)짜리 용기에 담아 내 방이 자리한 층의 한쪽 구석에 있는 창고에 보관했다. 얼음을 가지고 온 위치를 표시한 지도는 서서히 줄어드는 중인 요쿨스〔jokuls, '빙하'라는 뜻의 아이슬란드어―옮긴이〕의 성좌를 이루었다. 당카의 빙하, 아이야프얄라의 빙하, 반도 끝에 있는 스내펠스의 빙하, 그 밖에 많은 빙하가 녹고 있는 중이다.

이곳저곳에 설치된 유리 물기둥은 위에서 보면 낯선 형태의 방에 그린 또 다른 별자리, 혹은 군도처럼 보였다. 아이슬란드 곳곳에서 가지고 온 물이 담긴 유리 기둥이 있는 그 방은 아이슬란드의 축소판이자 아직 사라지지 않은 것들을 기념하는 공간이었다. 흩어진 물기둥 사이로 보이는 대상은 모두 말도 안 되게 옆으로 퍼져 보이거나, 반대로 가늘어 보이거나, 반만 보이거나, 두 개로 보이거나, 완전히 보이지 않았다. 사람이 막대기처럼 보이기도 했고 풍선처럼 보이기도 했다. 직선은 휘어졌다. 건물 밖에 있는 섬들도 뒤틀려 보였다. 모서리가 프리즘 같은 역할을 하며 모든 경계를 지워 버렸다.

나를 찾아온 친구가 기둥 너머로 사진을 찍어 주었다. 사진 속에서 나는 웃고 있었다. 사진 속 얼굴의 양쪽 가장자리는 거의 평소와 다름없었지만, 그 사이에는 넓은 공간이 수평선처럼 펼쳐져 있고 가운데에 눈이 하나만 박혀 있었다. 마치 양 눈 사이에 제 3 의 눈이 있는 것 같았다. 몇 인치나 될 정도로 큰 눈은 넓게 펼쳐진 볼 위에 걸쳐 있었다. 나는 하나의 섬이었다. 나의 입은 그 바위섬 전체를 가로지르는 분홍색 해협이었다. 양쪽 가장자리는 여전히 나였지만, 가운데 부분은 흉측한 괴물이었고, 넓은 이마에는 정말 섬처럼 보이는 뭔가가 비춰지고 있었다. 그 왜곡 덕분에 마치 얼굴 위에서 지층이 균열된 것처럼 내가 둘로 나뉘어 보였다.

덴마크 작가 한스 크리스티안 안데르센의 걸작 동화『눈의 여왕』은 대상을 왜곡하는 거울 이야기로 시작한다. 그 거울은 트롤〔북유럽 전설에 등장하는 동굴 속 거인, 혹은 장난을 좋아하는 난쟁이─옮긴이〕로 변신한 악마가 만든 것으로, 트롤이 보는 추악한 세계를 그대로 비춰 주었다. 트롤은 천사들에게 그 모습을 보여 주려고 거울을 들고 하늘로 올라가던 중에 그만 떨어뜨리고 만다. 거울은 산산조각 나고, 흩어진 조각들은 사람들의 눈으로 들어가 그들에게 트롤이 본 추악한 세계를 그대로 보게 한다. 그리고 몇몇 사람들의 경우에는 "그 작은 거울 조각들이 가슴에 박혔는데, 그건 정말 두려운 일이었다. 심장이 차가운 얼음 덩어리로 바뀌어 버렸기 때문이다." 그건 마음을 얼어붙게 하고 세상을 왜곡하는, 나르시시스트나 냉소가의 거울이었다.

유리, 눈, 거울은 이 이야기에서 모두 차갑고, 날카롭고, 깨끗한 무엇을 뜻한다. 얼음 조각 중 하나가 극지방에 사는 가난한 소년 카이의 눈과 가슴에 들어가 박힌다. 소년은 친구들을 놀리고, 할머니를 무시하고, 자신보다 큰 형들과 어울리기 위해 일탈을 한다. 유년기라는 보호막에서 뛰쳐나온 카이는 자의식에 눈을 뜨고, 새로운 열망을 가지게 되고, 경쟁에 뛰어든다. 이 동화는 가장자리는 감상적이지만, 안쪽은 매우 단단하다. 그리고 눈이 아주 자주 등장한다. 소년의 할머니가 눈을 '하얀 벌 떼'라고 부르자, 소년은 그러면 그중에 여왕벌도 있는 거냐고 묻는다.

눈의 여왕이 마을에 나타났을 때, 카이는 자신의 작은 썰매를 여왕의 커다란 썰매에 잇는다. 여왕은 소년을 마을로부터, 온기와 익숙한 것들로부터 빼 내 '암탉만 한' 눈송이가 휘날리는 눈보라 속으로 끌고 들어간다. 소년을 자신의 썰매로 옮겨 태운 여왕은 곰 가죽으로 소년을 감싸며 가까이 끌어당긴다. 무시무시한 유혹이다. 안데르센은 이렇게 적었다. "여왕은 소년의 이마에 입을 맞추었다. 얼음보다 차가웠던 그 입맞춤이 이미 반쯤은 얼음으로 변해 버린 소년의 심장으로 곧장 전해졌다. 소년은 금방이라도 죽을 것 같았지만 그런 기분도 잠시, 곧 아무렇지도 않았다."

로니 혼은 물 도서관에 기둥과 함께 둘 요량으로 날씨에 관한 아이슬란드 사람들의 이야기를 모은 책『날씨가 전하는 당신』을 펴내기도 했다. 집배원 마르그레트 아스게르스도티르는 아주 젊었을 때 눈보라를 뚫고 우편물을 전하러 가다가, 눈 위에 그대로 쓰러져 잠이 들었던 이야기를 보내왔다. 그는 눈을 치우던 불도저

덕분에 동사하기 직전에 잠에서 깼다고 했다. 운이 좋게도 눈의 한 가운데에 누워 있었던 것이다. 그는 이렇게 적었다. "하지만 눈보라 속을 걷다 보면, 계속 걸어가는 일이 너무 피곤하게 느껴질 때가 있다. 그때 마침 '아! 그냥 부드러운 눈 위에 그냥 누워 버리고 싶다.'는 생각이 들었다."

로니 혼도 이 온화한 섬과 어울리지 않게 종종 위험한 야수로 변하는 날씨에 대한 이야기를 적었다. "정치나 도덕 따위와는 아무 관련도 없는 날씨가 부리는 무심한 폭력은, 주의하지 않으면 살인적일 만큼 무섭게 변하기도 한다. 그 거대한 힘을 인정하지 않으면 말이다." 날씨는 강을 움직이고, 때로는 강을 만들어 내기도 한다. 날씨는 산에서 바위를 굴려 도로를 막아 버린다. 빙하와 가까운 육지에서는 바람이 너무 심해서 바닥에 엎드린 채 기어서 그 바람을 뚫고 가야 할 때가 있다. 심지어 실눈도 뜰 수가 없는데, 왜냐하면 바람이 회초리처럼 매섭게 몰아치기 때문이다. 정말 회초리나 채찍으로 맞은 것처럼 화끈거린다. 모래바람 때문에 1미터 앞도 분간할 수가 없다. 그런 식으로 길을 잃고 그 어디로도 갈 수가 없다. 빙하가 아주 조금이라도 녹으면, 무서운 기세로 땅이 갈라지고 새로운 강이 생겨난다. 바다에서 물기둥이 치솟고, 호수에 고여 있던 물이 한꺼번에 빠져 버리는 것이다. 통계에 따르면, 아이슬란드에서는 사람들의 사망 원인 중 1위가 기상 재해다.

『눈의 여왕』은 초자연적 힘과 동물적 감정이입의 대결, 혹은 냉기와 온기의 대결로 읽을 수도 있다. 심장에 얼음 조각을 품은 소년 카이가 썰매를 타고 북쪽으로 사라지자, 이웃집에 살던 친구 게르다는 그를 그리워하며 흐느낀다. 봄이 오기만 기다렸던 소녀는 할머니에게 작별 인사를 하고, 소년을 찾기 위해 강을 따라 길을 나선다. 강가에서 노 없이 느슨하게 묶여 있는 배를 한 척 발견한 소녀는 거기에 오르고, 강물이 소녀를 먼 곳으로 싣고 간다. 노파로 변신한 마법사가 배를 당겨 둑에 대게 한 다음, 소녀를 오두막으로 데리고 간다. 오두막에 딸린 정원에는 1년 내내 꽃이 피어 있다. 마치 그곳만 시간에서 벗어난 것 같았다. 소녀는 자신이 길을 나선 이유도 잊고 지낸다. 어느 날 눈물을 흘리고, 그 눈물이 떨어진 자리에서 장미 봉오리가 하나 맺히는 것을 보고 집에 있는 장미를 생각한다.

눈물이 소녀의 마법이었다. 장미는 게르다에게 해야 할 일을 상기시켜 주었다. 이미 몇 달이 지났다. 그녀는 이미 가을이 시작된 풍경 속으로 다시 길을 나서고, 그 여정에서 말하는 까마귀를 만나고, 왕자와 공주를 만나고, 도둑질하는 소녀를 만난다. 그 소녀가 자기 순록을 게르다에게 내준다. 말하는 순록은 그 자체로 게르다가 얼마나 북쪽에 있었는지 알려주는 증표다. 둘은 함께 더 북쪽으로, 겨울 왕국을 향해 모험을 떠나고, 이내 두 번째 노파의 집에 도착한다. 라플란드 출신의 그 노파가 말린 대구에 소개장을 써서 건네주며 세 번째 노파, 훨씬 더 북쪽에 있는 핀란드 여인을 찾아가라고 한다. 운명인지 요정인지 쭈그렁 할멈인지 모를 세 번째 노파는 사우나 같은 집에서 거의 벌거벗고 지낸다. 그 노파는 순록을 진정시키기 위해 머리 위에 얼음을 한 조각 얹어 준다.

순록마저도 그 작고 지저분한 핀란드 마법사에게 소녀를 도와 달라고 간청한다. 이 동화에서는 트롤과 눈의 여왕을 제외하고, 동물이든 사람이든, 온 세상 모두가 소박하고 착한 마음을 가진 소녀를 돕고, 따뜻함이라는 가치를 각자의 방식으로 실천한다. 여성과 동물만이 등장할 뿐 성인 남자는 거의 보이지 않는 이 이야기에서, 핀란드 노파는 이렇게 대답한다. "이 아이가 이미 가지고 있는 능력보다 더 큰 뭔가를 나는 줄 수 없을 것 같구나. 그게 얼마나 큰 것인지 너는 모르겠니? 왜 사람, 동물 할 것 없이 이 아이를 도와주려고 하는 건지 모르겠니? 이 아이가 어떻게 맨발로 여기까지 올 수 있었던 건지 모르겠니?"

순록은 게르다를 눈의 여왕이 사는 궁전까지 데리고 간다. 그곳에는 얼어 버린 카이가 얼음 퍼즐을 맞추려고 애쓰고 있다. '영원함'을 상징하는 모양으로 얼음 조각을 맞추면 자유의 몸이 되지만, 제대로 맞출 수가 없다. 소년을 자유롭게 해줄 수 있는 건 이성도, 어떤 규칙도 아니었다. 감정이 필요했다. 카이를 발견한 게르다가 다시 눈물을 흘리자, 옛일을 떠올린 카이도 따라서 눈물을 흘린다. 소년은 몸속의 거울 조각을 토해 내고 다시 이전의 모습으로 돌아간다. 얼음이 녹듯, 겨울의 눈이 봄이 되면 강물이 되어 흐르

멀고도 가까운

듯, 눈물이 흐른다. 슬픔처럼 찾아오는 봄, 어떤 괴로움에 눈을 뜨고 그것에 대해 행동을 취하도록 하는 봄. 애정과 상실의 눈물은 언제나 뜨겁고, 장미를 자라게 한다.

눈을 가리고 하는 술래잡기나 꼬리잡기, 혹은 꿀단지깨기 놀이에서, 아이들은 눈을 가린 술래가 목표에 가까이 갈 때나 멀어질 때마다 "따뜻하게" 또는 "차갑게"라고 소리치며 알려준다.〔'칼리엔테(caliente)'와 '프리오(frío)'는 스페인어로 각각 '뜨거운'과 '차가운'이라는 뜻—옮긴이〕 이런 놀이의 목적은 신체적 접촉이며, 여기서 차가움과 거리는 동의어인데, 마치 목표가, 그 욕망의 대상이 되는 것이 열을 내기라도 하는 것 같다. 적도 가까이 남쪽으로 내려갈수록, 아열대 지역의 종교인 불교에서 볼 수 있듯이, 차가움이 이상적인 것으로 여겨진다. 그런 곳에서 차가움은 차분함과 평정심을 상징하는데, 이는 열정이 지닌 열기, 붓다가 깨달음 직후에 설파한 설법을 기록한 『전법륜경(轉法輪經)』에서 말한 '불타는 세계'와 반대되는 개념이다. 붓다는 그 설법에서 모든 것이 불타고 있다고 했다.

불교에서 말하는 차가움은 무관심이 아니라 감정으로부터 거리를 두는 것, 소란을 관조할 수 있는 조용한 공간을 의미한다. 거리를 두고 보면 어떤 법칙이나 관련성을 보게 되고, 대상을 전체적으로 볼 수 있게 된다. 너무 가까이서 보면 대상은 그저 표면밖에 없거나, 무질서하게 한데 뒤섞여 버리고 만다. 키스 직전에 상대의 얼굴이 흐릿해지는 것을 생각해 보라. 거리를 좀 두고 보자고 말하는 사람은 소위 '관점'을 얻기를 바라는 것이다. 재즈가 '쿨'하다고 할 때, 그 '쿨'은 '차분하게 안정적이고 자제력이 있다.'는 뜻이다.

불교에서 정신의 낙원을 뜻하는 나르바나는 촛불이나 불꽃을 '불어서 *끄다*'라는 동사에서 파생된 단어다. 그건 열정이 가진 열기를 *끄*는 것, 숨을 길게 내쉬며 흘려보내는 상태를 의미한다. 염부나무 아래서 떠올렸던 행복한 유년 시절에 대한 붓다의 기억도 핵심은 그 시원함이었다. 그리고 그는 깨달음을 얻고자 또 다른 나무 아래에 자리를 잡는다. 악귀 마라가 부하들을 데리고 나타나 그를 유혹하며, 운명을 되돌려 보려고 시도한다. 마라는 폭풍을 불러와 그를 흔들지만 붓다는 대지를 향해 자신을 지켜봐 달라고 말한다. 그 밖에 달리 부탁할 말이 없었다. 그렇게 그는 차분함을 유지한다. 대지가 크게 울리자 악귀의 부하들이 모두 달아나고 만다. 화산을 품은 대지는 마치 환상에 시달리는 정신에 대항하여 자신의 존재를 알리는 몸처럼 말을 하고, 숨을 쉬고, 으르렁거렸다.

모든 것은 이동한다. 붓다의 삶에 관한 이야기도 몇 백 년 전 아이슬란드에 들어오면서 철새처럼 약간 달라졌다. 보디사트바 [Boddhisattva. '보살'이라는 뜻―옮긴이]라는 명예로운 이름이 아랍 이름인 부다사프 혹은 유다사프로 바뀌었는데, 이는 그리스에서는 이오사프가 되고, 다른 유럽 지역에서는 요아사프가 된다. 요아사프는 인도를 기독교 국가로 개종시킨 두 명의 성인 중 한 명으로 오랫동안 존경을 받아온 인물이었다. 시리아어로 번역되었던 이 이야기는 그리스어와 라틴어를 거쳐 1250년에 하콘 2세의 이름으로 노르웨이어로 번역되는데, 왕이 직접 번역을 했을 수도 있지만 번역자를 별도로 두었을 가능성이 더 크다. 독일어 판본에서 아이슬란드어로 직접 번역한 책은 그보다 두 세기쯤 후에 나왔다.

두 버전 모두 어느 왕이 자기 아들을 세상의 괴로움으로부터 보호하려 했지만 결국 그 왕자는 괴로움에 눈을 뜨고 수도자가 되는 과정을 이야기한다. 1895년, 한 작가는 비꼬듯이 이렇게 말했다. "그래서 붓다는, 교황에게나 어울릴 법한 한 점 흠결이 없는 신앙심과 도덕성을 얻고, 기독교의 성인이 되었다." 엉킨 데 없이 매끈하게 이어지는 사실만 원하는 사람에게는 문제로 생각될 수도 있지만, 새처럼 자유롭게 이동하며 그 과정에서 다른 이야기와 섞이고 진화하는 이야기를 좋아하는 사람에게는 재미있게 느껴질 것이다.

이야기는 이동한다. 의미도 이동하고, 모든 것은 변신한다. 여름이면 새는 북쪽으로 이동한다. 검은가슴물떼새는 북유럽에서 아이슬란드로 오고, 큰고니는 꼭 스코틀랜드에서만 오고, 몸집이 자그마한 아이슬란드 흰머리딱새는 멀리 북아프리카에서부터 온다. 그런가 하면 북극제비갈매기는 언제나 북극권 언저리 안에서만 이동한다. 나는 임시 거처인 그 섬에서 이리저리 돌아다녔다. 꼭 심장처럼 생긴 섬이었다. 그 섬의 표면은 얇은 얼음으로 뒤덮여 있지만, 종종 심장이 피를 내뿜듯이 용암이나 뜨거운 물, 혹은 수증기를 내뿜었다. 걸어서 갈 수 있는 곳 중에 가장 먼 곳은 헬가펠 화산이었는데, 원뿔처럼 생긴 그 언덕에도 주변의 구름만큼 많은 이야기가 숨어 있었다. 『락스다일라 이야기』[9세기부터 11세기에 걸쳐 아이슬란드에 살았던 사람들의 이야기를 기록한 책―옮긴이]에 등장하는 자존심 강했던 여인 구드룬 오스비푸르스도티르가 1000년 전에 묻힌 곳도 그 언덕이었고, 그 책에 등장하는 수많은 살육과 상실이 모두 그 근처에서 벌어졌다.

한번은 헬가펠 화산에서 돌아오는 길에 아이슬란드어밖에 할 줄 모르는 농부가 빗속에서 차를 태워 준 적이 있다. 동굴처럼 낮은 천장에 형광등을 밝힌 슈퍼마켓의 점원은 무뚝뚝하게 물건 가격만 이야기했다. 물 박물관의 담당 직원이 가끔 나에게 실제적인 도움을 주기도 했다. 그런 사람들을 제외하면 나에게 말을 거는 사람은 거의 없었다. 아이슬란드는 방문객을 맞이하는 데 익숙지 않아 보였다. 혹은 내가 도착한 곳이 작고 외진 마을이었던 탓인지도 모른다. 내가 그렇게도 벗어나고 싶어 했던 미국 교외 지역처럼 말이다.

스티키스홀뮈르는 어촌 마을이었다. 하지만 모든 것이 달라졌고, 아이슬란드의 소규모 어선을 이용한 고기잡이는 국제적인 트롤선 업자들에게 모두 밀려나 버렸다. 모든 것은 이동하지만, 오래된 고깃배는 대부분 육지로 끌어올려진 채 움직이지 않았다. 프로

멀고도 가까운

펠러에는 말라 버린 해초가 잔뜩 붙어 있고 창문에서는 몇 년 전에 붙여 놓은 허가증이 얼룩덜룩하게 색이 바래 가고 있다. 말도 이동한다. '북극'이란 단어는 곰을 뜻하는 그리스어 '아르크토스 (arktos)'에서 유래했다. '암(cancer)' 역시 그리스어의 게를 뜻하는 '카르키노스(karkinos)'에서 유래했다. 기억 혹은 뇌에서 기억을 담당하는 자리를 의미하는 '히포캄푸스(hippopcampus)'는 원래 해마라는 뜻이었다. 우리가 사용하는 언어에는 그렇게 동물 이야기가 스며 있다.

북극이라는 단어의 어원이 된 곰도 역시 이동한다. 헤엄을 치거나 조각난 여름 빙하 조각을 타고 떠다니며 아이슬란드에 도착한 곰은 그곳에서 죽음을 맞이하기도 한다. 어디를 가 보아도 그들이 살 땅이나 얼음은 이미 사라지는 중이다. 아이슬란드 사람들이 방문객을 맞이하는 데 익숙하지 않다는 것은, 그해 여름 해안에 나타난 곰 두 마리로 확인할 수 있었다. 처음에 나타난 곰은, 아마 중간 중간에 얼음 조각을 타고 떠내려 온 시간이 더 많기는 했을 테지만, 그린란드에서 200마일은 족히 헤엄쳐 온 것으로 보였다.

"언덕에 안개가 끼어 있었고, 우리는 곰이 안개 속으로 사라지기 전에 죽이기로 결정했습니다." 북부 해안 경찰청의 대변인은 그렇게 말했다. 환경부장관은 곰을 안정시킬 진정제를 빨리 구할 수 없는 상황이라 사살할 수밖에 없었다고 했고, 근처에 있던 수의사는 차에 진정제는 있었지만 그 진정제 주사를 쏠 총이 없었다고 했다. 기록에 의하면 아이슬란드에 처음 곰이 나타난 것은 890년이다. 그러니까 곰은 인간보다 먼저 섬에 도착했지만, 여우나 사람처럼 그곳에 정착하고 새끼를 낳아 기르지는 못했던 것이다.

첫 번째 곰이 죽고 2주 후에 두 번째 곰이 나타났다. 이번에는 코펜하겐의 어떤 동물학자가 녀석을 그린란드로 돌려보낼 계획이었다. 그런데도 경찰은 마치 그 곰이 범죄자라도 되는 것처럼 다시 사살했다. 북부 해안의 농장에서 열두 살 된 여자아이가 부모와 함께 그 광경을 지켜봤다. 검은색 용암 위에 선 백곰. 녀석은 솜털오리의 알을 원 없이 먹는 중이었다. 그러니 아마도 행복하게 죽었을 것이다. 북극곰의 행복이라는 게 뭔지 알기 위해선 상상력이 꽤 필요하겠지만.

물 박물관이 있는 마을에서 나는 거의 환영받지 못했다. 북극곰처럼 사람들에게 위협이 되었다기보다는, 그저 존재감이 좀 없었던 것뿐이다. 어쩌면 나는 엘프(난쟁이 요정) 같은 존재였는지도 모른다. 그해 여름, 섬 반대편에서 화려한 색감의 목도리를 두른 술 취한 남자를 만났는데, 그가 엘프에 관한 이야기를 들려줬다. 이브에게는 자식이 일곱 명 있었는데, 하루는 하나님이 그들을 살피러 내려왔다. 아이들을 씻기고 있던 이브는 아직 씻기지 못한 지저분한 아이를 보여 주기가 부끄러워서 그 아이만 숨겼다고 한다.

하나님은, 아마도 매섭게 몰아붙이기를 잘하는 신이었던지, 벼락같이 호통을 쳤다. "나는 다 알고 있다. 네 자식이 몇 명인지 내가 모를 것 같으냐!" 그리고 하나님은 이브가 숨긴 아이를 평생 그 렇게 숨어 지내도록 만들었고, 그 아이가 엘프의 조상이 되었다. 엘프는 일반인의 눈에는 띄지 않고, 통찰력이 있는 사람에게만 보 인다. 술 취한 남자는 우리가 있던 그 방을 가리키며 거기에도 우 리가 예상하는 것보다 두 배쯤 많은 사람들이 있을지 모른다고 말 했다. 옛날에는 도살장이었다는 그 건물의 벽에는 미술품이 몇 점 걸려 있고 사람들이 이리저리 돌아다니고 있었다. 어쩌면 정말로 거기에 엘프도 있었을지 모른다.

이곳은 과거에 어촌이었지만, 진짜 물고기를 만나기가 엘프를 만나는 것만큼이나 어려웠다. 슈퍼마켓에는 1만 마일 떨어진 곳에 서 가지고 온, 얼린 생선과 신선한 망고, 아보카도밖에 없었다. 하 지만 마을 외곽에 생선 가공 공장이 있었던 것을 생각해 보면, 신 선한 생선이 어떤 식으로든 공급되고 있었을 것이다. 그럼에도 마 을은 아직 6월 1일 전국 어민의 날을 국경일로 기념한다. 그날 오 후에 피오르 해안을 운행하며 하루에 두 번씩 마을에 들어오는 페 리 호가 주민들에게 무료 관광을 할 수 있게 해 주었고, 나도 덩달 아 배에 올랐다. 항해를 하는 몇 시간 동안 아무도 나를 유심히 바 라보지 않았다. 심지어 아래층 선실에서 점심을 먹으며 같은 테이 블에 앉게 된 현지인들조차도 나에게 말을 걸지 않았다. '얼음을 깨다.(썰렁한 분위기를 깨고 돋우다.)'라는 표현이 떠올랐지만 이 얼 음은 깨기 쉽지 않았기에 그냥 조용히 있었다.

선착장을 가로막고 있는 듯한 섬을 벗어난 배는 멀리 있는 다른 섬들을 향해 나아갔다. 좋은 날씨였다. 하늘에는 부드럽고 하얀 구름이 가득했고, 해가 나지는 않았지만 깨끗한 날씨였다. 선착장에서 멀리 마치 피라미드처럼 생긴 섬이 하나 보였다. 열도에서 가장 높은 섬이었다. 나는 클라케야르라는 이름의 그 섬을 한참 동안 바라보았다. 작은 섬들의 험한 절벽, 녹색 봉우리 그리고 말을 보고 달려드는 파리 떼처럼 섬 주위를 맴도는 새의 무리를 지나 배는 앞으로 계속 나아갔다.

클라케야르 섬의 남쪽에서 왼쪽으로 돌면서 보니 피라미드는 하나가 아니라 둘이었다. 마치 바다 위로 여성의 가슴이 솟아오른 것 같았다. 거의 한 달 동안 하나의 피라미드일 거라 생각하며 봐 왔던 섬이 사실은 두 개의 피라미드였다는 사실도 놀라웠지만, 더 놀라운 것은 그 섬이 인간의 신체와 그렇게 닮았다는 점이었다. 가까이서 보니 두 섬의 크기나 모양이 완벽한 대칭은 아니었다. 잠시 후 배가 더 가까이 다가가자 봉우리는 사라지고 어두운 바위 절벽이 눈앞에 펼쳐졌다. 좁은 바위에는 새들이 둥지를 틀어 절벽 전체를 하얀 새똥으로 뒤덮었고, 좀 더 넓은 바위에는 어김없이 이끼와 풀이 자라고 있었다.

하늘에서 보면 클라케야르 섬이 가슴이나 피라미드처럼 보이지는 않는다. 작고 좁은 만이나 반도처럼 튀어나온 부분이 많은 이 섬은 그 어떤 퍼즐보다도 복잡했다. 982년경, 도망자 붉은 에릭

멀고도 가까운

〔그린란드에 처음 정착한 인물로 알려진 에릭 토르발드손의 별칭—옮긴이〕은 잠시 클라케야르 항구에 정박했다가, 섬사람들을 데리고 그린란드로 들어가 정착했다. 여름이면 사람들은 지난 몇 세기 동안 그래 온 것처럼 솜털오리의 둥지를 돌며 깃털을 모으고 브레이다피오르 열도의 큰 섬에서는 양을 키운다. 새들의 피난처로 알려진 플라테이 섬에는 여전히 새들이 살고 있었다. 배는 돌아왔다. 클라케야르 섬은 다시 피라미드가 되고, 나는 물 도서관으로 돌아왔다.

나는 읽었다. 책과 편지를 읽으며 다른 사람들의 삶을 살았다. 나는 썼다. 가끔은 친구들에게 나의 생활에 관해, 주변 사람들의 생활에 관해 썼다. 잠을 자고, 운동을 하고, 과거와 미래를 생각하고, 트롤의 침침한 동굴 같은 슈퍼마켓에서 구할 수 있는 낯선 재료들을 가지고 식사를 준비했다. 길동무라고는 지저귀는 새와 털이 덥수룩하고 사람을 잘 따르는 말밖에 없는 새벽의 풍경 속을 걸었다. 평화로웠지만 낯설었다.

지진은 오랜 시간 쌓여 온 긴장이 낳은 결과다. 눈에 띄지 않게 조금씩 커지던 그 긴장이 쌓이는 과정은 볼 수 없다. 긴장은 오직 그것이 터져 나올 때만 볼 수 있다. 아픈 사람과 노인, 죽어가는 사람을 본다. 그런 광경이 우리 안에 쌓이고, 어느 시점에선가 우리의 삶이 바뀐다. 영화나 소설에서는 사람들이 갑자기 바뀌고 그 모습이 영원히 유지된다. 편리하고 극적이지만 실제 삶은 그렇지 않다. 삶에서 우리는 무언가와 거리를 두고, 되돌아가고, 결심하고, 다시 시도하고, 멈췄다가 다시 출발하고, 그렇게 가다 서다를 반복하며 나아간다. 변화는 대부분 천천히 이루어진다. 내 인생에는 변화를 일으킨 여러 사건이 있었고, 갑작스러운 깨달음이나 위기도 있었다. 루비콘 강을 한두 번 건너기도 했지만, 대체로 무언가를 쌓아가고 있다.

체 게바라의 생을 다룬 영화 「모터사이클 다이어리」를 감독한 바우테르 살리스는 그 영화에 관해 이렇게 말했다. "이 영화를 보는 것은 보슬비 아래를 걷는 일과 비슷하다고 늘 생각했습니다. 두 시간쯤 거기에 노출되고 나면 몸이 흠뻑 젖지만, 묵직하고 극적인 효과 같은 건 느낄 수 없는, 그런 작품이지요." 선 사상의 스승인 순류 스즈키 로시도 영혼의 수련에 관해 비슷한 말을 했다. "일단 어느 정도 수련을 하고 나면, 급격히 남다른 성과를 내는 건 불가능함을 깨닫게 된다. 아주 열심히 노력한다고 해도 늘 조금씩만 나아진다. 젖을 걸 알고 소나기 속으로 뛰어드는 것과는 다르다. 안개 안에 있으면 몸이 젖어 가는 줄을 모르지만, 계속 그렇게 걷다 보면 조금씩 조금씩 젖어 드는 것이다."

아이슬란드는 몸을 회복하기에는 완벽한 곳인 것 같다는 생각이 들곤 했다. 빅토리아시대 의사들이 추천했던 해변의 요양소처럼 이곳도 아주 평온하기 때문이다. 그런가 하면 추운 날씨 때문에 계속 머무르기에는 적당하지 않다고 느껴질 때도 있었다. 거기서 나는 조금씩 변해 갔다. 지난 몇 년 동안의 끔찍했던 불안은 서서히 사라지고, 내 안에 평화가 쌓여 갔다. 그 모든 일이 하나의 꿈처럼, 아주 긴 항해에서 툭툭 마주치는 풍경처럼 보였다. 그렇게 꿈같은 상태에서 외부의 영향을 받지 않고 지내는 생활은 깊은 잠처럼 몸을 회복시키는 효과가 있었다.

많이 돌아다니지는 않았지만 너무나 근사한 한여름의 하루를 보낸 적이 있었다. 작은 꽃이 핀 들쭉날쭉한 해안을 따라 걸으며 유럽에서 가장 큰 빙하를 지나고, 파란 바다 위에 더 파란 빙산이 조각조각 떠 있는 만을 지나고, 그다음에는 하얀 구름과 파란 하늘을 그대로 비추고 있는 젖은 모래사장을 건넜다. 그곳은 하늘과 땅의 구분도 없고, 머리 위의 구름은 손에 닿을 만큼 가까운가 하면, 지평선 근처의 구름은 거의 영원히 닿을 수 없을 것처럼 멀게 느껴졌다. 내 눈으로 직접 본 광경 중 천국에 가장 가까운 광경이었다. 그다음에 마주친 만에는 수백 마리의 백조가 모여 있었고, 경사가 급한 바닷가 계곡에는 열 개 남짓한 폭포가 높은 곳에서 떨어지고 있었다. 그날의 마지막 선물은 자정경 클라라가 키 작은 버드나무에서 찾아 보여 준 울새 둥지였다. 점이 박힌 작은 알 다섯 개가 마치 터키옥 보석처럼 보였다. 그런 날을 제외하면 나는 대부분 물 도서관의 내 방과 주변 지역에만 머물렀다.

어부의 날에 떠났던 단체 여행 후에도 두 번 더 배를 타고 열도를 구경했다. 한번은 현지 어부 한 명이 자신의 고깃배에 나를 태워 주었다. 영국인 혼혈인 그의 조카와 목적 없이 여행 중이던 사진을 전공한 미국인 학생이 함께했다. 우리는 '스놋'이라는 이름의 작은 배를 타고 나가서 클라케야르에 내렸다. 우리는 각자 흩어져, 바위산과 습지대를 돌아다니고, 월귤나무 열매를 땄다. 여자 가슴이었다가 퍼즐이 되었던 쌍둥이 피라미드 섬은 가까이서 보니 또 다른 모습이었다. 나머지 여행 한 번은 직접 표를 끊어서 관광 유람선을 타고 했다.

클라케야르 섬을 똑같은 방향에서 한 번 더 보았다. 이번에도 섬은 가슴이 되었다가, 새가 둥지를 트는 절벽이 되었다. 둥지에서 떨어진 새똥이 샹들리에 장식처럼 흘러내렸다. 마치 알이 샹들리에의 초 같고, 그 불꽃은 새들의 날개 같았다. 돌아오는 길에 유람선 선원이 바다의 바닥을 긁어서 포획한 것들을 갑판 위에 풀어놓았다. 가리비, 성게, 바닷가재, 홍합, 불가사리가 잔뜩 쏟아졌다. 바다라는 표면 아래 숨은 생명체의 그 생생한 빛깔은 마치 수술 중에 혹은 도살장에서 드러난 내장처럼 선명했다.

유람선 승객 중 어떤 사람들은 가리비를 생으로 먹고, 성게를 갈라 알을 꺼내 먹었다. 나는 태양처럼 생긴, 팔이 열세 개나 되는 커다랗고 무거운 불가사리를 한 마리 집어 들어서 다시 바다에 던져 주었다. 녀석은 실제 한여름의 햇빛이 닿는 곳보다 훨씬 깊은 곳으로 내려갔다. 밤이라고 해도 자정 지나서까지 한 시간 정도는 희미한 햇빛이 남아 있던 때였다.

멀고도 가까운

더 가깝고 더 진실한, 우리와 더 밀접한/ 한없이 다정한 것이었 건만. 이제 모든 것이 멀리 있어/ 한숨뿐이었음을……" 이것 은 이야기를 계속 이어 가는 좋은 방법이었고, 나 역시 시에 귀 를 기울이기도 했다. 익숙한 시구를 소리 내어 읽으니 더 애달 프고, 더 가혹하고, 더 생생하게 느껴졌다. 나방이 새의 눈물 을 마신다. 현대 시인인 로버트 하스는 세상에서 가장 고독한 시인이었던 릴케에 대해 이렇게 적었다. "이 시인은 언제나 친 밀함과 거리를 두려고 한다. 그의 시에는 즐거움이 있다. 그것 은 그만 몰랐고 다른 사람들은 대부분 알고 있는 자양분이다. 그가 알았던 것은 그 자양분을 필요로 하는 어떤 장소뿐이었 다. 또한 그는 그 장소에 머무는 것이, 우리 자신에게 스스로 낯선 존재가 되지 않는 것이 얼마나 어려운 일인지도 알고 있 었다. 낯선 이가 되지 않도록 세상을 배우는 것이 그가 대면했 던 과제였다." 나방은 나비의 눈물을 마시고 비가는 멀리서 찾 아온 낯선 이처럼 릴케의 머릿속으로 들어왔다. 나비를 쫓았 던 릴케는 그 낯선 이의 길을 막고, 그가 자신의 눈물을 마시 게 내버려 두었다. 1912년 아드리아 해 연안에 있는 두이노 성 근처의 절벽을 산책하던 릴케의 마음속에 마치 천사에게 보내 는 듯한 그 시의 첫 행이 울려 퍼졌다. 그는 즉시 첫 번째 비가 를 완성했고, 다른 작품들도 이내 떠올랐다. 그 순간 "그는 자 신의 황량함을 살아 낼 필요가 있었다."라고 하스는 적었다.

10 ——————————————————— 비행

다른 모든 것에서 멀리 떨어진 차가운 섬. 그 섬의 작은 반도 끝에 있는 마을의 언덕 위 오래된 도서관에 딸린 가구도 없는 방에서, 나는 낯선 사람들과 새들과 함께 지냈다. 대부분은 처음 보는 새였지만 시간이 지나면서 조금 알게 되었다. 침입자가 둥지 가까이 오지 못하도록 풀밭 위에서 애처롭게 애쓰는 검은가슴물떼새, 지상의 것이 아닌 듯 진동하는 소리로 울며 머리 위를 날아다니는 검은머리물떼새, 해안의 풀머갈매기, 도둑갈매기, 바다비둘기 그리고 가장 눈에 띄었던 북극제비갈매기까지. 티 한 점 없이 하얗던 그 깃털, 칼날 같은 곡선의 날개, 맹렬한 울음소리 그리고 급격히 물 속으로 돌진하던 그 가파른 움직임을 보는 것은 즐거웠다.

북극제비갈매기가 제비라는 이름을 달게 된 이유는 크게 휜 꼬리와 우아한 비행 때문이었다. 라틴어로 북극제비갈매기는 스테르나 파라디사이아(Sterna paradisaea)라고 불리는데, 이것은 덴마크의 독실한 사제 에릭 폰토피단이 굴곡 많던 성직자 생활의 말년에 지어 준 이름이다. 그는 노르웨이에 잠시 머물며 노르웨이의 자연사를 기술하는 책을 썼지만, 인기가 없었는지 다시 코펜하겐으로 돌아갔다. 그리고 그곳에서 또 다른 기념비적인 저작을 남겼는데, 바로 덴마크 지리부도였다. 바로 그 시기, 스웨덴 출신의 린네는 마치 제2의 아담처럼 모든 식물과 동물의 이름을 라틴어로 정리하고 있었다. 지상의 모든 동식물이 새로운 이름을 기다리고 있었고, 그렇게 폰토피단은 북구의 여러 새에게 학명을 지어 주었다. 하지만 1763년 당시, 그가 머리가 까맣고 몸통은 하얀 북극제비갈매기에게 '천국의 새'라는 의미의 스테르나 파라디사이아라는 이름을 지어 준 이유는 명확히 알려져 있지 않다.

그는 아마 북극제비갈매기의 남다른 여정에 관해서는 몰랐을 것이다. 당시 생물학자들은 제비가 겨울이 되면 진흙에 몸을 묻고 동면에 들어간다고 생각했을 뿐, 다른 기후를 찾아 남쪽으로 이동하리라고는 짐작도 하지 못했다. 노르웨이에 관한 책을 쓸 당시의 폰토피단도 예외는 아니었다. 모든 생물 종 중에서 북극제비갈매기가 가장 긴 거리를 이동한다. 이 녀석들은 대부분 낮에 활동하며 밤에는 최소한으로만 움직인다. 그리고 해마다 지구의 최북단에서 최남단까지 수십 만 마일을 이동한다. 둥지를 지을 때를 제외하면 거의 땅에 내려오지도 않고, 일생의 대부분을 하늘에서 보낸다. 알바트로스도 그렇고, 북극제비갈매기의 사촌 격인 검은등제비갈매기 역시, 땅에 한 번도 내려오지 않은 채 적도 부근의 바다 위를 몇 년 동안이나 날아다니기도 한다. 끊임없는 노력으로, 끊임없이 빛이 있는 곳에서만 지내는 그런 삶. 아마 천사가 있다면 그

멀고도 가까운

삶이 이와 비슷할 것이다.

저 먼 북쪽의 땅은 이 세상 같지 않은 세상이다. 온대 기후에 사는 사람에게 보편적이라고 알려진 것이 그곳에서는 사실이 아니다. 거기에서는 사람이 물 위를 걸어 다닌다. 물은 액체가 아니라 고체다. 겨울에는 그 위에 눈으로 궁전이나 집을 지을 수도 있다. 얼음은 파란색이다. 눈은 단열 효과가 있다. 물이 얼어서 떠다니는 산이 되고, 그 산은 자신과 부딪히는 것은 무엇이든 파괴해 버린다. 그 밖에도 많은 사물들이 추운 날씨 때문에 바위처럼 단단해진다. 아무것도 부패하지 않는다. 덕분에 살아 있는 이에게는 해당되지 않지만 죽은 이에게는 시간이 멈춰 버린다. 냉기는 안정된 것이고, 온기는 믿을 수 없는 것이다.

나무는 금방 시들고 관목도 땅에 납작 붙어 버린다. 저 먼 북쪽의 땅에서는, 키가 작은 풀이나 작은 꽃, 1년의 특정 시기에 눈 아래에서 자라는 이끼 같은 지의류를 제외하고는 어떤 식물도 버티지 못한다. 겨울이면 빛은 새하얀 땅에서 위로 비치는 것처럼 보인다. 어두운 하늘에는 해가 거의 뜨지 않거나 하루에 고작 한두 시간만 떠 있을 뿐이다. 북극점에는 1년이 365일이 아니다. 그곳에는 한 번의 긴 겨울과 오랫동안 내리쬐는 긴 빛이 한 번 있을 뿐이다. 해는 봄에 한 번 떴다가 가을에 한 번 진다.

적도에서는 이와 반대의 상황이 벌어진다. 1년의 모든 낮과 밤이 정확히 열두 시간씩이다. 거기서 북쪽이나 남쪽으로 갈수록 여름의 낮과 겨울의 밤이 점점 길어지는 것을 볼 수 있다. 아이슬란드의 봄날에는, 낮이 그 전날보다 매일매일 몇 분씩 길어진다.

5월이 되면 낮이 거의 17~20시간 정도 된다. 그러다가 6월 중순이 되면 해는 자정에 져서 새벽 3시에 다시 뜬다. 그때는 진짜 어둠이라고 할 만한 것도, 밤도 없다. 해는 자정쯤이나 그 후에 떨어지고, 석양은 장관을 이루는데, 그 풍경에 이내 일출이 녹아든다. 이렇듯 해가 완전히 사라지는 법은 없다.

레이캬비크는 북위 64도 지점에 있고, 스티키스 홀뮈르는 65도 지점에 있다. 이는 경도상으로 알래스카 최북단인 페어뱅크와 같은 지점이며, 북극권이 시작되는 지점에서 불과 1도 아래에 있는 셈이다. 더 북쪽으로 올라가면, 이를테면 북위 78도 지점에 있는 노르웨이의 롱위에아르뷔엔에서는, 4월 말에 뜬 해가 거의 8월 말까지 지평선에 걸쳐 있고, 심지어 8월 말이 되어도 해는 잠깐 졌다가 몇 분 후에 다시 떠오른다. 그곳의 겨울밤도 여름 낮만큼이나 길게 이어지는데, 10월 말에 시작해서 다음 해 2월 중순까지가 계속 밤이다. 우리에게 정상이고 일상인, 24시간 동안 이루어지는 낮과 밤의 순환이 그곳에는 없다. 오직 1000시간쯤 계속되는 긴 낮과 긴 밤 그리고 그 사이에서 카메라 플래시가 깜빡거리듯 빠르게 변하는 낮과 밤만이 있을 뿐이다.

오래전에 러시아 상트페테르부르크, 겨우 북위 59도 지점에 있는 그 도시의 백야에 관해 읽은 적이 있다. 한여름에 그와 비슷한

멀고도 가까운

위도 지역인 캐나다 북부 야생 지역에서 몇 주 지낸 경험도 있다. 그곳의 밤은 어둠이 잠시 얼굴을 붉히는 정도에 불과했고, 그나마도 보통은 내가 텐트에서 자는 사이에 지나가 버렸다. 나는 늘 머나먼 북쪽의 백야가 보고 싶었지만, 실제로 그 속에서 살아간다는 건 조금 혼란스러웠다. 오랫동안 어둠 속에서 지내고 나면 넘칠 듯 쏟아지는 빛이 조금씩 이해되기 시작하고, 그렇게 둘 사이에 균형이 맞춰진다. 하지만 어둠이 전혀 없는 북구의 햇빛은 어딘가 어색해 보였다. 물론 그런 생활이라고 해도 북극제비갈매기의 삶에 비할 것은 아니겠지만. 처음 프리다를 만났을 때 그 점을 물었는데, 그녀에게는 1년이 기나긴 하루와 같다고 했다. 긴 낮이 이어지는 여름에는 주로 바깥에서 활동하고, 겨울에는 집 안에서 조금 더 내적인 성찰을 하며 1년을 보낸다고 했다.

그해 여름, 하늘은 가끔 회색으로 물들기는 했어도 한 번도 깜깜해지지는 않았다. 나는 원래 해가 지기 전에 할 일을 마쳐야 한다는 생각에 익숙해 있었는데, 내가 있는 동안 그보다 더 짙은 어둠은 없을 거라는 사실을 곧 깨달았다. 내가 몇 시에 일어나든, 몇 시에 잠들든, 몇 시쯤 여행을 떠나든 그런 건 중요하지 않았다. 별다른 위험이 없는 이 섬에서는 새벽 3시에 산책을 나갈 수도 있었다. 6월과 7월에는 완전히 깜깜한 밤하늘을 보는 것조차 불가능했다. 낮과 밤을 시간 그 자체로 여기던 나로서는, 그것이 주던 어떤 리듬과 규칙성이 그리웠다. 별도 그리웠다. 더 이상 어둠이 나를 멈추게 할 수 없었다. 잠들기 위해서는 빛을 가려야 했다. 마치 내가 절대 잠들지도 꿈꾸지도 않는 풍경 속에 들어와 있는 것만 같았다. 그 풍경은 낮 동안의 각성 상태를 절대 풀어 주지 않고, 질문과 사색의 빛을 비추기를 멈추지 않았다.

밤의 관능성이 그렇게 생생했던 적은 없었다. 어둠은 벨벳처럼 내려와 주변을 감싸고, 그 고치 같은 암흑 속에서 나를 또 다른 나와 타인에게 이끌어 주었다. 젊은 시절 들었던 패티 스미스의 노래 가사 중에 "밤은 연인의 시간이다."라는 구절이 있다. 사실은 밤이 연인의 것이라기보다는, 오히려 연인이 밤에 속해 있는 것이라고 할 수 있다. 이때 밤은 연인을 그 순간에만 살게 하는, 자신들의 살결만을 느끼며, 그 안에서 해방을 맛보게 하는 시간이라고 해야 할 것이다. 어둠은 사랑스럽다. 열정이 가득한 어둠. 당신 안의 미지의 것이 일어나는, 숨어 있던 것들을 위한 어둠.

어둠 속에서는 여러 가지가 하나로 섞인다. 그렇게 열정은 사랑이 되고, 사랑을 나누는 행위의 결과로 모든 자연과 형체가 생겨난다. 섞이는 것은 위험하다. 적어도 자아를 규정하는 경계의 차원에서는 그렇다. 어둠은 무언가를 낳고, 그렇게 생겨나는 것은 그것이 생명이든 예술이든, 미지의 것에 대한 애정 어린 관심을 요구한다. 그것은 당신 스스로도 정확히 알지 못하는 어떤 영역, 다음에 무슨 일이 이어질지 알 수 없는 영역으로 들어가는 것을 의미한다. 창조는 언제나 어둠 속에서 일어난다. 무언가를 만들어 내는 일은

멀고도 가까운

당신이 무슨 일을 하고 있는지 정확히 모르고 있을 때만 일어난다. 창조는 그렇게 어둠 속으로 들어감으로써, 빛 속에만 머물지 않음으로써 가능하기 때문이다. 빛이 비치면 생각의 구체적인 생김새나 그림자가 드러나고 다른 이들도 알아보겠지만, 그것이 만들어지는 곳은 그 빛 속이 아니다.

영어에서 어둠은 부정적인 의미를 지니는데, 가끔은 감정적이거나 도덕적인 혹은 종교적인 함의까지 지니기도 한다. 이는 그 반대말인 빛도 마찬가지다. '빛의 자녀들', '눈처럼 새하얀 천사', '빛나는 피부의 처녀들', '백기사' 같은 단어를 떠올려 보라. 어두운 피부의 마틴 루터 킹은 "어둠은 어둠을 몰아낼 수 없습니다. 오직 빛만이 그 일을 할 수 있습니다. 증오로 우리의 증오를 몰아낼 수도 없습니다. 오직 사랑만이 그 일을 할 수 있습니다."라고 말했다. 하지만 가끔은 사랑도 어둠이다. 때로는 밝은 빛을 가려야만 할 때도 있다. 침대로 들어가기 전에 불을 끄듯이.

사막에서 생활하다 보면 그늘을, 그림자와 어둠을 사랑하게 된다. 그늘은 당신을 태워 없애거나 바짝 마르게 하는 불볕을 피할 휴식처를 제공한다. 추위가 북극의 가장 큰 야수라면, 더위는 사막의 약탈자다. 사막의 빛은 사납다. 한낮에는 그 빛이 만물을 거칠고 단단하게 만들어 버린다. 그러나 이른 오전이나 늦은 오후가 되면 그 빛은 황금빛으로 물들고, 풍경 속 모든 절벽, 습곡, 봉우리는 빛과 그림자만 있는 깊은 휴식에 빠진다. 그런 시간에는 낮과 밤이 마치 무희처럼 연인처럼 한데 엉키고, 그림자도 그 그림자를 만들어 내는 빛만큼의 혹은 그보다 더 강한 존재감을 드러낸다. 그림자는 해가 완전히 지평선 아래로 넘어갈 때까지 점점 더 길어지고, 그 후에는 어둠이 지면 위를 흐르는 물처럼 퍼져 간다.

그해 여름 아이슬란드에서 어둠을 볼 수 있는 곳은 단 한 군데 뿐이었다. 적어도 내가 아는 범위에서는 그랬다. 나는 그곳을 자주 찾았다. 처음 거기에 도착했을 때는 엘린과 함께 식사를 했다. 엘린은 결국 죽고 만, 늑대라는 이름을 가졌던 남자 울피르에게서 받은 내 책을 어머니에게 드렸다고 했다. 그녀는 젊고 대담한 예술가였다. 엘린은 '진로(Path)'라는 제목의 미궁을 제작했다. 아이슬란드 국립미술관의 커다란 전시실에 숙련된 목수 두 명의 도움을 받아 석고보드로 지그재그 모양의 길을 세워 미궁을 만들었는데, 덕분에 그 미궁에는 석고의 거칠고 깨끗한 향이 가득했다. 「진로」에는 한 번에 한 사람씩만 들어갈 수 있었다. 그리고 관람객이 미궁에 들어가고 나오는 것을 직원 둘이 지켜보고 있었다. 그들은 마치 구조 요원처럼 그 안에서 길을 잃은 사람들을 데리고 나왔다.

낮 시간에 일단 미궁에 들어와 뒤에서 문이 닫히고 나면, 공간 전체가 완전한 암흑으로 뒤덮이는 것처럼 보인다. 그러나 이내 두 눈이 아주 희미한 빛에 적응하기 시작한다. 장님 같은 상태에서 앞으로 나아갈 수도 있고 뭔가 보일 때까지 기다릴 수도 있지만, 손으로 양쪽 벽을 짚는 것만으로도 길을 찾는 데 도움이 된다. 모퉁이에서 길이 급하게 꺾이기 때문에, 관람객은 자신이 계속 어딘가를 돌고 있다는 느낌만 받을 뿐, 얼마나 왔는지 거리감은 잃어버린다. 아주 긴 시간 동안 먼 길을 가는 것 같고, 혼자라는 느낌이 아주 강하게 든다.

벽과 천장에는 의도적으로 만들어 놓은 아주 가는 틈이 있고, 그리로 새어 들어오는 빛은 보랏빛이 도는 파란색이다. 형광 튜브에서 희미하게 새어 나오는 그 빛은 미궁을 아주 낯선 방식으로 가로지른다. 어두운 곳은 단단한 벽이고, 빛이 있는 곳은 내가 들어갈 수 있는 열린 공간이라고 믿기 쉽지만, 현실에서는 종종 그 반대일 때도 있다. 이 미궁에서는 암흑이 열려 있고, 창백한 석고 벽면은 막혀 있다.

관람객의 예상은 계속해서 뒤바뀐다. 미궁 안으로 깊이 들어갈수록, 어디가 막힌 부분이고 어디가 움직일 수 있는 공간인지 알수 없게 되어, 관람객은 계속해서 시험하고 또 시험해야만 한다. 「진로」는 자신이 있는 곳을 알 수 없다는 것, 말 그대로 한 번에 한 걸음씩 나아가는 수밖에 없다는 사실을 보여 주는 완벽한 예술 작품이다. 길이 꺾인 걸까. 한 가지 길밖에 없는 걸까. 어디까지 가야 하는 걸까. 출구와 입구가 같은 걸까. 이 모든 질문에 대한 답을 여정 중에 자신의 손과 눈 그리고 발로 찾아야 한다.

미궁 안에는 희미하고 낮은 베이스 소리가 심장 박동처럼 계속 울린다. 그 소리는 관람객에게 자신이 어딘가 깊숙이 들어와 있다는 느낌을 준다. 자신이 갇혀 있고, 어딘가에 담긴 채 아직 태어나지 않은 상태라는 생각이 들게 한다. 조금씩 어디론가 가는 중이다. 아무런 확신 없이, 알지도 못한 채, 보이지도 않는 상태에서 이리저리 방향을 바꾸며 나아간다. 막다른 곳에 이르면 벽과 벽 사이가 좁아지고, 처음 미궁에 들어와 뒤에서 문이 닫혔을 때처럼 깜깜한 암흑이 된다. 그러면 한 발짝도 더 나아갈 수 없다. 마치 폐소공포증에 걸린 것 같은 상태지만, 그럼에도 나는 어둠이 나를 껴안는 것을 느꼈다. 종착지, 일부러 만들어 낸 밤이었다.

거기까지 갔다가 돌아 나오기까지 10분에서 15분 정도가 걸렸다. 하지만 미궁 안의 시간은 그렇게 시계로 측정할 수 있는 것이 아니었다. 그것은 분리된 시간, 상징적인 시간이었고, 미지의 것, 알아낼 길 없는 것의 한가운데로 가는 여정이었다. 의미심장한 여정이자 위험과 의심, 어둠에 나를 던져 넣는 여정이었다. 그해 여름, 나는 그 미궁을 찾고 또 찾았다. 모두 일곱 번이었는데, 들어갈 때마다 너무 오래 머무는 바람에 박물관 직원들이 걱정할 정도였다. 그 안에서 나는 집에 온 것처럼 편안했고, 아이슬란드의 다른 어떤 곳에서보다 바로 그곳에서 나 자신이 되는 것 같았다. 아이슬란드에 관한 쥘 베른의 소설 제목이 『지구 중심으로의 여정』이었는데, 바로 그 미궁 속 경험이 그 '여정'이나 그 '중심'인 것만 같았다.

미궁은 한 여정을 작은 공간에 압축시켜 넣는 고대의 발명품이다. 실패에 감긴 실처럼, 길이 감겨 있다. 출발과 혼란, 인내, 도착 그리고 귀환이 그 안에 담겨 있다. 그 안에서는 삶이라는 형이상학적 여정과 당신이 내딛는 실제 발걸음이 하나가 된다. 그 둘이 같아진다. 길을 헤맬 수도 있고, 목적지에 이르기 위해 때로는 등을 돌려야 할 때가 있음을 배우기도 하고, 제자리를 맴돌고, 그러다가 길 자체에 압도되어 마음을 빼앗기다 보면, 어느새 도착한다. 그런 식으로 실제로 멀리 나아가지 않고도 대단한 여정을 마치게 된다.

그런 점에서 미궁은 미로와 정반대다. 미로는 하나의 복잡한 길이 아니라 여러 개의 길이며, 때로는 중심도 없다. 그 안에서 헤맴은 끝이 없고 최종적인 도착지도 없다. 미로가 대화라면, 미궁은 주문이나 기도라고 할 수 있다. 미궁에서는 자신도 모르는 사이에 꺾이고 뒤틀린 곳에서 길을 잃게 마련이지만, 그 길을 따라가다 보면 결국 어딘가에 이른다. 그리고 그다음에는 왔던 길을 되돌아 나오면 된다.

미궁 속 여정의 끝은 사람들의 짐작과 달리 한가운데가 아니라, 다시 입구로 나오는 것이다. 출발했던 곳이 또한 진짜 끝이기도 하다. 그것은 순례나 모험을 마치고 다시 돌아온 집과 같다. 미궁 안에서는 볼품없던 모퉁이나 여백도 중요하다. 왜냐하면 이 여정은 어딘가로 들어가는 여정이 아니라, 무언가가 되어 나오는 여정이기 때문이다. 아리아드네는 크레타 섬의 미궁에 갇힌 테세우스의 탈출을 돕기 위해 빨간 실이 감긴 실패를 전해 준다. 미궁의 중심으로 가는 동안 실을 풀었다가, 그 실을 따라 다시 탈출하는 것이다.

먼 거리를 작은 공간에 압축시켜 놓았다는 점에서 미궁은 인간이 만들어 낸 다른 두 고안물과 닮았다. 하나는 실타래고, 다른 하나는 단어와 문단과 쪽을 하나로 묶어 놓은 책이다. 책의 문장이 실타래에 감긴 한 가닥의 실이라고, 그 문장도 실처럼 풀 수 있는 것이라고 상상해 보자. 그렇게 풀린 문장이 만들어 낸 선 위를 걸을 수 있다고, 실제로 걷고 있다고 말이다. 독서 또한 하나의 여정이다. 눈은 선처럼 펼쳐진 생각을 따르고, 책이라는 압축된 공간에 접혀 있던 그 생각들이, 당신의 상상과 이해 안에서 다시 차근차근 풀려 나간다.

모든 이야기가 이런 형태를 가지지만, 특히 동화는 유난히 미궁 같은 구조를 가진다. 무슨 사건이 벌어지고, 주인공은 미궁의 주변부에서 중심부를 향해 가는 것처럼 이리저리 방향을 바꾸며 중심에서 멀어진다. 그것은 바로 목적지에 이르기 전에 가장 멀리 있는 다른 곳들을 지나야 하는 여정이다. 그래서 동화의 주인공은 계속해서 방해받고 저주받고, 쫓겨나며 버려지고, 자신이 있던 자리로 돌아오기 위해 북풍이 시작되는 곳으로 가고, 유리로 만든 산의 정상에 올라가야 한다. 곧장 목적지로 향하는 길은 거의 없으며, 출발했던 그 자리에서 여정이 끝나는 경우도 많다.

만약 「진로」가 책이었다면, 그것은 미지의 것, 길을 잃는다는 것에 관한 책이자, 내부 깊은 곳의 어둠에 관한 책, 두 발로 읽어야 하는 책이었을 것이다. 하지만 그 책은 말이 없고, 보잘것없는 시각예술의 특권에 힘입어 말로 정확히 표현할 수 없는 많은 의미를 생각나게 했다. 또 그 의미는 대상의 재현이 아니라 대상 그 자체에 있다. 그것은 어둠이었고, 둘둘 감긴 길이었으며, 공간에 울리는 소리였고, 희미하게 비치는 빛이었으며, 혼란스러운 감각이었다. 몸을 부딪쳐야만 모습을 드러내는 어떤 공간이었다.

오래전에 해부학자들은 사람의 귀 안에 있는 돌돌 말린 기관, 청각과 균형을 담당하는 그 통로를 미궁이라고 불렀다. 그 이름이 암시하는 건, 만약 그 귓속의 미궁이 소리와 정신을 이어 주는 통로라면, 미궁 안으로 걸어 들어가는 우리 역시 알 수 없는 커다란 존재에게 들려지기 위해 다가가는 어떤 소리가 된다는 사실이다. 그 길을 걷는다는 건 우리라는 소리를 전하는 일이고, 그렇게 자기 자신을 들려주는 일은 사람들 대부분이 가지고 있는 커다란 욕망이다. 하지만 누구에게 들려주는 걸까. 무엇을 들려주는 것일까. 정신을 향해 다가가는 소리가 된다는 것은 이 길, 이 여정, 그렇게 풀려 나가는 실타래를 상상하는 또 다른 방식이 아닐까.

당신을 듣는 이는 누구인가. 엘린은 내 책을 읽으며 나를 들었고, 그다음에는 나를 초대해 자신의 어둠을 들려주었다. 나의 책과 그녀의 미궁 사이에는 대화가 한차례 있었다. 엘린과 프리다가 책 속에 있던 나를 자신들이 있는 북극 지방으로 불러들였을 때,

나는 거울 속으로 들어가는 앨리스를 떠올렸다. 말 그대로 엘린의 작품 속으로 걸어 들어가는 그 순간, 여정은 완성되었다.

우리는 서로의 생각과 작품 속에 살고 있다. 이 글을 쓰는 지금, 나는 가파른 경사면에 세워진 건물에 있다. 경사면 위쪽에서 보면 1층인 곳이 아래쪽에서 보면 2층이다. 누군가 이 장소를 끊임없이 고민하여 꼭 어울리는 건물을 설계했다. 다른 누군가는 해안을 따라 들어선 숲에서 목재를 구했고, 또 다른 누군가는 건물의 기초를 세우고, 벽을 바르고 참나무 마루를 깔고, 관을 설치하고 배선도 마쳤다. 내가 앉아 있는 의자도 누군가가 디자인하고, 다른 누가 만들었다. 그 모든 일이 내가 태어나기 전에 이루어졌다.

사람들이 집이나 의자는 이러이러해야 한다는 생각을 확립하기 전이었다. 지금의 나는 오래전의 어떤 장인들, 그들의 생각이나 노동의 덕을 보고 있는 셈이다. 그뿐만 아니라 방 안의 책 속에, 다른 목재에, 내가 쓰는 말에, 조상의 적응과 실패가 담긴 내 몸에, 나를 둘러싼 도시에, 세상을 만들어 온 수많은 몸짓, 행동, 헌신에 깃든 유령에 둘러싸인 채 있는 셈이다.

나는 그리고 우리 각자는 겹겹이 싸인 러시아 인형의 가장 안쪽에 있다. 지금 이 글을 읽고 있는 당신은 내가 당신을 위해 만들어 놓은 한 겹의 인형에 싸여 있다. 내 이야기가 당신 안에 있는 것일 수도 있다. 우리는 말 그대로 서로의 생각이나 작품 안에 살고 있으며, 이 세계 또한 언제나 우리 모두에 의해, 우리의 신념과 행

멀고도 가까운

동과 정보와 물질로 만들어지고 있다. 심지어 황무지를 여행할 때도, 여정은 당신이 생각하는 아름다움이나 중요성 혹은 즐거움에 따라 결정되는 것만큼이나, 다른 사람들이 만든 신발이나 지도에 의해서도 결정된다.

수십 년 전, 모든 경험은 중재를 거친 것이라는 포스트모더니즘의 불안이 만연한 적이 있었다. 불안에 빠진 사람들은 최초의 직접적인 경험은 이미 지나갔다고 믿었다. 그들은 마치 애초에 중재라는 것이 존재하지 않았다고 생각하는 것 같았다. 그것이 세계의 일부이자 늘 우리 주변을 감싸고 있음에도 불구하고, 전혀 들여다볼 가치가 없다고 생각하는 듯했다. 마치 사색이 없는 세상, 문화가 없고 언어가 없는 세상이 존재할 수 있다는 듯이. 누군가 그 세상의 외부에 존재할 수 있다고 믿었고 그 외부야말로 선망의 장소라고 여겼다. 하지만 진짜 문제는 경험이 얼마나 중재되었는가, 당신이 그것을 얼마나 알아보는가였다.

당신은 연습을 통해 대화를 잠시 멈출 수 있다. 머릿속으로든 실제 행동에서든 그런 정지는 가능하지만, 대화 자체에서 벗어나는 것은 선택 사항이 아니다. 그 대화가 당신이며, 만약 운이 좋다면 당신이 대화가 되어, 우리 주변에 혹은 당신 내부에 존재하고는 있지만 형체가 없는 세계를 만들어 가는 일에 참여할 수 있다. 당신은 스스로 힘들게 찾아내고 선택하여 손에 넣은 재료를 가지고 당신의 정체성과 신념, 인간관계, 애정 관계, 가정(家庭)을 만들어 간다. 그리고 어떤 사람들은 그 모든 일에서 다른 이보다 선택의 폭이 훨씬 넓기도 하다. 당신은 빵을 소화하듯 어떤 생각이나 가치를 받아들이고, 그 역시 빵처럼 당신의 일부가 된다. 이 모든 것을 통해 당신은 세상이 만들어지는 과정에 자기 몫의 기여를 하고, 이는 끊임없이 이어지는 대화에서 당신이 맡은 대사 같은 것이다. 수감자, 실업자, 선거권이 없는 사람 그리고 주변인의 비극은, 이 끊임없이 이어지는 대화에서 입을 다물고 있어야 한다는 것이다. 대사들이 만들어 내는 교향악은 세상을 설명하는 또 하나의 방법이기도 하다.

많은 사람이 시각예술을 불명확하다고 느끼는 데는 이유가 있다. 각각의 예술 작품은 기나긴 대화 속의 대사 한 줄로 기능하기 때문이다. 그것들은 이전 대사에 응답하여 덧붙이거나, 비판하거나, 뒤집어 버리기 때문이다. 전시회장에 걸어 들어가는 일은 말하는 사람이 누구인지, 전에 어떤 말이 오고 갔는지를 전혀 모르는 상태에서 혹은 사용되는 언어 자체를 모르는 상황에서 대화 중간에 끼어드는 것과 비슷하다. 물론 어떤 예술 작품은 홀로 우뚝 서서 스스로 관객에게 직접 말을 걸기도 한다.

엘린의 「진로」는 제임스 터렐이나 래리 벨, 로버트 어윈 같은, 빛과 공간을 다룬 위대한 작품을 남겼던 캘리포니아 남성 작가들의 활동에 대한 젊은 여성의 대답이라고 할 수 있다. 1970년대 초반, 이 작가들은 빛을 직접적인 표현 수단으로 사용하여 활동하기 시작했다. 그들의 작품은 지각, 환상 그리고 숭고한 아름다움에 대한 것이자 예술은 무엇이 될 수 있는가에 대한 확장된 질문이기도 했다. 10~20년 전부터 화가들의 관심은 대상에서 과정으로 옮겨가기 시작했고, 당연한 결과로 빛의 예술, 동작의 예술, 체제에 대한 간섭의 예술, 행동과 지각을 자극하는 예술이 등장했다. 나의 친구 루시는 이 변화를 '미술 대상의 비실물화'라고 칭했다.

최상의 시각예술은 다른 수단을 통한 철학이자 말 없는 시다. 시각예술은 우리에게 가장 중대한 질문을 던진다. 그것은 존재의 가장 본질적인 요소에 대한 질문이자, 시간과 공간에 대한 질문, 지각, 가치, 창조, 정체성, 아름다움에 관한 질문이다. 그것은 말 없는 대상을 이야기하게 하고, 예상치 못한 과정을 통해 세상의 구성 요소를 새롭게 변모시키며, 매일매일의 일상을 눈앞에 들이대며 우리에게 깨어나서 한번 보라고 요구한다. 시각예술은 무언가를 만드는 행위에 대해 근본적인 질문을 불러일으킨다. 즉 그것이 무슨 의미인지, 무엇을 위한 것인지, 물질과 역사와 구체적인 형태로 발현된 상상력이 뒤섞일 때 어떤 일이 일어나는지에 대한 질문이다. 나는 20대 초반에 이 시각예술의 영역에 발을 들였고, 그 광활한 경연장에서 성년을 맞았다. 그곳은 내가 창작과 대화를 위한 여정을 떠날 수 있는 넓은 지평을 열어 주었다. 나는 대화에 초대되었고, 이야기하고, 듣고, 또 배웠다.

누가 당신의 말을 듣는가. 할 말이 있다는 것과 그것을 들어줄 사람이 있다는 것은 별개의 일이다. 들려진다는 것은 말 그대로 듣는 이의 귀에서 머리까지 이어진 미궁을 여행하는 공기의 울림이 된다는 뜻이다. 하지만 그 어두운 통로에서는 더 많은 일이 벌어진다. 당신은 당신의 욕망과 필요 혹은 관심에 부합하는 것을 선택하여 듣기 마련이다. 그러나 대화가 너무 잘 통하는 세상은 삶을 온통 편안한 것과 익숙한 것만 비춰 주는 거울로 만들어 버릴 위험이 있고, 그 반대의 세상에도 마찬가지로 위험은 있다. 주의해서 귀를 기울이자.

듣는다는 것은 귓속의 미궁에서 소리가 사방으로 돌아다니게 허락하는 것이며, 귀를 기울인다는 것은 거꾸로 그 길을 되돌아서 그 소리를 만나는 것이다. 이것은 수동적이기보다는 능동적이다. 이 듣는다는 행위 말이다. 이는 당신이 각각의 이야기를 다시 하는 것, 당신의 고유한 언어로 그것을 번역하는 것, 당신이 이해하고 반응할 수 있게 당신의 우주에서 그 자리를 찾아 주는 것, 그리하여 그것이 당신의 일부가 되도록 하는 것이다. 감정이입을 한다는 것은 감각의 미궁을 통해 들어온 정보를 맞아 주기 위해 손을 뻗는 것, 그것을 껴안고 그것과 섞이는 일이다. 즉 타인의 삶이 여행지라도 된다는 듯 그 속으로 들어가는 일이다.

친절, 동정, 너그러움 같은 것은 마치 순전히 감정의 미덕인 것처럼 이야기되곤 한다. 하지만 그것들은 무엇보다도 상상력의 미덕이다. 우리는 누군가 다친 것을 보면 그를 안쓰럽게 여긴다. 누군

멀고도 가까운

가 모욕을 당했거나 아주 지쳐 있는 것을 보아도 마찬가지다. 당신의 감각이 전하는 정보를 받아들이고, 자신의 경험에 빗대어 그것을 해석하고 나면 비로소 그 정보가 당신에게 생생하게 전해진다. 직접 목격하지 않은 어떤 사태, 표면에 드러나지 않는 어떤 괴로움을 상상하려고 열심히 노력하고 고민하기도 한다.

친한 친구나 방금 얼음 위에서 미끄러진 사람처럼, 당신과 가장 비슷하거나 가장 가까이 있는 사람의 경험을 상상하는 일이 제일 쉬울 것이다. 하지만 영화나 책으로 나온 이야기, 한 다리 건너서 듣는 설명처럼 상상과 재현을 통해 저 먼 곳에 있는 사람들의 삶 속으로 떠나 보는 일도 가능하다. 이런 상상을 통한 들어감은 구체적인 대상을 가정할 때 가장 잘 이루어진다. 굶주리는 어린이 한 명의 입장은 쉽게 상상이 되지만 수백 만 명이 굶주리고 있는 지역을 상상하는 것은 쉽지 않다. 하지만 가끔은 한 사람의 이야기가 더 큰 영역으로 들어가는 입구가 되어 주기도 한다.

그런 동일시는 많은 경우에 거의 본능적으로 일어난다. 심지어 동일시를 할 수 있는 동물도 있을 정도이다. 아이들도 다른 사람의 감정에 공감하면 함께 울고, 고통스러운 소리를 들으면 힘들어한다. 신경학자들은 요즘 거울신경을 이야기한다. 당신이 갈망하는 무언가를 보거나 고통스러운 무언가를 느끼면 뇌의 특정 영역이 반응한다. 무언가를 목격하는 데 그치지 않고, 그것을 해석하여 당신의 경험에 포함시키는 것이다. 당신은 그 타인과 함께 느끼고, 그를 위해 느낀다. 하지만 누군가가 울기 때문에 함께 울고, 누군가가 욕망하기 때문에 함께 욕망하는 것이 그 누군가를 보살피는 것과 같다고 할 수는 없다. 괴로워하는 타인에게 대답하다가 마음을 다쳐서, 그들 스스로 위로가 필요해진 사람들도 있다.

감정이입(empathy)이란 자신의 테두리 밖으로 살짝 나와서 여행하는 일, 자신의 범위를 확장시키는 것을 의미한다. 이는 진정으로 타인의 현실적 존재를 알아보는 일이며, 바로 이것이 감정이입을 탄생시키는 상상적 도약을 구성한다고 할 수 있다. 감정이입은 시각예술에도 조예가 깊던 한 심리학자가 만들어 낸 용어다. 이 단어가 본격적으로 사용된 것은 100년 남짓밖에 되지 않는데, 1909년 에드워드 티치너가 처음 제안하기 전까지는 '공감', '친절함', '안쓰러워함', '동정', '동질감' 같은 단어가 그 일반적인 의미를 지칭하는 데 사용되었다. 독일어로는 'Einfühlung'으로 번역되는데, 마치 감정 자체가 다가가는 것처럼 '들어가 느끼다'라는 뜻이다.

이 단어의 어근은 'path'인데, 그리스어로 열정이나 괴로움을 뜻한다. 비애, 병리학, 동정 같은 단어의 어원이 모두 같다. 감정이입이 '오솔길'을 뜻하는 고대 영어 단어 'path'와 동음이의어를 어원으로 가지는 것은 순전히 우연의 일치다. 엘린이 만든 어두운 미로의 제목이 '진로'였던 것도 마찬가지다. 감정이입은 당신이 무언가에 관심을 기울일 때, 그것을 보살피며 그곳에 가보고 싶은 욕망이 생길 때 나서는 여정이다. 눈앞에서 괴로움을 직접 목격할 때

멀고도 가까운

도 그 사람이 관절에 끔찍한 고통을 겪고 있는지, 최근에 집을 잃어 버렸는지를 알고 싶다면 말이 필요하다. 머나먼 곳의 괴로움은 예술 작품을 통해, 이미지나 음성 기록, 아니면 이야기들을 통해 당신에게 와 닿는다. 그런 정보들이 당신을 향해 출발한다. 그리고 당신이 그것들을 만난다면, 그 만남은 여정의 중간 지점에서 이루어진다.

다른 모든 것에서 멀리 떨어진 차가운 섬. 그 섬의 작은 반도 끝에 있는 마을의 언덕 위 오래된 도서관에 딸린 가구도 없는 방에서, 나는 낯선 사람들과 새들과 함께 지냈다. 빙하가 녹은 물 아래에서, 무언가를 만드는 다른 사람들의 행동과 상상력 안에서, 젊은 여인이 만들어 놓은 어둠과, 늘 빛이 있는 곳을 날아 다니는 어떤 새에 관한 몽상 속에서, 이어지던 대화가 잠시 멈춘 시점에, 그것들을 관조하며 지도를 그려 볼 수 있는 위치에서 지냈다. 지금 돌아보면 마치 오래전의 어떤 일을 떠올릴 때처럼, 나 자신이 빙하와 폭포와 용암 바위와 비와 구름과 새와 책이 있는 거친 풍경 속에 서 있는 조그만 사람처럼 보인다. 그리고 언제나 그 모든 것 너머에 은빛 바다가 있었다. 마치 모든 소리를 감싸고 있는 침묵이나 모든 지식 너머에 있는 미지의 것처럼, 모든 땅을 감싼 레이스 같았던 바다가.

또 한 번 상상력이 폭발하여 열 편의 시를 써내기 전까지, 릴케는 10년 동안 힘든 시기를 보내야만 했다. 오랜 시간이 흐른 후, 나는 릴케의 눈물을 홀짝이며 마셨다. 어머니에게 그 시구와 나 자신을 먹여 주었다. 어쩌면 당신이 내게서 양분을 취했을 수도 있다. 프시케는 연인에게 기름을 한 방울 떨어뜨린 후, 그에게 돌아가기 위해 지옥을 거쳐 세상 끝까지 다녀오는 여정을 떠나야 했다. 곧장 이르는 길은 좀처럼 없다. 프시케 이야기는 이탈리아에서 북쪽으로 이동하여 18세기 프랑스의 가브리엘 수잔 바르보 드 빌너브가 쓴 『미녀와 야수』가 되었다. 미녀의 친절, 그리고 그녀가 마치 세례를 하듯, 혹은 눈물을 흘리듯 부어 준 물 덕분에 야수는 마법에서 풀려나 다시 인간이 되었다. 그것은 모든 것들이 집으로 돌아가기를, 익숙한 것, 인간, 행복으로 돌아가기를 원하는 고전적인 동화다. 그 이야기에서 여정은 순환하지만, 이야기 자체는 계속 이동 중이다. 노르웨이에서 말을 하는 백곰 한 마리가 가난한 농부의 딸 앞에 나타난다. 소녀의 아버지는 나머지 가족들을 먹여 살리기 위해 딸을 버려야 했다. 소녀는 곰의 등에 올라타고 그렇게 '에로스와 프시케' 이야기의 북극권 버전이 시작된다.

11 ——————————————————— 얼음

표지에 바이킹 배가 돋을새김으로 들어간 얇은 회색 책이 아니었다. 면지에 그린란드와 북극권 주변의 캐나다 지역 지도가 들어간 두꺼운 파란색 책도 아니었다. 넓은 책등에 이누이트 인디언의 얼굴이 들어간 청록색 책도 아니고, 조악한 천으로 된 녹색 표지에 새하얀 북극곰과 흰 글자가 인쇄된 책도 아니었다. 내가 처음 만나게 된 영어 번역본은, 연한 파란색 표지에 파란색 개썰매와 파란색 옷을 입은 사람이 새겨진 『북극 모험』이라는 책이었다. 그 책은 자신의 숨 안에서 산다는 것의 의미를 알려 주었다. 그건 당신이 자신의 몸에 실을 뽑아 고치를 만든 것, 당신이 불고 있는 풍선이 당신을 그 안에 담은 채 단단하게 굳어 버린 것과 같았다. 그건 자신이 내쉰 숨으로 만들어진 집과 같은 것이었다.

유대계 덴마크인이자 탐험가였던 페테르 프로이켄은 스무 살에 북극의 겨울을 처음 맞았다. 그는 방금 들어선 다른 세상을 향한 열정과 활력으로 가슴이 터질 것 같았다. 그는 그린란드 북동쪽 푸스터르비크의 빙상 끝에 혼자 남아 1906년에서 1907년에 걸쳐 어두운 겨울을 지내겠다고 자원했다. 처음에는 돌과 목재로 지은 가로 9피트(약 2.7미터), 세로 15피트(약 4.5미터)짜리 집에 다른 몇몇 사람과 함께 머물렀다. 프로이켄의 임무는 매일 밖으로 나가 산 위의 기상 상태를 측정하는 일이었다. 쉬운 일 같지만, 하루의 대부분이 밤이었고 상상도 못 할 정도로 추웠다는 점 그리고 늑대들이 썰매 개 일곱 마리를 모두 잡아먹고 프로이켄마저 노리고 있었다는 점을 감안하면 이야기가 달라진다.

날씨가 너무 추운 탓에 거처 안에서 작은 석탄 난로를 피우고 있어도 입김이 얼어 벽과 천장에 얼음이 맺혔다. 숨은 계속 쉴 수밖에 없었고 집은 점점 작아졌다. 처음에는 두 명이 팔꿈치를 스치며 겨우 지나갈 수 있는 정도였다고 그는 적었다. 마침내 혼자 남고 '집이 자신을 덮치는 것을 막아 주는 유일한 물건'이었던 석탄마저 떨어졌을 때, 그는 공간을 더 만들기 위해 난로마저 밖으로 던져 버렸다. 이제 조명과 물을 끓이는 용도의 알코올램프 하나만 남아 있었다. 겨울의 임무가 끝나고 마침내 안도할 때쯤, 그는 자신의 숨이 얼어붙은 얼음 동굴, 몸도 제대로 펼 수 없던 공간에서 지내고 있었다. 키가 거의 2미터에 달했던 프로이켄은 자신의 숨으로 만들어진 동굴에서 살았다.

킹 제임스 버전 성경의 전도서에는 "헛되고 헛되니 모든 것이 헛되도다."라고 적혀 있다. '헛되다'로 번역된 히브리어는 '헤벨(hevel)'이고, 이는 숨 혹은 수증기라는 뜻으로, 숨처럼 순간적이고 수증기처럼 금방 사라지는 어떤 것을 의미한다. 북극은 예외였다. 그곳에서는 페테르 프로이켄의 숨이 그대로 하나의 구조물이 되었

멀고도 가까운

다. 거푸집을 떼어 내고 남은 콘크리트처럼, 만약 그가 지내던 집을 해체했다면 그의 숨이 얼어서 만들어진 얼음만 남았을 것이다.

그는 적막하고 깜깜한 겨울밤에 홀로 자기 안으로 사라졌던 것이다. 들어 줄 사람, 대답해 줄 사람, 경험을 이야기로 만들어 줄 사람, 함께 이야기하며 시간을 보낼 사람도 없이, 그는 그저 숨만 쉬며 지냈다. 물을 끓일 눈을 구하거나 산 위로 기상 상태를 측정하러 나갈 때 그는 늑대가 다가오지 못하도록 형편없는 솜씨로 노래를 불렀다. 거처 안에서는 너무 외로운 나머지 찻주전자나 냄비 혹은 프라이팬을 친구 삼아 이야기를 나누었다. 그것은 얼음으로 하는 세례였다. 그 겨울이 끝났을 때 그는 이미 북극에 심취해 있었다. 그는 인생의 가장 왕성했던 시기를 북극에서 이누이트 사람들과 함께 보냈고, 남은 인생 내내 되돌아볼 모험을 즐겼다. 북구에 관한 그의 책들은 1920년대부터 영어와 노르웨이어로 출간되기 시작해 1958년 그가 사망할 때까지 계속 이어졌다.

내가 처음 프로이켄을 알게 된 건 아이슬란드에 있을 때였다. 어떤 책에서 지나가는 말로 그가 언급된 것을 보았다. 나를 사로잡은 문장은 프로이켄이 사랑했던 그린란드에 관한 것이 아니라, 지금은 누나부트라고 불리는 캐나다 북부의 원주민 자치 구역에 관한 부분이었다. 프로이켄은 100여 년 전 그곳에서 한 무리의 이누이트 여행자와 마주쳤다. "중간에, 날씨가 갑자기 변했다. 거의 죽을 만큼 그들을 괴롭힌 것은 이상하게도 추위가 아니라 열기였다.

밤이 되자 얼음으로 지은 거처가 허물어지고, 썰매를 지탱해 주던 썩은 고기와 뼛조각이 녹으면서 개의 먹이가 되고 말았다. 식량도 이동 수단도 없었다. 개까지 모두 잡아먹은 후에는 그대로 굶어야 했다. 아타구타룩은 결국 얼어 죽은 남편과 아이들의 사체를 먹었다. 프로이켄이 아타구타룩을 만났을 때, 그녀는 부족 지도자와 재혼한 상태였다. '새 남편을 만나고 아이도 셋이나 새로 낳았죠. 아이들 이름은 모두 그때 죽었던 아이들의 이름을 따서 지었어요. 그 아이들이 나를 살려 주었고, 덕분에 그 아이들도 이렇게 다시 태어날 수 있었으니까요.'"

처음에 나를 사로잡은 것은 식인 풍습이 아니라 썩은 고깃덩이를 얼려서 만든 썰매였다. 마치 마법처럼, 추위는 썩은 고깃덩이를 하나의 단단한 구조물로 만들어 버렸다. 신데렐라 이야기에서 호박이 마차가 되고, 동화 속의 황금이 다음날 아침이면 다시 나뭇잎으로 변한다. 프로이켄에 관심이 생겨 나중에 읽게 된 책에서 그의 숨이 얼음이 되고, 온기가 저주가 되어 버리듯이 말이다. 자료를 찾아보니, 썰매는 고깃덩이만으로 만들어지지 않았고, 뼈나 썩은 고기가 쓰인 적도 없다고 했다. 다만 나무를 구하기 어려운 지역이나 철기 사용이 제한된 지역에서는 종종 살코기와 동물 가죽을 얼려서 썰매를 만들 때 활용한 적은 있었다.

프로이켄은 이렇게 적었다. "먼저 산림순록의 가죽을 거의 얼음이 되기 직전의 물에 적신다. 그리고 가죽을 말고 그 위에 얼음

덩어리를 얹어 정확히 썰매에 맞는 모양으로 얼린다. 가로대는 부드러운 얼음 위에 놓아 둔 얇은 고기 조각과 도끼로 다듬은 연어를 얼려서 사용한다. 그렇게 탈 만한 썰매가 만들어지면 다음날 해가 뜨고 바로 여정에 나선다. 그때가 여정을 나서기에 가장 좋은 때다."

1935년에 나온 프로이켄의 책 『북극 모험』에 실린 설명은 과장이 없지 않지만 이 이야기 자체가 그를 사로잡았던 것은 분명한 듯하다. 그는 같은 이야기를 두 번이나 더 했는데, 매번 이야기할 때마다 그 의미가 조금씩 달라졌다. 20년쯤 후에 출간된 녹색과 흰색 표지의 『북극 일기』에서 그는 더 이상 아타구타룩을 특별한 경우로 취급하지 않았다. 그 책에서는 그녀와 동료가 마주했던 위기가 누구에게나 일어날 수 있는 일처럼 묘사된다. 그리고 그는 그 일을 자신의 탐험대가 직접 겪었던 끔찍했던 해빙기와 비교했다.

아타구타룩의 시련에 관한 두 번째 설명을 보면, 그녀의 무리는 배핀 섬을 가로지르던 중에 따뜻한 밤바람을 만나게 된다. 이글루 안에서 자는 동안 주변 세상이 모두 녹아내렸고, 썰매도 허물어졌으며, "개들은 따뜻한 바람이 차려 준 만찬을 잔뜩 즐긴 후"였다. 썰매는 없고, 마구와 물개 가죽으로 만든 방한 용품도 없고, 보급품도 없는 상황에서 눈까지 많이 내려 이동이 불가능했다.

몇 달 후, 프로이켄의 친구 파트로크가 아내와 함께 여행하던 중에 이글루 하나를 발견했다. 보기에는 빈 듯한데 함께 갔던 개들이 그 안쪽에 큰 관심을 보였다. 파트로크는 주변에 발자국이 없는 것으로 보아 사람이 살지 않을 거라 짐작하고 안으로 들어갔다. 그는 그때의 상황을 이렇게 전했다. "정체를 전혀 알아볼 수 없는 두 생물체를 봤어요. 처음에는 초자연적인 존재를 본 줄로만 알고 도망치려 했지만, 아내가 그 알 수 없는 생물체를 좀 더 자세히 들여다보라고 독촉했어요." 그것은 거의 해골에 가까운, 겨우 숨만 붙어 있는 두 사람이었다. 첫 번째 설명에서 프로이켄은 그 절박한 상황에 아타구타룩과 함께 있던 다른 여인은 언급하지 않았다.

그들은 개를 잡아먹고 가죽 옷과 시체까지 먹었지만, 결국 둘만 제외하고는 모두 굶어 죽고 말았던 것이다. 두 여인은 무사히 구조되었지만 한 명은 허기를 참지 못하고, 오랫동안 굶주린 몸이 감당할 수 없는 양의 음식을 게걸스럽게 먹고는, 결국 탈이 나서 죽었다. 아타구타룩은 자제력을 잃지 않고 차근차근 음식을 섭취한 덕에 살아남을 수 있었다. 이 두 번째 이야기에 따르면 그녀는 프로이켄에게 이렇게 말했다고 한다. "아, 너무 깊게 생각하지는 마세요. 이제 저에게는 새 남편도 있고, 그이와 아이 넷을 더 낳았으니, 그 누구에게도 빚진 건 없습니다."

그 후에도 프로이켄은 다시 한 번 이 이야기를 하게 된다. 이번에는 그렇게 조난을 당하는 것을 누구에게나 일어날 수 있는 일로 그리지 않고, 자신의 경험을 아타구타룩의 일과 비교하지도 않았다. 그 사건은 그저 새로운 기술과 통신수단이 등장하기 전, 힘들었던 옛날에 있었던 일일 뿐이고, 쉽게 해체되는 썰매나 나쁜 날씨도 그다지 탓할 일이 못 되었다. 그는 자신이 북극에서 겪었던 일련의 재난이나 구사일생으로 위기에서 탈출했던 상황과 그 사건을 비교하지도 않았다. 세 번째 이야기에서 아타구타룩 일행은 여우 털가죽을 팔기 위해 부락을 떠난 것으로 되어 있다. 북쪽으로 수백 마일 떨어진 폰즈 만에 있는 허드슨베이 무역 회사 지점까지 가려 했던 것이다. 프로이켄은 그들이 사냥감이 거의 없는 지역에서 조난을 당했다고 밝힐 뿐, 두 번째 이야기에서 그렇게 강조했던 눈에 관해서는 한마디도 적지 않았다.

두 여성은 구조되었고, "자제력이 있던 아타구타룩은 노년까지 살 수 있었다. 이 모든 비극을 내게 이야기해 준 사람도 그녀였다. 남편과 세 아이를 먹어야만 했던 그녀의 이야기를 듣고 내가 크게 놀라는 것을 그녀도 보았다. '손님의 얼굴에서 미소가 사라지게 하는 것'은 에스키모 사이에서 대단히 무례한 일로 여겨지기 때문에, 아타구타룩은 황급히 설명을 덧붙였다. 자신은 새로운 남편을 만났고, 그와의 사이에 아이를 하나 낳았으며, 두 아이의 새엄마도 되었기 때문에 이제 더 이상 '위대한 이'에게 빚진 것은 없다"고.

아이가 셋이었다가 넷이었다가, 아이 하나와 의붓자식 둘이 되었다. 첫 번째 이야기는 썰매를 만들기 위해 나무를 구하러 나선 여정이었다. 다음 이야기는 사냥을 위해, 마지막 이야기는 여우 털가죽을 팔기 위해서였다. 따뜻한 바람이 불었던 탓이고, 현대적인 것은 고사하고 나무로 된 장비도 없었던 탓이고, 눈이 많이 내렸기에, 사냥감이 없었던 탓이었다. 그리고 이야기마다 자기 아이를 먹는 엄마가 있다. 시간이 거꾸로 흐른 것처럼, 마치 그녀의 몸에서 나와 그녀의 젖을 먹고 자란 존재가 다시 그녀 안으로 사라져 버린 것처럼. 북극에서는 긴급 상황에 사람의 사체를 먹는 일이 아주 드물긴 해도 전혀 없지는 않다. 한 인간의 몸이 먹이가 되어 다른 인간의 몸을 지탱한다는 것은 원주민뿐 아니라 탐험대에도 해당하는 이야기이며, 두 경우 모두 끔찍하고 낯선 소통이다.

인간의 몸은 다양한 방식으로 다른 인간의 몸을 지탱한다. 태아는 산모 몸에서 영양분을 얻어 먹고, 가끔씩 산모가 충분히 영양을 공급받지 못하는 경우에는 그녀의 뼈에서 칼슘과 다른 영양분을 앗아 간다. 갓난아기는 몇 년 동안 엄마 젖을 먹고 지낸다. 굶주리는 사람의 몸에서는 이화작용이 일어나, 몸에 있는 지방을 먼저 흡수한 다음 근육을 해체한다. 그러다가 그것마저 소모되고 나면 몸의 신진대사가 무너지기 시작한다. 현대 의학의 헌혈이나 장기이식을 두고 어떤 작가는 신성한 식인 풍습이라고 칭하기도 했다.

현재 신장이식은 국제적으로 행해지고 있다. 터키, 인도, 루마니아, 필리핀 같은 가난한 나라의 기증자가 부유한 나라 사람에게 신장을 제공한다. 중국에서는 한때 특별한 방식으로 사형을 집행하여 사형수의 장기를 거두어 팔 수 있게 했다. 기증자의 의지와

멀고도 가까운

상관없이 이루어지는 이러한 이식은 가장 신성하지 못한 종류의 상업적 식인 풍습이다. 인도의 어떤 지역에서는 사람들이 딸의 결혼 지참금을 마련하기 위해 신장을 팔다 적발되는 일이 있었다고 한다. 이것은 인류학자이자 장기매매 감시 단체 '오건스워치'의 공동 설립자인 낸시 쉐퍼 휴스가 미 의회 소위원회에서 증언한 내용이다.

1980년대와 1990년대에는 미국인들이 중남미에서 어린아이를 납치해 미국 아이들을 위한 장기 기증자로 활용한다는 이야기가 풍문처럼 떠돌았다. 경찰이 그 용의자들을 급습했고, 그 와중에 어떤 여인이 코마 상태가 될 정도로 두들겨 맞았다는 이야기도 있었다. 이것은 말 그대로 사실은 아니었지만, 은유적인 의미에서는 사실이라고 할 수 있다. 중남미 아이들의 복지와 심지어 그들의 목숨까지도 북반구 사람들의 이익을 위해 희생되고 있다는 이야기 말이다. 이는 복잡한 국제금융의 교묘한 책략을 더 단순하고 충격적인 형태로 바꾸어 놓은 것일 뿐이다.

우선 나부터가 우회적으로 식인을 한 셈이다. 내 몸에는 알로덤이라는 재생 조직이 붙어 있는데, 이는 다른 사람의 피부에서 떼어 온 조각이다. 아마도 누군가 기증한 피부 조각을 살균 처리한 다음 DNA를 제거하여 값비싼 상품으로 둔갑시켰을 것이다. 우리는 정상적인 것과 미친 것, 좋은 것과 파괴적인 것 사이의 미세한 차이를 인정하기보다는, 그 사이에 마치 뚜렷한 경계가 있다는 듯이분법적으로 생각하는 경향이 있다. 나는 식인 풍습 역시 정도의 차이라고 생각한다. 당신은 얼마만큼, 어떤 방법으로 식인을 하고 있는가. 그리고 당신이 취하고 있는 그 타인을 얼마나 의식하고 있는가. 우리는 수천 가지 방식으로 서로를 취하고 있으며, 누군가는 그 덕분에 즐거움을 얻고, 누군가는 범죄를 저지르고 악몽을 꾼다.

사람들은 이야기 안에서도 서로를 취하는데, 식인 일화가 등장하는 이야기는 수도 없이 많다. 크로노스와 탄탈로스, 잠자는 공주 이야기에 등장하는 계모, 음식으로 지어진 집을 조금씩 떼어 먹다 집주인의 음식이 될 뻔한 헨젤과 그레텔. 『노간주나무』라는 독일 동화에서는 계모가 의붓아들을 요리하여 아이 아버지에게 먹였는데, 뼈만 남은 아들이 새소리를 듣고 기적적으로 몸을 되찾아 복수를 한다. 식인 풍습은 부활과 함께 등장하기도 한다.

『프랑켄슈타인』의 주인공은 의사의 신분으로 신의 역할과 도굴꾼의 역할을 동시에 수행한다. 그는 시체를 재활용하고 그 시체를 부활시켜 다시 움직이게 한다. 이것은 부분적 의미에서 위반이다. 아타구타룩은 인간의 시체를 먹고 기력을 회복했다. 이것 역시 그녀를 세상의 나머지 사람들로부터 분리하는 위반이었다. 그녀는 공동체로 완전히 복귀하기 전에 1년간 홀로 지내야 했다. 우리는 모두 매일매일 어떤 식으로든 음식을 섭취함으로써 기력을 유지한다. 식물이든 동물이든 다른 생명을 먹고 사는 셈이다. 그리고 자주 언급되지 않는 일상의 사실 중 하나는, 우리 몸 역시 고기로 이

멀고도 가까운

루어져 있다는 점이다. 나는 퓨마가 출몰하는 지역을 홀로 지날 때마다 그 사실을 떠올린다. 육식만 하는 이누이트들은 가끔 이렇게 말한다. "우리의 존재가 지닌 가장 큰 위험은, 우리의 식단이 온통 영혼을 가진 것으로 이루어져 있다는 사실입니다." 이런 말이 식인 풍습을 접한 인류학자의 충격을 줄여 주지는 못하겠지만, 적어도 우리가 감각이 있는 다른 존재를 매일매일 먹고 있다는 점을 더욱 깊이 느낄 수 있게 해 주는 것은 분명하다.

최근 수십 년 동안 '해골 여인'이라는 제목의 이누이트 이야기가 여러 가지 버전으로 떠돌아다녔다. 그중 하나는 어떤 아버지가 딸을 바다에 던졌더니 바다 괴물이 딸을 뼈만 남긴 채 삼켜 버렸고, 그 뼈가 계속 움직이더라는 이야기이다. 이런 이야기도 있다. 어떤 여인이 잘생긴 여행자와 결혼을 했는데, 그가 곰으로 변했고 여인은 곰을 따라 얼음 밑 바다로 들어갔다가 익사하고 말았다. 바다 밑에 사는 생물들이 그녀의 살점을 다 뜯어먹어 그녀는 해골만 남았지만, 그 해골은 여전히 살아 있었다. 또 다른 이야기에서는 어부가 그물로 해골을 물 밖으로 건져 냈다고 하고, 다른 이야기에서는 그녀가 잠에서 깨어 보니 집이었다고도 했다.

젊은이들은 도망쳤다. 나이 든 사람이 와서 북을 치며 노래를 하자 그녀의 뼈에 다시 살이 돋아났다. 이건 정서적인 자아가 거의 죽음에 이를 정도로 메말랐다가 친절과 관심으로 다시 기력을 회복한다는 이야기다. 『노간주나무』 역시 이런 치유의 이야기라고 할 수 있다. 시간이 앞으로는 물론 뒤로도 흐르는 이곳에서 파국은 온전히 극복되며 육체적 부활이 가능하다. 그것은 이미 겪은 고통을 물릴 수도 있다는 이야기이며, 심지어 죽음까지도 물릴 수 있다는 이야기, 그래서 행복의 기회가 두 번 주어진다는 이야기이다.

해골 여인 이야기는 여러 면에서 북구의 바다 여신 세드나의 탄생 이야기와 유사하다. 세드나는 서구의 북극지방에서 가장 중요한 신 중 한 명인데, 그녀의 이야기도 아타구타룩의 이야기만큼이나 다양한 형태로 전해진다. 물론 불과 한 세기 전에 발생한 참사에 대한 보고가 아니라, 고대의 탄생 신화이기 때문에 그 변종도 그다지 혼란스럽지는 않다. 그것은 결혼을 할 수 없는 운명을 지닌 한 여인의 이야기였다. 어떤 이야기에서는 화가 난 그녀의 아버지가 딸을 개와 결혼시켰다고 했다. 또 다른 이야기에서는 여인이 잘생긴 여행자와 결혼을 했는데, 나중에 보니 그가 까마귀로 변해 버렸다고도 했다. 그 외의 여러 이야기에서 그녀의 남편은 풀머갈매기였다. 그 새는 갈매기와 비슷해 보이지만 사실은 슴새나 바다제비, 혹은 알바트로스와 더 가까운 종이다.

아타구타룩의 남편이 자식들에게 해 준 이야기에서도 그 여인은 풀머갈매기와 결혼하는 것으로 되어 있지만, 주변의 사람들이 알고 있는 이야기에서는 그녀가 바다제비와 결혼하는 것으로 되어 있다. 개나 까마귀, 바다제비 그리고 풀머갈매기는 모두 냉정한 남편을 상징한다. 아타구타룩의 5대손 손녀 알렉시나 쿠불루가 본인의 아버지가 그 할아버지에게 들었다며 전한 이야기에 따르면 "키핑굴라크파크 & 우닐루, 우구아크투아루갈루아리크 & 우닐루.", 즉 "그녀는 대단히 외로웠고, 대단히 후회하고 있었다." 이 모든 이야기에서 아버지는 딸을 다시 카약에 태워 데려오려 하는데, 버림받은 남편이 강풍과 험한 물살을 일으키며 그들의 뒤를 쫓고, 작은 카약은 뒤집히기 직전이다.

처음부터 그다지 다정하지 않았던 아버지는 딸을 다시 바다에 던져 버리고, 그녀가 뱃전에 오르려 하자 손가락을 잘라 버린다. "잘린 손가락이 바다에 떨어져 바다 동물들로 변했다."라고 쿠불루는 전한다. "그것들이 현재 바다표범과 턱수염바다표범, 흰돌고래가 되었다. 하지만 사람들이 타카나루크라고 부르는 그 여성은 손가락이 없기 때문에 빗을 사용할 수가 없고, 때문에 그녀의 머리는 늘 뒤엉켜 있다. 그녀의 머리가 한 번씩 뒤엉킬 때마다 바다 동물들이 거기에 걸리게 된다."

한때 그녀의 손가락이던 동물들은 그녀의 머리칼에 걸리는 바람에 사냥꾼이 기다리는 곳까지 헤엄쳐 갈 수 없다. 그러면 사람들이 굶주리게 되고, 그때마다 의식이 거행된다. 사람들이 모두 이글루에 모여 주술사를 묶은 다음 불까지 끄고 나면, 어둠 속에서 주술사가 노래를 부른다. 그 후에는 주술사가 바다로 내려가 그녀의 머리를 빗어 주고 사냥꾼들이 사냥감에 접근할 수 있게 해 준다. 프로이켄은 그린란드에서 딱 한 번 이 의식에 참석한 적이 있었다. 커다란 이글루에 모인 사람들은 괴로워하고, 흥분하고, 광기에 휩싸여 몸부림치며 북을 울리고 노래를 불렀다. 주술사는 몸이 묶인 채 어디론가 사라졌다가 어둠이 모두 걷힌 후에야 돌아왔다. 다시 불이 켜지고, 프로이켄은 지친 주술사가 땀을 흘리며 서 있는 모습을 보았다. 주술사는 이누이트답게 수줍어하며 말했다. "다 거짓말이고 속임수예요. 제게는 조상의 지혜가 없거든요. 이 의식의 그 어떤 것도 믿지 마십시오."

해골 이야기에서 시간은 거꾸로 흐르고 존재는 이전의 모습을 회복한다. 여인은 살아남아 더 다정한 연인을 얻는다. 부서진 것은 고칠 수 있지만, 인간은 그대로 인간으로, 개인적인 것도 개인적인 것으로 남는다. 바다의 여신 이야기에서 주인공이 필요로 하던 것은 채워지지 않는다. 대신 바다코끼리와 바다표범이 생겨나고, 그녀의 이야기를 전하는 사람들이 필요로 하는 것들이 이야기에 덧붙여진다. 이 이야기는 개인적인 욕망이 가장 우선시되는 동화가 아니다. 다치고 죽은 일들이 없었던 일이 되지도 않는다. 해골 여인이 다시 살점을 얻은 것과 달리 여신은 잃어버린 손가락을 되찾지 못하지만, 그 손가락에서 다시 생명이 탄생하고 그렇게 지속된다.

아타구타룩의 이야기는 끔찍한 일을 마치 없었던 것처럼 되돌리지 않고, 거기서 다른 생명을 탄생시킨다는 점에서 세드나 여신의 이야기와 유사하다. 아니면 거의 해골과 다름없는 지경이 되었다가 다시 생명을 되찾았다는 점에서는 해골 여인 이야기와 더 유사할 수도 있다. 그녀는 그 관대한 성품 덕분에 사람들로부터 사랑을 받았고, 소중한 사람으로 여겨졌으며, 살아남았다는 사실 자체만으로도 존경의 대상이 되었다. 그것은 신화와 같은 울림을 지닌, 마치 오래된 사건이나 영웅이 등장하는 아득한 시절의 이야기처럼 들리지만, 아타구타룩의 손주들은 온라인을 활용하고, 그의 오래된 지인들을 찍은 비디오테이프도 있다.

이야기를 한다는 것은 언제나 원재료를 특정한 형태로 옮기는 일이며, 무한히 흩어져 있는 잠재적 사실에서 눈에 띄는 것을 골라내는 일이다. 어쩌면 프로이켄이 너무 빨리 이야기를 꺼낸 건지도 모른다. 아니면 손님을 불편하게 하지 않으려는 아타구타룩의 배려를 오해한 나머지 그녀가 자신이 겪은 고난에 대해 무덤덤한 여자라고 판단해 버린 것일 수도 있다. 심지어 그는 날짜마저 착각했다. 『에스키모 이야기』에서는 그 사건이 1921년에 발생했다고 썼지만 다른 기록에서는 1905년이라고 썼다. 그 사건을 겪은 여성은 당시 아주 어린 나이였고, 남아 있는 긴 인생에서 다른 수많은 일을 겪을 참이었다.

1905년 끔찍했던 해빙기 직후에 주민들의 거주지 근처 어딘가에서 살아남은 여인에 관한 이야기는 그 후로도 끊임없이 사람들의 입에 오르내렸다. 프로이켄은 파트로크인지 팔루크인지 하는 친구 부인의 이름을 밝히지 않았다. 굶어 죽어가던 여인 한 명 혹은 여럿을 처음 발견했다는 친구 말이다. 파트로크의 아내 이름은

타구르나크로, 그녀 역시 같은 이야기를 다른 사람에게 전했다. 그녀의 이야기는 대단히 강렬했고, 위대한 희곡이나 서사시에 어울릴 법한 비장함과 호소력마저 지니고 있었다. 그녀는 프로이켄의 동료 탐험가이자 그린란드인과 이누이트 사이의 혼혈이었던 크누드 라스무센에게 그 이야기를 들려주었다. 타구르나크의 이야기는 먼저 남편 이야기로 시작한다. 예지몽을 꾸는 능력이 있던 그녀의 남편은 가까운 친척이 친구를 잡아먹는 꿈을 꾸었다고 했다. 그녀와 남편은 여행을 떠났는데, 썰매가 발이 묶이는 바람에 하루를 고스란히 날렸다. 그리고 그녀는 그 꿈이 불안했다. 그런 상태로 두 사람은 눈이 깊이 쌓인 지역에 이르렀다.

"갑자기 어떤 소리가 들렸어요. 무슨 소린지 알 수 없었죠. 짐승이 고통스럽게 죽어가는 소리 같기도 했는데, 다시 멀리서 사람 소리 같은 게 들리는 거예요. 가까이 다가가니 그게 사람이 하는 말이라는 건 알겠는데, 무슨 뜻인지는 알아들을 수 없었어요. 소리가 너무 멀리서 났으니까요. 말소리는 진짜 말소리 같지가 않고, 기운이 하나도 없고 갈라진 목소리였죠. 우리는 유심히 귀를 기울이며 한마디 한마디 알아들어 보려 애썼고, 마침내 무슨 말인지 알게 되었어요. 단어 사이사이에 목소리가 갈라지기는 했지만 전하려는 말은 분명 이거였죠. '나는 더 이상 다른 사람과 어울려 살 수가 없습니다. 제가 가장 가까운 사람들을 먹었으니까요.'"

"네, 우리는 그 은신처를 찾아서 안을 들여다보았죠. 사람 하나가 웅크린 채 앉아 있었어요. 그 불쌍한 여인은 안쓰러운 표정으로 우리를 쳐다보더군요. 얼마나 울었는지 눈이 빨갛게 충혈된 것이, 그 고통이 어땠는지 알 수 있을 것 같았어요. 파트로크와 저는 서로를 바라보기만 할 뿐, 그녀가 여전히 살아서 숨은 쉬고 있는 건지 알 수 없었죠. 그녀는 뼈와 마른 가죽밖에 남지 않은 것 같았어요. 몸 안에 피가 한 방울도 없을 것 같았죠. 그나마 입고 있던 옷도 모두 먹어 버린 상태였어요. 소매는 물론 외투의 아랫부분까지 모두 말이에요."

그 해골 인간이 말했다. "'제가 축제에서 당신과 함께 노래했던 이를 먹었어요. 축제 때 위대한 집에 모여서 함께 노래하곤 했던 그 남자 말이에요.' 남편은 이 살아 있는 해골을 보고 충격을 받았죠. 젊은 여인으로만 기억하고 있었거든요. 그래서 대답하기까지 시간이 한참 걸렸지만, 결국 이렇게 말했어요. '살아야겠다는 의지가 있어서 이렇게 버티신 겁니다.'" 이 이야기에서는 프로이켄의 이야기와는 달리, 여인의 바닥 모를 비애가 전해진다.

이 이야기는 죽음의 수용소에서 벌어졌다는 극단적인 배고픔에 관한 이야기를 떠올리게 한다. 배고픔이 정신을 왜곡하고, 약하게 만들고, 강박적으로 음식 생각만 하게 하고, 사람의 몸을 마치 악마에 홀린 것처럼 만들어, 결국 굶주린 이를 평소와는 다른 무언가로 만들어 버렸다는 이야기들. 공허함에 사로잡힌 아타구타룩은 동사한 가족의 시체 옆에서 굶주렸다고 파트로크와 타구르나크에게 이야기했다. 그러던 어느 날 아침, 해가 뜨고 공기 중에 따뜻한 기운이 느껴졌을 때, 그녀는 살아야겠다는 욕망에 휩싸였다. "그건 죽어가는 것보다 훨씬 나빴어요. 그게 죽은 이들을 해치는 일은 아니라는 걸, 그녀도 알았겠죠. 죽은 이의 영혼은 이미 오래전에 죽은 이의 땅으로 갔을 테니까." 이 이야기에서 그녀는 혼자였고, 홀로 있다는 것은 고통의 일부이기도 했다.

그 여인을 구해 준 파트로크와 타구르나크는 딸이 하나 있었는데, 딸도 그 으스스한 여정에 함께 했다. 수십 년 후, 그녀의 이야기는 어머니가 했던 것보다 훨씬 가혹했다. 그녀는 아타구타룩이 다른 생존자들을 죽인 거라고 이야기했다. 불길했던 징조와 여행을 멈추어야 했던 일, 마치 그들을 부르는 것처럼 울었던 자고새까지 이야기한 그녀는 아타구타룩을 이렇게 묘사했다. "끔찍한 광경이었죠. 그녀는 마치 알에 든 새처럼 보였어요. 비참할 정도로 작은 날개와 부리를 가진 새요. 옷에 소매가 떨어져 나가고 없었거든요." 소매는 이미 뜯어먹은 후였다. "알에 든 새끼의 이미지 그대로였어요."

아타구타룩의 가족도 이 이야기를 했다. 이야기는 바뀌고 바뀌고, 또 바뀌었다. 그들의 이야기에 따르면 여정을 나선 것은 겨울이 아니라 여름이었다. 아이도 없었다. 여행의 목적은 산림 순록 사냥이었다. 남편이 먼저 자신을 먹으라고 아내에게 말했다. 자신의 살은 기꺼이 내어 주는 선물이었다. 마치 장기 기증처럼, 그리

멀고도 가까운

스도의 희생처럼, 굶주린 손님을 위해 직접 토끼로 변해 불 속으로 뛰어든 붓다의 이야기처럼.

15년쯤 전, 아타구타룩을 알던 로즈 우쿠말룩도 비디오카메라 앞에서 자신이 기억하는 이야기를 해 주었다. 그녀의 모국어를 번역한 자막과 나지막하지만 다소 거친 듯한 나이 든 목소리가 묘하게 어울려 슬픔과 동정심을 자아냈다. 그녀의 이야기에 따르면 아타구타룩은 혼자였고, 썰매나 해빙기 같은 것은 없었다. 우쿠말룩은 이렇게 말했다. "그녀는 평소에도 뭐든 먹을 수 있는 건 먹어야 한다고 말을 했어요. 저도 그녀와 함께 식사한 적이 있고, 그녀는 제 아이들에게도 먹을 것을 주었어요."

프로이켄이 그 지역을 찾은 지 10년쯤 지났을 때, 아타구타룩의 종조카인 이피아 아갈라크티 아와가 태어났다. 그녀 역시 아타구타룩을 또렷이 기억하고 있었다. "그분은 고기를 나눠 주는 분이셨어요. 사람들이 굶주리면, 그러니까 먹을 것이 다 떨어지면, 그분이 당신의 음식을 나누어 주셨고, 당신이 가진 것이라면 뭐든 조금이라도 주셨죠. 차를 끓여 주고, 설탕도 내어 주셨어요. 부락의 모든 사람과 나누어 가지고, 작은 거라도 꼭 챙겨 주셨죠. 그분은 그 누구도 가난하게 지내는 걸 원하지 않으셨어요. 아무도 굶주리지 않기를 바라셨고, 모두 필요한 음식을 충분히 가지고 있는지 확인하셨죠. 그런 성품 때문에 지도자가 되신 겁니다."

아타구타룩의 행동 때문에 죽은 사람은 없다. 오히려 그녀 덕에 많은 이가 살 수 있었다. 그녀는 두 번째 결혼에서 낳은 자식들 뿐 아니라 공동체 전체에게 베푸는 사람이었다. 1931년 가톨릭으로 개종한 아타구타룩은 모니카라는 세례명을 받는데, 그건 바로 성 아우구스티누스 어머니의 이름이었다. 그녀는 그리스도교도 백인과 원주민 사이를 잇는 가교 역할을 했다. 그녀가 '모니카 아타구타룩, 원주민 부락의 여왕'으로 알려진 것도 아마 그 때문일 것이다. 실제로 그녀는 구리로 만든 일종의 왕관을 썼는데, 사진을 보면 땋은 머리 아래에 왕관의 끝 부분이 살짝 걸쳐 있다. 종종 잘 나온 사진에서는 담배를 아주 멋지게 물고 있기도 했다. 라스무센의 『북쪽 끝으로의 다섯 번째 모험』에 실린 그녀의 사진 아래 붙어 있는 설명을 보면, 그 왕관은 망원경을 감싸고 있던 구리 띠로 만들어졌다고 한다.

원주민 마을에 그녀의 이름을 딴 초등학교와 고등학교가 생길 정도로, 아타구타룩은 현재 존재감이 크다. 그녀를 아는 사람은 인생 초반부에 끔찍한 일을 겪었지만 이후에는 오랫동안 풍성한 삶을 산 인물로 그녀를 보고 있다. 프로이켄은 전체 그림의 한쪽 모퉁이밖에 보지 못했다. 그림은 언제나 그렇게 커진다. 언제나 해야 할 이야기는 더 있고. 실 한 올이 다른 실과 얽히고, 그 실이 멈추면 다른 실이 이야기를 계속 앞으로, 지평선 너머로 끌고 간다. 어느 이야기가 사실인지 나는 알 수 없다. 어떤 때는 프로이켄이 이런저런 장식과 부풀림이 생기기 전의 맨 처음 이야기를 한 것

멀고도 가까운

이 아닐까 하는 생각도 들고, 또 어떤 때는 아타구타룩이 친척에게 더 자세한 이야기를 해 주었던 것은 아닐까 생각하기도 한다.

처음에는 그 썰매 이야기에 매혹되었지만, 그런 썰매는 애초에 없었는지도 모른다. 적어도 내가 아이슬란드의 그 방에서 처음 읽었던 책의 설명에 따르면 오늘날에는 그런 썰매가 존재하지 않는다. 나는 계속 읽어 나갔다. 프로이켄의 책을 사고, 북극에 관한 그의 활기찬 설명에 빠져들었다. 많은 것을 배웠고 점점 그에 관해 환상을 가졌다가, 그 환상이 깨지고, 같은 사건을 다루는 그의 세 가지 이야기를 읽었다. 그리고 더 나아가 다른 이야기를 몇 개 읽고, 결국에는 그 이야기의 많은 부분도 최초의 썰매처럼 해체되어 버렸음을 알게 되었다. 그 모든 것이 지나가고 남은 건 일반적인 말로 정리된 한 여인의 놀라운 삶이었다. 그녀는 길을 잃고 고통을 겪었으며, 살아남았고, 아이를 낳고, 사람들의 감사와 존경을 받으며 기억되었다. 그것이 삶이었다.

프로이켄은 아타구타룩이 사는 곳에서 멀지 않은 어딘가에서, 녹지 않는 썰매 때문에 거의 죽을 뻔한 적이 있었다. 1923년의 이른 봄에 원주민 부락 주변을 여행하던 중이었다. 그는 미리 숨겨 두었던 보급품을 찾으러 혼자 나갔다가 눈보라 속에서 길을 잃었다. 그는 임시로 굴을 파고 짐이 실린 썰매로 입구를 막은 다음, 바다표범 가죽으로 빈틈을 가리고 곰의 머리 가죽을 베개 삼아 밤을 새웠다. 그런데 나중에 바다표범 가죽 위에 얼음과 눈이 쌓이고 그것이 그대로 얼어 버려 꼼짝도 하지 않게 되자, 어둠 속에서 그는 아주 작고 추운 공간에 파묻힌 셈이 되었다.

그곳에서 탈출할 만한 어떤 도구도 찾을 수 없던 그는, 똥을 눈 다음 그걸로 직접 도구를 만들었다. 자신의 분비물이 단단히 얼기를 기다렸다가 얼음을 쪼개기 시작했다. 그리고 마침내는 자신의 숨을 아껴서, 한 숨씩 한 숨씩 내쉬며 얼음을 녹여 단단한 썰매를 아주 조금씩 옆으로 물렸다. 겨우 밖으로 나온 그는 힘겹게 기어갈 수밖에 없었고, 그렇게 세 시간을 기어서 동료들이 있는 곳에 도달했다. 한쪽 발이 완전히 얼어 버렸고 그는 결국 그 발을 잃게 된다. 통증과 괴저와 악몽에 대한 토할 것 같은 세세한 묘사가 이어진다.

끔찍한 이야기였다. 그는 북극에서의 삶 초기에 자신의 날숨으로 만들어 냈던 그 굴보다 더 좁고 갑갑한 굴로부터 벗어나기 위해 이번에는 숨을 힘껏 들이마셔야 했다. 북극에서 보낸 그의 청년기에 있었던 일이다. 이후에도 그는 계속 북극을 비롯한 다른 지역을 여행했고, 나치에 맞서는 덴마크 레지스탕스에 가담했고, 자신의 모험을 기록한 회고록과 소설을 썼지만, 그 어떤 일도 북극에서 보낸 청년기의 경험만큼 강렬하지는 못했다. 첫 번째 아내와 자식을 두 명 낳았지만, 그린란드인과 이누이트의 혼혈이던 아내는 1921년 인플루엔자로 사망하고 만다. 그로부터 몇 십 년 후, 그의 손자 피터 프로이켄 이티누아르는 이누이트 원주민 혈통으로는 최초로 캐나다 국회에 진출하게 된다.

그린란드 동부의 작은 집에서 얼어 버린 프로이켄의 숨처럼, 조금씩 당신을 향해 조여오는 이야기들이 있다. 그다지 근사하지 않은 도구나 들숨만 가지고 힘겹게 벗어나려고 애쓰게 되는 이야기들도 있다. 실제로는 존재하지 않았을지도 모르는, 녹아 없어지는 썰매처럼 해체되는 이야기들이 있다. 다른 사람의 삶을 다룬 이야기가 그렇듯이, 폭풍우와 어둠 속에서 길을 알려 주는 이야기들도 있다. 아타구타룩의 일화를 다루는 다양한 이야기는, 이야기 속 주인공보다는 그 이야기를 전하는 이에 관해 더 많이 말해 준다.

나를 북쪽으로 이끌어 간 것은 냉기와 순백의 정경이었지만, 내가 그곳에서 만난 것은 오히려 온기와 어둠이었다. 나는 미궁의 어둠을 경험하고, 온기가 있는 이야기를 발견할 수 있었다. 녹아내리는 썰매 이야기도 그중 하나이다. 그 이야기의 중심에 자리 잡고 있는 것은 어떻게 이야기하고, 어떻게 들어야 하는가 하는 질문이다. 그것은 그 자체로 하나의 미궁이 되어 버린 이야기였다.

이 이야기의 제목 '태양의 동쪽, 달의 서쪽'은, 소녀가 자신의 고행을 끝내기 위해, 바람의 도움을 받으며 가야만 했던 먼 거리를 암시한다. 그녀는 바람을 타고 이동하며 트롤들의 계략을 물리치고, 그녀의 고행이 시작될 무렵 곰으로 변한 왕자의 셔츠에 떨어뜨렸던 세 방울의 촛농을 닦아 낸다. 고대 로마에서 사랑의 신으로 등장하는 인물이 노르웨이에서는 북극곰으로 등장한다는 사실은, 이야기들 또한 이동한다는 점, 그리고 연인으로서 프시케의 정체성이 매우 중요하다는 것을 알려 준다. 그는 혼란에 빠진 연인이다. 그는 어딘가 다르지만, 감히 설명할 수 없으며 설명되지도 않는다. 그는 전체가 되기 위해 되찾아야만 하는, 잃어버린 무엇이다. 북극곰은 카리스마가 있으며, 낮에는 짐승이었다가 밤에는 사람으로 변한다. 옛날 옛적 북구의 누군가는 이 이야기를 할 때, 그가 여름의 긴 낮 동안 줄곧 짐승이었다가 겨울의 긴 밤에는 대부분 인간으로 지냈다는 점을 분명히 이야기하지 않았을까? 인간과 동물이 결혼하는 구성은 이미 많은 이야기에서 발견될 정도로 흔한 것이다. 특히 동물 수컷과 인간 여성의 결혼이 대부분이다. 바다 여신의 이야기에서도 여성이 개와 결혼하거나, 풀머갈매기, 바다제비, 혹은 인간이 아닌, 곰으로 변신하는 낯선 이와 결혼한다. 1948년 7월 16일, 북부 캐나다 유콘 지역의 화이트호스 근방에서 마리아 존스라는 눈먼 노파가 인류학자 캐서린 매클래런에게 해준 틀링기트 족 설화에서도 여성이 곰과 결혼한다.

500년 넘게 계속 책을 읽고 있는 남자가 있다. 그가 책을 펼쳐 들고 있어서 각각의 낱장이 모두 보인다. 책이 커서 양손으로 잡고 있고, 낱장을 살피려고 고개를 숙이고 있어서, 그의 몸은 마치 아기를 안은 어머니처럼 살짝 앞으로 기울어 있다. 책을 활짝 열지는 않고 그저 내용을 살피기에 충분할 정도로만 펼친 채, 그 독자는 1000년의 반이나 되는 세월 동안 그렇게 문장을 뒤지고 있다. 책이 새하얗고 그 안에 아무 말도 적혀 있지 않다는 점은 중요하지 않다. 그의 옷도 흰색이고, 그의 손과 책장을 살피는 창백한 얼굴의 눈도 순백색이기 때문이다. 몇 세기 동안 비바람에 노출된 결과로 파란빛이 도는 흰색이 되었다고 해야 할지도 모르겠다. 긴 여행에서 돌아온 새하얀 드레스처럼.

이 독자는 장 상 페르, 그러니까 두려움을 몰랐던 부르고뉴 공작의 무덤에서 출토된 40개의 추모객 조각상 중 하나이다. 나머지 조각상은 프랑스혁명 중에 사라지거나 파괴되었다. 이 조각상들은 1419년에 죽은 한 탐욕스러운 남자, 아무도 진심으로 그 죽음을 슬퍼하지 않았던 남자를 애도하고 있다. 그러니까 채석장에서 가지고 온 돌로 조각한 이 조각상들이 최초의 추모객인 셈이었다. 물론 공작이 세운 수도원의 카르투지오 수도회 수사들이 애도의 의식을 치르기는 했지만 말이다. 이 조각상의 조각가들은 자신의 재능을 마음껏 뽐낼 기회가 생겨서 행복했다. 이들이 영원불멸의 모습으로 만들어 낸 것은 바로 조각가 자신, 즉 돌을 통해 유창하게 말할 수 있는 자신의 능력이었다. 돌이라는 재료로 옷과 살결과 머리칼을 말하고, 슬픔과 사색과 힘을 이야기할 수 있는 그 능력.

내 팔뚝만 한 크기의 그 작은 추모객들을 내가 있는 도시에서 전시 중이었고, 나는 자주 전시를 보러 갔다. 그것들을 보며 나의 어머니를 생각했고, 써야 할 책의 내용을 생각했다. 그리고 그 순백색. 프랑켄슈타인 영화에서 한 남자가 그가 만들어 낸 피조물과 얼음 위에서 서로를 쫓는 그 장면, 그때 나를 사로잡았던 그 순백색을 어떻게 표현하면 좋을지를 생각했다. 그런 흰색, 아시아의 여러 지역에서는 애도를 나타내기도 하는 그 색은, 조금은 체념하는 듯한 황량한 평화를 지닌 흰색이었다. 살점이 모두 떨어져 나간 뼈의 흰색, 사막의 색이자 북극점과 냉기의 색. 아무 말도 적히지 않은 종이의 흰색. 그건 어딘가의 너머에 있는, 이전에 있었거나, 앞으로 다가올 흰색이었다.

고통이나 상실에 관해 글을 쓰거나, 그림을 그리거나, 조각을 만드는 일에는 즐거움이 따른다. 사물의 삶을 들여다보는 즐거움은 여러 가지 만족감 중 가장 과소평가되지만 사실은 가장 중요한 즐거움이다. 얼굴이 넓적하게 서로 닮은 것으로 보아 한 명의 모델이거나 친척일 가능성이 있는 무덤 속 인물들이었던 것 같다. 단순하지만 온몸에 흘러내리듯 늘어진 장옷을 입은 이 인물들은 저마다 돌과 무게와 감정의 성질에 대해 중요한 무언가를 알려주고 있다. 비록 애도하기 위해 모인 사람들이지만, 조각상들은 오히려 죽음의 엄숙함을 느끼고 있는 듯하다. 일부는 실제로 책을 읽고 있는데, 그게 열을 지은 애도의 행렬에서 유일하게 허락된 행동이었다.

설화석고로 만든 조각상이 빈 책을 들고 있는 것은 당시의 독자나 추모객도 이야기를 접하고 살았음을 암시한다. 그건 아마도 중세 후반에 생활의 중심이었던 종교적인 이야기였을 것이다. 현세는 늘 내세와의 관계 안에서만 존재했고, 이 경우 내세는 책에 담겨 있다. 당시에는 송아지 가죽으로 만든 양피지에 손으로 직접 써서 책을 만들었다. 말하자면 동물 여러 마리가 책으로 묶여 있는 셈이었고, 나무로 만든 펄프를 사용하는 오늘날에는 목질이 연한 나무들이 책으로 변해 도서관 서가에서 독자를 기다리고 있는 셈이다. 그리고 양피지가 더 오래간다.

몇 세기가 지났지만 설화석고로 조각된 독자들은 달라진 것이 별로 없다. 가끔 움직이지 않는 것들이 오래 보존되는 것을 보고 놀랄 때가 있다. 어머니가 결혼할 때 입었던 근사한 정장은 짙은 남색에 굵은 줄무늬가 들어가 있고 흰색 장식 끈이 달려 있다. 어깨에 들어간 패드와 각이 지게 재단한 소매 때문에 해군 제복처럼 보이기도 하는데, 그 옷을 입으면 사람이 더 박력 있어 보인다. 실제로 시청에서 열렸던 결혼식 사진을 보면 약간 구겨진 카키색 군복 차림에 모자를 쓴 아버지보다도 어머니 쪽이 훨씬 만만찮아 보인다. 이렇게 군복 차림으로 결혼한 두 분은 20년을 함께 지냈고, 그 기간 동안 대부분의 전투에서 아버지가 이겼지만, 결국 전쟁에서 승리한 쪽은 어머니였다. 혹은 둘 다 사랑을 향한 투쟁에서 패하고 전쟁에 굴복한 것일 수도 있다. 그 실험을 계속 이어 갈 자식을 넷이나 낳았다는 사실로 보면 두 분이 이겼다고 할 수도 있겠다. 어쨌든 어머니가 결혼했던 남자는 25년 전에 죽었고, 결혼식 때 입었던 옷은 거의 50년 전부터 어머니에게 맞지 않았다.

인간은 존재하고 사라지고, 변신하고 사그라지지만, 한밤의 빛깔을 닮은 파란색 양모 옷감은 사실상 50년 전과 똑같은 모습이다. 겨울에 결혼했기 때문에 어머니는 부케 대신 흰색 방한 토시를 들고 있다. 꽃이 있어야 할 자리에 동물 가죽이 대신 들어선 것이다. 그 옷을 입었던 키 크고 날씬하고 머리색이 짙은 아가씨는 이제 허리가 구부정한 할머니가 되었고, 머리는 추모객을 표현한 조각상보다 더 하얗게 세어 버렸다. 우유보다도 더 하얀, 눈처럼 새하얀 머리카락.

그날의 기억은 모두 사라져 버렸다. 결혼식에 참석한 사람 중 살아 있는 이는 한 명도 없다. 하지만 사진은 그들을 그때 그 모습 그대로 젊고 씩씩하게, 다음 반세기 동안 자신에게 벌어질 일에 대해서는 전혀 모르는 상태로 보여 준다. 사진은 모서리가 조금 말렸다는 것만 제외하면 달라지지 않았고, 색도 바래지 않았다. 작고

멀고도 가까운

뾰족한 면사포 뒤로 보이는 어머니의 표정도 씩씩하다. 사진 속 어머니에게 훗날을 경고할 수 있다면, 그건 아마 나의 존재를 지우는 일이 될 것이다.

어머니가 꼈던 결혼반지, 작고 동그란 터키옥이 케이크나 쿠키의 과자 장식처럼 박혀 있던 그 금반지는 이미 오래전에 사라지고 없지만, 방한 토시는 뜯어지거나 버려졌을 망정, 반지의 금은 분명 어딘가에 존재하고 있을 것이다. 생명이 없는 것은 죽지도 않는다. 나무로 만든 종이나 송아지 가죽으로 만든 양피지처럼 살아 있는 것으로 만든 것도 몇 세기는 유지된다. 하지만 우리는 닳아 없어진다. 어머니의 양모 정장은 그것을 알고 있거나, 그것을 아꼈던 모든 사람들보다 오래 살아남을 것이다. 양모나 실크일 뿐인데도 그렇다. 돌이나 금속, 나무는 훨씬 오래 유지된다.

아직 아무것도 적지 않은 종이의 흰색과 무언가를 썼다 지운 후의 흰색은 같으면서 같지 않다. 말을 하기 전의 침묵과 말을 한 후의 침묵도 같은 침묵이면서 같은 침묵이 아니다. 눈은 만물이 성장하는 시기의 앞과 뒤에 내린다. 내가 어머니와 화목한 관계를 유지했던 시기는, 나의 기억이 시작되기 전과 어머니의 기억이 희미해진 후였다. 어머니 당신이 지워지고 있었다. 다시 흰색으로 돌아간, 부재를 향해 가는 종이처럼.

어머니는 오랫동안 하나의 행복한 이야기를 계속해 왔다. 아이를 네 명 낳고 싶었다는 그리고 실제로 낳았다는 그 이야기는 물론 사실이다. 교육을 받고 자유를 누리며 모험을 즐기는 독립적인 여성이 되고 싶었지만, 그 모든 일이 자신이 상상했던 대로 이루어지지 않아서 후회가 되고 씁쓸하다는 또 다른 이야기 역시 사실이다. 그런 바람은 대부분 이루어졌지만, 어머니 본인의 소심함이라는 한계 안에서만 이루어졌다. 어머니는 화를 냈던 만큼 겁도 많았고, 어쩌면 겁이 많았기 때문에 화도 많이 냈다. 어머니는 매번 자신의 삶을 더하고 또 더했지만, 총합은 한 번도 똑같지 않았다. 누구의 삶인들 그렇지 않겠는가. 그건 그림자의 크기를 재는 것과 비슷한 일이었다.

어머니는 오랫동안 나의 말을 듣지 못하는 것 같았지만, 나는 다른 곳에서 말을 했다. 나는 글을 썼다. 나는 다른 누군가가 되었다. 그렇게 목소리를 얻었고, 책의 쪽수를 채워 갔고, 내 책을 만들기 위해 나무들이 베어졌다. 어머니가 본인의 꿈 이야기를 하는 것은 들어본 적이 없기 때문에, 그 꿈이 무엇이었는지는 알 수 없다. 내가 몰랐던 어머니의 다른 모습을 어머니 당신은 알았을까. 어머니를 어머니로 만들어 주었던 다른 이야기들에는 어떤 것이 있을까. 어머니는 그 이야기들을 다른 방식으로 할 수 있었을까. 그랬다면 어머니가 다른 삶을 살 수 있었을까. 나는 어머니에게도 다른 자아가 있었을 것이라 믿는다. 누구에게나 그 정도의 깊이는 있으니 당연하겠지만, 어머니의 그 다른 자아를 자주 접해 보지 못했기 때문에 정말 있었던 것인지 궁금해지기도 한다.

어머니와 나의 관계는 어머니가 먼저 말을 움직이면 그에 따라 모든 것이 진행되는 체스 시합 같았다. 내가 쓸 수 있는 수가 없는 것은 아니었지만, 어떤 수들은 불가능했거나, 적어도 당시에는 상상할 수 없었다. 구경꾼의 입장에서 어떻게 하면 된다고 말하는 것은 언제나 쉽다. 두려움을 없애는 방법, 고결하게 지내는 방법 같은 것 역시 말하기는 쉽지만, 실천은 그보다 조금 어렵다. 체스와 마찬가지로 관계에도 규칙이 있고, 그것을 깨뜨리기 위해서는 계기나 확신, 원하는 것을 얻을 새로운 방법 등이 필요하고, 때로는 그 세 가지가 모두 필요한 경우도 있다. 나이트가 쓰러지고, 폰은 기어 다녔다. 그렇게 몇 십 년이 지나고, 마침내 체스보드는 새하얗게 변해 버렸다. 말들은 이름을 잃었고, 시합은 그대로 멈췄다.

개념예술가 요코 오노가 만든 체스 세트에서는 모든 말과 체스보드가 500년 전의 추모객들처럼 흰색이다. 두 무리의 말들은 서로를 마주 보고 있다. 자신과 전쟁을 치르는 군대. 오노의 작품은 냉전 시대에 관한 것이지만 그것은 또한 양쪽 편이 하나가 되는 과정을 다룬 작품이기도 하다. 확실히 아주 닮은 우리, 엄마와 나는 같은 편이었을지도 모른다. 아마 그랬을 것이다. 사람들은 종종 중세 시대 전쟁을 모델로 한 체스에 빠져들지만, 오노가 만든 체스보드로는 어느 말이 누구의 것인지 헷갈리기 쉽다. 그렇게 그 시합은 몸이 스스로를 공격하는 일종의 자기면역장애를 닮았다. 단색으로 이루어진 체스 세트로는 체스가 아닌 다른 시합도 해야 한다. 오직 협력과 심사숙고만이 있는 시합도 하게 되지만, 무정부적인, 그때그때 임기응변으로 규칙을 만들어 가야 하는 시합도 해야 한다.

마침내 전쟁은 끝났다. 어머니는 자신의 분노에 기름을 끼얹던 이야기를 잊어버렸고, 그 이야기가 사라지자 모든 것이 달라졌다. 내가 30대일 때 어머니와의 관계는 최악이었고, 나는 다시는 어머니를 보지 말아야 하는 건 아닌가 하는 생각을 했다. 체스보드에서 물러날 생각을 한 것이다. 그때 관계를 끝냈다면 우리의 관계는 최악의 상황으로 굳어져 버렸을 것이다. 관계의 후반기에 접어든 지금, 알츠하이머병이라는 새로운 길을 한참 달려온 지금, 어머니는 나를 보면 눈을 반짝인다. 나는 남동생에게 비꼬듯이 "우리가 꼭 가족인 것 같네."라고 말했다. 단순히 어머니가 함께 있기에 조금은 편한 사람이 되었다는 의미만은 아니다. 어머니는 스스로에 대해서도 더 편안한 사람이 된 것 같았다. 사람들이 영적인 훈련을 통해 얻으려고 애쓰는 어떤 상태, 즉 과거와 미래에 대한 집착을 버리고 온통 현재에만 집중하는 상태에 이른 것이다. 성스러운 노력이 아니라 치명적인 질병의 일부로 찾게 된 것이기는 하지만, 어쨌든 그 상태에 이르렀다.

어머니도 행복한 아이였던 시절이 있었다. 아마 내가 태어나기 전의, 최초의 행복한 시절이었을 것이다. 살구를 따고 난 가을, 그 시절이 다시 찾아왔다. 하지만 그 이유는 알 수 없었다. 나는 어머니가 과격한 행동을 하지 않도록 그리고 불안감을 다스릴 수 있도록 약물치료를 받게 했다. 하지만 꼭 약 때문만은 아니었을 것이다. 어머니는 퇴행성 뇌질환을 앓고 있었고 그 때문에 기억과 성격이 다시 만들어지는 중이었다.

이유가 뭐였든 어머니는 자신의 이야기를 잃어버렸다. 적어도 나에 관한 이야기는 갑자기 사라져 버린 것 같았다. 시기, 비교, 기대, 후회, 오래전의 일들 그리고 불안한 마음으로 기다렸던 일들이 모두 어머니 인생의 두 번째 봄에서 사라져 버린 것 같았다. 어머니는 좋았던 일을 잊어버린 것만큼 나빴던 일도 잊어버렸고, 그렇게 새로운 균형과 새로운 즐거움을 찾았다. 가끔 이상한 행동을 보이기도 했지만, 어머니는 대체로 활달했다. 물론 내가 당신의 어머니인 것 같다는 어머니의 농담에는 날이 서 있기도 했다. 한편으로 어머니는 이 세상이 어떻게 이루어진 건지, 우리가 어떤 사이인지 늘 헷갈려 하셨다. 알츠하이머병 환자에겐 시간이 거꾸로 흐르는데, 그 점을 감안하면 내가 어머니의 어머니였을지도 모른다. 정말 나는 가끔씩 엄마 역할을 맡아야 했다.

과거라는 짐에서 벗어나자 세상은 비교할 수 없는 것이 되었다. 각각의 케이크 한 조각은 가장 맛있는 케이크였고, 각각의 꽃 한 송이는 세상에서 가장 아름다운 꽃이었다. 어머니는 치매 환자 요양병원에서 지내면서 많은 것에서 즐거움을 얻었고, 어떤 때는 너무 좋아서 어쩔 줄을 몰라 했다. 알츠하이머병이 얼마나 끔찍한 병인지 당신 입으로 말할 때도 있었지만, 보통은 병이 이야깃거리가 되지는 않았다. 그리고 어머니는 자신의 상태와 주변 환경에 대해서는 잘 의식하지 못하는 듯했다.

초반에는 두려움과 실망이 분명히 있었다. 하지만 내가 직접 목격하는 일은 드물었다. 비록 문제의 핵심에 도달하지 못했더라도, 자신이 무언가를 제대로 해내는 모습을 사람들에게 보여 주고, 또 그런 모습을 유지하는 것은 어머니가 다시 자신감을 얻는 데 도움을 주었다. 나는 일상적인 대화의 흐름을 끊지 않은 채 어머니에게 지금 무엇을 하고 있는지, 여기가 어디인지, 어머니가 어떤 사람이었는지 그리고 어떤 사람들과 함께 지냈는지를 이야기해 주는 일에 점점 익숙해졌다. 나는 매번 평정심을 잃지 않고 같은 이야기를 반복하는 일에 익숙해졌고, 시간이 지나면서 대부분의 경우에는 일방적이지만 그렇다고 균형이 없지는 않았던 대화를 잘 해낼 수 있게 되었다.

어머니는 늘 사람들의 도움과 관심이 있는 안전한 곳에서 지냈다. 상태가 조금씩 좋아지면서 미술과 음악, 재활 프로그램, 더 좋은 식사와 더 많은 도움이 이어졌다. 시설의 도우미는 대부분 이민자였는데, 입주 초기에 어머니는 따뜻한 나라에서 온 사람들이 마음도 더 따뜻하다는 주장을 펼치기도 했다. 그게 그리 재치 있는 말은 아니었지만, 그곳에서 일하는 갈색 혹은 검은색 피부의 직원들이 한없이 인내심이 많고 친절했던 것도 사실이다. 어떻게 보면

멀고도 가까운

친절이 감도는 치매병동이었지만, 다르게 보면 한 무리의 천사와 성인들이 스스로를 잃어가고 있는 사람들을 위해 기적을 행하는 곳이기도 했다.

요양 시설에 들어간 첫 해에 어머니는 커다란 책만 한, 검은색에 은색이 섞인 라디오에 특히 집착했다. 다른 사람이 훔쳐 갈까 당신의 베개 뒤에 숨겨 놓았고, 어떤 때는 그게 마치 애완동물이나 부적이라도 된다는 듯 꼭 껴안고 아주 가까이에서 듣기도 했다. 어쩌면 그 라디오가 당신에게서 조금씩 새어나가는 이런저런 정보를 다시 모아 담아 주기를 바랐던 것인지도 모르겠다. 그러다가 라디오도 시들해졌고, 그 물건은 이제 어머니 삶의 일부가 아니다. 지금 그 일은 내게 아픈 기억으로 남아 있다. 어머니가 그렇게 빨리 변했다는 사실, 나 역시 얼마 전까지 어머니가 다른 사람이었음을 잊어버린 채 그 변한 모습에 적응했다는 사실이 아팠다.

가끔씩, 어머니의 병이 갑자기 닥쳤더라면 더 충격적이었을 거라는 사실을 깨닫곤 한다. 대신 어머니는 아주 천천히 변해 갔고, 또 다른 전환점에 이르기 전까지는 그 변화를 알아차리지 못하는 일도 잦았다. 어머니가 초반에는 내게 애정과 관심을 보인 탓에, 그 어느 때보다 부모 같은 느낌이 제대로 들기도 했다. 그런가 하면 많은 일에 다른 이의 도움을 받아야 했다는 점에서는 어린애이기도 했다. 그러고는 모든 것이 말 그대로 사라지기 시작했다. 시력이 나빠진 것은 아니었지만 당신이 본 것을 해석하는 뇌의 능력이 점점 떨어지고 있었다. 알츠하이머병 환자에게 일어나는 '아그노시아', 즉 알아보지 못하는 증세였다. 당시 어머니는 사람을 얼굴이 아니라 목소리로 알아본다고 했다. 얼굴은 이제 없었다. 독서는 이미 오래전부터 불가능했다.

어머니는 길의 움푹 파인 곳과 보도에서 색깔이 다른 부분을 분간하지 못했고, 발에 걸리는 물건과 카펫의 무늬를 분간하지 못했다. 덕분에 걸음을 옮기기가 힘들었고, 함께 걸을 때면 우리가 손이나 팔을 잡아 주어야 했다. 어머니가 아직 분간할 수 있는 게 뭔지 알 수 없었다. 어머니는 종종 눈앞에 있는 물건이나 테이블 건너편에 앉은 사람도 알아보지 못했지만, 언젠가 조카들이 찾아와서 함께 산책을 할 때는 길에 떨어진 제라늄 꽃잎을 알아보고 탄식을 한 적도 있었던 것이다. 몇 달, 아니 몇 년 동안 그 어떤 것도 알아보지 못하시던 분이 그 작은 분홍색 꽃잎을 알아보고 집어 드는 모습에 나는 놀라고 말았다.

나는 우리의 까다로운 주문을 친절하게 받아 주던 쇼핑몰의 이탈리아 식당에 어머니를 데리고 가서 함께 식사를 하곤 했다. 어머니는 그 식당 샐러드가 최고라며 그 나들이를 즐겼다. 그런 나들이 중의 어느 날, 어머니는 립스틱이 사고 싶다고 했다. 그 무렵엔 종종 립스틱을 사고 싶어 하셨다. 정기적으로 립스틱을 사 드렸고 그것들은 정기적으로 사라졌다. 쇼핑몰의 화장품 가게에 가서 내가 핑크빛 립스틱을 보여 드렸다. 어머니의 눈앞에서 립스틱을 흔들어 보여도 그것을 전혀 알아보지 못하는 것 같았다. 나는 립스틱 마개를 열고, 진짜로 바르지는 말고 보기만 하라고 주의를 주며 어머니에게 넘겨주었다.

나는 어머니 본인이 직접 쥐어 보면 그것을 볼 수 있을지도 모른다고 기대했다. 어머니는 곧장 립스틱을 바르려고 했다. 나는 최대한 부드럽게 립스틱을 뺏은 다음, 다른 립스틱으로 똑같은 과정을 반복했다. 지금 생각하니 립스틱 색깔은 아무 상관이 없었던 게 분명했다. 그저 립스틱을 가지는 게 목적이었을 뿐이었다. 립스틱이 무언가를 상징하는 물건이었으니까. 립스틱 색깔을 민감하게 고르는 사람으로 대해 주는 게 어머니를 존중하는 일이라고 생각했을 뿐이었다. 그날은 별다른 소동 없이 식당에서 라비올리와 샐러드를 먹었다. 오래지 않아 그 립스틱은 없어졌고, 머지않아 어머니는 립스틱에 아무 관심도 보이지 않게 되었다.

어머니는 다른 사람이 되었다. 살구를 땄던 그해 여름 이후로, 어머니는 매번 다른 사람이었다. 두 해 정도 어머니는 행복한 아이로 지냈다. 그다음엔 불안했던 균형이 깨지며, 모든 면에서 더 큰 문제를 겪었다. 어떻게 보면 그 시기는 어린 시절로 거슬러 올라가는 과정이었고, 어린 시절이 그렇듯이, 어떤 단계에서 어머니에게 적합했던 조치들이 다음 단계가 되면 불필요해지고 말았다. 그다음 단계라는 것이 언제 시작되는지는 절대 미리 알 수 없었다. 또하나 종잡을 수 없었던 것은 사태의 진행을 막거나 방향을 바꾸는 일이 불가능했다는 점이다. 알츠하이머병은 무슨 일이 생기든 어머니가 가야 할 길이었다. 우리가 할 수 있는 건 어머니가 최대한 품위를 잃지 않고 그 길을 갈 수 있게 도와주는 것, 그 여정을 최대한 즐겁고 편안하게 갈 수 있게 도와주는 일뿐이었다.

어머니가 정기적으로 쓰러지던 시기도 있었다. 적어도 어머니가 지내던 시설의 직원들은 어머니가 자주 쓰러진다고 생각했다. 어머니가 카펫에 가만히 앉아 있거나 누워 있는 모습이 자주 발견되었고, 규정에 따르면 그런 상황에서는 구급차를 불러야 했다. 시설에서는 자식들에게도 연락을 했다. 우리는 황급히 달려가 구급대원들이 어머니를 이동용 침대에 눕히려는 것을 말리고, 구급차에 태우려는 것을 말리고, 환자복으로 갈아입히려는 것을 말렸다. 한 번은 소변 샘플을 얻으려고 도뇨관을 삽입하려는 것을 말린 적도 있었다. 구급차가 도착하기 전에는 겁을 먹지 않던 어머니는 보통은 그런 일을 당하고 나서야 겁을 먹곤 했다.

가끔씩 넘어지면서 멍이 들거나 긁히는 일은 있었지만, 그 시기 동안 심각하게 다친 적은 한 번도 없었다. 가만히 앉아 있거나 누워 있었던 적은 몇 번 있었던 것 같다. 돌아다닐 기운이 없거나, 균형을 잡을 수 없거나, 자신이 없었을 것이다. 친절했던 담당 의사는 어머니를 돌봐 주는 이가 한눈을 파는 사이에 어머니가 넘어졌다고 말했지만, 어머니가 넘어지지 않게 하려면 또한 어머니의 자유를 제한해야만 했을 것이다.

어머니가 지내던 시설에는 예쁜 마당이 있었다. 사무실이 있는 건물 앞에는 장미 정원과 레몬나무, 석류나무, 앵초 덤불이 있는 정원이 있고, 그 외에도 곳곳에 작은 산책로가 있었다. 차를 타고 나가 외식을 하는 혼란스러운 여정을 그만두고, 동네 주변을 돌아 다니는 산책도 그만둔 후에, 아주 천천히 걸음을 옮기는 어머니와 함께 그 산책로를 걸으면 15분 정도 걸렸다. 어머니는 발병 초기에 후각을 잃어 장미 향을 맡을 수는 없었지만, 장미 덤불 근처에 우 리가 함께 앉을 수 있는 그네가 있었고, 신선한 공기와 산책만으로 도 좋았다.

한번은 평소와 마찬가지로 산책로로 가기 위해 차도를 건너던 중이었다. 도로의 턱을 피하기 위해 턱이 없는 쪽으로 어머니를 안 내했다. 하지만 어머니는 그렇게 돌아가는 대신 직접 턱을 오르려 고 했고, 나는 어머니가 턱 위의 잔디밭에 오를 수 있도록 도와주 었다. 잔디밭에 올라선 어머니는 잠시 쉬다가, 차분히, 아주 우아 하게 그대로 주저앉았다. 어떻게 턱을 오를 수는 있었지만 그다음 에 균형을 잡지 못했고, 그렇게 먼저 주저앉아 버리는 것이 더 크 게 넘어질 위험을 줄이는 방법이었다. 일단 자리를 잡고 앉은 어머 니는 힘이 들었는지 그대로 누워 버렸다. 어머니를 일으켜 앉히려 고 내가 팔을 잡아당기자 어머니는 소리를 질렀지만, 본인의 힘으 로는 일어설 수가 없었다.

이때는 약물 때문에 어머니의 체중이 늘던 시기였다. 얼마 후

나는 아무 효과도 없어 보이는 약을 그만 처방하라고 요구했고, 그다음에는 모든 식욕을 잃어버린 어머니가 점점 야위고 허약해졌다. 어쨌든 나는 몇 가지 시도를 해본 후에 아무 효과가 없자 어머니 옆에 함께 앉았다. 내 전화기로 시설에 전화를 해서 사람을 좀 보내 달라고 했다. 어머니는 누워 있었고, 나는 그 옆에 가만히 앉아 있었다. 몇 분 후에 그날 근무 중이던 덩치 큰 여인이 우리를 도와주러 왔고, 순찰 중이던 나이 든 남자 직원 두 명도 나타났다. 그렇게 직원 세 명이 힘을 모아 어머니를 일으켜 세웠고, 어머니는 우리에게 "모두 사랑해요."라고 말했다. 우리 중 누군가에게만 인사를 한 건지, 아니면 딱히 누구라고 정하지 않고 한 말인지 알 수 없었다.

그러던 중에 추수감사절 휴가가 있었다. 형제 한 명이 주장해서 남동생 집으로 어머니를 모셨고, 계단 오르기를 모두 함께 도왔다. 너무 많은 사람이 어머니를 도와주려 했고, 너무 많은 말을 했다. 어머니는 불안해하며 겁을 먹었다. 돌아갈 시간이 되었을 때, 인내심 많은 남동생이 어머니를 현관문까지 걸어갈 수 있게 도왔다. 어머니는 문지방을 지나 현관으로 이어지는 작은 계단 앞에서 걸음을 멈추었다. 어머니는 그 계단을 넘지 않으려 했다. 남동생이 애를 쓰며 어머니가 현관 밖으로 나갈 수 있게 설득하는 동안, 나는 다른 사람들이 나서지 않게 말려야 했다.

남동생은 사람들을 더 물러나게 한 다음 등받이가 있는 의자

멀고도 가까운

에 어머니를 앉혔다. 그런 다음 장성한 아들 둘이서 의자와 어머니를 들어서 차까지 옮겼다. 일단 그 차를 타고 시설로 돌아가고 나면 어머니는 어떻게든 지낼 수 있을 것이고, 적어도 당신의 제약이 크게 부담이 되지는 않을 것이었다. 관을 옮긴 것도 아니었지만, 그 짧은 장면이 내게는 어떤 최후의 장면처럼 비극적으로 느껴졌다. 또 하나의 문이 그렇게 닫혔다. 마지막 문은 아니었지만 꽤 의미심장한 문이었다. 어머니는 그 계단을 다시는 오를 수 없었다.

어머니는 행복한 아이였다. 얼마 후에는 자주 넘어지는 길 잃은 아이가 되었다. 그다음에 어머니는 적당한 단어를 찾지 못하고 점점 말이 없어지다가 이해하기 어려운 사람이 되었다. 그 후에는 걸음걸이가 불안해지고 나중에는 아예 걸음 자체를 옮길 수 없게 되었다. 내가 감기가 들어 한 주를 건너뛰고 찾아갔을 때는, 그새 또 한 단계가 지나 있었다. 우리가 보기에 다리에는 아무 문제가 없어 보였지만 걷기에 필요한 기술과 확신, 그리고 걸으려는 의지는 이미 사라지고 없었다. 나는 어머니가 그렇게 천천히 알려지지 않는 존재로, 알 수 없는 존재로 변해가는 과정을 옆에서 지켜보면서, 그리고 기술이나 사실들을 잃어버렸음에도 자아를 구성하는 것은 무엇인지, 기능을 잃어버린 자아의 가치란 무엇인지 생각하면서 많은 것을 배웠다.

시간이 지났다. 어머니는 침대에서 일어날 때, 옷을 입을 때, 밥을 먹을 때, 잠자리에 들 때, 씻을 때 모두 다른 사람의 도움을 받으며 지내고 있었다. 어머니의 80세 생일, 요양 시절에 들어간 지 2년째에 접어들던 그때는 내가 케이크를 직접 구워서 계단이 세 개나 있는 우리 집에서 파티를 했지만, 83세 생일에는 작은 케이크를 하나 사들고 가서 점심으로 샐러드를 나누어 먹었다. 어머니는 손가락으로 몇 점 집어 들었을 뿐이다. 초 세 개에 불을 붙였고 직원 중 한 명이 다가와 나와 함께 축하 노래를 불렀다. 어머니는 당황한 것처럼 보였고, 촛불을 끌 생각은 전혀 없는 것 같았다. 촛불은 내가 대신 불어서 껐지만, 어머니를 위해 어떤 소원을 빌어야 할지는 확신이 서지 않았다. 어머니에게서 즐거움은 몇 해 전에 이미 사라졌지만 그 순간만은 불행해 보이지 않았다. 가야 할 길, 내려가야 할 길은 계속 있었다. 우리 둘 다 평화로웠다.

내 친구 맬컴이 최근에 가지뿔영양에 관한 이야기를 해 주었다. 가지뿔영양은 순록과 혼동되기도 하는 북미의 토착 동물이다. 녀석들은 시속 60마일(약 시속 96킬로미터) 속도로 달릴 수 있는데, 이는 어떤 포식자보다 빠른 속도다. 생물학자들은 가지뿔영양이 플라이오세 말기에 멸종한 위협적인 포식자들보다도, 특히 한때 이 대륙에 서식했던 치타보다도 빨랐을 거라고 짐작한다. 이야기를 마친 맬컴이 물었다. 우리는 누구보다 빨리 달리고 있는 거냐고, 우리 포식자가 1만 년 전에 멸종해 버렸다고 한들 우리가 그 사실을 알 수 있겠느냐고.

어머니는 긴 내리막길을 가는 동안 많은 사람이 되었다. 내가 옛날에 썼던 편지 중 어머니에 관해 쓴 부분을 보면 거기엔 더 이상 내가 아니었으면 하는 인물이 있다. 당시 나는 알츠하이머병의 초기 단계를 그저 어머니의 심술궂고 까다로운 성격의 또 다른 면모의 발현 정도로만 생각하고 있었다. 물론 최선을 다하고 나서 불평을 내뱉듯 그 편지들을 썼던 나보다 실제의 나는 조금 더 친절했을 테지만. 지금 그 편지나 이메일을 읽으면 그것을 쓴 사람이 나였다고는 도저히 생각되지 않는다. 부끄럽지만 그런 편지들을 보면 나 역시 변했음을 확인하게 된다.

종종 지금 내가 사는 집에서 나보다 앞서 이곳에 살았던 사람들의 편지를 받을 때가 있다. 어떤 때는 나의 몸이 하나의 집이 되어, 여러 세입자가 차례대로 살다가 떠나는 곳이 된 듯한 기분이 들기도 한다. 그들 하나하나가 기억을 남기고, 습관과 상처, 기술, 그리고 여러 기념품을 남긴다. 아주 오랜 후에도, 나의 마음은 여전히 뒤에 처져 있곤 한다. 이제는 완전히 다른 모습이 되어 버렸는데도 나는 멸종해 버린 과거의 어머니와 여전히 다투고 있고, 과거를 해결하고 싶어 하고, 과거를 생각한다. 그렇다고 해서 그게 어머니를 돌보는 일을 방해하지는 않았다. 너무 작아졌지만 여전히 내게 무언가를 가르쳐 주는 어머니를 나는 진심으로 걱정하고, 열린 마음으로 대할 수 있다.

과거의 어머니와 과거의 나는 더이상 존재하지 않지만, 독특한 방식으로 서로가 서로를 불러낸다. 한번은 올케에게 내가 전기장 같다는 이야기를 들었다. 내가 방에 들어서면 어머니에게서 불꽃이 튀고, 그 전류가 내게로 전해진다는 것이다. 나 또한 내가 들어서기 전에 그곳에 있던 어머니는 다른 사람, 내가 단 한 번도 만나보지 못한 사람이었음을 깨닫곤 했다. 나 역시 어머니에겐 한 번도 만나 보지 못한 사람이었을지 모른다. 당시에는 어머니와 함께 있는 자리에서 나는 고집이 세고, 엄격하고, 살아남기 위해 만반의 채비를 갖춘 사람이었다. 그렇게 나는 살아남았고, 그다음에는 모든 것이 변했다.

어머니가 내가 자신과 다르다는 이유로 화를 내던 시절, 나 역시 내가 어머니와 비슷하다는 사실에 끔찍해하고 비슷해지지 않으려고 애를 쓰던 그 시절을 되돌아보면, 우리가 사실은 얼마나 닮았는지, 어머니가 나의 가장 본질적인 취향이나 관심사 혹은 가치 체계에 얼마나 큰 영향을 끼쳤는지 알게 된다. 어머니는 평생 동안 도덕적인 질문과 원칙에 사로잡혀 있었고, 사람의 삶은 그가 이룬 것과 그가 기여한 것에 따라 평가되어야 한다고 생각했다. 그리고 나는 그런 점을 물려받았다. 좀 더 작은 것들도 있다. 꽃이나 메마른 나뭇가지를 보고 즐거움을 얻는다든가, 책을 좋아하는 점, 일종의 불안감과 불확실성 같은 것들. 물론 외모도 어머니를 많이 닮았다.

고대 그리스어 '시그노미(sungnômé)'라는 단어가 있다. '이해하다, 공감하다, 용서하다, 봐주다'라는 뜻을 모두 담고 있는 이 단

멀고도 가까운

어는 생각과 느낌을 구분하지 않는다. 이 단어는 이해가 용서 혹은 대상 자체의 출발점이라고 제안한다. 이 단어의 범위는 이해를 위해 감정이입이 필요하고, 감정이입에 이르기 위해 이해가 필요하며, 감정이입은 또한 용서임을, 이 모든 것은 서로서로를 도우며, 함께 이루어지는 것임을 암시한다. 어쩌면 그것들은 처음부터 따로 있는 것이 아닐 지도 모른다. 영어에서는 '이해하다(uderstanding)'가 그런 식으로 사용되며, 용서를 구하는 마음이 종종 이해를 먼저 구하기도 한다. 물론 이런 태도가 변명의 남발로 이어지기도 하지만 말이다.

지금보다 젊었을 때, 나는 사귀는 남자들을 면밀히 연구하고, 그들의 바보 같은 행동 뒤에 어떤 고통이나 제약이 숨어 있다고 생각하곤 했다. 그런 것들이 너무 잘 보였기 때문에 그들을 너무 쉽게 용서했고, 나의 기운을 써가며 그들에게 감정이입을 했다. 깊은 곳만 보느라 표면을 보지 못하고, 원인만 보느라 결과를 보지 못했던 셈이다. 혹은 그들만 보고 나를 보지 못했던 것일 수도 있다. 그런 태도를 과잉동일시라고 하는데, 여성에게서 흔히 볼 수 있다. 하지만 신이나 성인, 보살은 만물의 행동에서 그 원인과 결과를 함께 본다. 그래서 그들이 보는 세상에는 자아나 분열이 없다. 그저 존재와 생성, 소멸의 거대한 순환만이 있을 뿐이다. 충분히 깊게 이해한다는 것은 일종의 용서이자 사랑이다. 그건 단지 결점을 덮어주는 것과는 다르고, 무언가를 과시하려는 것도 아니다.

이제 어머니를 생각하면 한창때 알 수 없는 힘에 휘둘렸던 여인이 보인다. 자신의 행동이 어떤 결과를 가져올지 모른 채, 자신의 욕망이나 그 안의 모순도 모른 채, 그렇게 검증되지 않은 것들 틈에서 고통을 느끼고, 기쁨도 느꼈던 여인. 어머니를 둘러싼 풍경은 각각의 부분이 서로 어긋나는 미궁 같았고, 어머니는 그 안에서 길을 잃었다. 나에 대한 어머니의 반응은 전통적인 이야기, 명령, 가치와 기준이 뒤섞인 어떤 비극에서 비롯된 것이 분명하다. 우리 둘 다 쓸모없는 성별이었다.

복수와 용서, 우리가 서로에게 보였던 그 두 가지 단호한 행동 방식은, 어떤 계산에 따른 결과였을 것이다. 마치 잘못된 행동이 빚이 되고 그것을 회수하는 것이 복수라도 된다는 듯이 말이다. 우리 마음은 '당신이 끔찍한 짓을 했으니, 나도 끔찍한 짓으로 되돌려주겠다. 그러면 비긴 셈이니까.' 혹은 '내가 용서하겠다. 나의 너그러움으로 당신의 빚은 청산되었다'라고 생각하는 것 같다.

어쩌면 '용서'라는 말은 엉뚱한 곳을 가리키는 것인지도 모른다. 왜냐하면 용서란 대부분의 경우 다른 누군가가 아닌 당신 자신에게 주는 것이니까. 당신은 오래된 괴로움이라는 추한 짐을 내려놓고, 끔찍한 것과 이어져 있던 끈을 풀어 버리고, 거기서 멀어진다. 용서란 공적인 행동, 혹은 두 당사자 사이의 화해이지만, 용서가 마음속에서 벌어질 때 그 과정은 좀 더 불명확하다. 갑자기 혹은 서서히 무언가가 더 이상 중요하지 않게 된다. 마치 어떤 범

멀고도 가까운

위에서 벗어나거나 그것을 넘어선 것만 같다. 그러다 그 무언가는 그것에서 벗어난 당신 스스로를 축하하려는 바로 그 순간 다시 돌아오기도 한다.

어머니는 대학에 가지 않은 것을 후회했지만, 20대 초반 뉴욕 대학교의 교직원으로 근무할 때 공짜로 강의 몇 개를 듣기도 했다. 자신이 어떤 모습이 되기를 원하는지, 대학이라는 단어가 자신에게 어떤 신분 상승을 가져다주는지 확신은 없었지만 어쨌든 실용적일 것 같아 부기 수업을 들었다. 과연 실용적이긴 했다. 이혼 후 10년이 지나자 어머니는 연기 및 모델 학원의 회계 담당자가 되어 미인들이 드나드는 그곳에서 장부를 정리했다. 어머니는 다른 부분에서도 그렇게 장부를 적듯이 살았다. 거기서도 모든 계산이 맞아떨어지기를 기대했고, 삶이라는 장부에서 과거의 손해를 생각했다.

어머니는 보상과 공정함을 원했다. 각 항목의 값이 맞아떨어지기를, 받기로 되어 있는 것을 받을 수 있기를 원했다. 죄와 미덕, 참회, 벌 그리고 보상이라는 가톨릭의 체계가 교회를 떠난 후에도 오랫동안 어머니를 이끌었고, 기독교 신앙에서는 용서 또한 강력한 힘이었다. 마침내 그 모든 계산과 셈도 희미해졌다. 궁핍하다는 느낌과 자신은 받을 것이 있다는 확신, 전쟁 같았던 체스 게임도 희미해졌다. 복수와 용서는 셈을 정리하는 일이었지만, 셈이라는 단어는 우리를 얽어매던 그 관계를 묘사하기에 너무 추하다. 나는 결국 끝에 가서는 모든 게 드러난다고 생각하곤 한다. 하지만 그 끝은 지평선 너머, 우리가 알아보거나 판단할 수 없는 곳에 있는 것 같다. 우리에게 잘못을 저지르는 사람들은 자신의 비극 때문에 그렇게 하는 거라고, 그들은 잘못을 범하기 전에 벌부터 받아 버린 거라고, 어쩌면 벌을 받았기 때문에 잘못을 범하는 거라고 생각한다. 어쩌면 받아들인다는 건 그런 것인지 모른다.

유교에서는 아버지가 중심이 되지만 중세 중국의 불교 중에는 어머니에 대한 효를 강조하는 종파도 있었다. 데이비드 그래버는 자신의 책 『빚』에서 그런 관점을 이렇게 묘사했다. "어머니의 자애로움에는 한계가 없으며 그 이타심은 절대적이다. 이는 무엇보다도 젖을 먹이는 행동으로 드러난다. 자신의 피와 살을 젖으로 바꾸어 먹이는 어머니. 이렇게 함으로써 어머니는 무한한 사랑을 정확한 양의 사랑으로 바꾸어 놓는다."

'부모님의 자애로움은 천국의 경계만큼이나 넓다고 한다.' 어머니를 칭송하는 이 불교 종파는 젖의 양을 180자루, 약 1500갤런(약 5500리터)처럼 임의의 수치로 나타냈지만, 그 가치는 숫자로 환산할 수 없다. 그 빚은 너무나 커서 갚을 수도 없고, 꼭 갚아야 하는 것도 아니다. 그 보답이라면, 장 상 페르 공작처럼 불멸의 조각상을 바치는 일, 그리하여 수도승들이 어머니를 위해 기도하게 하는 일, 불경을 읊조리게 하는 일 정도일 것이다. 내가 하는 말 또한 하나의 경전 아니면 또 다른 죄가 될지도 모르겠다.

남편은 어떤 때는 인간의 형상이다가 어떤 때는 곰이 된다. 아내도 이야기의 결말에서 곰이 되고, 자신의 남편을 죽이고 자신을 곰으로 변하게 한 남동생을 죽일 수밖에 없는 상황에 처한다. 이 이야기는 인간과 곰 사이의 친밀한 관계, 그리고 그리즐리곰을 잡아먹지 않는 금기에 관한 것이지만, 그 이상의 의미도 있다. 이것은 순환하는 이야기가 아니다. 출발했던 곳으로 돌아오는 건 아무것도 없다. 동물은 동물로 남고 인간은 사라진다. 그리고 그 여정에는 돌아오는 과정이 없기에, 친족 관계가 발생한다. 가죽을 벗긴 곰은 끔찍할 정도로 인간을 닮았다. 한 번도 존재한 적 없었던, 어금니가 발달한 근육질의 남성을 말이다. 나방은 잠든 새의 눈물을 마시고, 우리는 상실과 탄생에 관한 이야기를 먹고 산다. 캘리포니아의 시인 게리 스나이더는 자신의 에세이 『곰과 결혼한 여자』에서 존스의 이야기를 다시 전한다. 그는 학사학위 논문에서 또 다른 북서부 해안의 전설을 다루기도 했다. 요리사의 아들이 아름다운 거위와 결혼했다가, 그녀를 잃어버린 후 다시 찾아 나선다는 이야기였다. 그가 거위와 결혼할 수 있었던 건 거위가 가죽을 벗어 놓았기 때문이었다. 이 이야기의 거위는 옷을 입고 있는 것과 비슷하다. 다른 이야기에서 곰이나 백조, 뱀도 마찬가지다. 그 옷을 벗고 나면 그들은 우리와 별반 다르지 않은 인간이 된다. 그들과 우리 사이의 거리는 욕망으로 좁혀진다. 깃털이 없는 거위는 날아서 도망갈 수 없다. 어쩌면 이런 이야기는 인간이 영원히 벌거벗은 동물이라는 사실을 전하려 하는지도 모른다. 우리가 인정하는 것보다도 우리의 내면은 더 그럴 것이다.

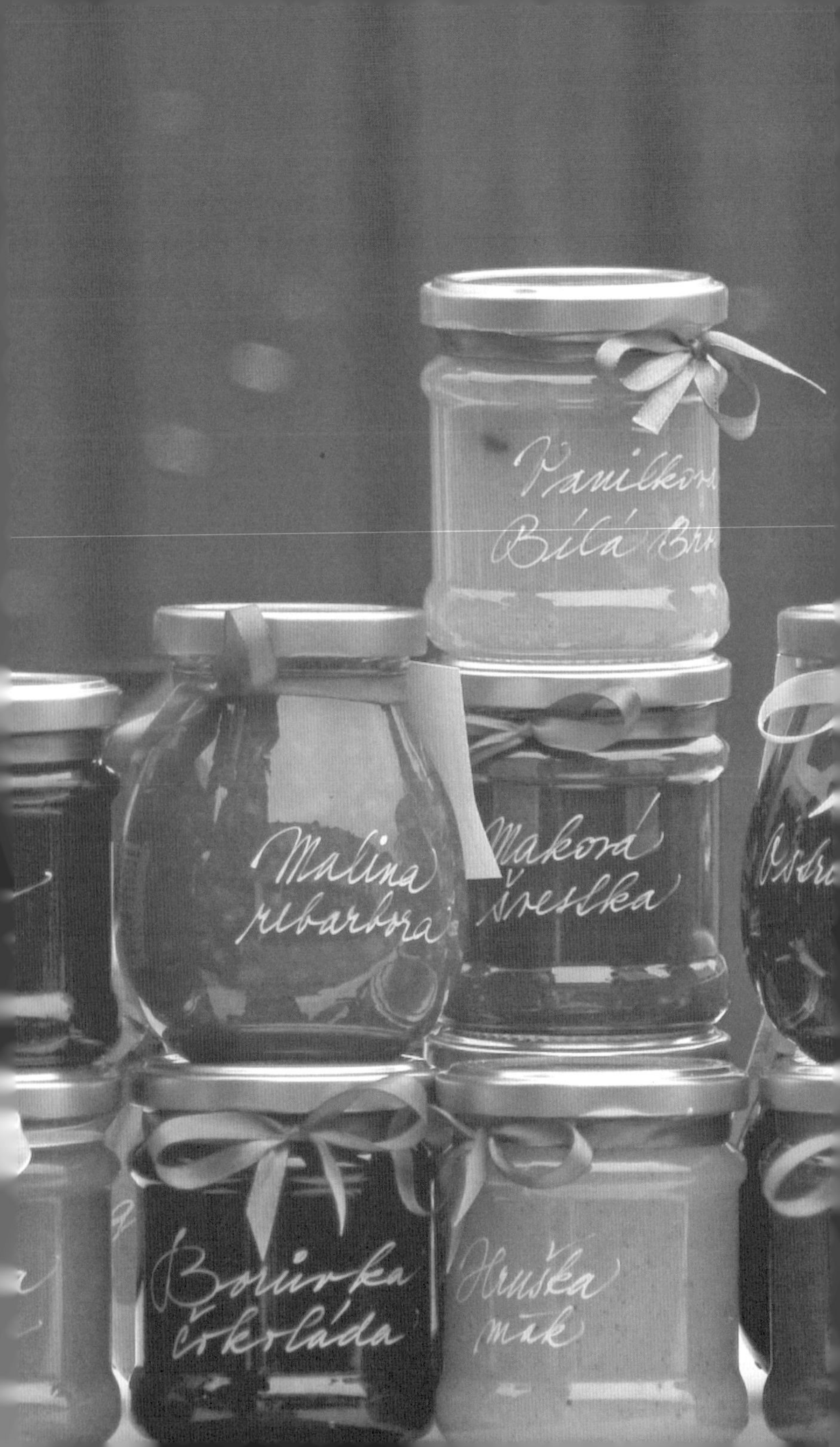
Malina
Borůvka čokoláda
Hruška mák

13 살구

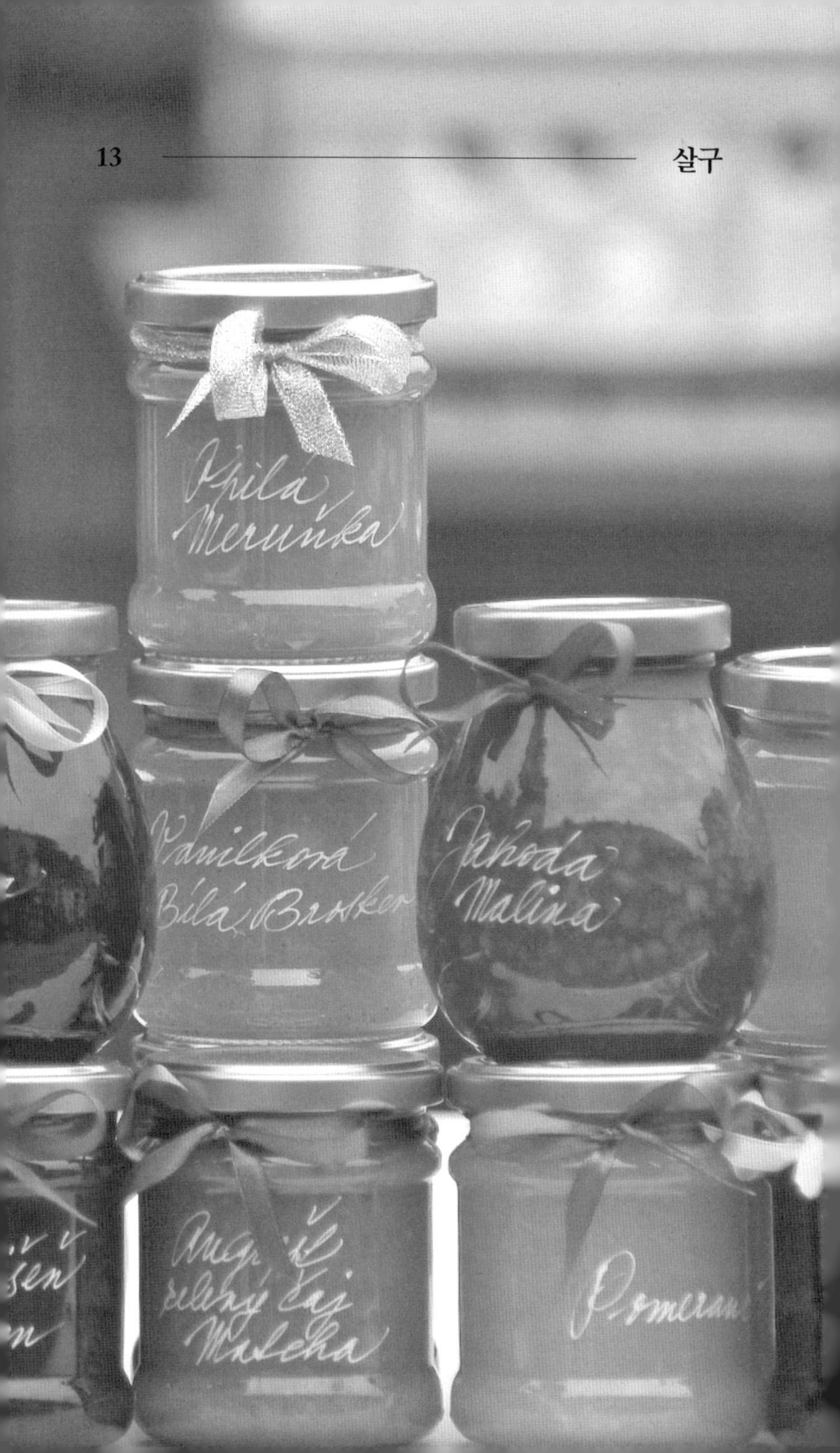

오래전 여름에 땄던 살구가 2파인트(약 1리터) 정도 남았다. 나는 지금 그 살구 절임을 만들었던 집에서 몇 마일 떨어진 곳에 산다. 그 살구를 땄던 어머니의 집은 오래전에 팔렸다. 나나 어머니 모두 그때와는 다른 사람이 되었고, 많은 일이 있었으며, 많은 것이 바뀌었지만 그 유리병 안에는 아무 일도 없다. 지금 내 앞 식탁 위에 놓인 살구들은 짙은 오렌지색이다. 반으로 가른 살구가 차곡차곡 유리병의 뚜껑까지 쌓여 있고 시럽은 여전히 맑지만, 함께 넣었던 바닐라는 색깔이 까맣게 변한 채 유리병 바닥에 가라앉아 있다.

살구를 담은 유리병은 주둥이가 넓다. 금빛 뚜껑에 먼지가 앉았지만 밀폐용 실로 잘 묶여 있다. 두 병 모두 살구가 가득 담겨 있지만, 서로 부딪혀 으깨질 정도로 많은 건 아니다. 살구들은 좁은 설탕물의 바다에서 자유롭게 떠다닌다. 이제 그 유리병을 열 만큼 기념할 만한 일이 있을지, 누구에게 그것을 대접할 일이 있을지 모르겠다.

내 앞에 놓인 두 개의 유리병은 받아 적은 이야기 같다. 두 유리병에는 그렇게 보관하지 않았다면 사라졌을 것이 담겨 있다. 어떤 이야기는 사라지게 두는 편이 나았겠지만, 무언가를 적고 이야기를 만들어 내는 것은 그 이야기를 그 모습 그대로, 설탕물에 담근 살구처럼 고정시키는 일이다. 그러고 나면 그 이야기는 더 이상 작가가 아니라 독자에게 속하게 된다. 그리고 생략된 것은 영원히 잊힌다.

나의 침실 바닥을 차지했던 산더미 같은 살구는 단순한 음식이 아니었다. 그것은 수수께끼였고 초대였다. 상상력과 호기심을 자극했다. 살구를 처음 우리 집에 들이던 날, 그 살구 더미는 아직 일어나지 않은 어떤 일에 대한 상징이었다. 1년이 지나자 그 불안정한 과일 더미는 당시 내 삶을 보여 주는 듯했다. 잘 구분해야 할 삶, 달콤한 부분만 남기고 상한 부분은 도려내야 할 삶이었다. 그것으로 잼과 절임, 리큐어를 만들었다. 남은 열매는 가까운 사람들, 긴급한 상황에 나를 도와주었던 사람들에게 나누어 주었다. 나 역시 열매를 먹고 리큐어도 꽤 마셨다.

하지만 이제 나는 이 살구가 일종의 권유였다고 생각한다. 그것이 우리 집에 도착하면서 시작된 그 이야기를 하라는 권유 말이다. 마치 어머니의 선물처럼, 혹은 어머니의 나무가 남긴 선물처럼, 그 살구 더미는 그 시기의 혼란을 하나의 이야기 비슷한 것으로 만들어 내는 촉매제가 되었다. 덕분에 나는 이야기를 만들고 바꾸어 가는 일을 꼼꼼히 살피고, 그 사이사이에 침묵을 배치할 수 있었다. "무엇이든 말로 바꾸어 놓았을 때 그것은 온전한 것이 되었다."라고 버지니아 울프는 적었다.

그녀는 이어서 이렇게 적고 있다. "여기서 온전함이란 그것이 나를 다치게 할 힘을 잃었음을 의미한다. 갈라진 조각을 하나로 묶어 내는 일이 커다란 즐거움을 주는 이유는, 아마 그렇게 함으로써 내가 고통에서 벗어나기 때문일 것이다. 이것이 나의 가장 큰 즐거움이다. 글을 쓰다가 무엇이 무엇에 속하는지를 발견할 때 느끼는 희열도 그렇다. 여기서 나는 내가 철학이라고 부르는 어떤 것에 도달한다. 어찌되었든, 원단의 뒷면에는 하나의 패턴이 있게 마련이라고 나는 늘 생각해 왔다. 우리는, 그러니까 모든 인간은 그 패턴과 관련이 있다는 생각, 세계 전체가 하나의 예술 작품이며 우리는 그 예술 작품의 일부라는 생각 말이다."

갑작스레 등장한 세계의 패턴이라는 표현은 어떤 일관성이나 모든 것을 잇는 연관성에 대한 감각을 불러일으킨다. 오래된 표현을 빌리자면, 이야기는 직조된다. 이야기는 대상을 묶어 내는 실이었고 그 실로 세상이라는 천이 직조되었다. 강력한 이야기 속에서, 우리는 우리가 서로 이어져 있음을, 그렇게 이어져 패턴을 이루고 있음을 본다. 그리고 우리 자신이 이야기가 되어 그것을 말하고 또 누군가에게 말해지는 것을 보게 된다.

어느 날 저녁, 블루스 음악을 틀어 주는 라디오를 듣다가 블루스 음악가 찰리 머슬화이트가 알코올중독으로 죽음의 위기에 몰렸다가 술을 끊은 이야기를 들었다. 1987년 텍사스 미들랜드에서 이제 막 아장아장 걷기 시작한 아이가 우물에 빠졌다. 수백 명이 아이를 구하려고 애를 쓰던 58시간 동안 뉴스는 쉬지 않고 온통 그 소식뿐이었다. 아직 두 살도 안 된 제시카 맥클루어는 지름 8인치(약 20센티미터), 깊이 22피트(약 6미터)의 우물에 **빠졌다.** 인부들이 우물 옆의 단단한 암반을 미친 듯이 파고들어 가는 동안 아이는 자장가와 위니 더 푸우 노래를 불렀다.

라디오 진행자들이 그 아이 이야기를 하고, 텔레비전 뉴스 팀이 사건 장소에 몰려와 경쟁적으로 사고를 보도하고, 전국의 신문 1면에 기사가 실렸다. 이 사건은 케이블 뉴스 채널과 24시간 방송의 뉴스 프로그램이 본격적으로 알려진 계기가 된 것으로도 유명하다. 일을 하러 가던 차 안에서 그 소식을 들은 머슬화이트는 이렇게 생각했다고 한다. "이런! 이 아이의 상황에 비하면 내 문제는 별것 아니잖아. 왜 나는 이 아이의 반만큼도 용기가 없는 걸까? 그래서 생각했죠. '그래, 아이가 구출될 때까지는 술을 한 방울도 먹지 않겠어.'라고요. 말하자면 내가 그 아이를 위해 해 줄 수 있는 기도 같은 것이었습니다. 사람들이 아이를 구해 낸 순간, 저도 구조를 받은 셈입니다." 그 이후로 그는 술을 전혀 마시지 않았다.

물리치료사가 내게 해 준 이야기에 따르면, 만성 통증 같은 경우에도 환자가 그 고통을 다르게 경험하도록 훈련시키면 치료가 가능하다고 한다. 단 환자가 '자신의 이야기를 포기할 준비가 되어 있어야만 한다.' 어떤 사람들은 자신의 이야기를 너무 사랑하는 나머지 그것이 자신의 비극일지라도, 그 이야기 때문에 본인이 불행할지라도 계속 이야기한다. 혹은 그 이야기를 멈추는 방법을 모른다. 어쩌면 그것은 편안함보다는 일관성을 더 소중히 여기기 때문일 수 있지만 한편으로는 두려움 때문일 수도 있다. 다시 태어나기 위해서 어느 부분은 죽어야 하기 때문에, 다시 태어나는 것보다 죽음이 먼저 오기 때문에, 어떤 이야기의 죽음은 스스로 익숙한 자기 모습의 죽음이기 때문에.

마치 머슬화이트가 자신을 잊어버리고, 이야기의 숲에서 길을 잃었다가 본인의 이야기에서 조금은 벗어난 상태로 돌아온 것처럼 말이다. 술을 끊어야겠다는 생각이 가장 먼저 들었다는 사실은 그의 머리에 그 생각밖에 없었음을 말해 준다. 아니면 집 안에 두고 나온 열쇠를 창문 너머로 바라보는 상황이었다고 할까. 물론 감옥도 그 자신이고, 문, 창문, 열쇠도 모두 그 자신이다. 동화 속의 주인공처럼 그는 자신보다 더 약한 대상에 감정이입한 덕분에 구원을 얻었다. 우물에 빠진 여자아이가 자기 자신이라는 감옥에서 벗어나게 하는 사다리가 되어 주었다. 그러나 그 사다리를 얻을 수 있었던 힘, 그 사다리를 오를 수 있었던 힘은 동정심이었을 것이다. 여자아이를 구하려는 그의 의지가 그를 구했다.

우물 바닥에서 노래하는 아이가 의미하는 것은 당신이 누구의 삶을 보고 있는가에 따라 다르다. 작업복에 안전모를 쓴 사람들 사이로, 다치고 먼지를 뒤집어쓴 모습으로 포대기에 감싸여 구조되는 아이를 찍은 사진이 퓰리처상을 받았다. 아이를 맨 먼저 안아 올린 날씬한 소방대원은 자신에게 쏟아지는 시선에 압도되었고, 승리의 순간이 되어야 할 그때에도 그 기분을 제대로 느낄 여유가 없었다. 소방대원의 어머니는 그가 보여 주었던 놀라운 능력과 이어진 명예로운 일과 관련한 이야기를 모두 모아 스크랩북에 담아 두었는데, 정작 본인은 훗날 그 스크랩북을 집어 던져 버렸다.

그는 구조대가 우물과 나란하게 파놓은 구멍으로 거꾸로 내려갔다. 암반 사이의 좁은 틈에 갇혀 벽이 가슴을 누르는 상황에서 윤활제와 지지대만 의지해 1인치씩 아이가 있는 곳으로 다가갔다. 어떤 이들은 거꾸로 뒤집힌 채 땅 밑으로 내려가는 그 일을 아이를 받는 산파의 일에 비유하기도 했지만, 그는 그저 거꾸로 뒤집힌 채 좁은 통로를 내려가는 한 남자였다. 그 통로는 탄생의 길이기도 했지만 잠재적으로는 무덤으로 가는 길이었다. 세상의 환호가 가라앉을 때쯤 그는 이혼했고, 진통제 남용으로 몸이 약해지는 바람에 일자리를 잃었다. 그로부터 몇 년 후, 그는 서른일곱의 나이에 부모님의 집을 찾았다. 그리고 방울뱀을 잡는다며 총과 실탄을 가지고 나가서 자살했다.

철학자 피터 싱어에게 이 이야기는 또 다른 의미로 다가왔다. 그는 이 이야기가 우리 인간이 지닌 충동의 비합리성을 보여 주는 예라고 했다. 이 이야기에 감동을 받은 사람들이 그 중심에 있던 아이에게 돈을 보내기 시작했다. 거의 100만 달러에 가까운 돈이었다. 그런 기부가 아이를 우물에서 꺼내 줄 수는 없었지만, 아직 10대였던 아이의 부모는 그 덕분에 이사를 할 수 있었다. 집을 사고 남은 돈은 신탁에 맡겨 두었다가 아이가 스물다섯 살이 되는 2011년에 찾을 수 있게 했다. 싱어는 맥클루어가 우물 바닥에 있었던 이틀 동안 전 세계적으로 6만 7500명의 어린이가 가난과 관련한 이유로 사망했다고 지적했다. 맥클루어를 구한 건 기부금이 아니었다. 그 돈으로 죽어가는 다른 아이들을 도와줄 수도 있었다.

싱어는 "현실을 파악하고 행동을 결정하는 두 개의 과정. 즉 정서적 체계와 의도적 체계"를 이야기했다. 그의 설명에 따르면, 전자는 이미지나 이야기에 관여하며 감정적 반응을 유도한다. 후자는 사실과 수치에 관여해서 합리적이고 이성적인 생각을 불러일으킨다. 싱어가 어떤 체계를 더 가치 있게 생각하는지는 분명하다. 하지만 이성적 생각으로 하여금 6만 7500명의 어린이에 관한 이야기에 귀를 기울이도록 하고, 그것이 중요한 문제이고, 당신이 응답해야 할 문제라고 설득하는 것은 바로 정서적 체계임이 틀림없다.

오늘날 고통과 파괴에 관한 이야기는 끝없이 이어지고, 압도적으로 많기 때문에 그 모든 것에 반응을 보일 수는 없다. 완전히 귀를 닫지 않는 이상 어떤 것에 반응하고, 어떻게 반응할지를 선택해야 한다. 정서적 체계와 의도적 체계를 모두 활용해서 말이다. 그것은 하나의 객차를 끄는 말 두 마리 같은 것이다. 어쩌면 말은 한 마리지만 그 말은 생각도 하고 느낄 줄도 아는 말이라고 해야 할지 모르겠다. 또 어쩌면 한 단어로 그 과정을 포괄할 수 있을지도 모른다. 이를테면, 용서 혹은 알아감을 의미하는 '이해'라는 단어처럼.

　맥클루어는 공식 석상에 모습을 드러내지 않은 채 대학에 진학하고, 결혼을 하고, 아이들을 낳고, 신탁에 맡겨 두었던 돈을 찾을 수 있는 나이가 되었다. 가난한 아이들은 피할 수도 있었을 이유로 계속 죽어 갔고, 또 다른 가난한 아이들은 친절한 낯선 이들이 제공한 돈이나 직접적 참여 덕분에 살아갈 수 있었다. 머슬화이트는 맥클루어의 이야기에 감정을 이입함으로써 자신의 우물에서 빠져 나왔다. 누가 구원을 받을지, 파장이 어디까지 퍼져 나갈지는 미리 계산할 수 없다. 처음으로 자신의 곡으로만 채워진 머슬화이트의 최신 앨범은 지옥과 구원을 이야기한다. 「우물」이라는 이 앨범의 파도처럼 규칙적인 타이틀 곡을 듣고 있으면 저절로 춤을 추게 될 것만 같다.

　아이가 우물에 빠진 이유는 엄마가 전화를 받으러 집 안으로 들어갔기 때문이고, 누군가 우물의 뚜껑을 덮어 놓지 않았기 때문이었다. 데우스 엑스 마키나는 늘 우리 주변에, 모든 방식으로 존재한다. 줄리아 프린시프 잭슨 덕워스는 첫 남편과 행복하게 살고 있었다. 1870년의 어느 날, 남편이 그녀를 위해 무화과를 따 주려다가 몸에 있던 종기가 터졌고, 상처가 감염되면서 이내 죽고 말았다. 줄리아는 재혼을 했고 두 번째 남편과의 사이에서 버지니아 스티븐스를 비롯한 아이 넷을 낳았다. 전화 한 통. 무화과 하나. 생기지 않았을 일이 생겼고, 그 이후로 삶은 더 좋은 방향으로 혹은 더

　멀고도 가까운

나쁜 방향으로 변했다.

무화과 혹은 종기, 아니면 그 둘 모두 때문에 태어난 두 번째 버지니아는 자라서 사회에 섞이지 못하던 남자와 결혼했고 야생 동물의 이름이기도 한 남편의 성을 따랐다. 그 후로 서서히 광기에 사로잡힐 때까지 그녀는 기적 같은 작품들을 쏟아 냈다. 그리고 마지막으로 추락했다. 말 그대로 주머니에 커다란 돌멩이를 넣은 채 강으로 뛰어드는 추락이었다. 이미 슬픔과 두려움, 우울증의 고통과 그 고통이 절대 끝나지 않으리라는 두려움에 잠겨 있던 그녀였다. 하지만 버지니아 울프의 자살은 부분적으로는 양심의 가책 때문이었다. 그녀는 자신의 발작적 고통으로 인한 괴로움을 남편 레너드 울프가 다시 겪게 만들고 싶지 않았다. 그렇게 유서에 적혀 있었다.

데우스 엑스 마키나. 각성제 중독자와 연쇄살인범이 겹치며 각자의 삶이 바뀌게 된 이야기도 있다. 마치 하룻밤으로 압축시킨 『천일야화』의 현대판 같은 이 이야기에서, 애틀랜타 교외에 살고 있던 애슐리 스미스는 탈주범 브라이언 니콜스에게 밤이 새도록 이야기를 들려준다. 니콜스는 스미스의 집에서 그녀를 인질로 잡고 있었다. 그는 바로 그날 낮에 전 여자친구를 강간한 혐의로 재판을 받다가 탈출한 자였다. 그 과정에서 경비원을 다치게 하고 그녀의 총을 훔쳐서 판사와 기자, 보안관을 죽인 다음 나중에는 그를 쫓는 연방 요원까지 죽였다.

니콜스는 연방 요원의 차를 타고 가던 중 한밤중에 아파트 단지에서 스미스를 만났다. 그녀는 담배를 사러 나왔던 참이었다. 대학 미식축구 선수 출신의 니콜스는 스미스에게 총을 겨눠 그녀가 얼마 전에 이사 온 아파트로 들어갔다. 스미스를 묶었지만 재갈은 물리지 않았고, 나중에는 몸도 자유롭게 풀어 주었다. 그녀는 끊임없이 자신의 딸 이야기를 했다. 집 안에 온통 딸 사진이 걸려 있었다. 그 딸이 자신에게 참 의미가 크다는 이야기, 다음날 아침 딸의 모습을 꼭 다시 보고 싶다는 이야기, 자기가 죽고 나면 아이가 고아가 된다는 이야기를 했다. 그녀는 자신을 잡고 있는 니콜스에게 마지막 남은 각성제를 주고 자신은 투약하지 않았다. 그리고 그 밤 이후로도 그녀는 단 한 번도 각성제를 사용하지 않았다.

그녀는 자신이 중독되었다는 이야기도 했다. 자신의 삶이 어떻게 산산조각 났는지, 처음에 어떻게 시작되었는지를 이야기했다. 때로는 폭력적이었고 마약상으로 활동하기도 했던 남편과 싸우던 중에 남편을 칼로 찔러서 살해한 사건이 발단이었다. 남편은 그녀의 품 안에서 피를 흘리며 죽어 갔다. 그 사건 이후 그녀는 더 나쁜 약을 더 많이 복용했고, 그러던 중에 각성제를 발견했다. 각성제가 그녀를 발견했다고 해야 할지도 모르겠다. 각성제는 엄청난 쾌락을 주는 한편 뇌의 쾌락 수용체를 서서히 파괴해 일반적인 쾌락은 느낄 수 없게 만들고, 그렇기 때문에 중독자는 쾌락을 느끼기 위해 점점 더 많은 각성제를 필요로 하게 된다. 마치 자신에게 날개가 달린 듯한 기분이 들지만 사실은 그 날개로 자기 무덤을 파는 것이나 다름없다. 스미스는 머리칼이 가늘어지고, 이가 썩어 갔으며, 가족도 등을 돌렸다. 그녀의 딸은 이모와 함께 지내고 있었다. 니콜스의 인질로 잡힐 무렵, 스미스는 자신의 삶을 되찾으려는 시도를 시작한 참이었다. 그녀의 이야기는 모두 상실에 관한 것이었지만, 그것은 또한 자신의 목숨을 구하기 위한 도박에 거는 밑천이기도 했다.

가끔 멋진 일이 생기고 난 직후에 삶을 되돌아보면, 인생에서 운이 좋았던 일들이 산맥으로 이어져 있는 것처럼 보인다. 끔찍한 일이 생긴 후에 되돌아보면 인생은 고난의 연속이다. 현재가 과거를 재배치하는 것이다. 삶 하나는 이야기 하나가 아니기 때문에, 완성된 이야기를 전하기란 절대 불가능하다. 삶은 온갖 사연으로 가득한 은하수 같은 것이고 우리는 지금 우리가 누구이며 어디에 있는지에 따라 그때그때 몇 개의 성운을 고를 수 있을 뿐이다.

스미스가 자신의 별자리를 다시 정리하기로 마음먹기는 했지만, 어쨌든 저주받은 성운도 유용하게 쓰일 수 있다. 니콜스는 스미스에게 감옥에 가 본 적이 있는지, 총을 쏴 본 적은 있는지 물었다. 그녀는 그와 관련된 자신의 경험을 이야기하며, 그가 감정이입을 할 수 있는 이야기와 정보를 가지고 최대한 그를 끌어들였다. 남편을 찔러 죽인 일을 실감 나게 전하기 위해 사망증명서까지 보여 줬다. 다시 독실한 신자로 돌아간 그녀는 만약 그 인질 상황을 극복하고 살아남는다면 반드시 다른 사람이 되겠다고 신께 맹세했다. 다음날 아침, 그녀는 탈주범에게 팬케이크와 달걀을 대접하며 계속 이야기를 했다. 비천한 셰에라자드도 술탄의 살인을 멈추기 위해 이야기를 했다.

니콜스는 스미스가 자신을 신고할 것임을 알면서도 말 없이 그녀를 집 밖으로 내보냈다. 그리고 그날 오전에 총은 집 안에 둔 채 순순히 투항했다. 며칠 후 집에 돌아온 스미스는 니콜스가 자신이 나가고 투항하기까지의 그 짧은 시간 동안 소파 위에 커다란 거울을 걸어둔 것을 발견했다. 거울은 약간 기울어져 있었다. 경찰은 그 거울도 증거물로 가지고 갔다. 흑인이었던 니콜스에게도 자신만의 이야기가 있었다. 그는 자신이 노예이며 불공정한 체제 아래서 반란을 일으켰다고 생각했다. 물론 그것과 관련한 이야기도 없지는 않지만, 그렇다고 야만적인 강간과 살인 네 건이라는, 동정심이 전혀 느껴지지 않는 그의 행동이 설명되지는 않는다. 이후의 재판 과정에서 변호인은 그의 정신이상을 주장했지만 받아들여지지 않았다.

스미스의 승리는 호소력 있는 이야기로 적어도 그 순간만은 그를 잠시 멈추게 했다는 데에 있다. 덕분에 그녀는 자신의 목숨을 구할 수 있었고, 어쩌면 다른 이들의 목숨과 투항한 니콜스 본인의 목숨까지 구했다. 사형을 피한 니콜스는 현재 가석방 없는 종신형 선고를 받고 복역 중이다. 스미스는 동기부여에 대한 강의를 하며 끊임없이 인질로 잡혀 있던 그 일곱 시간을 이야기하고 있다. 그 이야기가 이제 새로운 삶의 밑천이 된 것이다. 그녀는 자신의 과거의 삶을 정해 버렸던 남편의 죽음에 관한 이야기보다 이 이야기를 더 좋아한다. 남편 이야기가 하기 어려운 이야기인 터일 것이다. 이제 그녀의 서사는 커다란 간극을 가로지르는 공통의 기반과 자신의 생존에 관한 그리고 아마도 타인의 죽음까지 예방하는 서사다. 기독교 교리에 있는 셀 수 없이 많은 변신 이야기가 그녀 자신의 이야기를 짜나가는 베틀 같은 역할을 해 주었을 것이다.

머슬화이트는 누군가를 깊이 걱정하는 과정에서 스스로의 삶을 구원했고, 스미스는 이야기를 통해 다른 사람의 걱정을 끌어냄으로써, 적어도 머뭇거리게 만듦으로써 삶을 구했다. 자신이 처한 상황이 너무 급박해서 오히려 그때까지 자신을 사로잡고 있는 문제들로부터 벗어날 수 있었던 것이다. 명심하자. 당신은 당신 자신이 아니다. 당신은 지금까지 만들어진 가장 허술한 배처럼 물 샐틈이 많고, 삶의 대부분을 다른 누군가로 살아간다. 오래전에 죽은 사람, 한 번도 살아 본 적이 없는 사람, 한 번도 만나지 못한 낯선 이로 살아간다. 우리가 생각하는 일상적인 '나'는 사실주의 소설에 특히 자주 등장하는 물 샐 틈 없이 단단한 그릇 같지만, 사실 그 '나'는 우리가 깨어 있는 시간 동안 경험하는 그 많은 틈들은 하나도 담아내지 않는다. 풀려 버린 끈, 낯선 꿈, 망각과 잘못된 기억, 다른 이들의 이야기 안에서 살았던 삶, 앞뒤가 맞지 않는 일과 일관성 없는 일, 데우스 엑스 마키나의 장, 가까이 있는 유령 같은 것. 이야기를 전하는 방식은 다양하다.

이 장을 써야 할 무렵이 되었을 때, 나는 한밤중에 잠이 깨서 그때까지 써 놓은 글을 생각했다. 아침이 되어 해변에 떠내려온 조개껍데기처럼 떠오른 생각을 요약하자면, 우리는 자주 특별하거나 어마어마한 문제를 마주하면서도 거기에 그저 그런 대답을 제시한다는 것이다. 동화나 우화의 주인공은 우리가 누구인지, 우리가 무엇을 욕망하고 어떻게 사는지에 관한 질문을 몸으로 보여 주지만, 결말은 그에 대한 진짜 대답이 아니다. 모험이나 위기를 겪는 동안 주인공은 대단한 사람이 아니다. 그는 그저 결심, 임기응변, 협력, 그리고 정작 중요한 것이 무엇인지에 대한 남다른 생각에 이끌려 움직일 뿐이다. 그런데 결말에 이르면 이야기는 그때까지 지켜온 원칙을 깨 버리고 궁전, 부자, 복수 같은 관습적인 것들을 쏟아 낸다.

안데르센의 『눈의 여왕』이 지닌 매력 중 하나는 게르다가 카이를 눈의 여왕으로부터 구출해서 다시 우정을 되찾는다는 점이다. 그걸로 충분하다. 많은 미국 원주민 이야기는 도무지 끝나는 법이 없다. 동물 세계로 들어갔던 사람들은 돌아오지 않고, 조상이나 창시자, 무언가 베푸는 이가 되어 여전히 어떤 힘으로 작용한다. 부유하고 풍족하고 사랑받고 보호받고 특혜를 받던 싯다르타가 그 모든 것을 떨치고 나가는 과정은, 마치 이야기를 거꾸로 진행시

멀고도 가까운

키는 것만 같다. 그는 마치 모범답안처럼 태어나서, 그 안전한 항구를 버리고 끝나지 않는 질문들과 일들이 있는 바다로 나아갔다.

에세이 작가 역시 깔끔한 결말을 제시하고 싶은 유혹에 빠진다. 배를 해변으로 올려 선창에 묶고, 드넓은 바다를 포기하고 싶은 유혹이다. 끈을 잘라 버리고 그 끈으로 리본을 만들어 모든 것을 단단히 묶고 포장하면 끝이다. 결말을 포장하기는 쉬운 일이고 나는 여러 번 그렇게 결말을 내기도 했다. 어떤 때는 앞에 있던 복잡한 내용을 배신하는 기분을 느끼면서도 그렇게 했고, 또 어떤 때는 내가 아니더라도 편집자가 선물 포장과 리본을 요구하기도 했다.

우리가 도입부만 원한다면 어떻게 될까. 끝나지 않는 것, 자르지 않은 끈, 미완의 무엇, 열린 문, 탁 트인 바다의 불멸을 원한다면? 우리가 여전히 백조인 오빠들을 더 좋아한다면, 아직 윗도리로 완성되지 않은 쐐기풀을, 황금보다 지푸라기를, 성배보다는 거기에 이르는 모험을 더 좋아한다면 어떻게 될까. 모험 자체가 성배이고, 바다가 곧 신비의 묘약이다. 당신이 운이 좋다면 예배당에 놓인 잔 앞에 이르기 전에 그 사실을 깨달을 수 있을 것이다.

뼈대만 놓고 본다면 이 책은 어떤 응급 상황의 역사이자 그 일이 생겼을 때 나와 함께 해 준 이야기들의 역사이다. 응급 상황(emergency)이란 무엇일까? 이 단어의 어근을 보면 '부상(emergence)'이라는 단어를 발견하게 되고, 그다음엔 '나타나다

(emerge)'까지 이어진다. 응급 상황이란 무언가 갑자기 나타나는 것이다. 옥스퍼드 영어사전에 나오는 '응급 상황'의 첫 번째 정의는 "가라앉았던 사체가 수면 위로 떠오르는 것, 현재는 많이 쓰이지 않음"으로, 이는 '부상'의 정의와 동일하다. 두 번째 정의는 "가려져 있던 것이 드러나는 과정"이다. 마치 물놀이를 하던 사람이 갈대를 헤치고 나오는 것처럼, 누군가의 입에서 비밀이 새어 나오는 것처럼. 그다음에 가서야 우리에게 익숙한 정의가 나온다. "예상치 못했던 일이 발생한 상태, 즉각적인 대처를 서둘러 해야 하는 상태."

응급 상황은 삶이 가속도를 내는 시기, 변화가 잉태되는 순간, 위기와도 조금 비슷한 시기다. 꽤 많은 괴로움이 그 시기에 닥치기도 한다. 이전의 자아나 옛 연인, 이전의 질서처럼 남기고 떠나야 하는 것에 대한 애도와 다가올 것에 대한 두려움, 변화의 어려움 자체에 맞서야 하는 힘겨움 등이다. 시인 존 키츠는 현세란 "영혼을 다듬는 골짜기"이며, "응급 상황과 어려움을 통해 영혼이 만들어진다."라고 했다. 응급 상황이 무언가가 빠른 속도로 부상하는 시기라면, 융합(merge)은 그와 반대되는 상황이다. "어떠한 특정한 활동이나 삶의 방식, 환경에 빠져들게 하는 것, 그 안으로 들어가는 것" 혹은 "어떤 액체에 녹아드는 것", "어딘가에 포함, 흡수, 혼합되게 하는 것."

살구를 땄던 여름, 그 대혼란의 막바지에 나는 친구에게 내가 그랜드캐니언에서 겪었던 일을 이야기해 주었다. 큰 결심을 앞두고 있는 친구였다. 거의 20년쯤 전에 있었던 오래된 여행 이야기, 래 프팅을 같이하자는 느닷없는 제안에 "네"라고 대답했던, 그리하여 '정말 좋은 이유가 없다면 절대로 모험을 거절하지 말자.'는 좌우명 을 가지게 된 이야기. 그건 내 안에 있던 어머니의 목소리를, 어머 니의 두려움과 의무감을 극복한 순간이었고, 비록 "네"라고 대답 한 후에 실제로 래프팅을 할 수는 없었지만, 그건 내 삶의 이정표 가 된 순간이었다. 적어도 그때부터 나는 내 안에 있던 어떤 경계 를 넘어섰고, 원칙을 분명하게 세울 수 있었다.

그 이야기를 하고 난 후에, 나는 당시 알게 된 어떤 사람으로 부터 그랜드캐니언에 래프팅을 가지 않겠느냐는 제안을 또 받았 다. 2년 후에 함께 가자는 계획이었고, 나에게는 그 2년이 마치 영 원의 시간처럼 느껴졌지만 어느새 약속한 때가 닥쳤다. 아이슬란 드에 다녀온 지 1년 만에 그랜드캐니언 상류에서 강을 따라 내려 가는 고무보트에 몸을 실었다. 래프팅을 모두 마쳤을 때, 나는 욥 기의 욥 같은 사람, 지금의 모습에서 벗어나 무언가가 되어야 한다 는 압박을 느끼는 사람은 더 이상 내가 아니라는 사실을 알게 되 었다. 이제 친구들 차례였다. 친구들은 가족 중 누군가를 잃었고, 어떤 관계를 끝내 버렸으며, 심각한 병에 걸렸다는 진단을 받았고, 나는 그들이 내게 해 주었던 것처럼 그들을 지켜 주었다. 그리고 다른 일들도 변했다. 나는 연애를 시작했고, 계속 일을 했고, 감정과 믿음이 이리저리 움직이며 변신했다.

맨 처음 제안을 받은 후, 실제로 그 강한 물살에 몸을 싣기까지의 20년이 마치 괄호 안에 담긴 시절처럼 느껴지고, 그동안 내가 했던 일들이 결국은 모두 그 고무보트에 몸을 싣는 사람이 되기 위해 했던 일처럼 느껴진다. 출발 전날, 오래전 소피와 내가 아침을 먹었던, 옆 테이블의 안내인에게 기꺼이 래프팅을 같이 하겠다고 대답했던 그 외딴 숙소를 찾아가 보았다. 식당이 좀 작아지기는 했지만 다시 한 번 그곳에서 아침을 먹고 강으로 출발했다.

콜로라도 강을 따라 내려가는 여정은 아무 일도 일어나지 않는 시간이면서 동시에 변화의 힘들을 강하게 마주하는 시간이기도 했다. 매일매일의 일상은 잠시 제쳐 두었고 바깥세상과의 접촉도 없었다. 빠른 물살에서 몇 미터 이상 떨어진 적이 없었고, 대부분은 그 물살을 타고 가거나 혹은 물살과 나란히 움직였다. 강은 거대하고 힘차고 곳곳이 위험했으며, 흐르는 물살은 마치 흐르는 시간 같았다. 나는 내 삶의 구체적인 것을 뒤로 한 채 삶 자체로 걸어 들어가는 것만 같았다. 물이 튀고 주변에 작은 파문이 일고 노가 오르내리고, 규칙적인 음악처럼 들리던 물 튀는 소리는 물살이 빨라지는 지점에서 벼락같은 굉음으로 바뀌었다.

강은 가장 잔잔한 곳에서도 힘이 넘쳐서, 사람이 빠지면 그대로 하류로 흘러내려 가거나 물살에 휘말려서 바위 밑에 쓸려 들어갈 수 있을 것 같았고, 지류에서도 마찬가지였다. 급류가 가까워지면 잔물결이 이는 수면이 갑자기 고요해지고 그렇게 유리처럼 맑고 매끈한 수면을 지나는가 싶다가 갑자기 물살이 소용돌이치며 서로 부딪혀 부서지는 곳이 나타난다. 험한 물살에 고무보트가 사람을 태운 채 허공으로 치솟을 수도 있고 그 물살이 보트를 삼켜버릴 수도 있었다. 한번은 내가 물살에 정통으로 맞아서 모자와 선글라스가 벗겨지고 그대로 단단한 짐에 부딪혀서 까진 상처가 생길 정도였지만 강은 이내 다시 잠잠한 구간에 접어들었다.

강은 계속 변했지만 결코 끝나지는 않았고 그렇게 끊이지 않고 이어지는 흐름과 내가 나란히 가던 그 순간, 내 삶은 뭔가 특별한 종류의 일체감을 경험하고 있었다. 강은 우리가 늘 타고 있는, 혹은 나란히 가고 있는 뱀이었다. 그 뱀은 자신의 차가움, 힘, 바위를 깎아내리고 바위 위로 높이 자란 나무에 양분을 제공하고, 부주의했거나 불행했던 사람들을 삼키면서 계속 그렇게 흘러가는 능력을 가까이에서 일깨워 주었다. 강은 캐니언컨트리의 혈관과 모세혈관이 모두 시작되는 대동맥이었다.

물빛은 녹색인데도 강 이름이 '붉은 강'〔콜로라도는 스페인어로 '붉은'이라는 뜻—옮긴이〕이 된 까닭은 상류의 큰 웅덩이 바닥에 쌓인 침전물 때문이었다. 그곳에서는 강물도 차갑게 식는다. 우리가 올라탔던 차가운 녹색 뱀은 몇 백 만 년 동안 더 깊은 골짜기에서 물길을 만들어 왔던 뜨겁고 붉은 뱀이 변신한 것이었다. 언젠가 사나운 폭우가 쏟아져, 빗물에 쓸린 침전물이 지류를 타고 내려오면서 다시 한 번 강물이 붉게 변한 적이 있었다. 다음날에는 강물이 갈색이었고 그다음 날에 다시 녹색이 되었다.

그 여정 내내 안내인이 주목한 것은 지질학이었다. 우리가 주변의 지표면보다 거의 1마일 정도 낮은 곳으로 내려가는 동안, 거의 2억 년 전까지 거슬러 올라가는 오래된 과거의 흔적들이 나타났다. 가장 오래된 암석은 비슈누편암으로 미 대륙이 현재의 모습을 갖추기 전에 있던 열도의 흔적이다. 그랜드캐니언은 물이 바위를 제압한, 약함이 강함을 넘어선 놀라운 예이다. 강 옆으로 늘어선 협곡은 그 점을 가장 분명하게 보여 주었다. 매끈하게 다듬어진 바위벽 사이로 깊은 협곡이 보이고 그 아래에 거짓말처럼 고요한 개울물이 흐르고 있었다.

나를 가장 크게 사로잡은 것은 지금의 그 물, 그리고 우리가 내려가는 동안 끊임없이 펼쳐지던 공간이었다. 마치 중국의 두루마리 그림 속에 있는 작은 여행객이 된 것 같았다. 그곳에 없던 것들이 그 경험을 더 풍성하게 만들었다. 돈도 없고, 상거래도 없고, 뉴스도 없고, 매일 아침 선크림을 바를 때 사용하는 작은 거울을 제외하고는 나를 비출 것도 없었다. 창문이나 문도, 건축물이나 빌딩도, 열쇠나 자물쇠도 없다. 시계는 물론이고, 시간이나 분도 없었다. 실내와 야외, 고독과 군중, 소음과 침묵, 더위와 추위, 햇빛과 조명 혹은 어둠처럼 서로 아귀가 맞지 않는 여러 조각으로 하루가 나뉠 일도 없다.

멀고도 가까운

무언가를 피해 은신처로 숨어들 일도 없다. 춥지도 않고, 위험하지도 않지만, 사실 그런 상황이 닥쳤을 때 은신처로 삼을 곳도 없다. 우리는 늘 탁 트인 곳에서 지냈다. 그늘을 찾았고, 위험이 닥칠 것 같으면 신중하게 늘 주변 상황을 면밀히 살피며 대처했다. 나는 반야심경의 구절을 떠올렸다. "무지도 없고 무지가 사라지는 일도 없다. 노년도 죽음도 없고 노년과 죽음이 사라지는 일도 없다. 괴로움도 없고, 괴로움의 원인도 없으며, 괴로움을 그치는 일도 없고, 괴로움을 없애는 길도 없다. 지혜도 없고 얻음도 없다." 거기에는 부재와 결핍만이 넘칠 듯했다.

강 사이로 수백억 년 된 바위들을 지나치면서, 협곡 깊숙이 들어갈수록 점점 더워졌다. 텐트를 치기를 그만두고 침낭을 요 삼아 누웠다. 여정의 마지막 날에는 너무 더워서 잠을 잘 수가 없었다. 바람이 좀 들 것 같은 생각에 툭 튀어나온 바위 위에 누웠지만 덥기는 마찬가지였다. 자정이 지난 시간에 나는 완전히 더럽고 축축해진 샌들을 신고 흙먼지가 잔뜩 쌓인 좁은 길을 따라 내려갔다. 고슴도치선인장과 촐라선인장을 지나고, 그 아래서 잠을 청할까 했지만 붉은 개미가 잔뜩 몰려 있는 것을 보고 포기했던 아름다운 메스키트나무도 지나고, 다양한 곳에서 다양한 자세로 자고 있는 다른 여행객들을 지나, 먼지 쌓인 길이 창백한 색깔의 모래밭으로 변하는 곳까지 갔다. 강물을 따라 흘러내려 오던 가벼운 붉은색 침전물이 쌓여 만들어진 모래밭이었다.

여섯 척의 고무보트가 나란히 밧줄에 묶여 있었다. 안내인들은 꽃봉오리 안의 엄지 공주나 복숭아 안의 복숭아 소년처럼, 각자 맡은 보트 위에서 잠이 들었고, 짐을 실은 보트에는 아무도 없었다. 나는 물속으로 걸어 들어갔다. 희미하게 울리는 물결 소리에 맞춰 몸을 움직이며, 안전을 위해 한 손으로는 보트를 짚은 채 천천히 보트를 한 바퀴 돌았다. 발밑이 갑자기 꺼지며 바닥이 깊어지는 순간, 어두운 물의 순수하고 차가운 신비에 이끌리듯 한 발 더 내밀었다. 물이 목에 찰 때까지 걸어갔다가 보트 반대편으로 돌아왔다. 조금 시원해진 것 같았다.

결국, 오랜 모험의 여정 끝에, 거위와 결혼한 남편은 갈매기가 된다. 내가 아는 올론족 사람들은 지금도 곰 춤을 춘다. 몸에 검고 흰 줄무늬를 그리거나 곰 가죽 옷을 입은 남자들이 이리 저리 움직인다. 내 눈에는 곰의 이빨, 귀, 털, 앞발 등의 그림자가 벽에 비쳐 흔들리는 것 같았다. 어떤 게 사람 그림자고 어떤 게 곰 그림자인지 분간하기 어려웠다. 어쩌면 그날 저녁 우리가 있던 세계에서는 그 둘이 같은 것이었는지도 모른다. 마치 우리가 나뉘기 전의 그곳으로 돌아간 듯했다. 북미 원주민들의 설화에서는 인간이 세상의 중심이라는 확신이 없고, 여정을 나섰던 이가 돌아온다는 확신도 없다. 잠든 새의 눈물을 마시는 나방. 계속 자고 있는 새는 무심하게 자신을 내어 주고, 배를 채운 나방은 날아간다. 우리는 슬픔을 먹고 살고, 이야기를 먹고 산다. 그 이야기가 열어 주는 널찍한 공간에서 우리는 한계를 넘어 상상력을 여행한다. 이야기가 우리의 경계를 무너뜨리고, 우리의 불완전하고 조각난, 미완의 자아의 가능성을 넓혀 보라고 재촉한다. 남동생이 종이 박스 세 개에 담아온 살구 더미, 그것도 눈물이었을까. 이 책도 눈물일까. 누가 당신의 눈물을 마시는 걸까. 누가 당신의 날개를 가지고, 누가 당신의 이야기를 듣는 걸까.

감사의 말

시인 안토니오 마차도가 이런 꿈을 꾸었다고 했다. 자기 심장 속에 벌집이 하나 있고 벌들이 "나의 오래된 실패들을 가지고 꿀을 만들어 내는" 꿈이었다. 실패는 쉽게 찾아오지만 그걸로 꿀을 만드는 일은 그보다 어렵다. 하지만 나는 시도해 보았고, 가끔은 직접 꿀을 얻을 수 있었다. 이 책은 무엇보다도, 쉽지 않았던 시절에 오히려 내 삶이 더 풍성해졌던 과정에 대한 기록이고, 그럴 수 있게 도와주었던 사람들의 우정과 친절함에 감사하는 마음은 책 전체에 흐르고 있다. 몇몇에게는 다시 한 번 고마움을 표하고 싶다. 프리다에게 가장 깊은 고마움을 전한다. 그녀는 내가 북유럽으로 가는 데 핵심적인 역할을 했고, 우정과 빛나는 지성을 보여 주었다. 엘린은 나의 작품에 들어오고 내가 그녀의 작품에 들어가게 해 주었으며, 그녀 덕분에 울피르 샤카 칼손에게 (직접 만나지는 못했지만)

영감을 얻을 수 있었다. 로니 혼 물 도서관을 설립하고 운영하며 그곳에서 내가 머무를 수 있게 지원해 준 아르탕겔재단에도 감사 드린다. 북쪽을 바라보는 유리 집을 지은 로니 혼과, 내가 그곳에 있는 동안 이것저것 도와주었던 멋진 클라라 스테판센에게도 고맙다. 아래의 친구들에게도 감사를 전한다. 넬리 킹 솔로몬, 앤 체임 벌린, 수전 슈워첸버그, 마이크 라이트, 아이슬란드까지 나를 찾아와 주었던 존 럼, 샘 그린, 마리나 시트린, 팸 파머, 마이크 데이비스, 리베카 스니더커, 아스트라 테일러, 안토니아 주하스, 케이틀린 백룬드, 그레그 파월과 매린 파월, 토머스 에반스, 루파 마리야, 제닌 렌틴, 마리사 핸들러. 모두 고마웠으며 혹시 여기 이름이 빠진 친구들이 있다면 미리 사과의 말을 전한다. 다른 예술가들에게도 고마움을 전한다. 아나 테레사 페르난데스, 수반카 바네지, 올라푸르 엘리아손, 모나 캐런, 특히 마치 재료를 통해 생각하는 것 같았던 오노 요코의 작품은 내 눈을 틔워 주었다. 수많은 이야기 꾼들, 우화 작가, 동화 작가들, 그들은 우리가 헤엄칠 수 있게 물을 만들어 주었다. 이 책의 한 장은 애런 슈린, 토니 코헨과 함께 보낸 과나후아토에서, 그들과 함께 했던 산책과 대화, 그곳의 빛 덕분에 쓸 수 있었다. 비지야 나가라잔은 내가 가장 힘들어하던 시기에 본인의 어머니를 모시고 와서 우리 집 침실 바닥에 타밀 전통 부적을 그려 주었다. 밀가루와 물로 그린 축복과 보호의 표시들은 이내 쥐들이 갉아먹어 버렸다. 최고의 이야기꾼 맬컴 매르골린은 언제나처럼 최고의 에이전트 역할을 해 주었다. 보니 나델과 이상적인 편집자 폴 슬로백, 그리고 그란타 출판사의 사라, 마이클, 맥스에게 고마움을 전한다. 도이치구겐하임 미술관에서는 '진짜 북유럽(True North)' 전시회의 카탈로그에 들어갈 에세이를 쓸 수 있게 해 주었다. 그 에세이의 일부를 이 책에 다시 실었다. 국립예술기금에서 지원한 지원금은 이 책을 쓸 수 있는 시간을 내는 데 도움이 되었다. 엘리자베스 '베티타' 마르티네즈는 본인이 체 게바라를 만났던 이야기를 해 주었다. 히브리어 '헤벨'의 뜻을 알려 준 조카 주르에게도 감사한다. 젠케이 블란취 하트먼은 내게 자신의 종교를 소개해 주었고, 쇼칸 조던 손은 신학과 관련한 자문을 해 주었다. 랜스 뉴먼은 콜로라도 협곡 탐험에 초대해 주었다. 젠 걸 갱에게도 고마움을 전한다. 데이비드 그래버는 빛과 가치에 대한 통찰을 제공해 주었고, 선셋디스트릭트의 어반 파우나에서는 한 여성이 손으로 양모를 짓는 과정을 직접 시연해 주었다. 룸센 오흐론은 여름의 비어 댄스 축제에 초대해 주었고, 남동생인 데이비드는 살구 더미 처리를 비롯해 많은 일들을 도와주었다. 마지막으로 엘탕구에로에게 특별한 고마움을 전한다. 함께 구로사와 아키라 감독의 영화를 보던 중에 알 수 없는 이유로 영화 디스크가 사라지는 바람에 우리는 대신 파솔리니 감독의 「아라비안 나이트」를 보았다. 그 영화를 보며 나는 「아라비안 나이트」의 형식에 대해 내가 아는 바를 이야기했고, 그의 적극적인 반응 덕분에 이 책의 틀

멀고도 가까운

을 잡을 수 있었다.

이 책의 집필을 마치고 몇 달 후에 어머니가 돌아가셨다. 테레사 앨런(1928~2012). 어머니가 돌아가신 후에, 내가 존재하기 전에 있었던 짙은 머리칼의 그 여인, 열망에 불탔지만 버림받았던 그 여인과, 훗날 내가 어린이처럼 돌봐 주어야 했던 어머니의 존재감이 더욱 생생하게 다가왔다. 수십 년 동안 내 속을 뒤집어 놓았던 중년 여인의 모습은 수많은 모습들 중 하나로 남았다. 나는 퍼레이드의 맨 끝에 서 있었던 옛날의 그 여인, 부드러웠던, 이제는 사라져 버린 그 여인이 그리웠다.

당신의 이야기는 무엇인가?

샌프란시스코에 가면 해이트애시베리에 꼭 가 보고 싶었다. 1967년, 미국 각지에서 몰려 온 젊은이들이 그리로 모였다고 했다. '사랑의 여름'이라고 불리게 되는 그 여름에, 10만 명의 젊은이들이 해이트 가 끝자락의 골든게이트파크에서 머리에 꽃을 꽂은 채 음악을 듣고, 일광욕을 하고, 마리화나를 나누고, 사랑도 나누고, 그렇게 즐거웠다고 했다. 듣기에는 그랬다.

2013년 가을에 가 볼 수 있었다. 아직도 '사랑의 여름'은 흔적으로 남아, 도로 여기저기에 히피들이 모여서 잘 부르지도 않는 노래를 목청껏 부르고 있었고, 세상의 모든 음반을 다 팔고 있는 것 같은 가게 '아메바'가 있었고, 한 손에 마리화나를 든 채 한국말로 나에게 말을 거는 주한미군 출신의 청년이 있었다. 그리고 서점도 있었다. 나는 이 책을 샀다. 리베카 솔닛은 그때까지는 모르는 작가였다. 서점의 한쪽 구석에 캘리포니아 출신 작가들만 모아 놓은 서가가 있었고, 거기서 고른 작가였다. '당신의 이야기는 무엇인가?' 이것은 그녀의 책 첫 문장이었다. 이어지는 문장은 이렇다.

> 누군가를 사랑하는 것은 그의 입장이 되어 보는 것이라고 흔히들 말한다. 이는 당신이 그의 이야기 속으로 들어가는 것, 혹은 그의 이야기를 여러분 스스로에게 어떻게 말하면 좋을지를 가늠해 보는 것이다.(13)

저자 리베카 솔닛이 들어가 보고 싶었던 이야기, 스스로에게 어떻게 말하면 좋을지 가늠해 보았던 이야기는 본인의 어머니 이야기였다. 평생 딸을 못마땅해하고, 시기하고, 불평하던 어머니가 알츠하이머병에 걸린 후, 어머니의 집에 있던 살구나무의 살구를 모두 따서 자신의 집 안에 들여 놓으면서 이야기는 시작된다. 작가는 숙제처럼 떨어진 살구 앞에서 어머니의 삶을, 그녀의 이야기를 들어 보기로, 들을 수 없다면 스스로 찾아보기로 한다. 그 과정에서 다른 많은 이야기들을 거친다. 눈의 여왕이 등장하고, 프랑켄슈타인이 등장하고, 체 게바라의 혁명이 등장하고, 아이슬란드의 늑대 이야기가 등장하고, 남편과 아이의 사체를 뜯어먹을 수밖에 없었던 에스키모 여인의 이야기가 등장한다.

그 이야기들을 거치며 작가는 어머니와 화해한다. 그건 어머니와의 화해이면서 어머니의 이야기를 하는 자신과의 화해이기도 했다. 수많은 이야기들과, 그 이야기들을 만났던 당시 작가의 상황이 교차하며 등장하는 이 책에서 작가가 하고 싶었던 말, 혹은 번역자인 내가 읽고 싶었던 말은 아마 그것이었던 것 같다. 이야기가 '화해'의 방법일 수 있다는…… 하지만 어떻게?

> 어떤 감정이입은 배위야만 하고, 그 다음에 상상해야만 한다. 감정이입은 다른 이의 고통을 감지하고 그것을 본인이 겪었던 고통과 비교해 해석함으로써 조금이나마 그들과 함께 아파하는 일이다. 그것은 다른 사람이 된다는 것이 어떤 기분일지 당신 스스로에게 해 주는 이야기일 수도 있다.(157)

감정이입이란 같은 경험을 해 보는 것이다. 하지만 그런 경험이 불가능한 상황이라면 그들의 '이야기'를 들어야 한다. 여기서 듣는다는 것은 그들의 이야기를 나의 언어로 해석한다는 뜻이 아니라, 그들의 어휘 자체를 익힌다는 뜻이다. 그래서 저자는 어머니에게 '금발'이 어떤 의미였는지, 『프랑켄슈타인』의 저자 메리 셸리에게 '추위'가 어떤 의미였는지, 체 게바라에게 '의학'이 어떤 의미였고, 아이슬란드의 젊은 예술가에게 '빛과 어둠'이 어떤 의미였는지를 하나씩 알아 간다. 그렇게 타인의 이야기 속에서 새로운 어휘를 알아 가는 것은, 내 안에 있던 어떤 어휘의 의미가 달라진다는 뜻이다. 그건, 그 달라지는 어휘만큼의 나를 버린다는 뜻이기도 하다. 아마도 그것이 화해를 어렵게 하는 가장 큰 이유일 것이다.

> 다시 태어나기 위해서는 어느 부분은 죽어야 하기 때문에, 다시 태어나는 것보다 죽음이 먼저 오기 때문에. 어떤 이야기의 죽음은, 스스로 익숙한 자기 모습의 죽음이기 때문에.(353)

타인의 이야기가 들어올 자리를 마련하기 위해, 내 이야기의 일부를 비워 내는 것. 그렇게 타인의 어휘를 나의 것으로 받아들이며 더 커진 경계 안에서 나를 발견하는 것을 성장이라고 부를 수도 있겠다. 저자 리베카 솔닛이 책 한 권을 지나오며, 그 안에서 어머니의 이야기를 받아들이며 거친 과정이 그것이었다. 나를 버리는 것이 늘 옳은 결정은 아닐 테고, 모두와 화해를 해야 하는 것도 아닐 것이다. 타인의 이야기를 받아들이는 것과 나의 이야기를 지켜 내는 것이 결정되는 경계, 혹은 한계가 "더도 덜도 말고 딱 사랑의 한계"라고 솔닛은 말한다. 어쩌면 이 책을 읽은 독자들이 얻을 수 있는 깨우침도, 화해의 기술이 아니라 자신이 가진 사랑의 한계에 대한 확인일 것이다. 그게 더 솔직한 반응일 거라고, 나는 생각한다. 다만,

그 한계를 알고 난 후에도 여전히 누군가가 궁금하다면, 그이의 이야기를 알고 싶다면, 그이에게 '당신의 이야기는 무엇입니

까?'라고 묻는 수밖에 없다. 심지어 그 대상이 나 자신이라 할지라도 달라지는 건 없다. 쉽지 않을 수도 있지만, 기꺼이 한번 해 볼 만한 질문임을 이 책이 증언하고 있다. 변화를 만들어 내는 것은 언제나 기다림이 아니라, 내 쪽에서 먼저 내딛는 한 걸음이다.

쉽지 않은 번역이었다. 좋은 친구란 함께한 시간이 길어지면서 달라지는 서로의 이야기를 여전히 똑같은 애정을 담아 나눌 수 있는 사이일 것이다. 샌프란시스코에서 솔닛을 처음 발견한 친구가 호들갑 떨며 보냈던 메시지를 받은 후 곧장 출간을 결정하고, 책을 만드는 과정에서도 역자의 고집을 다 들어 주었던 반비 김희진 편집장에게 감사의 말을 전한다.

2016년 1월

김현우

멀고도 가까운

옮긴이 김현우

1974년생으로, 연세대학교 영어영문학과를 졸업하고 동대학원 비교문학과 석사과정을 수료했다. 현재 교육방송(EBS) 프로듀서로 일하고 있다. 『웬디 수녀의 유럽 미술 산책』 『스디븐 킹 단편집』 『행운아』 『고덕의 영상시인 팀 버튼』 『G』 『로라, 시티』 『알렁턴파크 여자들의 어느 완벽한 하루』 『A가 X에게』 『벤투의 스케치북』 『돈 혹은 한 남자의 자살 노트』 『브래드쇼 가족 변주곡』 『그레이트 하우스』 『우리의 낯선 시간들에 대한 진실』 『킹』 『아내의 빈 방』 등 40여 권의 책을 번역했다.

멀고도 가까운

읽기, 쓰기, 고독, 연대에 관하여

1판 1쇄 펴냄 2016년 2월 11일
1판 17쇄 펴냄 2024년 11월 19일

지은이 리베카 솔닛
옮긴이 김현우
펴낸이 박상준
책임편집 김희진
편집 최예원, 박아름, 최고은
펴낸곳 반비

출판등록 1997. 3. 24.(제16-1444호)
(06027) 서울특별시 강남구 도산대로1길 62
대표전화 515-2000, 팩시밀리 515-2007
편집부 517-4263, 팩시밀리 514-2329

한국어판 ⓒ (주)사이언스북스, 2016. Printed in Seoul, Korea.

ISBN 978-89-8371-773-3 (03800)

반비는 민음사출판그룹의 인문 · 교양 브랜드입니다.
블로그   http://blog.naver.com/banbibooks
페이스북 http://www.facebook.com/Banbibooks
트위터   http://twitter.com/banbibooks